Pédiatre urgentiste, **CJ Lyons** a assisté la police pendant de nombreuses années. L'écriture lui permet d'ordonner le chaos et de donner à ses lecteurs le courage d'agir. Auteure à succès, avec plus de vingt romans à son actif pour lesquels elle a remporté de nombreux prix, elle est considérée aux États-Unis comme un maître du thriller.

Du même auteur, aux éditions Delpierre :

Confiance aveugle
Les Ombres du passé
Les Racines du sacrifice

Chez Milady Thriller, en poche :

Confiance aveugle
Les Ombres du passé

www.milady.fr

CJ LYONS

LES OMBRES DU PASSÉ

Traduit de l'anglais (États-Unis) par Philippe Tullier

Delpierre

Milady est un label des éditions Bragelonne

La collection Milady Thriller est dirigée par Lilas Seewald

Cet ouvrage a été originellement publié en France
par les éditions Delpierre, sous la direction
de Claire Deslandes

Titre original : *Black Sheep*

ISBN : 978-2-8112-1792-1

Bragelonne – Milady
60-62, rue d'Hauteville – 75010 Paris

E-mail : info@milady.fr
Site Internet : www.milady.fr

Remerciements

Cher lecteur,

Chaque livre publié est issu d'une communauté. *Les Ombres du passé* est spécial parce que, en plus de notre équipe habituelle, qui compte les fabuleux employés de St. Martin et mon agent, Barbara Poelle, deux personnes ont offert leurs véritables noms pour des personnages de l'univers de Caitlyn, en échange de leurs dons à l'œuvre de charité. J'aimerais remercier Mike LaSovage et May Agnes Garman pour leur générosité.

Le voyage de Caitlyn l'emmène dans des lieux à la fois réels et fictifs. Si la ville de Cherokee, en Caroline du Nord, existe vraiment, celle d'Evergreen, dans le comté de Balsam, ainsi que le casino *Vista View*, ont été inventés de toutes pièces. L'affaire de la nation cherokee incluant les affranchis est réelle, et encore au cœur des débats aujourd'hui. L'Institution correctionnelle fédérale de Butner existe, et j'aimerais remercier Lee Lofland pour sa visite virtuelle de leurs installations. Toutes les améliorations sont miennes.

L'un des aspects de mon travail que je préfère est la recherche. Pour *Les Ombres du passé*, j'ai visité l'académie du FBI et Quantico, participé à des simulations de prises d'otages, des fouilles de bâtiments. Si vous vous intéressez à la hiérarchie du FBI ou à leurs techniques d'investigation, vous pouvez télécharger un PDF sur mon site Internet : http://cjlyons.net/wp-contents/uploads/FBI-Terms-and-Resources.pdf. Il comprend un glossaire des termes de maintien de la loi et des acronymes, ainsi que diverses ressources dont je me suis servie pour écrire *Les Ombres du passé*.

Comme toujours, merci de me lire !
CJ

Chapitre premier

— Lâche ton arme ! cria Caitlyn Tierney à l'agent du FBI.

Cette dernière hésita, une moue se dessinant sur son visage tandis qu'elle tentait d'opter pour la réaction adéquate. Un choix difficile, vu que Caitlyn se servait de son coéquipier comme d'un bouclier. Elle lui avait subtilisé son arme et exploitait au mieux la grande taille de l'homme. L'agent du FBI ne voyait du mètre soixante-dix de Caitlyn que la main appuyant sa propre arme sur la tempe de son coéquipier.

La femme les tenait fermement en joue, lui et Caitlyn, dans son dos. Ça ne lui servirait pas à grand-chose, mais c'était la procédure standard.

Caitlyn se rapprocha encore de son otage. Il sentait la menthe, comme s'il avait mâché du chewing-gum ou fait un bain de bouche avant de suivre sa coéquipière dans cet appartement dépotoir. La sueur coulait sur sa nuque, perlant sur son col. Il venait de se faire couper les cheveux très court, sa peau portait encore les petites marques du rasoir. Caitlyn regarda alentour. Il était sa seule protection. Il n'y avait aucun meuble dans l'appartement à l'exception d'un canapé en tweed avachi contre le mur opposé et une table basse en bois bon marché. Acculée. Sa seule issue était la porte à droite de l'agent qui se tenait devant elle.

— Discutons. (La voix de la femme tremblait, mais son bras ne faiblissait pas.) Lâchez-le et discutons.

— Ferme-la ou je le descends ! répondit Caitlyn, sapant la meilleure arme de l'agent, son autorité.

Difficile de négocier ou de se montrer intimidant quand on ne peut pas parler…

— Lâchez votre arme, ajouta-t-elle. Maintenant !

Décide-toi, décide-toi, pensa Caitlyn. Le ventilateur au plafond bruissa, brassant à peine l'air du mouvement fatigué de ses pales. La pièce dégageait une puanteur de moisi et de sueur, de renfermé, de vieux tapis et d'un bien trop grand nombre de personnes prenant les mauvaises décisions, année après année. L'agent du FBI était l'une d'elles, sous le faible halo d'une ampoule nue de soixante watts, l'esprit perdu dans un champ de choix miné.

Ne m'oblige pas à faire ça. Choisis. Choisis, bon sang.

L'agent ne choisit pas. Son bras faiblit. Elle le baissa, puis le releva à moitié, indécise.

Caitlyn lui tira en plein front, suivi de deux coups dans la poitrine.

Elle toucha ensuite la tempe de son otage du canon de son arme.

— Pan. T'es mort.

— Tierney ! hurla le superviseur depuis son poste d'observation. Qu'est-ce que vous foutez ?

J'essaie de leur apprendre à rester en vie dans le monde réel, pensa Caitlyn. Elle avait connu le même dilemme que ces « nouveaux agents en formation » : suivre la procédure ou prendre le risque de se fier à son instinct ?

Six mois auparavant, lorsque son coéquipier et elle s'étaient retrouvés tous deux sous la menace d'une arme, Caitlyn avait lâché son pistolet. Si elle ne l'avait pas fait, elle serait morte, tout comme cinq cents civils innocents. Mais elle avait agi consciemment, en sachant que le Glock n'était pas sa seule arme. Ni même la meilleure.

Ces NAF avaient besoin d'apprendre à penser de la sorte. Cela pourrait leur sauver la vie, un jour.

Le superviseur, Mike LaSovage, l'un des membres de la cellule otages du FBI, marcha d'un pas lourd vers elle, la visant de son porte-bloc comme avec une arme.

— Agent spécial superviseur Tierney ! Je peux vous dire un mot ?

Caitlyn ôta son casque, se massa la tempe droite, dégageant de ses courts cheveux roux emmêlés par son équipement la cicatrice qui la démangeait. Elle jeta un coup d'œil à la NAF sur laquelle elle avait tiré. La femme, tremblante, toucha la visière de son casque, se tachant les doigts de peinture vert fluo, la couleur des cartouches d'entraînement de Caitlyn.

— Elle aurait dû prendre une décision, marmonna Caitlyn en frottant ses mains moites sur son pantalon de treillis noir.

Simulation ou pas, le scénario avait fait mouche, réveillant des souvenirs et provoquant une montée d'adrénaline.

— Cet exercice a pour but de permettre aux agents en formation de procéder à une arrestation selon la procédure, pas de les confronter à une prise d'otages.

LaSovage tournait le dos aux NAF. Il ne voulait pas que ceux-ci voient maman et papa se disputer. Le Bureau était au-dessus de ça. Suivez la bible – un classeur de dix centimètres d'épaisseur, bourré de règles, de consignes et de procédures standard – et vous rentrerez chez vous le soir. C'était le catéchisme que les gamins étaient censés apprendre au cours de ces exercices.

Bien que Caitlyn fût à peine plus âgée que certains d'entre eux, c'étaient bien des gamins. Ils n'avaient aucune idée de ce que le monde réel leur réservait. Des décisions prises en une fraction de seconde, des balles tirées sans aucune possibilité de revenir en arrière, des gens bien qui mouraient à cause de vos actes ou de votre inaction.

— Vous avez vu comme ils sont entrés, argumenta Caitlyn qui se sentait bien plus vieille que ses trente-cinq ans alors qu'elle observait à la dérobée les mines dévastées des NAF.

Neuf ans à porter une arme, à frôler la mort à deux reprises, à tuer un individu en combat rapproché et à voir un homme bien se sacrifier pour lui sauver la vie. Son corps et son âme étaient à jamais marqués de cicatrices. Elle ne se rappelait même pas avoir été aussi jeune que ces nouveaux agents.

— Il était plus soucieux d'emboîter le pas à sa coéquipière que d'identifier la menace que je représentais. Il a laissé son arme à ma portée. Comment résister ? Aucun vrai suspect n'aurait pu.

LaSolvage jeta un coup d'œil par-dessus son épaule vers les deux agents morts qui se tenaient côte à côte, se réconfortant et, avec un peu de chance, passant en revue leurs erreurs.

— Leur entrée laissait à désirer. Mais c'était leur premier exercice en dehors de l'entraînement au tir simulé par vidéo. Le premier scénario grandeur nature. Vous n'aviez pas besoin d'en faire autant.

— Je parie qu'ils ne feront pas les mêmes erreurs la prochaine fois.

— Peut-être, admit-il en grimaçant. Mais poursuivons selon les règles, d'accord ?

Caitlyn n'avait jamais vraiment su faire « selon les règles ». Fut un temps, elle pouvait faire semblant, prétendre qu'elle agissait en respectant le règlement et les consignes. Mais après l'opération du cerveau qui lui avait sauvé la vie et le long arrêt maladie qui avait suivi, elle avait cessé de feindre. Voilà pourquoi les autorités en place l'avaient laissée dans les limbes, temporairement affectée à Quantico.

— Comment allez-vous ? demanda LaSovage en essayant de ne pas fixer du regard les cheveux de Caitlyn qui n'avaient pas totalement repoussé depuis l'opération. Ça ne doit pas être facile après…

— Je vais bien.

Combien de fois par jour devait-elle dire ça ? Ou faire comme si elle ne remarquait pas leurs regards quand elle empruntait les couloirs de l'académie ?

Six mois auparavant, elle aurait accepté l'idée de poursuivre sa carrière comme instructrice. Elle aimait enseigner et mettre au défi ses étudiants. Mais atterrir ici, à ce poste provisoire, pour que ses patrons puissent la garder à l'œil et qu'elle ne fasse pas parler d'elle ? Son bureau à Jefferson Hall lui parut soudain aussi étroit qu'une cellule.

Sa dernière enquête lui avait valu une réprimande officieuse du Bureau de la responsabilité professionnelle et une citation officielle, mais donnée à contrecœur, pour avoir mis au jour la corruption qui régnait dans les plus hauts rangs du FBI, chez les U.S. Marshals, et même dans le sacro-saint laboratoire national du FBI.

Les huiles auraient préféré qu'elle accepte leur offre de retraite anticipée pour raisons médicales et qu'elle quitte le Bureau sans faire de vagues, mais elle avait catégoriquement refusé de se laisser pousser vers la sortie. Et, comme elle savait quels embarrassants cadavres se trouvaient dans les placards du FBI, ils ne pouvaient pas la virer, pas sans risquer de ternir encore davantage leur image.

Ce qui avait conduit Caitlyn et sa carrière dans les limbes.

— Vous êtes sûre ? insista LaSovage. On pourrait aller boire une bière après le boulot, si vous avez envie de parler.

Il baissa les yeux vers le haut de la cicatrice de Caitlyn, dont la partie supérieure apparaissait à l'échancrure de son gilet tactique. Le reste formait un « k », dont les barres croisées passaient au-dessus et en dessous de son sein gauche. Si elle n'avait pas eu la peau claire, ces marques auraient été moins visibles. Mais, après six mois, elles étaient toujours rouges, et elle avait cessé d'essayer de les cacher sous des cols roulés. Tout comme son attitude : c'était désormais une part de son identité, à prendre ou à laisser.

Il semblait plus sincèrement inquiet pour elle que la plupart de ses collègues, animés d'une curiosité morbide. Intéressant vu que, même s'il avait passé quatre ans au sein de la cellule otages du FBI, le célèbre équivalent des groupes d'intervention de la police, LaSovage n'avait jamais tué personne.

Il était rare qu'au cours de leur carrière les agents du FBI fassent usage de leur arme en dehors du stand de tir. Caitlyn avait déjà failli périr par deux fois de mort violente et avait abattu un homme à bout portant.

Ce qui faisait d'elle une anomalie. Elle entendait les murmures de ses collègues : était-elle inconsciente, stupide ou simplement malchanceuse ?

Elle aurait souhaité avoir la réponse.

— Merci, mais je suis déjà prise, ce soir, répondit-elle à LaSovage. Une prochaine fois, peut-être.

Il hocha la tête, lui lança un sourire hésitant, comme s'il se demandait si elle essayait de le préserver ou si elle se protégeait, et se retourna pour placer le groupe suivant en position.

Ils finirent les entraînements de la journée, et elle regagna son bureau du Jefferson Hall pour récupérer son ordinateur portable et ses clés de voiture. Elle fut surprise de voir l'agent qui avait participé à l'un des exercices sur le pas de la porte, vêtue du pantalon de toile réglementaire et d'un polo bleu.

— Qu'auriez-vous fait ? lâcha la NAF en dépit du strict protocole régissant les rapports entre les nouveaux agents et leurs instructeurs. Madame, ajouta-t-elle enfin.

— Comment vous appelez-vous ?

Caitlyn s'assit à son bureau mais laissa la NAF debout, au garde-à-vous. Ce groupe était nouveau et n'avait pas encore suivi ses cours. Elle ne les connaissait donc pas personnellement. Elle avait joué le rôle de la méchante dans le scénario pour aider aux évaluations.

— Garman, madame. Mary Agnes Garman.

Mary Agnes ? Un nom de bonne sœur. Elle n'avait qu'un ou deux ans de moins que Caitlyn, en bonne condition physique, mais pas aussi bien bâtie que les recrues issues de l'armée ou des forces de police. Sa silhouette en forme de sablier et son prénom dépareillaient. Mais qui savait à quoi ressemblaient les bonnes sœurs sous leur tunique ?

Caitlyn se figura l'image d'une mère supérieure tenant une boussole, un moyen mnémotechnique qu'elle avait élaboré depuis qu'elle avait du mal, entre autres, à retenir les noms, après son traumatisme crânien. Elle n'avait jamais parlé de ce secret à personne.

— Quelles étaient vos options, d'après vous, Garman ?

Mary Agnes hésita, indécise, comme pendant l'exercice.

— Vous ne m'en avez laissé aucune.

— Exactement. Qu'est-ce qui cloche dans votre constat ?

La NAF se relâcha. Caitlyn lui indiqua d'un signe de tête la chaise de l'autre côté de son bureau, et Mary Agnes s'y effondra.

— Je vous ai laissée prendre le contrôle. Mais… (Elle se renfrogna, son regard se fixant sur la fenêtre derrière Caitlyn, déjà sombre dans le coucher de soleil de mi-janvier.) Mais je n'avais toujours pas d'options.

— Vision partielle. L'adrénaline vous fait vous concentrer sur ce qui est en face de vous, la menace directe.

Ça agit également sur votre esprit. Mais il y a toujours des possibilités. Ne l'oubliez jamais.

— J'aurais pu baisser mon arme, mais le règlement…

— Les méchants jouent-ils selon les règles ?

— Non, mais…

— Ici, dit Caitlyn en embrassant d'un geste les murs de ciment qui les entouraient, vous devez connaître les règles et les appliquer. Et ça n'est pas une mauvaise chose. Neuf fois sur dix, elles vous sauveront la peau.

— Et la dixième fois ?

— Cherchez les options. Vous n'avez pas considéré d'autres possibilités, aujourd'hui. Au lieu de ça, vous avez hésité, sans vous résoudre à agir.

— J'étais pétrifiée. Mon coéquipier est mort par ma faute.

Le remords et la peur pointant dans la voix de Mary Agnes étaient réels. Tant mieux. Il valait mieux qu'elle apprenne cette dure leçon maintenant avant d'être braquée par une arme chargée de balles réelles.

— En effet. Ça ne vous arrivera plus.

— Qu'auriez-vous fait ?

— Vous contrôliez toujours la sortie.

— Elle était trop loin.

Caitlyn secoua la tête.

— Non. Elle se trouvait à seulement trois pas sur votre droite. L'adrénaline. Ça déforme tout. La bonne nouvelle, c'est que ça affecte également les méchants. Ils ont les mêmes limites.

— Je ne pourrais jamais abandonner mon coéquipier.

Dans sa bouche, cela sonnait comme un sacrilège. L'image de la mère supérieure se fit plus vive dans l'esprit de Caitlyn. Comme si ce qu'elle suggérait revenait à trahir un membre de sa famille. Ce qui était le cas, dans un sens. À moins d'ignorer ce réflexe qui vous pousse à suivre aveuglément l'éthique et le code de bonne conduite.

— Si, vous le pourriez. Trois pas et vous auriez pu vous abriter pour observer, négocier, appeler des renforts ou abattre le preneur d'otages s'il tentait quelque chose.

— Quelque chose. Vous voulez dire : tuer mon coéquipier ?

Caitlyn se leva et écarta les bras.

— Regardez-moi, Garman. Je mesure un mètre soixante-dix. Je peux soulever soixante kilos, peut-être soixante-dix dans les bons jours. À quoi me servirait un poids mort de quatre-vingt-dix kilos et d'un mètre quatre-vingts ?

— Vous ne l'auriez pas tué ?

— Pas tant qu'il était utile. Et je ne l'aurais pas fait si…

Elle leva un sourcil, attendant que Mary Agnes assemble les pièces du puzzle.

Au bout d'un moment, le froncement de sourcils s'effaça tandis que les réponses se formaient dans l'esprit de l'agent en formation.

— Je bloquais la sortie. Si vous vous débarrassiez de moi, vous pouviez vous échapper. En restant là, je vous ai donné davantage de raisons de nous tuer tous les deux.

— Exactement. Vous pensiez à ce que vous vouliez, mais vous auriez dû vous concentrer sur ce que voulait le preneur d'otage. Envisagez toutes les possibilités, décidez comment vous pouvez contrôler l'issue.

Mary Agnes prit une profonde inspiration et hocha la tête en signe d'approbation. Elle se leva, pleine d'une énergie nouvelle.

— Merci, agent spécial superviseur Tierney. Vous m'avez donné matière à penser.

Caitlyn sourit, se rappelant pourquoi elle aimait tant enseigner.

— Aucun souci, Garman. Passez une bonne soirée.

Mary Agnes regagna le dortoir tandis que Caitlyn descendait dans le hall. Elle salua le garde d'un geste de la main et courut dans le froid vers sa Subaru Impreza WRX garée devant Jefferson Hall, les pans de son manteau ouvert battant au vent. Une fine pellicule de givre s'était formée sur le pare-brise de la voiture, mais elle ne perdit pas de temps à la gratter. Elle avait encore soixante kilomètres à parcourir pour rejoindre l'appartement de Paul à Washington.

Elle prit les routes secondaires, évitant l'autoroute 95 et la forte circulation qui y régnait constamment.

Habituellement, elle appréciait ce trajet d'une heure. Ça lui laissait le temps de décompresser.

Paul était aussi extraverti qu'elle était introvertie et plaisantait sur le fait que sans lui elle vivrait comme un ermite. Elle ne lui avait jamais avoué à quel point il était proche de la vérité. Elle ne l'avait pas encore invité à passer la nuit chez elle, à Manassas. Elle était plus que disposée à le laisser croire qu'en tant que radiologue en neurologie il devait rester à proximité de l'hôpital George-Washington.

En réalité, elle n'aimait tout simplement pas s'amuser. Ou recevoir des inconnus chez elle. C'était bien plus simple de faire le trajet, de profiter de la compagnie de Paul et de partir quand elle le souhaitait. Elle aimait la liberté et avait besoin de contrôler les événements – une autre raison pour Paul de la taquiner.

Sauf que, ces derniers temps, il ne la taquinait pas. Il faisait des allusions. Il avait vidé un tiroir de la commode et une étagère de la salle de bains pour elle. Il lui disait que ces trajets réduisaient le temps passé ensemble.

Il était prêt à s'installer. Avec elle. Pour de bon. Et ça la faisait flipper. Caitlyn ne faisait pas dans la relation sérieuse, elle ne l'avait jamais fait. Elle n'avait que des liaisons qui duraient un peu plus longtemps que la moyenne et qui se finissaient en engueulades, avec les hommes qui partaient en colère, blessés dans leur ego, et elle qui soupirait de soulagement de l'avoir échappé belle.

Paul ne criait pas. Ce n'était pas un mâle alpha, comme ses mecs habituels, et il n'avait pas de problème d'ego. Il était tendre. Réconfortant. Et il aimait réellement ça.

Pire : elle aussi. Que l'on s'occupe d'elle était une expérience inédite, pour Caitlyn. Paul la prenait dans ses bras, partageait sa force, la faisait passer en premier. C'était doux, sexy et terriblement addictif. Encore une chose qui l'effrayait. Depuis qu'elle avait perdu son père à l'âge de neuf ans, Caitlyn avait vécu sa vie et protégé son cœur selon un principe simple : ne faire confiance à personne.

Paul avait contourné cette règle drastique, et elle ne savait désormais plus comment gérer les choses. Une partie d'elle voulait vivre cette vie qu'il lui offrait : une relation normale et stable, basée sur la confiance et le souci de l'autre.

L'enfant en elle lui criait de fuir, fuir, fuir avant de trop s'exposer.

Elle avait aimé les six mois qu'elle venait de vivre avec lui. Paul lui avait rappelé qu'il y avait autre chose que le travail dans la vie. Après avoir frôlé la mort, elle avait eu besoin de ça, besoin d'un peu de ce que tout le monde semblait avoir : quelqu'un à la maison qui l'attendait, un lien avec le monde en dehors du FBI.

Malgré le fait que Paul lui ait apporté bien plus que tous les hommes qu'elle avait connus auparavant, elle n'éprouvait pas les sentiments qu'elle aurait dû ressentir pour lui. Ça l'inquiétait. Qu'est-ce qui clochait en elle pour qu'une relation normale avec un type adorable l'effraie plus qu'un criminel armé ? Paul lui avait sauvé la vie, six mois auparavant, quand il avait diagnostiqué son anévrisme cérébral. Si elle ne parvenait pas à lui faire confiance, comment se fier à qui que ce soit d'autre ?

Caitlyn hésita avant de s'engager dans le parking souterrain de l'immeuble de Paul. Elle pouvait l'appeler, prétexter que l'entraînement s'éternisait, reprendre la route en direction de Manassas et de l'apaisante solitude de son appartement. Il ne devinerait jamais qu'elle mentait, elle était plutôt douée pour ça. Sa poitrine fut comme prise dans un étau. Sa bouche devint sèche. Elle ne voulait pas mentir. Pas à Paul.

Mais elle avait peur de ce qu'elle pourrait avoir à affronter une fois chez lui. Peur de ce qu'elle ferait quand il l'obligerait à faire un choix. Elle ne voulait pas le perdre. Elle n'était pas prête à replonger dans la solitude.

Pas de bague, pitié, pas de bague, pensa-t-elle en sortant de la Subaru puis en attendant l'ascenseur. Son téléphone portable sonna, et elle le saisit comme une noyée s'accrochant à une bouée de sauvetage.

— Tierney.

— Excusez-moi, agent spécial superviseur, ici le standardiste de l'antenne de Washington. J'ai un appel urgent pour vous de l'aumônier de l'Institution correctionnelle fédérale de Butner. Voulez-vous prendre l'appel ?

Elle pénétra dans l'ascenseur et appuya sur le bouton de l'étage de Paul. Qui diable avait-elle envoyé derrière les barreaux à Butner ? Peut-être que l'un des hommes qu'elle avait arrêtés à Boston s'était décidé à témoigner et qu'on l'avait transféré dans la prison de la Caroline du Nord ? Après tout, Bernie Madoff et Jonathan Pollard purgeaient leur peine là-bas, tout comme une poignée de truands devenus témoins pour le compte de l'accusation.

Comme toujours, sa curiosité l'emporta. Sans compter que ça lui fournissait une excuse pour retarder le moment où elle retrouverait Paul. Une idée bizarre, comme si elle trahissait Paul. Mais elle ressentait également un étrange sentiment de soulagement. Pourquoi diable les relations devaient-elles être si foutrement déroutantes ? Elle préférait de loin appréhender les criminels.

— Oui, passez-le-moi.

— Caitlyn Tierney ? (La voix de l'homme lui était inconnue.) Je suis le pasteur Vince Whitford, l'un des aumôniers de Butner.

Elle sortit de l'ascenseur et s'arrêta devant la porte de l'appartement de Paul. C'était idiot de frapper si elle devait retourner au travail.

— Oui. Pourquoi m'appelez-vous, pasteur ?

Il s'éclaircit la voix, manifestement mal à l'aise.

— J'aide psychologiquement un prisonnier ici, à Butner Medium, qui a fait une tentative de suicide il y a quelques jours. Eli Hale.

Hale ? Elle n'avait jamais arrêté personne… Oh, bon sang ! Elle connaissait ce nom. Elle ne l'avait pas entendu depuis vingt-six ans. Elle se remémora un homme, plus grand et plus costaud que son père, aussi noir que Sean Tierney était blanc. Un homme dont la voix grave et rauque se changeait en un rire saccadé lorsqu'il courait après sa fille et Caitlyn, tel un monstre s'attaquant à des demoiselles en détresse. Le jeu se terminait toujours par elles deux prises au piège des gros bras d'Eli gloussant et les faisant tournoyer jusqu'à ce qu'elles soient prises de vertiges.

— Eli Hale ?

Elle s'éclaircit la voix à son tour tandis que les souvenirs d'enfance resurgissaient. Vonnie, sa meilleure amie au monde, jusqu'au jour où le père de Caitlyn avait été obligé d'arrêter son meilleur ami, Eli Hale. Pour meurtre.

— Il va bien ?

— Maintenant, oui. Les médecins le laisseront sortir de l'unité médicale demain, mais je l'ai convaincu d'accepter de vous rencontrer. Je pense que vous êtes la seule à pouvoir l'aider.

La colère et la confusion l'envahirent, chassant les souvenirs d'enfance. À l'exception de celui qui ne l'avait jamais quittée : l'image du cadavre de son père. Il avait mis fin à ses jours avec son arme de service, incapable de supporter la culpabilité d'avoir fait condamner son meilleur ami pour meurtre.

Elle ravala sa bile.

— Je pense que vous faites erreur. Il n'y a aucune raison pour que je veuille parler à Eli Hale. Ou qu'il souhaite me parler.

— S'il vous plaît, agent Tierney, ne raccrochez pas. La vie d'une jeune femme est en jeu.

Les doigts de Caitlyn se crispèrent sur le téléphone. Elle était sur le point de couper la communication. Elle voulait raccrocher, pour mettre un terme à ces souvenirs douloureux. Mais…

— Quelle jeune femme ?

— La cadette d'Eli, Lena.

Chapitre 2

Lena. Elle commençait à peine à marcher, la dernière fois que Caitlyn l'avait vue, près de vingt-six ans auparavant. Vonnie adorait sa petite sœur. Elle aimait jouer avec elle et s'en occuper. Avec Caitlyn, elle avait langé bébé Lena pour son premier Noël. Elles avaient joué alternativement le rôle de la Vierge Marie et celui de l'ange de la révélation, sous le tonnerre d'applaudissements de leurs parents enchantés. Leur performance avait été récompensée par de larges parts de la tarte aux noix de pécan de Mme Hale.

Caitlyn était fille unique. Lena avait donc été pour elle comme une petite sœur qui n'accaparait pas l'attention de ses parents. Non que la mère de Caitlyn ait eu du temps pour un autre enfant. Jessalyn Tierney avait occupé simultanément deux emplois : trois jours par semaine, elle faisait la comptabilité de la société d'investissement de son frère et, les trois autres jours, elle travaillait à l'accueil d'une agence immobilière de Bryson City, tout en étudiant pour obtenir son permis. Elle voulait pour sa famille autre chose qu'une vieille ferme pleine de courants d'air, perdue dans un vieux village de montagne à l'ouest des hauteurs de Caroline du Nord.

Aujourd'hui encore, des dizaines d'années plus tard, Jessalyn était ainsi, à lutter sans cesse pour obtenir le meilleur, déçue sans cesse par la vie que Caitlyn, sa fille unique, avait choisie. Une déception de plus dans une longue liste. Parfois, Caitlyn avait le sentiment que sa mère pensait que sa fille ne valait pas la peine qu'elle s'était donnée.

Même si elle ne pouvait pas réellement en parler avec elle.

Le père de Caitlyn travaillait également six jours par semaine. Comme adjoint du shérif : quatre journées de douze heures, qui atteignaient souvent les quatorze ou seize heures. Et deux jours par semaine à bâtir des maisons avec M. Hale. Parfois, Vonnie et Caitlyn les accompagnaient sur des chantiers, pour aller chercher et porter des matériaux de construction, et même planter quelques clous sous le regard attentif de leurs pères. Une fois la journée de travail terminée, ils les emmenaient à Oconaluftee pour pêcher, visiter l'élevage de truites dans la montagne, ou ils s'asseyaient simplement sous le porche des Hale. Les hommes parlaient sport en buvant de la bière, assis dans leur rocking-chair, les filles balançaient leurs jambes par-dessus la rambarde, Mme Hale servait des tartes ou des cookies, ou un gâteau au chocolat et à la crème, avant de venir se pelotonner contre son mari.

Ce que la mère de Caitlyn ne faisait jamais. Elle disait que ça froisserait sa robe, son pantalon ou son chemisier. Elle ne faisait pas de gâteaux non plus. Elle n'en avait pas le temps. Elle ne faisait que travailler et mettre de l'argent de côté pour qu'ils puissent emménager dans une plus belle maison. Ce qui n'avait aucun sens pour Caitlyn. Pourquoi auraient-ils eu besoin de plus d'argent ? Ils en avaient plein, lui semblait-il. Et elle aimait sa maison telle qu'elle était, vieille et grinçante.

Ça n'avait pas plus de sens pour son père. C'était lui qui avait quitté sa famille en Pennsylvanie pour venir vivre dans la Caroline du Nord natale de sa mère après être tombé amoureux d'elle. Avant de rencontrer Jessalyn McSwain, il avait prévu de poursuivre sa carrière dans les marines, d'aller à l'université, puis de travailler pour le FBI. Il avait tout planifié. Mais, disait-il toujours en finissant son histoire, souriant de toutes ses dents, l'amour avait eu d'autres projets pour lui.

— Lena, murmura Caitlyn au téléphone, la voix étouffée par les souvenirs.

Bébé Lena. Sauf qu'elle n'était plus un bébé.

— Que s'est-il passé ?

— Elle a disparu.

L'agent du FBI en elle referma la porte du sentimentalisme.

— Vous n'avez pas besoin de moi. Signalez-la au service des personnes disparues. Pourquoi ne vous adressez-vous pas à sa mère et à sa sœur ? Elles peuvent orienter les recherches mieux que moi. Ça ne tombe pas sous la juridiction fédérale.

L'aumônier s'éclaircit de nouveau la voix, essayant de gagner du temps.

— Je suis désolé. Sa mère et sa sœur sont mortes il y a bientôt quatre ans, fauchées par un automobiliste ivre.

Caitlyn s'affaissa contre le mur qui faisait face à la porte de Paul, le regard rivé sur le numéro d'appartement en cuivre reflétant la lumière des élégantes appliques Art déco du couloir. Une petite partie d'elle aurait voulu être à l'intérieur, dans les bras de Paul, qui l'aurait protégée du choc soudain causé par le chagrin. Elle n'avait pas vu Vonnie ou sa mère depuis vingt-six ans. Il n'y avait aucune raison pour qu'on l'ait informée de leur mort. Mais l'objectivité des faits ne pouvait rien contre les larmes.

Elle cligna des yeux pour les empêcher de couler.

— Lena doit avoir dans les vingt-sept ans, n'est-ce pas ?

— Le mois prochain.

Exact. Un bébé de la Saint-Valentin. Caitlyn se rappela le blizzard qui avait bien failli piéger Mme Hale chez elle alors que le travail débutait. Vonnie et elle avaient déjà fait bouillir de l'eau et préparé des serviettes quand le père de Caitlyn était parvenu à traverser la tempête au volant de son SUV du département du shérif et l'avait emmenée juste à temps à la maternité.

— Elle obtiendra son diplôme de droit cet été, poursuivit Whitford.

— Lena va devenir avocate ?

— Elle pensait que c'était la meilleure façon de disculper son père. Elle n'a jamais douté de son innocence, tout comme sa sœur ou sa mère. Même si celui-ci refusait de nier sa culpabilité. Mais, alors qu'elles semblaient se résigner à accepter le destin, Lena s'est… eh bien… entêtée. Elle était déterminée à voir son père libre.

La colère envahit Caitlyn. Eli Hale était coupable. Tout le monde le savait, non ? Comment avait-il pu laisser sa fille gâcher ainsi sa vie ?

— Était ? Au passé ? releva Caitlyn.

Lena avait-elle découvert de nouvelles preuves contre son père ?

— Peut-être ne pouvait-elle pas accepter la vérité et qu'elle est partie ailleurs, suggéra-t-elle.

— Lorsque son père lui a dit d'arrêter de travailler sur son dossier, ils se sont brouillés. Elle était censée lui rendre visite et l'appeler, ce qu'elle n'a jamais fait. Mais je suis sûr qu'elle n'est pas simplement partie. Et, honnêtement, je ne suis pas certain qu'Eli mérite de rester en prison pour le restant de ses jours.

Cette dernière phrase avait été prononcée sur un ton de défi.

— Hale a avoué. Il n'y a pas de libération sur parole, au niveau fédéral. La perpétuité, c'est la perpétuité, dit-elle froidement, chassant les émotions qui lui retournaient l'estomac.

Émotions qu'elle avait passé le dernier quart de siècle à refouler. Son père était mort à cause de ce qu'avait fait Eli Hale, parce que celui-ci avait trahi leur amitié. Hale lui-même ne le niait pas. Il avait avoué lors d'une audience publique au tribunal avoir tué un homme et s'être servi de son amitié avec l'adjoint du shérif pour essayer de dissimuler son crime, entachant davantage la réputation de son père.

— Il mérite la prison.

Elle était de nouveau sur le point de raccrocher lorsque Whitford émit une nouvelle fois cet irritant raclement de gorge.

— Après sa tentative de suicide, alors qu'il était dans les vapes à cause des médicaments, Eli a dit quelque chose. Quelque chose qu'il nie maintenant, mais je l'ai parfaitement entendu. (Il débitait les mots comme s'il comprenait que c'était là sa dernière chance.) Il a dit : « Sean avait raison. La mort est le seul silence qu'ils accepteraient. » Sean, c'est votre père ?

— Mon père est mort.

Prise de vertiges, elle s'appuya contre le mur, luttant pour ne pas s'écrouler au sol, ne pas se laisser submerger par le flot de souvenirs et d'émotions. Son père ne savait pas qu'elle était présente, ce jour-là.

Elle avait séché les cours parce qu'il avait un rare jour de congé et que sa mère était au travail. C'était un merveilleux après-midi de printemps, trop beau pour qu'elle reste enfermée dans une vieille école puante. Il n'y avait plus qu'à prendre les cannes à pêche et à descendre la montagne pour rejoindre la rivière. Les truites n'attendaient qu'eux. C'était son seul réconfort. Qu'il ne l'ait pas su. Qu'il n'ait pas prévu que ce serait elle qui le trouverait.

La porte de l'appartement de Paul s'ouvrit. La lumière allumée dans son dos découpait sa silhouette. Un grand homme noir, comme Eli Hale. L'espace d'un instant, le passé percuta le présent. Paul avança, brisant l'illusion : il était plus mince qu'Eli, avait le corps élancé d'un coureur. Il plissait les yeux, inquiet. Il tendit la main vers elle. De l'autre, il tenait un torchon.

— Il m'a semblé entendre parler. Tout va bien ?

Elle hocha la tête, changea son téléphone de main, ses paumes devenues soudain moites, le collant un peu plus à son oreille pour que Paul n'entende rien. Elle lui tourna le dos. Il fallait qu'elle mette fin à cette conversation, pour laisser les vieux fantômes reposer une bonne fois pour toutes.

— Je sais que votre père s'est sui… est mort. Je comprends combien c'est douloureux pour vous, dit Whitford. Pourtant, chaque fois que je vois Eli, il parle de lui, évoque son souvenir, comme s'il faisait pénitence.

— Bien, aboya-t-elle. Ce ne sont pas mes affaires. S'il s'inquiète vraiment pour sa fille, raccrochez et appelez les flics.

— Il refuse. Il dit que si la police est impliquée ils tueront sa fille.

Les propos paranoïaques d'un homme qui avait passé la majeure partie de sa vie d'adulte en prison.

Paul l'observait. Son inquiétude se mua en irritation comme elle ne faisait pas mine de le rejoindre à l'intérieur. Elle ne savait pas vraiment pourquoi, mais elle se sentait obligée de lui épargner cette partie de sa vie. D'éviter de contaminer ce qu'elle avait aujourd'hui avec ce qu'elle avait perdu bien trop longtemps auparavant.

— Qui ça : « ils » ?

Elle regretta immédiatement d'avoir posé la question. Sa curiosité l'avait emporté.

— Il ne l'a pas dit. Mais la façon dont il parlait… (Vince Whitford marqua une pause.) Ça fait treize ans que je suis aumônier de prison. Agent Tierney, je ne m'effraie pas facilement et je sais reconnaître un bobard quand j'en entends un. J'ai senti qu'Eli était véritablement terrifié. La vie de Lena est en danger si nous ne faisons rien pour l'aider. Le directeur de la prison vous accorde un entretien avec Eli demain à 11 heures. Je vous en prie, venez. Parlez-lui. Je pense que vous êtes le seul espoir de Lena. Et d'Eli.

Ces derniers mots la convainquirent qu'Eli délirait. Quoi qu'il se passe avec Lena – et beaucoup de jeunes gens de vingt ans disparaissaient sans dire à leur père où ils allaient, même si celui-ci n'était pas enfermé dans un pénitencier fédéral –, ce qui motivait le pasteur était plus personnel : la rédemption pour un tueur pénitent.

Il ne tarderait pas à lui demander de pardonner à Hale.

Paul traversa le couloir, saisit sa main libre. Elle se laissa entraîner et parcourut les six pas jusqu'à l'appartement. Sa poigne paraissait si solide, si réelle en comparaison des souvenirs qui bourdonnaient dans sa tête. La stéréo diffusait du jazz. La table était dressée, le vin servi, les bougies allumées ; un homme chaleureux attendait.

— Je n'y peux rien. Je ne peux pas vous aider.

Elle fit ce qu'elle aurait dû faire dix minutes plus tôt. Elle raccrocha et se concentra sur l'homme qui se tenait devant elle. Elle lui adressa un grand sourire.

— Désolée, Paul. Le travail.

— Quelque chose d'important ?

Elle prit une profonde inspiration qui lui permit de sourire de plus belle.

— Non. Une vieille enquête qui ne dépend pas de ma juridiction. Rien à voir avec moi.

Le mensonge passa. Paul la débarrassa de son sac et la prit dans ses bras pour l'accueillir comme il se devait. Caitlyn le serra plus fort qu'elle n'en avait eu l'intention, sans pouvoir s'en empêcher. Elle respira son odeur : bois de santal et épices formaient un riche et alléchant mélange. C'était si bon. La meilleure chose qui lui soit jamais arrivée.

Cela la fit penser à Lena. Quelle ironie ! La fille d'Eli Hale avait passé sa vie à vouloir innocenter un meurtrier ayant avoué son crime, tandis que Caitlyn avait passé la sienne à mettre des meurtriers comme Eli Hale derrière les barreaux pour obtenir l'approbation de son père décédé. Toutes deux s'étaient attelées à une tâche impossible. Toutes deux menaient des vies impossibles.

Peut-être la mère de Caitlyn avait-elle raison : elle ne trouverait jamais le bonheur tant qu'elle ne laisserait pas le passé derrière elle. Peut-être était-ce pour cette raison que Paul lui faisait si peur. Il lui offrait un avenir qu'elle n'était pas certaine de mériter.

Chapitre 3

Les murs de la pièce étaient aveugles. Un cellier, peut-être, ou un dressing dont on aurait retiré les étagères et la tringle. Le sol était couvert d'une moquette bon marché assez vieille pour que les bords se racornissent. Elle sentait la vieille chaussette et la graisse de bacon rance. Au-dessus de sa tête, hors de portée, pendait une ampoule nue, dont le filament bourdonnait comme des moustiques dans une nuit chaude d'été. Un cordon pour l'actionner y était attaché. Elle ne l'allumait que lorsque les ténèbres devenaient trop écrasantes. Elle ne voulait pas risquer de la griller, ce qui la laisserait complètement démunie.

Aucune prise électrique qu'elle aurait pu transformer en Bat-Signal à l'aide d'un chewing-gum et d'une barrette. Si toutefois elle avait eu du chewing-gum ou une barrette. Aucune plinthe qu'elle aurait pu arracher pour en faire une arme. Sous la moquette, du contreplaqué fixé au sol par des clous sans tête enfoncés par une cloueuse. Impossible d'en arracher un. Elle avait pourtant essayé quand elle avait commencé à vraiment s'ennuyer.

Il n'y avait aucun meuble si l'on exceptait les toilettes chimiques dans le coin, à l'autre bout de la pièce. Elle avait suffisamment de place pour s'allonger si elle positionnait le sac de couchage en diagonale sur le sol. Ils lui avaient laissé un pack d'eau, quelques bouteilles de boisson énergétique, des crackers et du beurre de cacahuètes, suffisamment pour une semaine, si elle était précautionneuse. Et cette pièce, quels que soient sa localisation et son usage précédent, était suffisamment chaude tant qu'elle gardait son manteau.

Elle n'avait pas vu leur visage. Pas vraiment. Ce qui lui permettait de garder espoir.

Elle ne savait pas depuis combien de temps elle était là. Ils ne l'avaient pas touchée, hormis pour la fouiller quand elle était inconsciente et la dépouiller de tout ce qui pouvait servir d'arme, y compris sa montre, qui lui manquait terriblement.

Ils lui avaient pris ses chaussures. Pour une raison qu'elle ignorait, elle n'arrêtait pas d'y penser. Elles n'étaient pas chères, de simples bottes de ville achetées en soldes chez *Walmart* pour aller avec sa robe. Elle voulait avoir l'air professionnelle quand elle parlait au docteur Bearmeat au bureau des archives. Elle n'avait plus aux pieds que ses chaussettes blanches bon marché qui juraient avec sa robe bleu marine. Ça rendait les choses trop réelles. Terrifiantes.

Jusqu'à ce que l'un d'entre eux, le maigrelet dont elle n'avait remarqué que les étranges yeux bleus émaillés d'argent, ne revienne discrètement la voir pour lui rendre sa petite croix en or. Il avait semblé comprendre combien c'était important pour elle. Elle la serrait dans sa main, en ce moment même. Un mince réconfort, dans les ténèbres.

Ils ne lui avaient rien demandé – un soulagement, vu qu'elle ne savait presque rien. Elle se faisait beaucoup d'idées, des idées qui s'étaient transformées en véritables théories du complot après l'enlèvement. Mais sans la moindre preuve rien pour négocier.

Pourquoi l'avaient-ils laissée en vie ? Peu importaient le nombre de prières ou la foi qu'elle plaçait dans la volonté de Dieu, la question la travaillait. Ne serait-il pas plus prudent pour eux de la tuer ? De la réduire définitivement au silence ?

Sauf si elle servait de monnaie d'échange. Si on l'utilisait pour faire pression sur quelqu'un. Et ça ne pouvait être qu'une seule personne : son père.

— C'est inutile, cria-t-elle. Il n'en a rien à foutre de moi.

Rien n'indiquait qu'on l'ait entendue. Il n'y avait aucun bruit hormis sa respiration irrégulière. Le silence l'encourageait à crier. Elle était prisonnière, seule dans le noir ; se parler à elle-même valait mieux qu'écouter les bruits qu'elle ne voulait pas entendre : des pas, un pistolet que l'on arme, les rires nerveux d'hommes qui ont décidé de s'amuser un peu avec elle avant de se débarrasser de son cadavre…

— Qu'est-ce que vous voulez ?

Elle se nicha dans un coin, serrant les genoux contre sa poitrine, priant. Elle s'arrêta et prêta l'oreille. Le parquet craqua sous le poids d'un homme. Ou était-ce simplement son imagination ? Elle retint son souffle. *Pitié, non ! Mon Dieu, je vous en supplie, aidez-moi !*

Le sol craqua de nouveau. Elle était croyante. Il ne lui restait plus que la foi. Mais, pour la première fois en vingt-six ans, Lena Hale se demanda si Dieu écoutait les prières. Peut-être était-Il une ordure égoïste qui ne se souciait pas de ses enfants, tout comme Eli.

Peut-être, tout comme Eli, l'abandonnerait-Il, pour la laisser mourir seule.

Chapitre 4

Le dîner aux chandelles était composé d'aubergines, de tomates et de bœuf braisé, servis avec un bon merlot mais dans une ambiance tendue.

Paul et elle avaient un accord : il ne parlait pas de ses patients et elle n'évoquait pas ses enquêtes. Mais cette fois-ci c'était différent. Elle voyait qu'il voulait lui poser des questions, qu'il attendait, espérait qu'elle lui explique quel genre de « travail » l'avait à ce point contrariée.

Que pouvait-elle dire ? Que ce n'était pas une enquête mais que c'était en rapport avec son père, mort vingt-six ans plus tôt ? Mort à cause d'un homme qu'elle considérait comme son deuxième papa, quand elle était jeune et stupide et qu'elle n'avait pas encore maîtrisé l'art de protéger son cœur ?

Ou la fille. Bébé Lena. Disparue. Et qui n'avait peut-être tout simplement plus envie de parler à son père. Qui savait ? Si ce que croyait Whitford était vrai, Lena était en danger. Bien sûr, il n'avait aucune preuve, juste des craintes.

Après avoir nettoyé la cuisine, Caitlyn prit son téléphone portable et trouva deux numéros au nom de Lena : celui de son cellulaire et celui d'une résidence à Durnham. Aucun des deux ne répondit. Ça ne voulait rien dire. Les étudiants en droit pouvaient passer la nuit dehors et ne pas répondre à leur téléphone. De plus, ce n'était pas dans la juridiction de Caitlyn : elle ne pouvait pas tout laisser en plan pour enquêter. Les forces de l'ordre ne fonctionnaient pas ainsi dans la vraie vie.

Une raison de plus pour ne pas détailler à Paul l'appel de Whitford. Il ne comprendrait pas. Comme l'aumônier. Ils entendaient « FBI » et ils s'imaginaient qu'elle avait les clés d'un royaume magique où de super ordinateurs pouvaient repérer un visage parmi la foule du Super Bowl ou identifier quelqu'un n'importe où dans le pays à partir d'une empreinte baveuse dans les dix secondes précédant la coupure de pub. Foutus *Experts*.

— Qu'est-ce qui ne va pas ? demanda-t-il alors qu'ils étaient tous les deux au lit, plus tard dans la soirée.

Elle avait été préoccupée au cours du dîner comme pendant l'amour. C'était entièrement la faute de Caitlyn. Quand elle était anxieuse, elle avait tendance à avoir recours au sexe pour faire diversion. Ce soir, ça n'avait pas marché.

— Le travail.

Un autre mensonge. Pour être honnête, toujours le même mensonge.

— Je croyais que tu étais contente de ne pas avoir été mutée.

Il la prit dans ses bras et la serra contre lui. Ses doigts caressèrent la cicatrice en forme de « k » sur la poitrine de Caitlyn. Un souvenir remontant à six mois, quand elle s'était frottée à un psychopathe. Ça picotait sous ses caresses. Elle bougea de sorte que la main de Paul se retrouve sur son sein. C'était bien mieux. Alors qu'elle se détendait dans ses bras, pensant qu'il était peut-être temps pour plus de diversion sexuelle et ludique, il brisa l'ambiance en disant d'un ton plaintif :

— Qui sait où ils pourraient t'envoyer.

Elle essaya de dédramatiser.

— À Bismarck, dans le Dakota du Nord.

Il se redressa.

— Sérieusement ?

Elle sourit, même s'il ne pouvait la voir dans le noir. C'était à Bismarck que les instructeurs de l'académie menaçaient d'envoyer les agents en formation qui merdaient.

— Non. C'est juste une vieille blague du FBI.

— Je ne trouve pas ça drôle.

Il se rallongea, silencieux, dessinant du bout des doigts des cercles sur l'épaule de Caitlyn. D'ordinaire, son contact suffisait à la relaxer, mais, ce soir, c'était davantage une distraction. Un autre sujet d'inquiétude : le quitter quand elle serait finalement réaffectée. Le faire souffrir. Souffrir elle-même.

Cette histoire – la leur – n'était pas censée durer aussi longtemps. Très au-delà des limites de ses aventures habituelles, elle était perdue, sans carte.

Quand Caitlyn sombra finalement dans le sommeil, ses rêves furent envahis de fragments d'images qui s'entrechoquaient alors qu'elle tentait de les assembler pour former un ensemble cohérent.

Lena, riant et trottant pour échapper à Vonnie qui lui courait après, une couche propre à la main… Son père et Eli Hale assis sous le porche. Mais au lieu de se détendre en se balançant sur leur rocking-chair, une bière à la main, ils avaient une conversation sérieuse. C'était toujours drôle de les voir comme ça : Sean Tierney, pâle, les cheveux carotte, mince et aux muscles noueux, en tête à tête avec un homme qui faisait presque deux fois sa taille, à la peau noire et au crâne rasé.

— Allez jouer plus loin, les filles, aboya son père lorsque Vonnie et elle avaient sauté sur les marches. Fichez-nous la paix.

Eli ne dit rien. Il se contenta de lancer un regard sévère à Vonnie qui écarquilla les yeux et tira Caitlyn par le bras pour redescendre les marches du porche. C'était une mauvaise période. Eli semblait avoir des ennuis, et Sean Tierney était la seule personne qui puisse l'aider.

C'était ce que faisait le père de Caitlyn. Il aidait les gens. « Le meilleur travail du monde », disait-il.

Elle voulait être comme lui. Elle entraîna Vonnie sur le côté du porche, où elles se glissèrent par un trou dans le treillage et se tapirent juste sous leurs pères. Comment pouvaient-elles aider si elles ne savaient pas ce qui se passait ?

— C'est la vérité, disait Sean Tierney, d'un ton qui n'était pas aussi calme et égal que celui que Caitlyn trouvait d'ordinaire si rassurant. Pourquoi devrais-je arrêter de le dire ?

— Ne sois pas si tête de mule. Tous les éléments qu'ils ont prouvent que je l'ai fait. J'ai tué cet homme. Mieux vaut pour tout le monde que je dise la même chose.

Eli semblait triste, comme si quelqu'un était mort.

— C'est de la folie ! Tu ne peux pas faire ça…

— Laisse-moi décider ce que je peux ou ne peux pas faire, répondit Eli d'une voix sombre. Je suis prêt à tout pour protéger ma famille.

Des bottes d'homme tapèrent si fort au-dessus d'elles que de la poussière tomba sur Vonnie et Caitlyn.

— Je ne mentirai pas. Surtout si ça signifie envoyer un innocent en prison, déclara son père.

— Alors tais-toi. Ferme-la et occupe-toi de tes affaires. Compris ?

— Eli. Je ne peux pas…

— Je ne te demande pas si tu peux ou non, Sean. Je l'exige. Il n'y a pas le choix. (Il baissa la voix.) Ne m'oblige pas à te supplier. Je le ferai. Mais ne m'y oblige pas.

Un cri de femme couvrit la réponse de Sean Tierney. Caitlyn se redressa dans le lit, encore à moitié endormie. Était-ce un rêve ?

Un bruit sourd fit trembler le mur derrière elle. Paul grogna et se retourna, tendant la main vers elle. Elle repoussa son bras et se glissa hors du lit, attrapant son arme de service.

— Non ! hurla de nouveau la femme.

Le bruit d'une gifle la fit taire.

— Caitlyn, où vas-tu ? murmura Paul en sortant du lit et en se dirigeant vers elle.

— Il faut que je voie ce qui se passe, que j'aide cette femme.

Il l'attrapa par le bras.

— Arrête. Tu ne sauveras personne. Ils font ça régulièrement. Ils se soûlent, cassent tout et se rabibochent.

— Appelle la police.

— Je te dis que c'est inutile. Sérieusement. (Il la fit pivoter pour qu'elle soit face à lui.) Elle va bien. Les premières fois, j'ai sonné chez eux pour m'en assurer. Ils cassent beaucoup de vaisselle… (Un nouveau bruit sourd contre le mur ponctua ses mots.) Ils se hurlent dessus, mais, crois-moi, il n'y a aucune raison que tu t'en mêles. Et puis elle lui en met autant qu'elle en reçoit.

Elle le dévisagea. Qui était-il pour se permettre ce jugement ? Avait-il la moindre idée du nombre de femmes qui mouraient dans leur foyer, sous les coups de l'homme qu'elles aimaient ?

— Je sais pourquoi tu fais ça, pourquoi tu fonces, poursuivit-il.

Il fallait toujours que Paul analyse tout, comme il le faisait avec ses rayons X et ses IRM.

— Je ne fonce nulle part. Je suis un agent assermenté de la loi. C'est mon boulot.

— C'est la culpabilité du survivant.

Il détourna son attention de ce qui se passait dans l'appartement voisin et de son plan d'approche. Ça n'était jamais bon d'être distrait dans un cas de violence conjugale, mais il ne pouvait pas savoir ça.

— Quoi ?

— Tu te sens coupable parce que ce type est mort et que tu es vivante.

Il lui parlait de sa dernière affaire, juste avant leur rencontre. Elle ne lui avait jamais raconté les détails, bien que la presse en ait parlé. Sans donner toutes les circonstances, mais suffisamment pour remplir les blancs.

— Ça n'était pas ta faute, Caitlyn. Tu penses lui devoir quelque chose, pouvoir payer ta dette si tu vas sauver le monde. Mais tu ne dois rien à personne.

Elle se figea. Prise entre Paul et la porte. Exposée. Exactement comme son agent en formation plus tôt dans la journée. Les bruits provenant de l'appartement voisin disparurent. Le pistolet semblait lourd dans sa main, la lestant comme une ancre.

Paul avança vers elle et posa les mains sur ses épaules. Pour une fois, son contact ne la réconforta pas. Elle se dégagea d'un haussement d'épaules.

— Caitlyn. (Sa voix était légèrement teintée d'irritation, ce qui ne fit que l'éloigner davantage de lui.) Reviens te coucher.

Brusquement, alors qu'elle tendait l'oreille pour entendre si la voisine était toujours en vie, tremblant dans la nuit, tout devint limpide pour Caitlyn. Elle comprit ce que Paul désirait vraiment.

— Tu veux que je démissionne.

Il ne broncha même pas.

— Tu as payé ton tribut, tu as failli mourir. Deux fois. Je ne sais pas ce que je ferais s'il t'arrivait quelque chose.

Il s'approcha de nouveau d'elle. Il l'enlaça et posa les lèvres sur le haut de sa tête. Son odeur était enivrante et elle faillit céder, faillit capituler.

Des grincements de lit et un rire de femme parvinrent de l'appartement voisin. Elle était toujours vivante. Ce n'étaient que des préliminaires bruyants. Paul avait raison. Sur un point.

Caitlyn se détacha de lui et rengaina son pistolet, puis se retourna pour lui faire face.

— Tu es sérieux. À propos de ma démission.

Il parut surpris.

— Tu es intelligente, Caitlyn. Tu pourrais faire tout ce que tu veux. Pourquoi rester dans cette impasse professionnelle, sans la moindre chance de promotion, alors que tes patrons ne veulent de toute façon pas de toi ?

À cet instant, il parlait exactement comme Jessalyn, toujours déçue que Caitlyn n'ait pas mieux réussi sa vie, qu'elle ait choisi de suivre les traces de son père. Exactement comme cette voix dans sa tête chaque fois que son patron l'appelait pour lui dire que le BRP avait encore quelques questions. Ou que ses tests d'aptitude physique avaient été une nouvelle fois reportés. Ou bien encore que le Bureau cherchait le « bon » poste pour elle et que cela pouvait prendre du temps avant qu'elle se retrouve de nouveau sur le terrain.

Les huiles du FBI ne voulaient pas d'elle, alors pourquoi rester ? Pour attendre qu'ils trouvent une raison de la virer ? Pourquoi ne pas simplement partir ?

Elle souhaitait avoir la réponse.

Elle souhaitait encore davantage pouvoir faire abstraction du ressentiment qui brûlait en elle, et que Paul avait allumé en lui suggérant de démissionner. Il en parlait comme s'il s'agissait autant de sa décision que de la sienne. Comme s'il s'agissait de sa propre vie.

Eh bien, tant pis ! Au moins, elle était en terrain connu sur le plan amoureux. Elle savait sur quoi tout cela allait aboutir.

Il sourit et tendit la main vers elle quand elle s'assit sur le lit. Elle se pencha en avant pour éviter le contact et attrapa son jean, qu'elle avait laissé pendre au bord du lit.

— Où vas-tu ?

La fierté blessée altérait sa douce voix de baryton.

— Je dois y aller.

— À cette heure de la nuit ? Où ?

— En Caroline du Nord.

Elle ne prit pas la peine de mettre son soutien-gorge et enfila sa polaire en col V par-dessus son débardeur. L'électricité statique lui fit dresser les cheveux sur la tête, tels des fils rouges dansant dans la faible lumière provenant de la fenêtre.

— Je croyais qu'on n'allait pas à Charlotte avant le mois prochain.

Exact. Le voyage tant redouté pour voir la mère de Caitlyn, puis ses parents à lui, à Atlanta.

— Pas à Charlotte. Un pénitencier fédéral, en périphérie de Raleigh. Je dois voir un prisonnier.

Cinq minutes plus tard, elle se retrouva de l'autre côté de la porte d'entrée, essayant d'ignorer la vague de soulagement qui la submergeait. C'était un type bien. Il ne méritait pas cette merde. Sa merde.

Il lui manquait déjà.

Chapitre 5

C'était le léopard qui l'inquiétait le plus.

Les autres s'étaient très bien adaptés à leur nouvelle maison, comme ils étaient censés le faire. À part les chimpanzés. Ils avaient été plus malins que lui, la première nuit. Bernie avait verrouillé les portes de la cabane, mais ils s'étaient échappés par une fenêtre. Ils ne s'étaient pas enfuis, pourtant. Ils semblaient apprécier de jouer à cache-cache, lui sautant dessus quand il nourrissait les autres ou changeait leur paille, criant depuis les toits et les arbres, gambadant de bungalow en bungalow, explorant les environs. Parfaitement dans leur élément. Comme les autres.

Bien sûr, le paresseux à trois griffes continuait de creuser les murs du bungalow qu'il partageait avec les lémuriens. Mais, sitôt que Bernie déposait du bois de chauffage et quelques branches d'arbre, l'animal était heureux comme une truite gobant des éphémères. Même le lion, aussi vieux, fatigué et mité qu'il fût, s'était parfaitement bien habitué à ses nouveaux quartiers. Il lâchait un grognement et un sourire édenté chaque fois que Bernie ouvrait la porte du bungalow pour y déposer sa viande de chevreuil fraîche et hachée.

Bernie commençait à penser que s'il parvenait à empêcher les Faucheurs de découvrir qu'il avait volé les animaux il pourrait peut-être les garder ici avec lui. Probablement pas. Mais il s'était révélé plus difficile que prévu de trouver un bon foyer à des animaux sauvages volés. Les zoos qu'il avait contactés voulaient tous des documents, les carnets de santé, ce genre de trucs.

Merde, il n'arrivait même pas à faire manger le léopard ! Bernie avait particulièrement soigné l'habitat de l'animal, en choisissant le solide chalet en rondins central plutôt que les bungalows des invités disséminés autour du terrain, plus fragiles. Bernie avait condamné les fenêtres avec des planches de bois. Le léopard ne pouvant venir à bout des murs du chalet à coups de griffes, il avait creusé le toit de plâtre et s'était terré sous les chevrons. Chaque fois que Bernie approchait du chalet, l'animal gémissait comme s'il était malade, une douce lamentation qui lui nouait l'estomac. Son instinct lui disait de fuir.

Il ne pouvait pas abandonner cette pauvre bête. Pas après tout ce qu'elle avait traversé, d'abord avec ce trou du cul et son « zoo » exotique pour enfants, là-bas, à Pigeon Forge. Puis quand celui-ci n'avait pas pu rembourser son emprunt et que les Faucheurs étaient venus prendre les animaux. Les motards s'étaient dit qu'ils pourraient se faire de l'argent avec ces animaux exotiques, perdus loin de leur habitat d'où on les avait enlevés. Ils avaient prévu de permettre à deux chasseurs de s'offrir, contre rémunération, la chance de leur vie.

Alors qu'avaient fait les Faucheurs une fois les créatures en cage sur la remorque-plateau ? Ils s'étaient mis à tirer. « Pour les entraîner », avait dit Poppy en prenant une bouteille vide de Jack Daniel's posée au sol pour cible. Il avait ri quand les éclats de verre avaient volé dans la cage des chimpanzés, les faisant grimper aux barreaux pour se réfugier dans le coin opposé.

Bernie aimait Poppy. Il aimait tous les gars du club de motards. Le club était sa famille. Mais tout comme sa vraie famille ils pouvaient parfois se révéler être de parfaits connards.

Peut-être le léopard était-il en état de choc. Peut-être était-ce pour ça qu'il ne mangeait pas et ne descendait pas de son perchoir. Il se contentait de s'allonger là-haut et de faire ces bruits qui faisaient claquer des dents à Bernie et lui dressaient les cheveux sur la tête.

Il gara son pick-up devant la grande cabane de deux étages. La station Teddy-Roosevelt avait connu des jours meilleurs. Elle avait été bâtie dans les années 1930 avec l'espoir que le parc national des Smoky Mountains, que le Corps civil de conservation et l'Administration des projets d'aménagement mettaient alors sur pied dans les montagnes, attirerait les familles. Elle était composée de quatorze bungalows disséminés tout autour du périmètre que formaient les bois et d'une bâtisse centrale de deux étages. Le terrain était accidenté. La station se situait si haut qu'elle baignait dans le brouillard ou l'ombre la plupart de la journée. Elle était prise entre la réserve cherokee de Qualla Boundary au nord-est et le parc national, sans la moindre possibilité pour se développer davantage.

Le propriétaire originel avait cru que l'isolement et la vue spectaculaire feraient de cet emplacement situé à mi-hauteur à flanc de montagne un pari payant, bien que le seul accès soit une route dangereuse, un défi pour la plupart des véhicules.

Il avait eu tort. Et la propriété s'était détériorée, passant par les mains d'une dizaine d'entrepreneurs tout aussi enthousiastes, jusqu'à ce que, finalement, le père de Bernie la reprenne en concluant une plus large affaire. Il l'avait donnée à son fils en lui disant : « Même toi, tu ne peux pas faire empirer la situation. »

C'était ce que son père avait fait de mieux pour lui. Bernie adorait la station. Il n'y avait ni voisins ni visiteurs. Personne ne voulait grimper en voiture l'étroite route en lacet qui ne menait nulle part. Quand la vie avec les Faucheurs devenait trop agitée et étouffante, il pouvait se réfugier ici pour réfléchir et rêver.

Il imaginait transformer la station en véritable maison. Il s'y installerait avec une fille, élèverait des gosses qui grandiraient avec les animaux, apprenant à vivre en harmonie avec la nature. La plupart de ses rêves lui venaient des films et des séries télé qu'il avait regardés enfant, du temps où ses parents étaient eux-mêmes jeunes, comme *L'Île aux naufragés*, *Tarzan*, *Les Robinson suisses*, *Docteur Dolittle*…

Il avait à présent une occasion de vivre ses rêves. D'abord, Dieu lui avait envoyé ces animaux à sauver et à soigner.

Puis, la nuit dernière, Il lui avait envoyé la fille. Elle était parfaite : intelligente, belle et croyante. Il s'était quelques fois adossé à la porte, pour simplement l'écouter prier, le visage noyé de larmes. Il ignorait pourquoi il pleurait. Il supposait qu'il comprenait enfin ce que ses parents voulaient dire quand ils parlaient de l'émotion que leur procurait le Saint-Esprit. Elle l'émouvait comme personne ne l'avait jamais fait.

Son père n'approuverait pas.

La justice le bouclerait pour de bon.

Si les Faucheurs découvraient ça, ils le tueraient.

Chapitre 6

Caitlyn roulait le long des halos jaunes des banlieues-dortoirs endormies qui ponctuaient la route 28, sans se soucier des limitations de vitesse ni des feux orange. Son téléphone sonna. Paul. Elle le mit sur haut-parleur bien qu'elle déteste parler en conduisant.

— Mon cœur, dit-il d'une voix traînante, sa meilleure imitation de Barry White. Tu me manques. Rentre à la maison avant que ton côté du lit refroidisse.

Elle rit. Paul était le premier homme avec qui elle sortait qui pouvait toujours la faire rire. Elle était folle de simplement penser le quitter. Mais elle ne pouvait pas concevoir la vie avec lui. Du moins, pas comme il l'imaginait. Le doute la déstabilisait. Elle recourut à une faible tentative d'humour.

— Je t'ai dit ce que je ferai si tu m'appelais « mon cœur » encore une fois.

— Oh oui, mon cœur, viens me montrer quel méchant garçon je suis ! (Il laissa tomber l'imitation, trop difficile à poursuivre alors qu'il était lui-même en train de rire.) Sérieusement, Caitlyn, rentre à la maison qu'on en discute.

Discuter avec Paul de l'avenir de leur relation. Ou parler avec l'homme responsable de la mort de son père. Le choix était simple.

— Je dois vraiment être à Raleigh dans la matinée. Je t'appelle dès que je rentre.

— Tu seras revenue pour le week-end ?

Il paraissait anxieux. Bon Dieu, il n'avait rien prévu de stupide impliquant une bague, si ? C'était tout à fait son genre d'orchestrer une surprise élaborée. Une petite partie d'elle voulait être cette fille, celle qui avait un homme désireux de l'enchanter et de la surprendre. Presque tout en elle était simplement trop effrayé pour même y penser.

— Je n'en suis pas sûre.

Le soupir de Paul emplit la distance qui s'était installée entre eux.

— OK. Sois prudente sur la route. Appelle-moi.

— Oui.

Elle raccrocha, son attention focalisée sur l'autoroute déserte devant elle.

Une fois chez elle, elle gara la Subaru devant la bâtisse victorienne restaurée. Elle grimpa l'escalier extérieur grinçant qui menait à son appartement au premier étage aussi silencieusement que possible. Comme elle, la propriétaire était une insomniaque chronique susceptible de monter la voir pour discuter si elle entendait que Caitlyn était debout.

Quitter son appartement serait la deuxième chose la plus difficile à faire quand elle obtiendrait finalement sa nouvelle affectation. Elle adorait cet endroit haut de plafond avec ses grandes fenêtres mal isolées. C'était la première fois qu'elle avait véritablement fait un sanctuaire de ce qui n'étaient que des quartiers provisoires.

Rien de luxueux. Le canapé et le tapis de course se partageaient le salon. Elle mangeait debout au comptoir de la cuisine parce qu'elle n'avait jamais trouvé le temps d'acheter une table et des chaises. Mais chaque fois qu'elle franchissait le seuil de la porte elle sentait un poids s'envoler. Elle pouvait baisser sa garde. Réellement se détendre. En se pelotonnant ou en lisant un livre ou en s'entraînant devant les rediffusions de *Doctor Who*. Ou simplement assise sur le canapé à nettoyer ses armes.

L'objet principal de la pièce se trouvait dans le coin : un petit coffre équipé d'une serrure à combinaison rétro. Il faisait à peu près la taille d'une malle, mais était moitié moins profond. Il était assez lourd pour tenir debout et assez petit pour être glissé dans le coffre d'une voiture. C'était le meuble qu'elle avait emporté avec elle à chaque déménagement. Le seul objet qu'elle avait hérité de son père.

Elle prit une douche rapide et mit sa tenue de bureau : un pantalon bleu marine et un chemisier blanc. Puis elle s'accroupit devant le coffre à armes et tourna le bouton de la porte pour l'ouvrir. Elle aimait la façon dont cliquetaient les gorges de la serrure quand le bouton tournait. C'était comme ouvrir un coffre de banque. Enfant, elle collait son oreille contre la porte, faisant semblant d'être Willie Sutton ouvrant un coffre-fort. Bien sûr, elle n'y était jamais parvenue. Mais c'était drôle d'essayer.

L'odeur de l'antioxydant l'accueillit, une odeur qu'elle associait à son père, bien plus que n'importe quels eau de Cologne ou après-rasage. Elle fit glisser les doigts sur les finitions soyeuses, se souvenant d'avoir aidé son père à poncer la porte et les panneaux, la sciure lui chatouillant le nez. Son père souriait alors qu'ils travaillaient ensemble, dans le sens du fil du bois, toujours.

Elle choisit l'arme de secours qu'elle voulait sur une étagère à l'intérieur de la porte. Un Glock 27. Un calibre 40 suffisamment petit pour se glisser dans un holster de cheville ou dans le creux des reins. L'espace principal était conçu pour les longues armes : le vieux fusil pour chasser le cerf de son père et son Remington calibre 870 se tenaient côte à côte, attendant comme de vieux amis.

Pas aujourd'hui. Elle n'avait probablement pas besoin du petit Glock, encore moins de la matraque télescopique ASP ou du couteau Gerber qu'elle portait. Mais Caitlyn aimait être parée à tout quand elle prenait la route. On ne savait jamais sur quoi on pouvait tomber.

Après avoir préparé des vêtements pour plusieurs jours – *au cas où*, se dit-elle – et laissé un message sur le répondeur de LaSovage pour lui dire qu'elle prenait un jour de congé – bien qu'elle ne manquerait à personne dans son rôle de bandit de secours dans les exercices – Caitlyn reprit la route. Elle était suffisamment au sud de Washington et il était assez tôt dans la matinée pour que l'autoroute ne soit pas encombrée. Elle avait la voie de gauche pratiquement pour elle seule. Passé Richmond, la I-85 qui traversait le sud de la Virginie était une longue route monotone. Mais elle ne craignait pas de s'endormir au volant. Trop de fantômes la gardaient éveillée.

Le visage de son père, les cheveux roux – du même roux que ceux de Caitlyn, qui les différenciaient du reste de la famille – dans une flaque de sang. Un film terne sur ses yeux d'ordinaire étincelants d'intelligence et de bonté, qui laissait un voile comme la brume qui s'accrochait à la rivière les matins nuageux. Sa peau était encore chaude quand elle avait avancé la main pour lui toucher la joue, incapable de croire ce que pourtant elle voyait. Mais pas assez chaude. Elle s'agenouilla sur le sol de leur salon, la pièce où elle s'asseyait pour regarder des dessins animés après l'école et où elle entendait les bottes de son père claquer sur les marches du porche, attendant qu'il ouvre la porte pour la prendre dans ses bras, lui rappelant que même si le monde était peut-être un endroit gigantesque et dangereux il était là pour la protéger.

Un routier klaxonna lorsque Caitlyn dériva de l'autre côté de la ligne blanche. Elle braqua le volant, et mit l'incident sur le compte du manque de caféine en essuyant les larmes de son poing.

Elle n'avait jamais blâmé son père. Vingt-six années, et elle ne l'avait jamais blâmé.

Contrairement à sa mère. Au reste de la famille. Les gens à l'église, en ville, à l'école. Evergreen, en Caroline du Nord, était une petite ville en bordure de la réserve cherokee. Le genre de ville où tout le monde connaissait les affaires des autres et ne se privait pas de juger.

Ils avaient qualifié Sean Tierney de « faible ». De « lâche ».

Elle s'était tellement bagarrée, avait insulté les gens et crié sur tant d'adultes, dont leur pasteur, que sa mère l'avait enfermée dans sa chambre. Bien sûr, Jessalyn ne se doutait pas que Caitlyn pouvait entendre tout ce qui se disait dans la cuisine et le salon par le conduit d'aération. C'est à ce moment-là qu'elle avait appris la vérité : son père s'était suicidé à cause de ce qu'Eli avait fait. Il avait été sur le point de perdre son travail parce qu'il défendait toujours Eli. Il avait essayé de prouver son innocence, avait dit qu'il était avec lui au moment du meurtre, même après qu'Eli avait avoué avoir frappé un ancien de la tribu cherokee et mis le feu à sa maison pour couvrir son crime.

Non, elle n'en voulait pas à son père de l'avoir abandonnée voilà des années de cela. Pour avoir choisi la voie des lâches. Pour avoir détruit son monde.

Elle n'en voulait pas à son père. Elle blâmait Eli Hale.

Le temps d'arriver sur le site de Butner, sa colère s'était transformée en parfaite humeur massacrante, plus en adéquation avec une journée pluvieuse qu'avec cette matinée de janvier fraîche et ensoleillée que le monde lui présentait. L'ICF Butner Un, l'un des nombreux bâtiments de sécurité moyenne du site, était magnifique. Si l'on faisait abstraction de la clôture en grillage double torsion de près de quatre mètres de hauteur, surmontée de fil barbelé concertina, on pouvait penser pénétrer dans le siège d'un industriel soucieux de l'environnement.

Des arbres et des buissons d'ornement bordaient la cour derrière le bâtiment administratif. Chaque buisson était taillé en une parfaite boule verte. De larges espaces verts séparaient les unités d'habitation nommées d'après les universités de la côte Atlantique. La cour de promenade comptait un terrain de pétanque et de base-ball, des pistes de course, et une hutte à sudation pour l'importante population amérindienne incarcérée ici. La seule chose qui la différenciait des campus sportifs d'élite était le grillage qui la recouvrait pour empêcher les prisonniers de s'évader par hélicoptère. Caitlyn se gara devant le bâtiment administratif et se demanda si les Amérindiens s'en prenaient à Eli Hale. Après tout, c'était un Noir qui avait tué un ancien de la tribu de Cherokees de l'Est d'une manière particulièrement brutale, le matraquant à mort et brûlant sa maison. Peut-être que la vie ici n'était pas aussi douce que dans un country club, contrairement à ce que pouvaient laisser croire les sentiers doucement incurvés et joliment fleuris. Une partie d'elle-même – la Caitlyn âgée de neuf ans – l'espérait.

L'autre partie se demandait comment quelqu'un enfermé à perpétuité restait sain d'esprit, aussi joli soit le cadre. Même après vingt-cinq ans d'incarcération, Hale devait tout juste approcher la soixantaine. Il lui restait beaucoup d'années à vivre. Des années à penser à ce qu'il avait perdu. À la façon dont il avait trahi son meilleur ami. À ce qu'il avait pris à Caitlyn et à sa mère.

Jessalyn ne s'était jamais remise de la mort de son mari. Elle n'avait pas eu d'autres relations amoureuses, du moins pas à la connaissance de Caitlyn. Elle avait quitté la maison de son enfance pour emmener sa fille loin des mauvais souvenirs. Elle avait tout abandonné pour lui offrir une nouvelle vie.

Tout ça à cause d'Eli Hale. Caitlyn inspira profondément, essayant d'étouffer l'aigreur qui se répandait dans ses veines comme un shot de tequila bon marché. Une autre inspiration suivit pendant qu'elle se remettait en tête qu'elle était un agent fédéral des forces de l'ordre venu interroger un prisonnier. Rien de plus, rien de moins.

Elle glissa son insigne dans la poche de sa veste, son pistolet dans son holster de ceinture et elle plaça le reste à l'abri dans le coffre à serrure vissé à la carrosserie de la voiture. Pas aussi bien que le coffre à armes de son père, mais cela permettait de dissuader un peu plus les voleurs. Les téléphones portables n'étaient pas autorisés à l'intérieur de la prison, alors elle laissa le sien dans la voiture avec son portefeuille, sa veste en cuir, ses armes de secours et son sac de vêtements.

Il était encore tôt, tout juste 10 heures passées, mais elle savait que les modalités prendraient du temps. Comme les heures de visite ne commençaient véritablement que plus tard dans la matinée, il fallait que les gardes escortent Hale jusqu'à elle, ce qui prendrait plus de temps. C'était probablement la raison pour laquelle le directeur avait fait coïncider l'entrevue avec le transfert de Hale du centre médical à son unité. Gestion efficace des ressources humaines.

Le gardien qui se trouvait au bureau d'accueil ne semblait pas de cet avis. Il grogna sans regarder Caitlyn après que celle-ci eut rempli les formulaires requis et présenté sa pièce d'identité. Son monde semblait se résumer à l'écran d'ordinateur et au clavier devant lui.

— Nous sommes presque au double de notre capacité et nous manquons de personnel, répondit-il, sur la défensive, à la question qu'elle n'avait pas posée, comme si elle devait implorer son pardon et lui ficher la paix. Vous allez devoir attendre.

— Combien de temps ? demanda Caitlyn.

Le hall d'accueil s'emplissait déjà de familles qui faisaient la queue pour les visites.

— Écoutez, madame, vous pouvez attendre ici ou aller vous asseoir dans une salle d'interrogatoire.

— Va pour la salle d'interrogatoire.

C'était toujours mieux que de rester pour se faire dévisager par des femmes aigries et risquer de se faire contaminer par leurs morveux. Encore une chose qui jouait contre Paul. Il voulait une famille. Il ferait un père idéal, tandis qu'elle serait au mieux *Maman très chère*.

Quand elle était enfant, tous ses amis adoraient sa mère, car Jessalyn Tierney les traitait en adultes, comme elle le faisait avec sa fille. Pas de cajoleries, même s'il y avait beaucoup de câlins et de baisers. Mais, par-dessus tout, Jessalyn était déterminée à faire d'elle une femme forte. « Plus forte que ton père » était le refrain muet qui teintait chaque instant de leur vie.

Voir sa mère lutter si fort contre son chagrin, tout en étant traitée comme une adulte, capable de se débrouiller seule dès l'âge de neuf ans, n'avait pas développé l'instinct maternel de Caitlyn. Bien au contraire : pour elle, les enfants étaient des créatures venues d'une étrange planète et envahissant son monde.

— Comme vous voulez.

Il fit signe à un autre gardien. Celui-ci lui fit remplir encore plus de formulaires tandis qu'il lui prenait son arme pour l'enfermer dans un casier. Puis il la fit passer par le détecteur de métaux.

Le deuxième gardien, qui s'appelait Smith, semblait de bien meilleure humeur que le premier. Ils marchèrent vers la zone des visites, franchissant plusieurs portes. Une fois à l'intérieur, il la guida à travers un couloir, adressa un signe de tête à deux détenus qui nettoyaient le sol et à un gardien qui jonglait avec une tasse de café tout en tournant une clé dans la serrure de la porte menant au poste de vidéosurveillance.

— Voilà donc pourquoi je commence mon service plus tôt, dit le deuxième garde à Smith, en dévisageant Caitlyn. Je suppose que ça en vaut la peine.

Les deux prisonniers lui jetèrent un regard de côté, et elle les observa à son tour. L'un d'eux, un Noir avec de courtes dreadlocks, lui lança un sourire plein d'espoir. Caitlyn haussa un sourcil, incrédule. Son partenaire rit et l'invita à reprendre le travail d'un coup de coude.

Passant devant les trois hommes, elle suivit Smith vers un corridor. Sur un côté du couloir se trouvaient des salles d'interrogatoire qui bordaient la principale zone des visites. Celle où entra Caitlyn était vide, à l'exception de deux chaises en vinyle, trop légères pour servir d'armes, et d'une table vissée au sol. Deux des murs étaient en solide parpaing blanc. Les deux autres, équipés de portes, étaient en verre renforcé, du sol au plafond, suffisamment épais pour qu'une fois à l'intérieur plus aucun bruit de la prison ne filtre.

Savamment conçu, pensa Caitlyn. De l'isolement, mais pas besoin de personnel supplémentaire pour les surveiller. L'homme qui opérait dans la salle de vidéosurveillance et qui contrôlait par la fenêtre au-dessus d'eux pouvait gérer tout ça.

— Pas sûr du temps que ça prendra, lui dit Smith. Il arrivera par l'entrée des détenus. (Il désigna la fenêtre de la porte en verre sécurisé de l'autre côté de la grande pièce commune des visites.) Si vous avez besoin de quelque chose, l'interphone est là.

Sa radio grésilla. Il la porta à ses lèvres, fit un signe de la main à Caitlyn et quitta la pièce. La porte se referma avec un bruit sourd derrière lui.

Caitlyn prit une chaise et s'assit dos à la porte par laquelle elle était entrée. L'autre porte et la fenêtre donnaient sur la salle commune des visites, une grande pièce semblable à une cafétéria, avec des sièges pivotant et des tables rondes. Il y avait un coin où les enfants pouvaient jouer. Le long du mur opposé s'alignaient des distributeurs. Sans le gardien dans la salle de vidéosurveillance aux parois vitrées juste au-dessus et les panneaux rappelant aux visiteurs et aux détenus les règles, cela aurait pu être un fast-food bon marché pour les familles.

L'entrée des prisonniers était juste en dessous de la salle de vidéosurveillance. Hale devrait passer par un détecteur de métaux, comme elle l'avait fait, et être contrôlé par un gardien. Il serait alors autorisé à traverser la salle des visites pour rejoindre Caitlyn qui l'attendait dans la salle d'interrogatoire isolée.

C'était beaucoup d'histoires pour parler à un homme qu'elle ne voulait plus jamais revoir. Elle n'arrêtait pas de penser à la petite Lena, qui devait avoir vingt-six ans. Mais dans l'esprit de Caitlyn l'enfant faisait encore ses premiers pas, la couche pendant aux hanches. Dans quel genre d'ennuis était-elle allée se fourrer ?

Les mots de l'aumônier résonnaient encore en elle. Hale lui avait dit que son père avait raison. Que la mort serait le seul silence qu'ils accepteraient. Qui diable étaient ces « ils » ?

Elle n'était là que pour obtenir des réponses. À attendre l'homme qui avait détruit sa famille. Et s'il y avait une chose que Caitlyn détestait, c'était attendre.

Pour passer le temps, elle compta les dalles du plafond – cinquante-quatre –, scruta la caméra de vidéosurveillance dans le coin, imita les hommes de loi du cinéma, de la colère inexpressive d'un Gary

Cooper aux lèvres serrées, aux yeux plissés d'un John Wayne à l'air renfrogné – un jeu auquel elle s'adonnait avec son père –, puis observa le gardien dans le poste de surveillance. Elle ne voyait que le haut de sa tête, mais il semblait vraiment beaucoup s'agiter pour quelqu'un dont le travail consistait à être assis, les yeux rivés sur quelques écrans. Il finit par s'asseoir sur sa chaise et disparut de son champ de vision.

Juste à temps pour qu'elle se concentre sur l'arrivée du détenu. La porte glissa, et Eli Hale entra.

Ce fut comme si les vingt-six dernières années n'avaient pas eu d'emprise sur lui. Il ne traînait pas les pieds et n'avait pas les épaules voûtées comme beaucoup d'hommes qu'elle avait vus en prison. Non. Toujours cette même démarche, la tête haute, balayant la salle du regard, comme un roi surveillant son domaine. Il la vit et, l'espace d'un instant, esquissa un sourire qui se changea en un triste signe de tête.

Il comprenait combien c'était difficile pour elle. Elle laissa tomber sa posture professionnelle, tiraillée entre la petite fille de neuf ans qui voulait courir vers l'homme qui avait été comme un second père et la femme de trente-cinq ans accablée par des décennies de douleur. Debout devant la porte en verre, elle attendait en le regardant : il traversait la salle vide, se frayant un chemin à travers le dédale de tables.

Derrière lui, la porte s'ouvrit une nouvelle fois. La silhouette d'Eli empêchait Caitlyn de voir ce qui se passait, mais un coup d'œil rapide à l'horloge sur le mur lui indiqua que ce n'était pas encore l'heure des visites. Un gardien, peut-être ?

Elle ne pouvait rien entendre à travers la vitre, mais quelque chose alerta Hale. Il s'arrêta, à trois mètres à peine de la porte qui menait à la salle d'interrogatoire, tournant la tête pour regarder derrière lui, le corps toujours face à Caitlyn.

C'est alors qu'ils firent irruption.

Chapitre 7

Deux détenus, des Hispaniques au crâne rasé, arborant des tatouages du gang des Sureños. Pourquoi diable les membres d'un gang de la côte Ouest déboulaient-ils dans la salle des visites ? Caitlyn appuya sur le bouton de l'alarme lorsqu'un des Sureños attrapa Hale par-derrière, le saisissant si fort qu'il décolla du sol. L'autre s'avança d'un pas dansant, tenant fermement un petit objet dans la main.

Caitlyn se jeta sur la porte, mais elle était toujours verrouillée. Elle était enfermée du mauvais côté, témoin impuissant de la scène.

— Il nous faut de l'aide dans la salle des visites, vociféra-t-elle à l'interphone.

Personne ne répondit. Elle cria, agita les bras devant la caméra de vidéosurveillance, mais il n'y avait aucun signe du gardien dans le poste de surveillance. C'était probablement lui qui était à l'autre bout de l'interphone et de l'alarme. *Merde !*

Pas d'arme, aucun moyen d'intervenir, personne à appeler à l'aide. Elle ne pouvait que regarder les Sureños poignarder Eli encore et encore. Ils souriaient aux caméras qui les surplombaient, leur adressaient des rires moqueurs, tout en essuyant le sang de leur visage comme s'il s'agissait de peintures de guerre.

Caitlyn enrageait tellement que les larmes lui montaient aux yeux. Elle frappa le verre épais de la main. Elle ressentit à peine la douleur, anesthésiée par l'exécution à laquelle elle assistait.

Les deux Sureños finirent leur travail. L'un d'eux lança un baiser à Caitlyn. L'autre attrapa son entrejambe et lui fit un doigt d'honneur. Ils s'enfuirent par là où ils étaient arrivés. Hale s'écroula contre la table à côté de la porte, le sang maculant sa chemise de petits boutons de rose. Il ne saignait pas beaucoup, mais ce n'était pas nécessairement bon signe, Caitlyn le savait. Les véritables dégâts seraient internes.

Elle martela la porte de ses poings, davantage par frustration et par colère que pour tenter de l'enfoncer. Ses yeux se rivèrent à ceux de Hale. Il glissa à grand-peine le long de la table pour se rapprocher d'elle. Sa bouche s'ouvrit et se referma, mais elle ne pouvait rien entendre à travers le verre.

Le corps de Hale trembla alors qu'il avalait une goulée d'air et pointait un doigt vers elle. Puis il articula silencieusement des mots qu'il était impossible de ne pas comprendre : « Lena. Sauve Lena. »

— Non, dit-elle au mourant, voulant qu'il s'accroche à la vie.

Des souvenirs d'enfance : Vonnie et elle, Eli et son père, tous en train de rire, si heureux… Elle avait enterré les bons souvenirs avec les mauvais. Mais aujourd'hui devoir assister à ça… Elle étouffa un sanglot. C'était comme voir son père mourir une nouvelle fois.

— Eli, accrochez-vous. Je vous en supplie.

Sa voix se brisa et elle se tut. Eli ne pouvait pas l'entendre.

Dans un dernier souffle, il s'affaissa sur la table, un bras pendu sur le dossier d'une chaise, la seule chose qui l'empêchait de tomber au sol. Caitlyn jura quand l'alarme se déclencha enfin et que trois gardiens portant casque, bouclier et matraque coururent dans la salle des visites.

Elle leur indiqua Hale d'un geste. Même s'il était évident à tout le monde qu'il n'y avait plus de menace, ils firent malgré tout le tour de la pièce, s'assurant qu'elle était vide. Puis deux d'entre eux montèrent la garde tandis que le troisième cherchait un signe de vie. Il secoua la tête.

Eli Hale était mort. Emportant ses réponses avec lui.

Bernie aimait être une recrue des Faucheurs. La vie serait encore meilleure une fois qu'il porterait leurs couleurs et qu'il serait un membre à part entière du club de motards. Mais, d'ici là, c'était son travail d'encaisser leurs conneries et de faire tous les boulots de merde dont personne ne voulait se charger.

Comme arriver tôt un vendredi pour nettoyer les locaux et la caravane derrière, et s'assurer qu'il y aurait assez d'alcool, de bières et de quoi grignoter durant tout un week-end de fête. Balayer. C'était à peu près ce que lui faisait faire son père avant que Bernie quitte l'entreprise McSwain pour rejoindre les Faucheurs. Jimmy McSwain avait sans regret laissé partir son fils pour qu'il devienne un motard à plein-temps. À vrai dire, quand Bernie lui avait parlé de l'invitation des Faucheurs, son père l'avait emmené boire un verre pour fêter la nouvelle. C'était la première fois qu'il faisait ça. Le plus souvent, il se comportait comme si Bernie n'existait pas.

Bernie aimait tout ce qu'impliquait le fait d'être un Faucheur. Jusqu'à deux jours plus tôt. Lorsqu'il avait surpris les chefs à planifier l'enlèvement et le meurtre d'une fille. À présent, tout son monde était sens dessus dessous. Il ne pouvait plus faire confiance à ses frères Faucheurs, ses seuls amis, mais il ne pouvait pas non plus les quitter. Ils le trouveraient et alors… Il trembla si fort qu'il faillit laisser tomber le balai.

Quel autre choix avait-il, à part rester ? Il tentait désespérément de trouver un moyen de s'en sortir sans blesser les Faucheurs ou Lena.

Le local des Faucheurs était un vieux chalet en rondins d'un étage qui était naguère un bar appelé le *Pit Stop*. Maintenant que les motards en étaient les propriétaires, on y servait deux fois plus d'alcool. Mais les fêtes étant privées, ils n'avaient pas à se soucier de la licence de débit de boissons alcoolisées ou du plan local d'urbanisme. L'église, nom donné à leur salle de réunion, était à l'étage, dans une pièce privée. Au rez-de-chaussée se trouvaient les cuisines, les bureaux derrière le bar ainsi qu'une piste de danse, un jeu de fléchettes et deux tables de billard.

Bernie tira deux fléchettes métalliques fichées dans le plancher en pin. Elles étaient loin de la cible. Il semblait plutôt que le lanceur visait le panneau près de la porte d'entrée qui disait : « Interdit aux KÉKÉS ! » Il les planqua derrière le bar et se remit à balayer.

Les tâches ménagères lui occupaient les mains et laissaient son esprit libre de vagabonder. Tout en balayant, il imaginait des histoires, dont le héros était Bernard McSwain. Il y avait d'ordinaire des nanas sexy qui partageaient la vedette avec lui, toutes avec de gros nichons et le regard aimant. Mais, dernièrement, la seule à laquelle il pensait était la fille.

Lena. La fille cadette d'Eli Hale. Ce qui la rendait inaccessible pour beaucoup de raisons. Dont le fait que Poppy voulait la voir morte.

Ce que voulait Poppy, le club l'exécutait toujours. Il était leur chef, leur président. Il était aussi celui qui fédérait le club, faisait en sorte que l'argent coule à flots et que les motos roulent. Sans Poppy et les hommes de l'ombre avec qui Fouine, le vice-président du club, et lui travaillaient en coulisses, les Faucheurs n'auraient été rien de plus qu'une autre bande de tocards incapables de se faire une place dans le vrai monde.

Au lieu de cela, ils contrôlaient cette ville. Jusqu'à récemment, Bernie en était fier, contrairement à l'époque où il enchaînait les petits boulots dans la société de son père. La seule zone interdite pour les Faucheurs était le *Vista View*, le casino indien situé de l'autre côté de la réserve.

Son père dirigeait le *Vista View*, mais Bernie détestait cet endroit. Le casino avait été bâti en 1990, quand il n'était qu'un enfant. Même à cette époque, il paraissait vieux et aussi démodé que les meubles de sa mère dans le salon qui lui était fermé. Il ne comprenait pas pourquoi le casino était si populaire. Qui se souciait de quelques vieux penchés sur des machines à sous ou transpirant aux tables de jeu, assez stupides pour perdre leur argent quand tout le monde savait que la maison gagnait toujours ?

Le club était une famille pour Bernie, bien plus que son père, sa grande sœur ou même sa mère ne l'avaient jamais été. Et il l'avait trahi.

Une remontée acide lui brûla la gorge. Il avala un médicament et essuya la sueur de son front et de son cou avant de reprendre le balai. Il détestait mentir à ses frères Faucheurs. Détestait être pris entre deux feux comme ça. Cela le rendait malade et fiévreux de culpabilité. Mais il ne pouvait pas leur donner Lena. Dieu la lui avait envoyée, tout comme Il lui avait envoyé les animaux. Elle était à Bernie. Il prendrait soin d'elle. Trouverait un moyen de la sauver. De les sauver tous les deux.

Mais comment ?

— Regarde où tu marches.

Bernie sursauta au son de la voix rauque. Il sua à grosses gouttes – la dernière fois qu'il avait fait trébucher quelqu'un en passant la serpillière, ça avait été Fouine. Il en portait encore les marques. Le vice-président l'avait battu avec le balai et lui avait cassé le manche sur le dos. En tant que recrue, Bernie n'avait eu d'autre choix que d'accepter la raclée. Une raison de plus à son impatience de porter les couleurs de membre. Les vrais Faucheurs ne se laissaient emmerder par personne.

Grâce à Dieu, les bottes pointure 45 qu'il avait sous les yeux n'appartenaient pas à Fouine.

— Désolé, Goose.

L'homme grogna, s'assit, leva les pieds pour les poser sur une chaise et se mit à se balancer sur son siège. La posture avait l'air si cool. Pas étonnant que toutes les filles adorent Goose, même si les cheveux blonds qui lui tombaient sur la nuque, la barbe broussailleuse et tous ses muscles aidaient. Chaque fois que Bernie levait des poids avec l'espoir d'obtenir des muscles pareils, il ne récoltait qu'un mal de dos. Et il avait essayé de se balancer sur une chaise et avait failli se mettre KO quand il était tombé.

Il soupira. Il ne serait jamais comme Goose. Même s'ils avaient tous les deux commencé comme recrues en même temps, Goose non seulement portait déjà les couleurs du club, mais il venait aussi d'être promu au rang envié d'homme de main.

Ce qui craignait. Parce que, contrairement aux autres gars qui considéraient Bernie comme leur esclave ou pire, comme leur punching-ball, Goose lui parlait et le traitait comme s'il avait son importance.

Mais c'était le boulot de Goose de protéger le club des menaces extérieures. Comme Lena.

C'était donc la dernière personne à qui Bernie pouvait demander des conseils.

— Qu'est-ce qui cloche, gamin ?

Goose avait ouvert un œil vitreux de whisky pour observer Bernie. La nuit précédente, le motard avait fait une fête de pré-pré-week-end qui s'était finie à 4 heures du matin.

Bernie s'éloigna d'un pas traînant pour que Goose ne voie pas son visage. Il n'était pas bon menteur et il le savait.

— Rien.

— On dirait pas.

Goose remit la chaise sur ses quatre pieds, se redressa et attrapa la bouteille presque vide de Jim

Beam sur la table. Il en but une lampée, tremblant de la tête aux pieds comme un chien aux poils longs après une averse, puis reposa bruyamment la bouteille sur la table avec un grognement de satisfaction.

— C'est moi qui rince. Assieds-toi, bois un coup, dis-moi ce qui se passe dans le monde de Bernard McSwain.

Bernie déglutit péniblement avant de se retourner pour faire face à Goose. Le pire, c'était que Goose se comportait comme s'il s'intéressait vraiment à la vie pathétique de Bernie. Comme s'il s'en souciait.

Mais Goose agissait toujours dans l'intérêt du club. Poppy lui demanderait, en tant qu'homme de main, de trouver Lena et de la tuer.

Bernie ne comprenait toujours pas en quoi Lena représentait une menace, mais il ne permettrait pas qu'on lui fasse du mal.

Goose fit glisser une chaise d'un coup de pied. Bernie y laissa tomber ses fesses maigres, tenant toujours le balai par le manche, luttant contre une vague de nausée.

— Qu'est-ce qui se passe, gamin ? Un problème de gonzesse ?

C'était suffisamment près de la vérité pour que Bernie s'inquiète de mentir.

— Oui, chef.

— Je te le redis : oublie le « chef ».

Goose avait trente-six ans. À peine quelques années de plus que Bernie. Mais, en tant que membre à part entière du club, il avait gagné le titre de « chef ». Bien sûr, Goose appelait Bernie « gamin » ou « recrue », comme tout le monde dans le club, et il en serait ainsi jusqu'à ce qu'il gagne ses couleurs. Merde, peut-être même après. À trente-trois ans, on continuait de lui demander une pièce d'identité. Il était aussi maigre qu'un adolescent, avait encore des boutons – mais occasionnellement seulement, Dieu merci – et il avait à peine besoin de se raser. Le club obligeait ses recrues à porter les cheveux ras ou la boule à zéro afin d'exhiber le tatouage des Faucheurs sur leur crâne. Ce qui n'aidait malgré tout pas Bernie à se faire respecter.

— Un problème de gonzesse. Je suis ton homme. J'ai une ex-femme et plus de petites amies que je ne peux en compter. Je connais tout sur le sujet. Elle est enceinte ?

— Non, chef.

Bernie remua sur l'inconfortable chaise en bois. La dernière chose qu'il souhaitait, c'était discuter de sa vie sexuelle. C'était un sujet qui, à son goût, intéressait toujours bien trop les membres du club. Ils lui organisaient des rendez-vous inopinés avec des putes ou des groupies de motards, généralement les plus laides. Lui faire tirer son coup était une blague récurrente, chez les Faucheurs.

— Elle te trompe ?

— Non. Rien de tout ça.

Elle ne savait même pas que Bernie existait. Encore moins qu'il risquait sa vie pour elle. Mais il ne pouvait rien expliquer de tout ça à Goose, pas à l'homme de main assis là, les bras nus couverts de tatouages et dont les yeux bleu foncé lisaient en Bernie comme dans un livre ouvert.

— Ça peut pas être de si gros soucis que ça, alors, dit Goose, buvant une autre gorgée de bourbon, jaugeant Bernie du regard en levant la bouteille.

Bernie se sentit faiblir devant l'autre motard. Il se leva pour échapper à son regard inquisiteur.

— Tu as raison. Je trouverai une solution. Merci.

Il s'éloigna d'un pas traînant, balayant au hasard, et alla se réfugier dans la réserve. Il s'adossa à la porte fermée. Il ruisselait de sueur au point que sa chemise lui semblait râpeuse. Il enleva son blouson de cuir, retira sa chemise, s'en servit pour s'éponger la poitrine et resta à trembler sous l'ampoule nue. Un goût aigre et métallique lui envahit la bouche, et il avala deux autres comprimés.

Combien de temps tiendrait-il avant de merder et de les faire tuer, Lena et lui ?

Chapitre 8

Les murs de verre rendaient l'intimité impossible, ne laissant pas d'autre choix à Caitlyn que de ravaler ses émotions jusqu'à ce que son travail soit terminé.

Une chose était sûre : le personnel de Butner était sacrément efficace. Le corps de Hale fut enlevé en vingt minutes. Puis deux hommes en costume et plusieurs officiers de haut rang du Bureau des prisons dans leur chemise blanche amidonnée inspectèrent la scène de crime. Un homme en costume resta sur les lieux. À présent, à peine quatre-vingts minutes après un assassinat brutal, l'état d'alerte était levé, et deux détenus vêtus d'équipements de protection finissaient de nettoyer le sang et de désinfecter la zone. Juste à temps pour les visites.

Ces gars du BDP devraient peut-être diriger les choses à Washington, pensa Caitlyn en faisant le tour de la salle d'interrogatoire pour la deux cent onzième fois. Elle détestait être enfermée, détestait que l'on surveille ses moindres faits et gestes. Elle n'avait eu de contact avec personne excepté un gardien anonyme qui lui avait parlé un peu plus tôt, pour s'assurer qu'elle allait bien et l'informer qu'elle devrait attendre qu'un agent du Service d'enquêtes spéciales l'interroge avant d'être libérée.

Comme si elle était une foutue prisonnière. Alors que les vrais détenus poursuivaient leur journée comme si rien ne s'était passé.

De l'autre côté de la vitre, les deux hommes finirent de nettoyer et quittèrent les lieux. Quelques minutes après, les premières familles arrivèrent. Les enfants se dispersèrent dans la grande salle, filant vers l'aire de jeu. Des femmes se firent des signes de tête, discutant tout en prenant place autour des tables pour attendre leurs hommes. Elles semblaient toutes se connaître. Du moins, celles qui avaient des enfants, même si elles étaient de groupes ethniques différents et, d'après leurs vêtements, de milieux socioéconomiques divers également. Une poignée de femmes étaient seules et vêtues de façon plus provocante, repoussant les limites du règlement de la prison sur les tenues vestimentaires. Elles s'installèrent à une table de l'autre côté de la salle, loin de l'aire de jeu, sous les regards dédaigneux des épouses et des mères.

Caitlyn avait l'impression d'assister à une scène de boule à neige. Mieux encore, un aquarium où l'on aurait mélangé des espèces adverses. Elle ne pouvait rien entendre, mais le langage corporel de ces femmes était assez explicite. D'un côté de cette guerre silencieuse se trouvaient les familles dévouées et les êtres aimés, faisant front face à l'épreuve. De l'autre, la distraction bon marché qui ne tiendrait jamais la distance.

Et puis il y avait Caitlyn. Manifestement du système. Manifestement des forces de l'ordre. Une ennemie commune.

Observer ces femmes et ces enfants aida Caitlyn à calmer sa montée d'adrénaline. Le choc initial et la frustration de ne pas avoir pu sauver Eli Hale se changeaient en irritation. Et en curiosité. Elle avait toujours des questions, plus de questions que jamais.

La porte derrière elle s'ouvrit enfin, laissant pénétrer une odeur de café qui avait chauffé trop longtemps et d'après-rasage au parfum d'agrumes. Elle ne se retourna pas, pour décontenancer l'enquêteur du SES et pour l'observer dans le reflet de la vitre. Finalement, les murs de verre étaient utiles à quelque chose.

C'était l'homme qui avait inspecté la scène de crime une heure auparavant. Un peu moins d'un mètre quatre-vingts, de larges épaules qui tendaient les coutures de son costume bleu marine, approchant la cinquantaine, les cheveux poivre et sel, une alliance toute simple au doigt, sensé. Quand il se tourna pour s'asseoir, elle remarqua que la couture sur le côté de sa veste était déchirée. Le même genre de déchirure qu'elle raccommodait sans cesse sur les siennes. Les vestes de costumes n'étaient pas faites pour cacher une arme de service. Mais les officiers de prison ne portaient pas en permanence une arme.

— Quand vous voulez, agent spécial Tierney.

Un léger accent. Pas de New York, plutôt du Midwest.

— Je suis l'enquêteur Boone. Je viens recueillir votre témoignage au sujet des événements de la matinée.

« Événements » ? Elle cacha son dédain pour cet euphémisme qui désignait un meurtre.

— Vous étiez policier à Chicago avant d'intégrer le Bureau des prisons ?

— Milwaukee. J'y suis resté vingt ans, j'ai pris ma retraite. Mais la ville a fait faillite, engloutissant ma pension. Alors j'ai décidé de descendre vers le sud et de travailler pour le BDP.

— Votre femme doit apprécier que vous ne soyez plus dans la rue et que vous ayez des horaires plus réguliers.

Il tendit la main vers sa tasse de café, lui tournant le dos.

— Elle est décédée. Cancer du sein. Il y a trois ans.

Trois ans. À l'époque de son départ en retraite, à en juger par son âge. Elle tenta de se représenter ce qu'il avait traversé : une vie passée avec sa femme, à rêver de ce qu'ils feraient une fois à la retraite, pour qu'arrive seulement le jour où il n'y avait plus personne avec qui partager ces rêves. Elle aurait parié que le décès de sa femme était la raison de son nouveau travail, bien plus que les problèmes financiers.

Difficile d'abandonner, pour les flics. Particulièrement quand il n'y avait personne pour qui raccrocher.

Peut-être Paul avait-il raison. Il valait mieux arrêter maintenant, avant qu'il soit trop tard.

Elle chassa cette pensée tandis qu'elle se tournait pour faire face à Boone. Il fit glisser une deuxième tasse de café vers elle et désigna d'un geste la chaise vide de l'autre côté de la table. Que la partie commence.

Caitlyn s'assit et raconta rapidement à Boone tout ce qu'elle avait vu. Elle conclut par une question.

— Qu'est-il arrivé au gardien qui était au poste de surveillance ?

Boone remua sur son siège avant de lui révéler l'information. Il essayait sans aucun doute de gagner sa confiance.

— Un soudain accès de troubles gastriques. Il est à l'hôpital sous intraveineuse.

Elle se rappela les deux détenus plaisantant avec le gardien dans le hall. Il tenait une tasse de café.

— Empoisonné.

— Probablement. Je ne crois pas aux coïncidences.

— Et le gardien à l'accueil des visiteurs ?

Il poussa un bref soupir.

— J'enquête à son sujet. Il dit qu'un coup en traître l'a mis KO.

— Il est resté sacrément longtemps dans les vapes, avec un seul coup.

— Comme dans les films ou à la télé, oui. Les médecins l'auscultent lui aussi.

— Et les deux tueurs ?

— Des condamnés à perpétuité. Rien à perdre, tout à prouver. (Il se pencha en avant.) Le plus étonnant, c'est que Hale n'avait d'embrouilles avec aucun gang. Tout le monde l'appréciait, même les Indiens et les néonazis. Et ces deux Sureños venaient tout juste d'être transférés de Californie. Ils ne connaissaient même pas Hale.

Elle réfléchit à la question alors que les femmes dans la salle des visites appelaient leurs enfants et se tenaient au garde-à-vous. La porte du côté détenus s'ouvrit, et les prisonniers commencèrent à s'engouffrer dans la salle, marquant un temps d'arrêt pour chercher leur famille du regard.

— Vous avez rapidement géré la situation.

Elle désigna d'un geste les familles qui se retrouvaient de l'autre côté de la fenêtre.

— C'est l'idée du directeur. Il s'est dit que comme nous avions les deux tueurs sur vidéo il était inutile de garder la prison en état d'alerte et de risquer d'agiter les gars. (Il baissa les yeux vers son café.) Le directeur est un pro-gressiste.

Il avait coupé en deux ce dernier mot d'un ton moqueur.

— Et pas vous.

— Je veux savoir pourquoi diable un type qui a passé vingt-cinq ans sans la moindre égratignure finit par devenir la cible d'un contrat deux minutes avant son entretien avec un agent fédéral.

Il était donc d'accord. C'était bien un contrat. Qui était le commanditaire ? Si Hale savait quelque chose, il avait gardé le silence pendant vingt-cinq ans. Pourquoi le tuer maintenant ? Ça devait être lié à la disparition de Lena. Était-ce un avertissement lui étant destiné ? Ou à ceux qui la détenaient, si elle avait été enlevée ? Ou faisaient-ils simplement le ménage ?

— J'aimerais bien le savoir, dit-elle à Boone. Si vous le découvrez, tenez-moi informée.

Il la dévisagea, sans croire au coup de l'ignorance. Dommage que ce ne soit pas de la comédie.

— Vous savez qu'il avait essayé de se suicider il y a quelques jours ? Une overdose d'OxyContin. Une idée ?

Elle haussa les épaules mais demeura silencieuse.

— Je pense qu'il essayait d'envoyer un message à quelqu'un. Quelqu'un qui avait peur de ce qu'il savait. Pour leur dire : « Hé, je mourrai avant de balancer. » Quelque chose comme ça.

— Possible.

— Possible. Mais alors pourquoi avoir changé d'avis ? Pourquoi demander à vous parler ? J'ai vérifié : c'est vous qu'il a demandée spécifiquement. Hale n'a rien à voir avec les affaires fédérales sur lesquelles vous avez travaillé. Sauf s'il a entendu quelque chose ici. Peut-être qu'il voulait balancer un autre taulard ?

Elle s'en tint à la vérité.

— Je n'ai aucune idée de l'information qu'il voulait me communiquer. Avez-vous interrogé son compagnon de cellule ? Ou les autres prisonniers de son aile ?

— Bien sûr. Personne ne parle. Et maintenant vous me dites que tout ça est le fruit du hasard. Que par une étrange coïncidence il s'est fait poignarder alors qu'il venait vous parler ?

Son regard perçant tentait de briser l'apparente nonchalance de Caitlyn. Une apparence qu'il lui était facile de maintenir, puisqu'elle ne savait vraiment rien d'utile.

— Je l'ignore. (Elle se leva.) Je suis désolée de ne pas pouvoir vous aider davantage.

Il resta assis et termina lentement son café. Puis il se leva et se dirigea vers la porte, appuyant sur le bouton d'appel. Une vague de soulagement envahit Caitlyn lorsque la porte s'ouvrit avec un bourdonnement et qu'elle en franchit le seuil, libre de quitter le confinement de la pièce. Elle serait nulle à chier, comme prisonnière.

— Je suppose qu'il n'y a pas moyen que je jette un coup d'œil à ses effets personnels ? demanda-t-elle d'un ton désinvolte.

— C'est drôle, lui répondit-il sur le même ton.

Deux flics qui se foutaient l'un de l'autre et qui le savaient.

— Avant de quitter l'infirmerie, il a écrit un testament qui fait de vous la seule héritière de ses documents personnels. On a déjà tout empaqueté. Nous avons confisqué et inspecté tout ce qui se trouvait dans sa cellule après sa TS. On pourrait presque croire qu'il savait qu'il allait mourir. Vous avez une explication, agent Tierney ?

— J'aimerais bien, enquêteur Boone.

Lena ne savait pas s'il faisait jour ou nuit. L'effet du sédatif qu'ils lui avaient administré se dissipait enfin. Elle avait la tête lourde et la vue brouillée, comme si elle observait le monde à travers un brouillard de vaseline. Elle avait peur de dormir. Peur de manquer une occasion de s'échapper. Peur d'être seule dans le noir, vulnérable.

De toute façon, même si elle avait voulu dormir, elle n'aurait pas pu. Le bruit sourd qu'elle avait entendu plus tôt avait repris, venant de plusieurs directions. D'abord derrière la porte, puis au-dessus de sa tête, et enfin de l'autre côté du mur. Parfois, cela ressemblait à des bruits de pas. D'autre fois, à des coups de poing.

Le bruit lui avait permis de s'orienter. Elle avait cru que le mur du fond était le mur extérieur. Mais, de la façon dont les bruits sonnaient contre la paroi latérale, ce devait être celui-ci, le mur extérieur. Et il ne semblait pas très épais.

Ce qui signifiait, grâce à Dieu, qu'il y avait une possibilité de s'échapper de cet enfer.

Elle récita une rapide prière de remerciement et se mit à l'œuvre. Les bouteilles d'eau étaient trop fragiles. Celles de boisson énergétique étaient faites d'un plastique plus solide. Elle frotta un goulot sur le sous-plancher en contreplaqué pour l'aiguiser autant que possible. Puis elle posa la bouteille sur le sol, le goulot contre la base du mur. Elle s'adossa à la paroi opposée et appuya de son pied sur la bouteille. Celle-ci s'enfonça dans le plâtre où elle resta fichée.

Elle se remit rapidement à quatre pattes et fit levier avec son outil improvisé. Un morceau de la taille du poing se détacha. Elle vit que ça n'était pas du plâtre. Sous une dizaine de couches de peinture apparaissait une sorte d'argile mêlée à de longs filaments noirs. Du crin de cheval. Ce qui signifiait que la bâtisse était vraiment vieille. Le torchis était maintenu par du grillage, le même dont on faisait les poulaillers, tendu entre de fines lattes de bois.

Elle creusa un peu plus. Derrière le grillage et les lattes, on apercevait un journal jauni utilisé pour l'isolation. Elle tendit deux doigts à travers le grillage et en arracha une feuille. En la lissant sur le sol, elle vit la date : 1932. Elle mit du temps à enlever les feuilles mais elle n'avait pas la force ni la possibilité de faire levier pour arracher le grillage. Elle fit donc de son mieux pour l'écarter autant que possible. Une fois le papier arraché, elle aperçut enfin le revêtement du mur extérieur : des lattes de bois brut.

Elle passa la main devant le trou et y vit de fins rayons de soleil se frayer un chemin depuis l'extérieur, ce qui l'emplit de joie et fit naître une lueur d'espoir en elle. En appuyant sur le grillage pour tenter de l'écarter, elle chanta l'une des hymnes favorites de sa mère : *Louanges à Toi, grand Créateur*.

Ses doigts étaient à vif. Les petites coupures qu'elle se faisait à cause du grillage piquaient. Mais elle parvint à l'écarter suffisamment pour pouvoir glisser la main au travers. Elle voulait jeter un coup d'œil dehors tant que le trou pouvait être encore dissimulé. Quand elle l'aurait élargi, elle serait contrainte de s'évader le plus rapidement possible, avant le retour des hommes. Et cela impliquait d'attendre la tombée de la nuit.

Je t'en prie, Seigneur, fais que ça marche, pria-t-elle en insérant la bouteille dans le trou qu'elle avait si douloureusement creusé. Elle l'enfonça dans l'écart formé entre deux lattes du revêtement. La bouteille était assez longue pour ressortir. Lena rassembla ses forces une nouvelle fois et frappa du pied aussi fort qu'elle put.

Un son creux résonna dans tout son corps quand la bouteille frappa contre le revêtement de bois. Lena retint son souffle. Pouvait-on l'entendre ?

Il n'y eut aucun bruit. Elle retira la bouteille et inspecta la cloison. L'écartement entre les deux panneaux s'était légèrement accentué. Devait-elle réessayer ? Ou travailler à élargir suffisamment le trou pour y glisser son corps et défoncer d'un coup une large partie du revêtement, sachant que cela provoquerait un bruit fracassant ?

Mais qui pouvait résister à quelques rayons de soleil ? Elle se dit qu'il fallait étudier le terrain à la lumière du jour, afin de préparer l'itinéraire d'évasion.

En réalité, elle était simplement avide de revoir le monde extérieur. Elle remit la bouteille en place, la glissant cette fois dans le coin du bas du panneau. L'écartement était suffisamment large pour que son outil improvisé y tienne tout seul. C'était encourageant.

Elle s'adossa au mur et donna un nouveau coup de pied. Cette fois, le bruit sourd s'accompagna d'un craquement.

Elle plaça rapidement le pack d'eau devant le trou de la taille d'un poing. Mais personne ne vint.

Rassurée, elle dégagea le trou et retira la bouteille. Le goulot était définitivement hors d'usage, car le plastique s'était enfoncé. Peu importait. Elle en avait beaucoup d'autres. À plat ventre, elle s'approcha au plus près du trou, appuyant son visage contre le mur de torchis.

Le panneau était fendu au coin, en bas. Elle tendit les doigts pour l'atteindre, luttant pour l'attraper, ignorant le grillage qui lui raclait les phalanges alors qu'elle secouait le panneau. Soudain, le morceau de bois lui resta dans la main, et un flot de lumière lui inonda le visage. Elle cligna des yeux, pleurant de douleur et de joie.

Merci, Seigneur ! Merci ! Elle pencha la tête d'un côté puis de l'autre, pour voir plus que le petit carré de terre. Elle glissa les doigts pour essayer de détacher une autre partie de la cloison qui résista obstinément.

Elle retira la main et regarda une nouvelle fois par le trou en inspirant une goulée d'air froid. Un parfum de liberté.

Puis la lumière du soleil disparut, remplacée par un gros œil marron en forme d'amande sans la moindre trace de blanc et entouré d'une épaisse peau gris-brun.

Elle en fut suffoquée. L'œil cligna. Puis se retira pour être remplacé par un museau aux narines aplaties qui se dilataient au-dessus de poils courts et gris. Accompagné d'un incontestable cri de chimpanzé.

Lena roula sur elle-même, tellement terrorisée qu'elle ne put que se recroqueviller contre le mur opposé. Elle avait la chair de poule et serra encore plus fort les genoux contre elle. Où était-elle ? Enfermée dans une sorte de zoo ?

— Qu'est-ce que vous attendez de moi ? cria-t-elle, des larmes dans la voix.

La colère la transperça. La colère contre Dieu. Contre les hommes qui l'avaient amenée ici. Contre son père. S'il ne l'avait pas dupée, elle ne serait même pas ici. Elle cria de colère, de frustration et de peur.

Pour toute réponse, elle entendit des poings marteler le mur extérieur et d'autres chimpanzés crier.

Chapitre 9

Boone mena Caitlyn à un petit bureau du bâtiment administratif. Il était inscrit « Affaires spirituelles » en lettres simples sur la porte. À l'intérieur se trouvaient un bureau en bois rayé et couvert de dossiers, un fauteuil et des chaises en bois pour les visiteurs. Le détail le plus frappant était une boîte de mouchoirs en papier format économique.

L'homme installé sur le fauteuil se leva quand entrèrent Caitlyn et Boone. Il était petit, dégarni, blanc, avait la cinquantaine et portait une chemise à manches longues marron avec un col romain.

— Agent Tierney ? Je suis le pasteur Whitford. Nous nous sommes parlé au téléphone hier soir.

Elle lui serra la main. Sa poignée était ferme mais pas hostile. Neutre. Tout comme l'expression de son visage quand ils s'assirent. Boone resta debout près de la porte, à observer. Il guettait la bribe d'information qui lui permettrait d'expliquer le meurtre de Hale. Caitlyn avait le sentiment qu'il pourrait attendre longtemps.

Techniquement, l'affaire de l'enquêteur était close : il tenait les deux hommes qui avaient tué Hale.

Bordel, le meurtre avait été filmé ! Mais, comme tout bon enquêteur, il ne se satisfaisait pas de simplement classer un dossier. Il voulait comprendre pourquoi Hale avait été pris pour cible et si autre chose menaçait la tranquillité précaire de Butner.

Whitford se baissa pour attraper un carton contenant des carnets de notes et des feuilles volantes.

— Eli aurait pu être architecte, dit-il en déroulant un grand dessin détaillé posé sur le fouillis de dossiers.

C'était une représentation de la chapelle Sixtine dessinée sur du papier de boucher marron, restituée dans les moindres détails. D'une certaine façon, la beauté de la bâtisse était renforcée par l'exposition de son squelette, rehaussée par les croquis complexes de ses détails les plus intimes.

— Superbe, n'est-ce pas ? Il a aidé plusieurs gardes pour les plans de rénovation et d'agrandissement de leur maison, et même soumis un projet pour le nouveau bâtiment Butner Trois. Non pas qu'ils utiliseraient les plans d'un prisonnier.

— Ce serait comme donner à l'équipe adverse sa tactique de jeu avant le Super Bowl, s'amusa Boone.

— Honnêtement, je ne crois pas qu'Eli ait jamais songé à s'évader, dit Whitford, pensif. J'ai fait sa connaissance il y a près de dix ans, et depuis le premier jour il semblait… eh bien… satisfait. Travailler à l'entretien des espaces verts lui permettait d'être plus souvent à l'extérieur qu'à l'intérieur. Sa famille lui rendait visite chaque semaine. Il m'a même appris à jouer aux échecs. Par comparaison avec d'autres détenus que j'ai conseillés, il a toujours été détaché de tout ça. Comme si c'était la vie qu'il était censé mener.

—Alors pourquoi a-t-il essayé de se suicider ?

Boone avait posé la question qui préoccupait le plus Caitlyn. Elle aurait souhaité qu'il s'assoie. C'était irritant de l'avoir dans son dos. Elle décala sa chaise sur le côté, pour pouvoir les avoir tous les deux dans son champ de vision.

—On ne fait pas ça quand on est heureux et zen comme le Bouddha.

—J'aimerais connaître la réponse à cette question, enquêteur. Sincèrement. Mais je crois que personne ici ne comprenait vraiment Eli Hale.

Boone répondit d'un grognement qui signifiait qu'il était aussi fatigué que Caitlyn de ce charabia de bigot. Quoi qu'ait été Eli Hale, il n'était pas un saint.

—Tout est à moi ? demanda-t-elle, en désignant la boîte d'un geste de la main.

Whitford enroula les dessins de la chapelle Sixtine et tourna la tête pour croiser le regard de Caitlyn.

—Oui, c'est à vous.

Elle prit la boîte, pas plus grande que les caisses à lait dans lesquelles elle avait transporté toutes ses possessions lors de son départ pour l'université.

—Bien. Il ne me reste plus qu'à rentrer chez moi.

Boone lui lança un regard noir quand elle se tourna vers la porte. Il n'aimait pas que les questions restent sans réponses. Elle ne lui en voulait pas. Après un instant, il lui ouvrit la porte.

— Vous savez tous deux comment me joindre, dit-elle en partant, plus à l'intention de l'aumônier qu'à celle de Boone.

Elle avait l'impression que Whitford voulait lui en dire plus, mais pas devant l'enquêteur des SES.

Boone la raccompagna aux casiers à l'entrée de la prison, où elle récupéra son arme de service.

— Restez en contact, agent Tierney, dit-il en l'escortant à sa voiture. Si d'autres choses se trament ici, il faut que je le sache.

— Je crois que vous n'avez plus à vous inquiéter.

Le danger ne résidait pas à l'intérieur de Butner, mais à l'extérieur. Et il avait pour cible Lena Hale.

— Oh, vraiment ? C'est drôle, de la part de quelqu'un qui dit ne pas savoir pourquoi elle a été appelée pour venir parler à Hale. (Son regard noir exprimait toute autre chose que de l'amusement, il était blessé dans sa fierté professionnelle.) Sacrément drôle.

Il tourna les talons et s'en alla. Caitlyn déposa le carton de dessins et de carnets sur le siège passager de la Subaru, puis récupéra son téléphone dans le coffre. Elle ne fut pas surprise de l'entendre sonner sitôt assise derrière le volant. Whitford.

— Je ne pouvais rien dire devant Boone, dit-il d'un ton pressé. Mais avant qu'Eli quitte l'infirmerie ce matin nous avons parlé. Il craignait que quelque chose ne lui arrive. À juste titre apparemment…

— Pourquoi avait-il peur ?

— Je ne vous ai pas dit toute la vérité, hier soir. Vous voyez, Lena a passé les trois dernières années à éplucher chaque minute du procès ainsi que les rapports de police pour essayer de prouver l'innocence de son père. Eli lui disait toujours de laisser tomber. Il y a quelques semaines, ils ont eu une grosse dispute à ce sujet, et elle lui a dit qu'elle en avait fini avec lui.

— Je vous l'ai dit : Hale était coupable. Peut-être est-elle partie loin.

Sauf que ça n'expliquait pas pourquoi on avait tué Hale.

— C'est exactement ça. Elle s'est enfuie. Ou, du moins, elle a cessé de répondre aux appels d'Eli. Mais elle est revenue la semaine suivante. Pour dire à son père qu'elle ne travaillerait plus sur son dossier, qu'elle abandonnait. Elle lui a dit qu'elle laverait son nom de famille et réparerait tout le mal qu'Eli avait fait.

— Comment diable allait-elle pouvoir faire ça ?

— Je n'en sais rien et je pense qu'Eli non plus. Mais il était très inquiet. Il n'arrêtait pas de parler de votre père et de vous. Il disait que Lena était tombée sur quelque chose et que les mauvaises personnes avaient pu penser qu'il avait parlé.

— Et dit quoi ?

S'il avait cru qu'on en voulait à sa vie, pourquoi ne pas avoir donné des informations qui auraient pu aider Caitlyn ? Ou était-ce un délire paranoïaque devenu incontrôlable ?

— Il ne me l'a pas dit. Je pense que c'était lié au meurtre qui l'avait conduit ici, parce qu'il m'avait parlé de quelque chose au sujet de Lena fouillant le passé.

— Alors pourquoi a-t-il tenté de se suicider ? Il ne pouvait plus l'aider, une fois mort.

— Eli m'a dit qu'il n'avait pas tenté de se suicider. Mais qu'il avait envoyé un message disant que Lena ne savait rien. Que s'ils la laissaient tranquille il ne dirait rien.

Ces mystérieux « ils ». Frustrant.

— La nuit suivante, quelqu'un a empoisonné sa boisson, et il s'est réveillé à l'hôpital, à moitié mort.

Merde !

— Il faut dire la vérité à Boone.

— Non. J'ai promis à Eli. Il m'a dit qu'ils la tueraient.

— Il est mort. Qu'est-ce qui peut les empêcher de la tuer ? S'ils ne l'ont pas déjà fait.

Bon sang, elle commençait à ressembler à Hale ! Paranoïaque. Délirante.

— Vous. Il a dit que vous pouvez la sauver. Que vous étiez la seule à le pouvoir.

Génial! Son plus grand fan était un tueur qui avait avoué son crime.

— Je ne sais même pas par où commencer pour la retrouver. Il vous a sûrement donné des détails ?

— Il a dit qu'elle était rentrée à la maison. À Evergreen. C'est une petite ville de montagne, près de Cherokee.

Evergreen. La mère de Caitlyn avait laissé toute sa famille derrière elle quand elle avait emmené sa fille loin d'Evergreen, pour mettre de la distance entre elle et le souvenir de son mari. Ça n'avait pas marché, mais Caitlyn ressentait toujours un frisson quand on mentionnait la ville. Elle avait neuf ans, la dernière fois qu'elle avait vu Evergreen.

— Oui, je connais l'endroit, dit-elle à Whitford.

— Eli a dit que tout ce dont vous aviez besoin était dans cette boîte.

Il lui faudrait des semaines pour étudier ces vieux dessins et carnets, que, par ailleurs, Boone et ses hommes avaient déjà épluchés. À quoi jouait Hale ? Ce n'était pas le putain de *Da Vinci Code* ? Vingt-cinq années derrière les barreaux avaient dû le rendre fou. L'envoyer à la recherche d'une fille dont on ne savait pas avec certitude si elle avait disparu et enquêter sur une mystérieuse conspiration qui n'existait probablement que dans l'esprit d'un tueur condamné !

Puis Caitlyn se rappela le regard angoissé de Hale alors qu'il gisait, mourant, prononçant le nom de sa fille dans un dernier souffle. Il faisait confiance à Caitlyn. Il croyait qu'elle pouvait sauver Lena.

Mais Caitlyn n'était pas une faiseuse de miracles. Elle avait déjà enfreint tous les articles du règlement rien qu'en venant. Elle avait peut-être même provoqué la mort de Hale en arrivant ainsi. L'expression de son visage, alors qu'il gisait mourant… Le visage de son père, du sang partout. Trop de souvenirs. Trop de douleur.

Tout la ramenait à Evergreen. Cela ne signifiait pas qu'elle était obligée de se prêter au jeu. De suivre les miettes de pain. Caitlyn tira le levier de la boîte automatique de la Subaru sur marche arrière.

— Si autre chose vous revient, appelez-moi. De jour comme de nuit.

— Qu'allez-vous faire au sujet de Lena ?

— Je vais passer quelques appels. J'ai encore de la famille à Evergreen. C'est une petite ville. Si elle y est, quelqu'un le saura.

— C'est tout ? Quelques appels ?

— Il n'y a pas grand-chose que je puisse faire sans une enquête officielle. Et c'est en dehors de ma juridiction, de toute façon.

Les ondes transmirent l'exaspération de Whitford.

— Alors où allez-vous ?

— Chez moi. À Quantico. Où est ma place.

Elle raccrocha, tout aussi frustrée que l'aumônier, mais pour d'autres raisons. Elle avait fait tout ce qu'elle pouvait, plus qu'elle n'aurait dû. Qu'attendait-il d'elle, bon sang ?

Elle était avec son père quand il était mort et elle n'avait pas pu le sauver. À trois mètres d'Eli Hale et elle n'avait pas pu le sauver. Comment pouvait-on espérer qu'elle soit en mesure de sauver Lena ?

Chapitre 10

La faim et le besoin de caféine nourrissaient l'exaspération de Caitlyn tandis qu'elle roulait vers l'est, sur l'embranchement la ramenant à la I-85. Elle s'arrêta à un grand relais routier.

C'était typiquement un de ces jours qui ne se déroulent pas comme prévu. Son esprit repassait sans cesse les images du meurtre de Hale, à différentes vitesses. Chaque fois, la frustration qu'elle avait ressentie à être le témoin impuissant de la scène gravait toujours plus profondément les images dans sa psyché. Le temps de s'installer dans un box vide avec la boîte de Hale et de commander une copieuse portion de poulet aux boulettes de pommes de terre, un café et un verre de lait, sa frustration s'était changée en colère.

Oui, on connaissait les tueurs qui étaient déjà derrière les barreaux. Mais quelqu'un tirait les ficelles. Si, comme le disait Whitford, l'overdose de Hale était bien une première tentative d'attenter à sa vie, alors il y avait d'autres coupables dans les murs de Butner. Elle but quelques gorgées de café en attendant qu'on lui apporte son plat, classa les feuilles volantes de la boîte et appela Boone.

— SES, Boone à l'appareil, dit-il d'un ton sec.

— C'est Tierney. Je me demandais si l'overdose de Hale pouvait avoir été intentionnelle ?

— Bien sûr, qu'elle a été intentionnelle. Il a tenté de se suicider. Oh, vous vous demandez si quelqu'un d'autre aurait pu glisser les cachets dans son gobelet à son insu ? (Il marqua une pause.) Il a dit au médecin les avoir pris lui-même. (Il y eut un bruissement de papier.) Il s'est dit abattu de ne plus voir sa fille suite à leur dispute.

Hale n'avait donc rien dit aux médecins au sujet de la disparition de sa fille. Mais quelqu'un avait craint que les recherches de Lena ne poussent Hale à se mettre à table… et, pour ce qu'elle en savait, la seule chose dont il pouvait parler était le meurtre pour lequel il avait été condamné vingt-cinq ans auparavant. La voix de Boone interrompit le fil de ses pensées.

— Tierney, vous êtes là ? Le rapport du toubib ne précise pas qu'il est lui-même à l'origine de l'overdose. Mais ça ne veut rien dire.

— Vous enquêterez sur le sujet ?

— Je ferai de mon mieux. Une chose est sûre : ça n'était pas ces Sureños. Ils étaient enfermés en quartier de haute sécurité au moment de l'overdose de Hale.

Elle réfléchissait.

— Hale avait-il passé un coup de fil avant son overdose ?

— Nous sommes encore en train de vérifier les données. Neuf cents détenus. Ça prendra une journée.

— Vous enregistrez les appels vers l'extérieur, exact ? Quand vous aurez trouvé, j'aimerais bien en obtenir une copie.

Elle n'avait aucun statut officiel pour faire cette demande, et Boone le savait.

— Vous me cachez quelque chose.

Son ton était plus résigné qu'accusateur.

— Pas vraiment. Rien de tangible, en tout cas.

— Hum hum ! Je suppose que c'est pour cette raison qu'on vous appelle agent « spécial ».

Comme si on ne la lui avait jamais faite, celle-là.

— Sérieusement, si je découvre quelque chose que vous devez savoir, je vous appellerai.

— J'attendrai à côté du téléphone en retenant mon souffle.

Il raccrocha avant qu'elle ait pu lui répondre de façon aussi narquoise.

Son plat réconfortant arriva, baignant dans la sauce et servi avec un verre de lait si froid que la première gorgée lui fit mal au crâne. Elle mangea d'une main, essayant de trouver un semblant d'ordre dans les papiers de Hale. Il y avait des croquis de diverses merveilles architecturales célèbres, dont l'intérieur d'une pyramide égyptienne.

Les carnets étaient remplis de ce genre d'esquisses, ainsi que de listes de matériaux et de procédés de construction étape par étape. L'un des carnets contenait uniquement des croquis d'une maison que Caitlyn reconnaissait : celle de Hale à Evergreen, en Caroline du Nord, adossée à la montagne McSwain. La seule maison située plus haut sur le versant était celle où Caitlyn avait passé son enfance. Encore plus haut se trouvait la ferme à truites, le premier succès entrepreneurial et commercial de la famille McSwain. Elle datait du début du siècle dernier.

Sa mère et son oncle étaient si fiers de leur nom. Oncle Jimmy avait racheté toutes les terres que les McSwain avaient perdues au fil des années et avait offert comme cadeau de mariage aux parents de Caitlyn la ferme vieille de deux siècles qui avait été la première demeure de la famille.

Caitlyn adorait cette vieille maison, si solidement bâtie qu'elle ne tremblait pas dans les pires blizzards ni les tempêtes de printemps. Son père essayait toujours de l'embellir dès qu'il avait du temps libre. Arracher le papier peint, revernir le sol, elle et lui, ensemble, ponçant des décennies de peinture sur les placards d'origine en chêne. Ça lui avait presque brisé le cœur de quitter cette maison, mais après que son père…

Jessalyn avait été bouleversée de quitter Evergreen pour des raisons différentes. Elle laissait derrière elle sa famille et tous les gens qu'elle avait connus pour recommencer sa vie, celle d'une mère récemment veuve, à des milliers de kilomètres de la seule maison dans laquelle elle ait jamais vécu. Le sacrifice qu'avait fait sa mère les avait séparées, elle et Caitlyn, comme une épée tranchante. Personne ne pouvait rendre Jessalyn heureuse, pas après la mort de Sean.

Heureusement, oncle Jimmy avait dit qu'il garderait la vieille ferme pour Caitlyn. Au cas où elle trouverait un jour la force de revenir chez elle, pour marcher dans l'ombre du souvenir de son père, sur le parquet qui avait été trempé de son sang.

Peut-être oncle Jimmy pouvait-il l'aider. L'année qui avait suivi le départ de Caitlyn et de sa mère, il était devenu le promoteur immobilier chargé du casino de la tribu, donnant naissance à l'hôtel *Vista View* sur ce terrain désert qui bordait la réserve. En tant que directeur du casino, il savait tout ce qui se passait autour d'Evergreen, dans tout le comté de Balsam, ainsi que dans presque tout Cherokee.

Caitlyn était sur le point d'appeler son oncle Jimmy quand elle tomba sur un petit carnet d'adresses au fond de la boîte de Hale. Elle le parcourut et trouva les coordonnées de Lena à Durham et… bingo ! le nom et le numéro de portable de sa colocataire.

Elle finit son repas, commanda une part de tarte à la cerise en dessert et appela la jeune femme.

— Melissa Andersen ? Ici Caitlyn Tierney. Je suis une amie de la famille de Lena. Je dois la joindre aussi vite que possible.

— C'est au sujet de son père ? (Melissa semblait avoir dans les vingt-cinq ans et avait définitivement un accent de Caroline du Sud.) Un aumônier a appelé il y a quelques jours pour dire qu'il était très malade.

Caitlyn hésita. C'était la famille proche qui devait être en premier lieu informée du décès. Mais comme c'était Lena…

— Il faut vraiment que je parle à Lena. Savez-vous où elle est ?

— Elle est partie pour une petite ville dans les montagnes, près de Cherokee. Evergreen. C'est de là qu'est originaire sa famille. Hé, un instant, vous avez dit Caitlyn Tierney ?

— Oui.

— Oh, mon Dieu ! Je sais qui vous êtes. Lena a une photo de sa sœur et de vous ici, sur sa commode. Vous étiez si mignonnes, gamines. Couvertes de boue de la tête aux pieds, on ne distingue que vos yeux. Et vos cheveux roux aussi, en pétard.

Caitlyn connaissait bien cette photo. C'était une de celles que son père préférait. Elle ne l'avait pas vue depuis des décennies, depuis la mort de Sean, quand sa mère avait tout rangé et qu'elles avaient déménagé en Pennsylvanie.

— C'est moi. Alors, quand Lena est-elle partie ?

— Lundi soir.

Elle avait disparu depuis plus longtemps que ne le soupçonnait Hale.

— Avez-vous eu de ses nouvelles ? Savez-vous où elle comptait loger, à Evergreen ?

— Non, désolée. Elle a dit qu'elle partait pour un jour ou deux, seulement. Mais, parfois, elle perd la notion du temps. Une fois, quand elle s'était portée volontaire pour Projet Innocence, elle…

— C'est ce qu'elle fait, actuellement ? Elle travaille sur le dossier de son père ?

Peut-être Caitlyn pouvait-elle retrouver sa trace en passant en revue toutes les personnes impliquées dans le procès de Hale.

— Oh non ! Elle en avait fini avec ça. Ça lui a pris des années, mais elle s'est finalement rendu compte qu'il n'y avait pas d'issue. Je crois qu'elle était très en colère contre son père. On ne peut pas le lui reprocher. Toutes ces années, Lena, sa mère et sa sœur ont cru en lui, pour finalement se rendre compte qu'il avait vraiment tué cet homme. (Sa voix trahissait un tremblement.) La pauvre. Elle s'est gravement disputée avec son père à ce sujet. Je pense que c'est sa façon à elle de prendre un peu de distance, vous voyez ?

— Vous n'avez donc aucune idée de ce qu'elle cherchait à Evergreen ?

— Non, désolée. Il y a toujours sa maison de famille, là-bas. C'est peut-être là qu'elle est allée ?

— Était-elle en contact avec quelqu'un d'Evergreen ?

— Je ne sais pas. Désolée. Mais quand vous la verrez dites-lui que j'ai son courrier, ici.

« Courrier. »

— Il n'y a rien là-dedans qui puisse m'aider à la trouver ?

— Que des factures... oh, et une lettre d'un cabinet d'avocats. Ce doit être un de ceux à qui elle a envoyé sa candidature. Ça a l'air épais, comme un contrat. Elle voudra peut-être se dépêcher de revenir ici pour l'ouvrir.

Si Lena cherchait un nouveau travail, pourquoi serait-elle partie ? Plus important : pourquoi ne serait-elle pas restée en contact avec sa colocataire.

— J'espère que ça vous aide, dit celle-ci. Dites à Lena que je suis désolée que son père soit malade.

— Je n'y manquerai pas. Merci.

Caitlyn raccrocha, encore plus déconcertée. Elle allait devoir compter sur l'oncle Jimmy pour obtenir des infos.

Seulement, il y avait un problème. À part l'occasionnelle carte de Noël et un bouquet de fleurs quand elle avait été hospitalisée l'année dernière, elle n'était pas vraiment proche de son oncle Jimmy ou de son cousin Bernie. Ce qui signifiait appeler sa mère d'abord.

Caitlyn engloutit sa part de tarte à la cerise. Elle avait besoin d'un supplément calorique pour se donner du courage. Avant qu'elle puisse passer l'appel, son téléphone sonna : Paul.

Elle détesta hésiter avant de répondre, attendant presque assez longtemps, mais pas tout à fait, pour que l'appel bascule sur la messagerie.

— Salut, toi, dit-elle d'un ton joyeux.

— Hé ! Désolé de t'embêter pendant le travail, mais j'ai besoin de savoir si tu rentres à la maison ce soir.

Il voulait dire « sa » maison. Ce qui, ces derniers temps, s'était vaguement transformé en « leur » maison.

— Je suis toujours en Caroline du Nord, biaisa-t-elle.

Certes, rien ne l'empêchait d'être rentrée à Washington dans la soirée. Mais elle voulait savoir pourquoi il posait la question.

— Eh bien, dit-il dans un soupir, je voulais te faire la surprise, mais je suppose que je dois te le dire. Avec le lundi férié et ce long week-end, j'ai prévu une petite escapade à la plage.

Sa première pensée fut de se demander s'il ne devait pas travailler lundi. Puis elle comprit qu'il avait dû demander qu'on lui accorde une faveur. Les médecins ne bénéficiaient pas de jours fériés, contrairement aux instructeurs de Quantico.

Puis elle songea : *partout, sauf à la plage*. Elle avait évité toute sa vie durant d'aller à la mer. Avant de mourir, son père avait promis de les emmener en vacances sur les Outer Banks, dans une ville appelée

Duck, où il se rendait, enfant, avec sa famille. Ce devait être sa première fois au bord de l'océan. Il la bordait chaque soir en lui parlant de la plage, de la pêche à pied et du parfum magique de l'eau quand elle étincelait au lever du soleil.

Même aujourd'hui, vingt-six ans après, elle souffrait à l'idée de découvrir cette magie sans qu'il soit à ses côtés.

Mais Paul ne pouvait pas savoir ça.

— Tu es toujours là ? demanda-t-il.

— Oui. C'est juste… Waouh… je ne sais pas quoi dire. C'est très gentil de ta part, Paul.

Ça l'était. Vraiment. Comment diable allait-elle pouvoir refuser ? Pourquoi devait-il souffrir à cause de ses névroses ?

— Je me disais qu'on pouvait partir ce soir, juste après le travail, dit-il. Se réveiller avec le lever du soleil sur la plage. J'ai loué un cottage au bord de l'océan. Une seule chambre, mais très intime.

— Ça a l'air fantastique.

Un silence gêné allait et venait entre la Caroline du Nord et Washington.

— Tu ne viens pas, n'est-ce pas ? finit-il par demander, la voix empreinte de douleur.

Elle hésita. Son regard tomba sur une photo de Lena posée sur une pile de papiers dans la boîte de Hale. Elle avait été prise lors de la remise des diplômes, à l'université. Lena avait le chapeau carré négligemment posé sur la tête, le pompon se balançant devant ses yeux plissés de joie. Elle venait de perdre sa mère et sa sœur, avait fait ses études seule et sans soutien, et, malgré tout ce qu'elle avait connu, elle faisait face à son avenir avec un espoir sans faille et en souriant à pleines dents.

— Je ne peux pas, lui dit Caitlyn.

La tarte à la cerise eut soudain un goût amer.

— Le travail ?

Elle ne pouvait pas mentir. Pas à ce sujet.

— Non. Une urgence familiale.

Presque familiale. En quelque sorte. Si l'on omettait qu'Eli Hale était responsable de la mort de son père. Mais elle ne pouvait pas laisser Lena souffrir à cause de ses erreurs. Et Lena n'avait plus qu'elle.

— Je dois me rendre chez moi, à Evergreen.

De nouveau un silence, plus triste que gêné cette fois.

— Je suis désolée, dit-elle.

Et c'était la vérité.

Elle n'aurait jamais dû le laisser commencer à penser à une vie de couple. Elle aurait dû le quitter avant d'en être arrivée là. Mais il était si gentil, et, après tout ce qu'elle avait traversé l'année passée, elle avait désespérément besoin de gentillesse et de confort.

Plus que confortable, Paul était sûr.

— Je comprends. La prochaine fois, nous choisirons la date ensemble ; comme ça, il n'y aura pas d'empêchement. Sois prudente sur la route. Appelle-moi quand tu seras arrivée.

Que pouvait-elle répondre à ça ? Rien, excepté :

— Promis.

— Je t'aime.

Il raccrocha avant qu'elle ait eu le temps de lui mentir de nouveau.

Caitlyn regarda le téléphone. Plus de mensonges. La prochaine fois qu'elle verrait Paul, elle lui dirait la vérité. Elle ne l'aimait pas. Elle doutait d'être jamais capable d'aimer quelqu'un. Pas comme il le méritait. Il y avait trop de choses dans son cœur qu'elle devait retenir, protéger.

Il ne restait plus assez d'elle pour l'offrir à un autre. Ce n'était la faute de personne. C'était juste la façon dont elle était faite. Il valait mieux s'arrêter là avant que quelqu'un souffre.

Qui espérait-elle tromper ? Impossible de mettre un terme à leur relation sans que Paul en souffre.

La tarte pesait sur son estomac comme un fardeau, un festin arrosé de l'amer sirop de la culpabilité. Autant appeler sa mère. Le quota de douleur et de souffrance serait rempli.

Sur la photo, Lena lui souriait, la culpabilisant un peu plus. Et si elle ne la retrouvait pas ? La pauvre ne savait même pas que son père était mort.

Seigneur, elle devrait partir au bord de l'océan avec Paul ! Il n'y avait rien de pire qu'annoncer la mort de quelqu'un à sa famille. Caitlyn avait appris cela en travaillant durant une brève période pour le Centre national pour les enfants disparus et exploités.

Son téléphone sonna une nouvelle fois. Sa mère. Comment diable faisait-elle ça ? Elle parvenait toujours à devancer ses appels, empêchant Caitlyn de gagner ses bons points.

— Qu'est-ce qui ne va pas, Caitlyn ? demanda Jessalyn Tierney d'un ton bouleversé.

Ce qui n'était pas inhabituel étant donné qu'elle semblait toujours appeler quand quelque chose n'allait pas dans la vie de sa fille. Comme frôler la mort – par deux fois –, tuer un homme ou subir une opération urgente du cerveau. Le radar de voyante de sa mère était un instrument de précision.

— Rien. Pourquoi ?

— Paul vient de m'appeler. Il voulait savoir ce qu'il pouvait faire pour aider. Il m'a dit que tu avais annulé votre week-end pour une urgence familiale.

Oh merde !

— Paul t'a appelée ?

— Bien sûr. Qui, à ton avis, l'a aidé à trouver une location dans un si bel endroit à la veille d'un week-end de trois jours ?

Comme l'oncle Jimmy, sa mère avait hérité de l'amour entrepreneurial familial pour les biens immobiliers. Après que Caitlyn eut quitté l'université, Jessalyn était retournée s'installer en Caroline du Nord et s'était associée avec Jimmy pour monter une société d'investissement en immobilier à Charlotte. Même la bulle immobilière n'avait pas diminué leurs profits.

— Tu étais au courant de ce week-end et tu ne m'as pas prévenue ?

— Il voulait te faire une surprise. Je crois qu'il cherche une bague de fiançailles. Je lui ai donné ma bénédiction, évidemment. Il est grand temps pour toi de t'installer et de fonder une famille.

— Maman, je n'ai que…

Non. Elle ne tomberait pas dans le piège. Se disputer avec sa mère, c'était comme courir le long d'un ruban de Möbius. Une fois qu'on était lancé, il n'y avait aucun moyen d'en sortir. Jamais.

— Attends. Paul t'a dit ça ?

— Nous nous parlons tout le temps, dit négligemment Jessalyn. Bon, peut-être pas tout le temps. Trois fois depuis Noël. Soit trois fois plus qu'avec toi.

Aïe ! Jessalyn notait tout.

— Je t'ai appelée à Noël.

— Non. C'est moi qui t'ai appelée. Après que tu ne t'es pas donné la peine de passer les fêtes avec ta mère. Pas que tu aies été retenue par le travail… Tu m'as dit que tu étais professeure remplaçante jusqu'à ce que tes patrons décident s'ils te viraient.

Caitlyn grinça des dents.

— Je ne vais pas me faire virer. Et je te l'ai dit : Paul était de garde.

Il y avait plus de jugement dans le silence de sa mère que dans le coup de marteau du juge. Caitlyn savait bien qu'elle ne devait pas plaider sa cause. Cela ne ferait que fournir des munitions supplémentaires à Jessalyn lors de leurs prochains accrochages.

— Quelle est cette urgence ? finit par demander Jessalyn. Paul m'a dit que tu devais retourner à Evergreen ? Pourquoi diable ferais-tu ça ? Il n'y a rien là-bas pour toi, à part de mauvais souvenirs.

Elle se trompait. Evergreen serait toujours le lieu de ses souvenirs les plus heureux. Mais elle ne pouvait pas le dire à sa mère, ça la blesserait. Jessalyn avait fait de son mieux. Une mère célibataire qui avait élevé une enfant après un événement tragique, tout en se débattant avec son propre chagrin. Mais rien ne pouvait lui faire oublier son père ou cicatriser la plaie que la mort de celui-ci avait laissée dans son cœur.

— C'est la petite sœur de Vonnie. Lena. Elle a disparu.

— La fille Hale ? Qu'est-ce que ça peut te faire ?

L'acide suintait des mots de Jessalyn. Caitlyn n'était pas la seule à blâmer Eli Hale pour la mort de Sean Tierney.

— J'ai promis de la chercher. Elle a des ennuis.

— Promis à qui ? exigea de savoir Jessalyn.

Elle pouvait être impitoyable. Caitlyn savait bien qu'il était inutile de résister.

— À son père. Juste avant qu'il se fasse tuer.

— Eli Hale est mort ?

Le souffle de Jessalyn crépita à travers les ondes, et Caitlyn pouvait presque voir sa mère, une main appuyée contre la gorge.

— Que s'est-il passé ?

Caitlyn lui raconta le meurtre d'Eli.

— Tu y as assisté ? Ça s'est produit sous tes yeux ? Tu n'aurais jamais dû aller là-bas. Combien de fois t'ai-je dit de ne pas t'occuper de ça ? Tu es si têtue. Mon Dieu ! Une émeute en prison et toi au milieu…

— C'est mon travail.

Un pieux mensonge. C'était parfois nécessaire, avec Jessalyn. Certes, le FBI avait peut-être affiné les talents de Caitlyn. Mais c'était la vie avec sa mère qui l'avait préparée au travail sous couverture, par la pratique du mensonge et de l'art de dissimuler ses émotions durant des décennies.

Il semblait parfois que Jessalyn soit débordée d'émotions pour deux. L'angoisse, quand elle se battait pour protéger sa fille des dangers de ce monde. La dépression et le repli sur soi, quand elle luttait pour leur offrir une nouvelle vie, dans une ville inconnue où elles étaient seules. La joie affectée, quand elle célébrait le moindre petit événement, essayant de son mieux d'aimer pour deux parents.

— Je vais bien, maman. Calme-toi.

— Que je me calme ? Il n'en est pas question. Et toi, jeune fille, tu n'iras pas à Evergreen. Les Hale nous ont infligé suffisamment de douleur et de souffrance comme ça, merci bien. Tu vas tout de suite rappeler Paul et lui dire que tu pars en week-end avec lui.

— Je ne peux pas.

Le téléphone était de plus en plus chaud dans sa main, transmettant l'agitation de Jessalyn, sans aucun doute.

— Je dois te laisser. (Elle aurait voulu lui demander le numéro d'oncle Jimmy, mais, tant pis, elle le trouverait sur Google.) Salut, maman. Je t'embrasse.

Elle raccrocha alors que Jessalyn prenait une profonde inspiration pour lui lancer un nouvel ultimatum. Elle mit son téléphone en mode silencieux avant qu'il sonne de nouveau.

Les restes de sa tarte à la cerise n'étaient plus qu'une bouillie figée et écarlate, la couleur du sang fraîchement versé. Elle ne put néanmoins résister à l'envie de passer le doigt dans cette pâte collante et de le lécher. Comme son père et elle le faisaient dans le dos de sa mère.

Elle poussa un soupir qui était un étrange mélange d'angoisse, d'anticipation et d'appréhension. Pour la première fois en vingt-six ans, elle rentrait à la maison.

Chapitre 11

Caitlyn rappela la colocataire, dont elle avait déjà oublié le nom, pour qu'elle lui indique comment se rendre chez Lena à Durnham. Quitte à faire tout ça, autant le faire sérieusement. Ce qui signifiait en apprendre le plus possible sur la jeune femme.

L'appartement était typique de l'étudiant diplômé : une petite cuisine aménagée, un séjour-salle à manger avec une unique fenêtre donnant sur l'immeuble d'en face, deux chambres au fond séparées par une salle de bains. Optimisation maximale de l'espace, tracas minimal. Mais c'était propre. L'odeur âcre de l'aspirateur fraîchement passé remplissait encore l'air.

La décoration était semblable à celle de l'appartement qu'occupait Caitlyn à Manassas : un mélange d'Ikea et de Goodwill. Le design anguleux du canapé était adouci par un assortiment de coussins dépareillés et un pashmina coloré recouvrant le dossier.

— Vous pensez vraiment qu'il lui est arrivé quelque chose ? demanda la colocataire en indiquant le canapé à Caitlyn. Devrais-je appeler la police pour signaler sa disparition ?

Eli Hale avait conseillé de ne pas le faire. Mais si quelqu'un, à Evergreen, retenait Lena prisonnière, alors il ne pourrait pas ignorer que Caitlyn recherchait la fille. Elle ne voyait pas d'inconvénients à avertir les autorités. De plus, un rapport officiel lui permettrait d'avoir recours aux données du Centre national d'information sur les délits au cas où un agent des forces de l'ordre signalerait avoir vu Lena ou son véhicule.

— C'est probablement une bonne idée. Vous dites qu'elle est partie depuis cinq jours sans donner de nouvelles ?

Caitlyn s'assit sur le canapé, plus confortable qu'il n'en avait l'air. Mais la colocataire resta debout à faire les cent pas.

— Oui. Ça fait suffisamment longtemps ? Il faut quarante-huit heures, c'est ça ? Mon Dieu, je n'ose pas imaginer qu'il lui soit arrivé quelque chose.

— En fait, ça n'est que dans les films. Vous pouvez signaler la disparition de quelqu'un à tout moment si vous avez des raisons de craindre pour sa sécurité. On vous demandera une photo et des informations au sujet de sa voiture : immatriculation, couleur, marque et modèle.

— C'est facile. Je peux trouver ça.

La jeune femme s'affala finalement sur une des chaises disposées autour de la table au plateau de verre et aux pieds chromés de la salle à manger.

— Et si elle rentre ? J'aurai des ennuis pour avoir signalé sa disparition ? Ou elle ? On est toutes les deux à la recherche d'un travail, actuellement…

— Ne vous inquiétez pas. Aucune de vous deux n'aura d'ennuis.

Si une étudiante en droit hésitait à s'adresser à la police quand son amie était peut-être en danger, que penser d'un citoyen lambda ?

Caitlyn chassa cette pensée. La perception de la police locale n'était pas son problème. Elle se leva.

— Je peux jeter un coup d'œil à sa chambre pendant que vous réunissez toutes ces informations ?

La colocataire l'accompagna puis hésita.

— D'accord. Mais ne déplacez rien. Elle a sa méthode de rangement. (Elle ouvrit la porte.) Vous savez, je suis sûre qu'elle va bien. Elle est sûrement tombée sur quelque chose d'intéressant au cours de ses recherches. Lena est une dingue de recherches, particulièrement des trucs historiques. Plus c'est rare, mieux c'est.

Caitlyn ne perça pas la bulle de déni dans laquelle s'était réfugiée la jeune femme et pénétra dans la chambre. Lena n'était manifestement pas la maniaque des deux. Livres, feuillets, photos, cartes et carnets de notes étaient éparpillés dans la chambre, comme si une tornade avait dévasté une bibliothèque et en avait déposé les débris ici. Des tableaux blancs, perchés sur le rebord de la fenêtre et la commode, étaient couverts de notes dans un arc-en-ciel de couleurs. Le seul espace libre était un lit à deux places sur lequel reposaient une couverture vert sauge à franges et un oreiller avec une taie en dentelle. Aucun souvenir personnel à l'exception d'une bible à la couverture de cuir usée sur la table de nuit et de quelques photos dans des cadres bon marché alignés sur la commode.

Caitlyn prit une profonde inspiration en voyant la première photo. Vonnie et elle enfants, emmitouflées dans leurs combinaisons de ski, couvertes de boue et riant. Une autre représentait Lena portant une couche et jetée dans les airs par Eli Hale tandis que Vonnie, la tête levée, applaudissait de joie. Une troisième de la mère de Lena, pelotonnée sur la balancelle du porche de leur maison d'Evergreen, qui souriait en écossant des petits pois.

De l'histoire ancienne. Antérieure aux premiers souvenirs de Lena. Il y avait deux photos plus récentes : Lena, Vonnie et leur mère lors de la remise du diplôme de lycée, et une autre prise dans un restaurant qui montrait les deux sœurs, heureuses, les bras autour des épaules l'une de l'autre, penchées vers l'objectif.

Toute l'histoire d'une famille alignée sur le dessus d'une commode. À présent, il ne restait plus que Lena. Le sourire de Caitlyn devant la joie de Vonnie s'effaça. Son cœur se serra à l'idée d'annoncer à Lena la mort de son père.

Caitlyn reporta son attention sur les feuillets en soupirant. Les cartes étaient celles de Qualla Boundary, le foyer des Cherokees de l'Est. L'une était datée de 2010, et l'autre était la reproduction d'une carte de 1883. Il y avait une pile de livres reliés : des exemplaires de la revue *Duke Law*, des verdicts de la Cour suprême cherokee, de la Cour fédérale de l'Oklahoma et de l'État de Caroline du Nord. À côté des livres, des photocopies d'affaires fédérales et d'autres relevant des États. D'après les résumés, ils semblaient tous traiter du cas des Noirs affranchis, jadis esclaves des Cherokees, et de leur assimilation par cette tribu indienne.

Elle photographia les clichés avec son téléphone, ainsi que les titres des articles, les tableaux blancs et le calendrier rempli de noms et de notes indéchiffrables. Des devoirs pour le soir.

— Elle travaillait sur un article pour la revue de l'université, expliqua la colocataire qui avait réapparu.

Elle tendit à Caitlyn une feuille de papier comportant une photo de Lena et toutes les informations pertinentes la concernant imprimées en bas de la page.

— Elle l'a postée sur Facebook il y a quelques semaines. Avec une copie de sa carte d'étudiante, de son permis de conduire et de sa carte grise.

— Elle n'a pas ses papiers sur elle ?

— Si. Mais quand elle travaille sur un projet elle est un peu obsédée. (La colocataire désigna d'un geste la documentation qui recouvrait chaque centimètre carré de la chambre.) Elle a déjà perdu plusieurs fois son sac, alors elle garde des copies de tout ici. C'est plus facile pour refaire ses papiers.

— Je suppose que vous n'avez pas son numéro de carte de crédit ?

— Si. Elle n'avait qu'une carte de paiement. Sa mère ne croyait pas aux cartes de crédit. (Elle expira longuement, réalignant les photos que Caitlyn avait bougées sur la commode.) J'espère qu'elle va bien.

Caitlyn trouva une pile de papiers rangés à part dans un coin, de l'autre côté de la chambre, comme s'ils étaient reliés à son sujet de recherche principal. Il s'agissait de photocopies des archives d'État de Raleigh relatives à la concession de terres de Qualla Boundary et aux recensements de population.

— Savez-vous de quoi il s'agit ?

Elle exhiba la première photocopie pour la montrer à la locataire, une page titre sur laquelle on pouvait lire : « Registre des titres R, 1880-1882 : archives des Cherokees de l'Est » en vieilles lettres d'imprimerie.

— C'est ce que je vous disais au téléphone. Après avoir compris qu'elle ne pourrait pas prouver l'innocence de son père (Elle trébuchait sur les mots, trop polie pour qualifier franchement Eli Hale de coupable.) Lena a commencé à travailler sur son article pour la revue juridique. Le sujet porte sur la nation Cherokee de l'Oklahoma, mais elle voulait voir s'il n'y avait pas de précédents chez les Cherokees de l'Est qui étaient restés en Caroline du Nord. Comme sa famille vivait là, juste à la frontière de la réserve, je suppose que ça l'intéressait. Je ne suis pas sûre de ce qu'elle a trouvé, mais sa famille était mentionnée dans de vieilles archives, et elle ne pensait plus qu'à « laver son nom ». Quoi que ça veuille dire…

Elle ponctua sa phrase d'un haussement d'épaules.

— Alors elle est partie à Evergreen pour enquêter sur ses racines ? (Caitlyn regarda la date sur les archives.) Qui remonteraient aux années 1800 ?

— Oui. Elle a voulu consulter le maximum de documents originaux. Et tous n'étaient pas conservés aux archives de Raleigh. Elle pensait que certains pourraient se trouver à Cherokee, aux archives tribales.

Même si c'était le cas, ça ne prenait pas cinq jours à une chercheuse hors pair telle que Lena pour trouver ces documents. Sans parler de rester cinq jours sans contacter sa colocataire. Cette dernière devait être arrivée à la même conclusion parce qu'elle porta la main à sa bouche.

— Oh, mon Dieu ! Il lui est vraiment arrivé quelque chose, n'est-ce pas ?

Caitlyn aurait aimé pouvoir lui répondre.

Goose se balança sur sa chaise et posa le menton sur sa poitrine. C'était sa position favorite pour réfléchir. Bernie cachait quelque chose. Le gamin n'était pas quelqu'un qu'on pouvait qualifier de « normal » – trop souvent perdu dans ses rêveries, à moitié présent et à moitié dans ses pensées –, mais, ces derniers jours, il se comportait d'une façon carrément étrange. Il désertait les fêtes de bonne heure, arrivait tard au QG, disparaissait au milieu de la journée et revenait imprégné d'une odeur de viande et d'urine.

S'il n'avait pas été question de Bernie, Goose aurait pensé qu'il était devenu un tueur en série psychopathe. S'il avait dû parier sur un membre des Faucheurs se transformant en Manson ou en Dahmer, il aurait choisi Poppy. Même si le gars avait la soixantaine, il avait un regard d'acier qui vous transperçait de part en part. Ça ne lui posait aucun problème de dérouiller celui, Faucheur ou autre, qui se mettait en travers de son chemin. Ou, mieux encore, d'assister au spectacle après avoir demandé à un membre du club de faire le sale boulot à sa place.

En tant que nouvel homme de main du club, c'était au tour de Goose de faire le sale boulot. C'était surtout un titre honoraire. Du moins, Goose l'espérait. Pour sa première mission, Poppy lui avait ordonné de retrouver les animaux que le club avait volés à cet abruti de Pigeon Forge. Pas vraiment un boulot de l'envergure d'un Tony Soprano. Bien sûr, Poppy avait ajouté : « Et trouve l'enfoiré qui nous les a piqués que je le tue. Lentement. »

Difficile de dire si Poppy plaisantait. Mais, après un an et demi au sein des Faucheurs, Goose ne les avait jamais vus sur le point de véritablement tuer quelqu'un. Dérouiller des types, oui, tout comme ils passaient la plupart des week-ends à se dérouiller les uns les autres. Les frustrations contenues de faire partie des un pour cent de motards qui étaient des hors-la-loi, de vivre en dehors des normes de la société, comme de vrais esprits libres.

Du moins le club aimait se voir ainsi. En réalité, ils n'étaient qu'un groupe de mecs – pour la plupart sans emploi, comme Goose qui avait été développeur de logiciels à Asheville – qui aimaient rouler en moto, boire et déconner sans qu'on leur dise quoi que ce soit.

Le fantasme ultime de Peter Pan. Particulièrement si l'on ajoutait les femmes qui se jetaient littéralement dans leurs bras et l'excitation que leur procuraient les activités illégales minables comme cette affaire de foutus animaux.

Goose avait une idée de l'identité du voleur. D'autant plus que Bernie avait commencé à se comporter bizarrement à ce moment-là.

Le truc, c'était de récupérer les animaux. De satisfaire Poppy sans qu'il se doute que le gamin était derrière tout ça – pas facile, vu que chaque fois que Bernie essayait de mentir, ses oreilles rougissaient – et de le convaincre de renoncer à chercher le voleur.

Un vrai numéro d'équilibriste, vu les tendances psychopathes de Poppy.

— Hé, Goose ! (Le rugissement de Poppy se répercuta à travers le bar vide depuis son bureau du fond.) J'ai du boulot pour toi. Apporte ton ordinateur. Et ton flingue.

Le flingue ? Goose bondit sur ses pieds. Il aimait les Faucheurs, la façon dont ils l'avaient accepté sans poser de questions, toujours prêts à lui payer un verre, à lui prêter de l'argent ou à l'héberger quand il avait perdu son travail. Mais, parfois, il craignait qu'ils ne prennent cette idée de vivre en marge de la société trop au sérieux.

Il attrapa son ordinateur portable et se dirigea à l'arrière du bar. Fouine, le vice-président du club, était déjà dans le bureau de Poppy. Goose s'arrêta devant la porte pour écouter ce qu'ils se disaient. Que lui ordonnerait de faire Poppy, cette fois-ci ? Il espérait que ce serait autre chose que de retrouver de foutus animaux qui étaient de toute façon probablement morts, à cette heure.

— Plus question de merder, disait Poppy à Fouine. Cette fois, on fait bien les choses. Je veux prendre aucun risque.

— C'était pas ma faute.

Fouine était petit, à peine un mètre soixante-dix, mais il compensait en étant le plus vicieux des enfoirés que Goose ait jamais rencontrés. Le gars avait la quarantaine, une tête de belette qui collait à son surnom, le crâne rasé marqué d'un tatouage des Faucheurs, et une foule d'ex-femmes et de petites amies, toutes plus radasses les unes que les autres.

— Est-ce que j'ai demandé de qui c'était la putain de faute ? Goose ! beugla Poppy. Je t'ai dit de ramener tes fesses ici.

Goose franchit la porte comme s'il venait juste d'arriver.

— Désolé, il fallait que je prenne mon ordinateur. Qu'est-ce que tu veux ?

— Il y a une fédérale qui arrive en ville. Elle vient fouiner. Elle pense qu'on a à voir avec la disparition d'une étudiante en droit.

— Tu veux que je trouve l'étudiante ? Que je voie si je peux la pister en ligne ? demanda Goose.

Les recherches informatiques étaient davantage son domaine que la chasse aux lions et aux léopards à travers les montagnes.

— Non, dit Fouine, tirant d'un coup sec sur les revers de sa veste en cuir comme pour contrer l'insulte. Je m'occupe d'elle.

— Attends. (Poppy s'adossa si lourdement à sa chaise que le bois craqua.) Tu peux faire ça ? demanda-t-il à Goose.

— Bien sûr. Donne-moi son nom, son numéro de sécu si tu l'as, et je peux tracer ses derniers paiements par carte, peut-être même son GPS, si sa voiture en est équipée, et la liste de ses appels. Y a qu'à demander. Et, si elle met en ligne une photo sur Facebook ou ailleurs, je peux te dire où et quand cette photo a été prise.

Poppy inclina la tête, visiblement impressionné.

— Je suppose que ça peut être utile d'avoir un geek dans les parages. Fouine, donne-lui les infos dont il a besoin.

Fouine fronça les sourcils en plongeant la main dans sa poche pour en extraire un bout de papier.

— Tu veux que je m'occupe de la féd' pendant que le petit génie reste là, le cul assis, à surfer sur des sites pornos ?

— Non. Je veux que tu continues à chercher la fille. Si on la trouve, les fédéraux nous foutront la paix. Inutile d'attirer encore plus l'attention sur nous, on a déjà la course du poker[1] ce week-end. Et toi, (il pointa Goose du doigt comme s'il le braquait avec un pistolet) prends ton joujou et trouve où la fille est passée et où elle pourrait aller pendant que tu suis cette féd' et que tu planques des micros dans sa chambre, son téléphone, sa voiture, et tout ce sur quoi tu pourras mettre la main. Elle logera au *Vista View*. Il faut donc que tu te changes avant d'aller là-bas. Pas de couleurs.

Le *Vista View* ? Le casino tribal était d'ordinaire zone interdite pour les Faucheurs, une façon d'entretenir la paix avec les locaux et de ne pas faire fuir les touristes.

---

1. Course caritative au cours de laquelle les participants doivent rallier cinq ou sept étapes, où ils tirent chaque fois une carte à jouer. Le but est d'obtenir la meilleure main à l'arrivée. (*N.D.T.*)

De toute façon, la plupart des Faucheurs n'avaient pas d'argent à perdre au jeu.

— Ça marche, Poppy. (Goose s'apprêta à quitter le bureau puis fit demi-tour.) Pourquoi les féd' pensent qu'on a quelque chose à voir avec la disparition d'une étudiante en droit ?

Poppy la joua finement, sans laisser paraître la moindre émotion. Mais Fouine se crispa.

— On n'a rien à voir dans sa disparition, dit Poppy. Mais apparemment, elle s'est arrêtée ici quand elle quittait la ville, pour demander son chemin ou autre chose, je sais pas. Nous devons être proactifs, devancer les événements. La dernière chose dont nous avons besoin, c'est des ennuis avec les féd'. Satisfait ?

— Ouais, sûr. De savoir qu'elle était là, ça m'aide à retracer ses déplacements. Quelqu'un a vu quel type de voiture elle conduisait ? Ça aiderait aussi si elle était assez récente pour être équipée d'un GPS.

— Une Honda Accord vieille de dix ou douze ans, répondit Fouine. Je crois qu'elle est rouge sombre. Difficile à dire. Il faisait nuit et elle n'est restée que quelques minutes.

— Tu lui as parlé ?

— Ouais. (Fouine se tourna vers Goose et le fusilla du regard, comme si celui-ci lui avait demandé un plan à trois avec sa bourgeoise.) Je lui ai parlé. Je lui ai indiqué comment rejoindre l'autoroute. Elle est partie et c'est tout.

Poppy tendit à Goose le bout de papier que Fouine lui avait donné.

— Voilà toutes les infos dont tu devrais avoir besoin.

— OK, je m'en occupe tout de suite.

Goose quitta le bureau, mais ne ferma pas complètement la porte. Il jeta un coup d'œil au papier. Lena Hale. Vingt-six ans. Noire. Un mètre soixante-quinze, soixante-cinq kilos, cheveux bruns, yeux marron. Numéro de sécurité sociale, carte grise, adresse, numéro de téléphone. Comment diable avaient-ils obtenu tout ça en lui parlant trente secondes ? Et pourquoi le club s'intéressait-il tant à une étudiante en droit de Durham ?

— Dès qu'il l'aura trouvée, tu t'occupes de l'affaire. Net et sans bavure, c'est compris ? dit Poppy à Fouine.

Goose se pencha en avant pour essayer d'en entendre davantage. C'était son boulot, en tant qu'homme de main, de veiller aux intérêts du club, pas celui de Fouine.

À moins qu'ils ne parlent de tuer une étudiante en droit. Seigneur, il espérait que non !

— Et la féd' ? demanda Fouine.

— On doit découvrir ce qu'elle sait et à qui elle a parlé avant. Puis on décidera.

Décider ? Comme d'éventuellement tuer un agent fédéral ? Les muscles de la nuque de Goose se crispèrent. Hors de question qu'il laisse une telle chose arriver.

— C’est un plan.

Une chaise que l’on traînait. À ce bruit, Goose se précipita vers le bar. Il était en train de travailler sur son ordinateur quand Fouine apparut.

— Tu l’as pas encore trouvée, champion ?

Goose secoua la tête.

— J’entre juste les paramètres. La recherche se fera pendant que j’irai au *Vista View* et que je travaillerai sur la féd’. Ah oui, on a son nom ?

— Tierney. Caitlyn Tierney.

Chapitre 12

Caitlyn sentait les émotions bouillonner en elle tandis qu'elle roulait vers les Smoky Mountains. Mais elle les rangea dans un coin pour les gérer plus tard. Elle était sur une affaire.

L'aumônier de Butner ne le savait pas en la contactant, mais Caitlyn avait une solide expérience en matière de personnes disparues. Ce qui était, contrairement à ce que l'on voyait dans les films, plutôt inhabituel pour un agent du FBI, particulièrement aujourd'hui où quatre-vingt-dix pour cent des ressources du Bureau étaient allouées à la lutte contre le terrorisme et aux délits financiers.

Au sortir de l'académie, Caitlyn avait été affectée à l'organisme interagences EAF : l'équipe d'appréhension des fugitifs. Elle avait ensuite été transférée à Boston, où elle avait travaillé au sein de la brigade de répression des crimes violents avant d'être appelée en renfort au Centre national pour les enfants disparus et exploités après l'ouragan Katrina, afin de retrouver les enfants enlevés par des prédateurs qui se servaient de la catastrophe pour masquer leurs actes.

Mais elle n'aurait jamais cru qu'elle fouillerait les montagnes où son père lui avait appris à chasser. C'était étrange, comme si le cours des choses avait été voué à rester le même. Son père, qui lui avait appris à traquer et à tirer, et, par-dessus tout, à penser comme l'animal qu'ils pistaient. Le FBI qui avait affiné ces capacités, même si l'objectif avait été de faire d'elle un tout autre genre de chasseuse. Et maintenant Eli Hale, l'homme qui avait façonné sa vie, qui l'avait menée sur ce chemin, la renvoyait à la maison, à la recherche de sa fille.

Un frisson la parcourut, mais cela avait davantage à voir avec le soleil disparaissant derrière les montagnes et la légère neige qu'avec autre chose. Elle monta le chauffage, alluma le dégivreur et appuya sur l'accélérateur.

Elle avait laissé un message à l'intention de son oncle Jimmy au casino, et il la rappela juste au moment où elle traversait Maggie Valley par la route 19. Elle s'arrêta sur le parking désert du parc à thème Ghost Town in the Sky pour lui parler.

— Alors tu viens nous rendre visite ? Quelle belle surprise ! Je peux savoir ce qui t'a décidée ? Je m'étais dit qu'on ne te reverrait plus jamais dans le coin.

Tante Lacey et lui leur avaient rendu quelquefois visite en Pennsylvanie, accompagnés de leur fils Bernie. Mais Caitlyn et sa mère n'étaient jamais retournées à Evergreen. Pas tant qu'elle était enfant, du moins.

Jessalyn y était retournée pour l'enterrement de Lacey, dix ans plus tôt. Caitlyn n'aurait su dire si sa mère avait fait le voyage de Charlotte à Evergreen en une autre occasion. Si c'était le cas, Jessalyn n'en avait jamais parlé.

— J'essaie de retrouver une disparue. Lena Hale.

— Lena… Tu veux dire la cadette d'Eli Hale ? (Le ton de sa voix était désapprobateur.) Pourquoi viendrait-elle ici ?

— Je ne sais pas, mais sa colocataire m'a dit qu'elle devait se rendre à Evergreen et qu'elle avait disparu. Tu pourrais consulter ton registre et voir si elle a séjourné à l'hôtel ?

— Je suppose que oui. Mais il y a plein d'autres hôtels aux alentours depuis que le *Vista View* est devenu une véritable attraction.

Difficile d'imaginer qu'Evergreen avait besoin de plus d'un hôtel, mais beaucoup de choses pouvaient changer en vingt-six ans.

— Merci.

— Aucun problème. On te prépare une chambre. Dis juste aux filles de la réception de m'appeler à ton arrivée.

— Inutile de te donner tout ce mal…

— Ne dis pas de bêtises. Tu fais partie de la famille. Et je ne t'ai pas vue depuis que tu as fini l'université. J'ai hâte de voir à quoi ressemble une championne du FBI dans la vraie vie.

Il raccrocha avant qu'elle ait le temps de protester.

Elle reprit la route. Les montagnes au nord, au sud et à l'ouest assombrissaient l'autoroute. Elle ne pouvait plus faire demi-tour, maintenant.

Lena se blottit dans un coin de sa prison. Pour la première fois depuis qu'ils l'avaient enlevée, elle s'autorisa à craquer. Pas simplement pleurer. Toucher le fond. Violemment. Elle pleura, cria et supplia, serrant les genoux contre sa poitrine, se balançant si fort d'avant en arrière que sa tête tapait contre le mur.

Comment son père avait-il supporté vingt-cinq ans d'emprisonnement ?

Elle était toujours en colère contre lui et furieuse contre elle-même pour avoir cru en lui. Après tout, il n'avait jamais caché ce qu'il avait fait. C'était sa foi aveugle, héritée de sa mère et de Vonnie, qui l'avait poussée à croire en l'innocence de son père.

Il avait été si en colère contre elle quand elle lui avait rendu visite, quelques semaines plus tôt, lorsqu'elle avait voulu présenter son dossier à Projet Innocence. Elle ne l'avait jamais vu dans cet état. Il s'était levé de table, attirant les regards des gens présents dans la salle des visites et lui avait crié dessus.

— Une fois pour toutes, laisse tomber, avait-il dit, le visage si rouge qu'elle avait craint qu'il ne fasse une attaque. J'ai tué un homme, Lena. Je suis là où je dois être. Je suis coupable, bon Dieu !

Il était parti d'un pas raide, la laissant sans voix et seule.

Seule. Elle avait passé la plupart de sa vie à se sentir ainsi, n'entrant jamais dans la danse bien chorégraphiée de sa mère ou de Vonnie. Vonnie et sa mère, toujours revenant d'une visite à la prison, parlant de la précédente, préparant la suivante. Comme si, d'une certaine façon, il faisait toujours partie de la famille.

Pendant des années, Lena avait joué le jeu. Après tout, il était son seul père. Et qu'il soit dans sa vie, c'était beaucoup plus que pour la plupart des enfants avec qui elle avait grandi dans le quartier d'Hayti, à Durham. La plupart de ses camarades de classe n'avaient jamais vu leur père, ou ne savait pas qui il était. Eli au moins essayait de remplir son rôle. Il s'intéressait à sa vie, lui donnait des conseils, lui demandait des détails, s'impliquait toujours.

Jusqu'à ce que sa mère et Vonnie se fassent tuer. En allant le voir. Laissant Lena seule. Vraiment seule. Et elle comprit enfin dans quelle mascarade elles avaient été prises. Pourtant, elle s'était accrochée au sentiment trompeur qu'elle serait celle qui le sauverait, qui ferait que justice lui serait rendue.

C'était idiot. La justice n'avait rien à voir avec ça. Après avoir perdu sa mère et sa sœur, elle avait seulement voulu faire de nouveau partie d'une famille. Mais ça ne se produirait pas. La perpétuité, c'était la perpétuité, dans le système fédéral. Son père ne serait rien d'autre que ce qu'il était : un tueur, qu'elle verrait uniquement quand il aurait obtenu assez de points pour se voir accorder une visite.

Elle avait cru qu'elle s'endurcirait. Qu'elle pourrait affronter la vie seule. Devenir l'héroïne de la famille. Si elle ne pouvait pas laver le nom de son père, elle pourrait au moins aider à restaurer l'héritage familial.

L'idée lui était venue en faisant des recherches sur le dossier des affranchis présenté devant la Cour suprême cherokee et les cours fédérales des États. Ce fut tout d'abord un simple article pour la revue juridique qui disséquait les fondements historiques et les implications actuelles des verdicts des cours.

Mais, quand elle avait découvert le nom des Hale dans la liste des familles d'affranchis par les Cherokees de l'Est, c'était devenu autre chose. Un moyen de retrouver une famille dont elle ignorait l'existence. Elle avait besoin de ce sens du lien, de l'héritage. Quelque chose qu'elle pourrait transmettre à ses propres enfants, un jour. Quelque chose lui prouvant qu'elle n'était pas vraiment seule.

Son balancement ralentit. Le flot de ses larmes aussi. En se calmant, elle comprit que le tambourinement dans sa tête n'était pas son pouls mais le bruit de coups de poing contre le mur extérieur. Frénétiques au début mais plus tempérés à présent, plus doux. Comme si les chimpanzés de l'autre côté voulaient calmer ses peurs.

Peut-être avaient-ils eux aussi été drogués et enlevés. Elle aurait voulu savoir depuis combien de temps elle était là, avoir quelque chose pour l'orienter. Si le sédatif l'avait gardée inconsciente plus de quelques heures, elle pouvait être n'importe où dans le monde.

Elle s'approcha de nouveau du trou, le plus silencieusement possible pour ne pas affoler une nouvelle fois les chimpanzés. Était-elle enfermée avec eux dans un zoo ? Étaient-ils retenus prisonniers par une sorte de collectionneur dérangé tueur en série ?

Ou avait-elle été amenée dans un endroit où les chimpanzés vivaient librement ?

Regarder par le trou ne lui apporta que peu de réponses. Il faisait désormais nuit, mais la lune était suffisamment lumineuse pour qu'elle puisse voir le mouvement de deux… trois… non, de quatre chimpanzés qui passaient devant son judas.

Au moins, elle savait que c'était la nuit. Elle pouvait commencer à suivre le fil des jours.

L'air était froid et avait un parfum de sapin de Noël, de feux de bois et de neige – tout comme à Evergreen, où elle avait été enlevée dans ce sordide bar de motards. Elle n'aurait jamais dû s'y rendre, mais l'homme qu'elle cherchait travaillait là, et elle était impatiente d'avoir des réponses. Elle trembla et se recroquevilla de nouveau, cette fois pour se réchauffer. Au moins, elle ne se trouvait pas dans le camp isolé d'un seigneur de guerre africain.

Mais elle était toujours seule, sans espoir d'être sauvée – personne ne se lancerait à sa recherche – et toujours sans réponse à la plus importante des questions : pourquoi l'avait-on enlevée ?

Un dernier sanglot lui échappa, né de la terreur qui lui creusait les entrailles, la clouant sur le sol. Elle l'étouffa de la main, non par peur d'être entendue mais parce qu'elle savait que s'il se réverbérait contre les murs de sa minuscule prison elle ne trouverait jamais la force de se relever.

Pitié, Seigneur ! Elle n'osait pas prononcer ces mots de peur qu'Il ne réponde pas à ses prières si elle le faisait. Mais elle ne pouvait pas s'empêcher de les penser. La prière et la foi avaient été des compagnes constantes dans sa vie. Elles lui avaient permis de surmonter la mort de sa mère et de Vonnie, et toutes les épreuves qu'elle avait traversées – y compris la colère qu'elle avait ressentie contre son père pour les avoir abandonnées, gâchant sa vie à pourrir en prison. Pour avoir tué un homme de sang-froid.

Pitié, Seigneur ! Aide-moi. Les mots paraissaient pathétiques et petits, dans sa tête. Trop faibles pour L'atteindre.

Mais un miracle s'accomplit. Alors qu'elle était couchée sur le dos, tournée vers les cieux, le visage ruisselant de larmes salées, une petite main à la peau tannée passa à travers le mur et vint lui tapoter la joue. Doucement, gentiment, comme on toucherait un bébé.

Lena avala une goulée d'air et se figea. Elle n'eut soudain plus peur, bien qu'il s'agît d'un animal sauvage, transportant peut-être toutes sortes de maladies venues d'ailleurs. Un animal assez fort pour faire un trou dans le mur qu'elle avait mis des heures à creuser, ou pour la mettre en pièces, lui arracher le bras.

Mais la femelle chimpanzé ne lui fit aucun mal. Au lieu de cela, elle la caressa, la réconforta. De l'autre côté du mur, elle semblait fredonner, comme une mère qui chante une berceuse à son enfant.

Dieu avait répondu à ses prières. Une nouvelle fois. Lena leva doucement la main pour toucher celle du chimpanzé. Puis, prudemment, elle s'assit. Le trou dans le mur était trop étroit pour qu'elle puisse voir l'animal tant qu'il avait le bras glissé à l'intérieur. Pourquoi ne pas lui demander de l'élargir ?

Elle tint la main du chimpanzé comme si elle la serrait pour conclure un marché et la guida vers le revêtement extérieur tout en lui caressant la fourrure de l'autre pour lui signifier qu'elle ne lui voulait aucun mal.

— Si toi et tes copains pouviez arracher ça, je m'occuperai du plâtre, dit-elle, refermant les doigts du chimpanzé sur le bord extérieur du mur et mimant l'acte d'arracher. Ensuite, nous nous attaquerons ensemble au grillage.

Elle espérait qu'une fois le trou élargi elle pourrait trouver l'endroit où le grillage était attaché et l'arracher. Peut-être trouverait-elle le moyen d'en faire une arme.

Le chimpanzé posa de nouveau la main sur son bras. Elle la redirigea vers le revêtement de bois.

— Si tu veux m'aider, c'est le meilleur moyen. Ensuite, nous pourrons voir où nous sommes et partir d'ici.

Il lui vint l'idée que les chimpanzés devaient avoir été volés. Qui gardait des singes au beau milieu des Smoky Mountains de la Caroline du Nord ?

— Nous pouvons nous entraider.

La femelle chimpanzé, qu'elle baptisa Smokey, émit un cri joyeux et se mit à marteler le revêtement avec un abandon sauvage.

— Non, non, pas comme ça, dit Lena en tendant le bras à travers le trou et en poussant contre le bord du revêtement.

Le bois était suffisamment vieux et friable pour qu'elle en casse un autre bout. Ce faisant, elle s'enfonça une écharde dans la paume.

Avant qu'elle puisse retirer sa main, Smokey l'attrapa et la tint délicatement. Lena se crispa, espérant que le chimpanzé ne confondrait pas son sang avec le dîner. Mais Smokey émit une douce lamentation, comme si elle ressentait la douleur de Lena.

Lena ramena sa main vers elle. Les doigts de Smokey suivirent, et le singe agrippa le bord du morceau de revêtement que Lena venait de casser. Puis le chimpanzé tira, arrachant le reste du morceau. Elle appuya son visage contre le trou élargi, mais elle semblait frustrée de ne toujours pas pouvoir rejoindre Lena.

La jeune femme retira l'écharde de sa paume et suça le sang.

— Encore, ma fille, encouragea-t-elle le chimpanzé. Vas-y, tires-en un autre.

Smokey se lamenta bruyamment, appuyant le nez contre le treillis qui les séparait. Mais ses doigts agrippaient un autre panneau de revêtement.

— Tire d'un coup sec. Tu peux le faire.

Davantage par frustration que pour suivre les instructions de Lena, le chimpanzé arracha un autre panneau de revêtement. C'était suffisant. Lena savait au moins que c'était possible – dès qu'elle aurait enlevé le plâtre et le grillage depuis l'intérieur. Et maintenant que le chimpanzé avait élargi le trou elle ne pouvait plus faire marche arrière. Dès que pointerait le jour, ses ravisseurs le verraient.

Elle n'avait qu'une seule chance de s'en sortir. Lena but une bouteille de boisson énergétique, à la fois pour prendre des forces et pour s'en servir comme d'un outil, puis se mit au travail. L'espoir nourrissait ses efforts, comme une montée d'adrénaline.

Chapitre 13

Caitlyn suivit la route 19 qui traversait Evergreen, jusqu'aux limites de la ville à la frontière sud-est de la réserve indienne. Elle n'eut aucun mal à trouver le casino *Vista View*, juste après la ville, sur la réserve. À vrai dire, il aurait été difficile de le rater, vu la puissante lumière qui entourait tel un halo la haute bâtisse.

Contournant le parking où attendaient les voituriers avec les rangées de Lincoln et de Mercedes, elle se gara à une place au sous-sol. La Subaru y semblait plus à sa place, garée entre une F-250 au pare-chocs cabossé et une Jeep Cherokee. Des véhicules conçus pour les routes de montagne isolées en lacet.

Alors qu'elle rangeait les papiers d'Eli Hale dans le coffre, un fourgon blindé se gara sur l'aire de livraison, derrière le casino. Deux gardes sortirent du *Vista View*, poussant des chariots remplis de sacs de pièces de monnaie. L'employé de la société de transport de fonds ne bougeait pas, plus occupé à consulter sa montre qu'autre chose. C'était compréhensible. Qui voudrait voler cinq kilos de pièces de 25 cents ? Caitlyn attrapa son sac de voyage et se dirigea vers les ascenseurs qui menaient au casino. Sitôt les portes de la cabine fermées, l'air lui parut différent. Ça lui chatouillait les narines, lui donnait envie d'inspirer profondément, l'étourdissait un peu.

L'ascenseur monta deux étages, jusqu'au hall. Une fois à l'intérieur du bâtiment, le sentiment d'excitation s'intensifia, et elle se sentit soudain pleine d'énergie. L'air lui laissait un léger goût métallique sur la langue. Un goût d'ozone.

Elle comprit que la ventilation diffusait un supplément d'oxygène, ce qui procurait aux joueurs un regain d'énergie pour rester plus longtemps aux tables et aux machines à sous.

Les ascenseurs s'ouvraient sur un grand hall rempli de rangées de machines à sous. L'éclairage était plus intense du côté des ascenseurs et plus tamisé vers le fond, pour que l'on ne voie que les panneaux défilants lumineux au-dessus des machines à sous et les joueurs penchés dessus. Il y avait moins de bruit qu'elle ne l'aurait cru. Une épaisse moquette bordeaux atténuait l'essentiel des sons, lui permettant ainsi d'entendre la sonnerie de deux jackpots venant de quelque part dans ce labyrinthe.

La cynique en elle se demanda s'ils faisaient coïncider les machines gagnantes avec l'arrivée des nouveaux venus depuis l'ascenseur. Elle n'était jamais entrée dans un casino auparavant. Elle prit donc le temps d'observer les joueurs en traversant le dédale de machines.

Ils étaient plus âgés qu'elle ne l'aurait cru. L'âge d'être à la retraite. Beaucoup d'entre eux étaient Amérindiens – ce qui était ironique, vu que le casino était censé leur rapporter de l'argent, et pas le leur reprendre. Caitlyn ne voyait rien du glamour des casinos tel que le dépeignait Hollywood. Ces gens aux sourcils froncés tiraient sur le bras des machines à sous et donnaient des coups secs sur des touches comme si leur vie en dépendait.

Elle arriva à la réception. Passé la distraction des machines à sous, elle eut finalement l'occasion d'étudier le décor. Il avait un côté kitsch années 1980, ce qui était logique, vu que le casino avait été bâti en 1990, l'année suivant son départ d'Evergreen avec sa mère. Des cordons lumineux au plafond donnaient l'illusion de chandeliers. Des miroirs reflétaient la lumière sans l'intensifier. Du papier peint or et velours, dans les mêmes tons que la moquette, venait compléter le décor.

Elle s'était toujours imaginé que le *Vista View* mettait davantage en valeur l'héritage amérindien. Mais cela semblait être tout le contraire : tout était chromé et en verre. Pas de bois. Au lieu de l'artisanat local, les vitrines présentaient des vêtements de luxe destinés à inciter les clients à faire leurs courses dans l'atrium situé derrière le hall.

Las Vegas transposé dans les montagnes de la Caroline du Nord. Elle imaginait très bien oncle Jimmy vendant le projet. Pourquoi le Nevada devrait-il avoir tout l'argent et le glamour ?

— Puis-je vous aider, madame ? demanda la réceptionniste.

— Oui. Il doit y avoir une réservation à mon nom. Caitlyn Tierney.

La réceptionniste était une Cherokee d'une vingtaine d'années. Elle était vêtue d'une jupe noire, d'une veste et d'un chemisier blanc impeccablement repassé arborant le monogramme du *Vista View* sur le col. Elle se pencha sur l'ordinateur. Caitlyn s'adossa au comptoir et observa un homme qui s'enregistrait un peu plus loin. Il était grand, musclé et mince, vêtu d'un jean, d'un tee-shirt et d'un blouson de cuir noir, et portait des lunettes de soleil. Une vedette de cinéma ? Avec ses longs cheveux blonds et sa barbe en broussaille, il lui rappelait Viggo Mortensen. Particulièrement à cette façon qu'il avait de la regarder par-dessus la monture de ses lunettes, croisant son regard avec l'assurance d'un mâle dominant censé lui faire baisser les yeux pour sa sécurité. Comme s'il était trop dangereux pour qu'on le regarde sans risque, surtout de si près.

Elle ne détourna pas les yeux. Il lui adressa un léger signe de tête et un sourire qui commença par le coin gauche de sa bouche avant de s'étendre pour faire apparaître ses dents. Comme s'il appréciait de la voir défier le Grand Méchant Loup.

Abruti, pensa-t-elle en haussant un sourcil et en lui tournant intentionnellement le dos. Elle le voyait toujours dans le miroir derrière la réception.

— Oh, mademoiselle Tierney ! dit la réceptionniste avec un respect soudain. Votre oncle a demandé à être immédiatement informé de votre arrivée. Il est avec notre chef de la sécurité.

— Inutile de le déranger, dit Caitlyn.

Tout ce qu'elle voulait, c'était un endroit où déposer ses affaires avant de commencer à retracer les faits et gestes de Lena. Puis plus tard, peut-être, prendre une douche chaude avant d'éplucher les papiers d'Eli.

— Il a laissé des consignes.

La réceptionniste semblait préférer désobéir à un agent fédéral plutôt qu'à Jimmy. Deux porteurs apparurent de nulle part, l'un tendant la main pour prendre son sac, l'autre montant la garde.

— Non, merci. Ça ira, dit-elle.

Hors de question qu'elle laisse un inconnu s'emparer de son sac. Il contenait son ordinateur portable et son arme de secours.

— Je peux le porter.

Elle balança le sac en toile par-dessus son épaule. Les porteurs reculèrent, attendant les ordres de la réceptionniste.

— Mais votre oncle, protesta celle-ci. M. McSwain a dit…

— Dites-moi juste où est ma chambre. Je m'arrangerai avec mon oncle.

Caitlyn serra son sac contre sa poitrine quand un des hommes s'approcha d'elle. Elle le regarda droit dans les yeux, et il recula de nouveau. Le pseudo-acteur observait la scène, et son sourire suffisant donnait irrésistiblement envie à Caitlyn de lui montrer son insigne et son Glock.

— Voilà ma rouquine préférée. Toujours en train de faire des histoires, dit une voix d'homme derrière elle.

Elle avait espéré qu'il n'utiliserait pas cette appellation qu'elle détestait, mais ça ne l'empêcha pas de se retourner avec un sourire.

— Oncle Jimmy.

Cela faisait près de quinze ans qu'elle ne l'avait pas vu, mais il était exactement comme dans son souvenir. Suffisamment grand pour une bonne embrassade, une légère bedaine tentant d'échapper à sa ceinture, des cheveux blonds soigneusement coupés. Jessalyn et lui se mettaient toujours sur leur trente et un. Mais, aujourd'hui, son costume tombait parfaitement sur ses épaules noueuses. Du sur-mesure.

Il la prit dans ses bras, et ses pieds quittèrent le sol un instant.

— Comment ça va, rouquine ? Tu tires toujours d'abord pour poser les questions ensuite ?

Il plaisantait. Oncle Jimmy plaisantait à propos de tout. Mais, après ce qui était arrivé à Caitlyn l'été dernier, ça tapait un peu trop juste. Elle le lâcha et recula, tenant son sac contre sa poitrine, comme un petit bouclier.

— Tu as l'air en forme, oncle Jimmy. Le monde du jeu semble te réussir.

Quand elle était enfant, son père regardait Jimmy avec mépris, car il ne s'intéressait qu'à la bourse, au dépôt de brevets ou à la viabilisation de terrains. Sean Tierney se moquait souvent – quand sa femme ne l'entendait pas, bien sûr – de la capacité de Jimmy à faire de l'argent de tout, tant que ça n'impliquait pas un dur labeur.

Jimmy pouffa, balayant le lobby du regard, estimant les pertes des joueurs.

— Ça finira par me tuer un jour, rouquine. Il y a toujours quelque chose de nouveau dont il faut s'inquiéter, des tricheurs aux employés voleurs, en passant par la commission des jeux. Mais c'est la vie. (Il chassa ses préoccupations d'un geste et posa les mains sur les épaules de Caitlyn.) Allez, laisse-moi te faire visiter.

— J'adorerais, mais je dois vraiment…

Avant qu'elle comprenne ce qui se passait, Jimmy lui prit son sac, le tendit à un porteur, récupéra une clé magnétique auprès de la réceptionniste et l'accompagna derrière le comptoir jusqu'à une porte marquée

« Privé ». Caitlyn se retourna pour reprendre son sac, mais le porteur traversait déjà le labyrinthe de machines à sous en direction des ascenseurs. Au moins, son Glock 27 n'était pas chargé. Il fonctionnait avec les mêmes munitions que celles de son arme de service, et elle avait les deux chargeurs dans la poche de son manteau. C'était plus sûr que dans son véhicule.

Et puis, si l'on ne pouvait se fier à la famille, à qui faire confiance ? Il était évident que ses employés tenaient Jimmy en haute estime. Ils ne se risqueraient pas à provoquer sa colère.

En se retournant pour suivre son oncle, Caitlyn aperçut le beau gosse en noir. M. Hollywood récupérait non pas une mais trois clés magnétiques différentes. Quand il vit qu'elle le regardait, il les tint en éventail comme une quinte royale et lui fit un clin d'œil.

Levant les yeux au ciel, elle laissa la porte se refermer derrière elle et espéra que leurs chambres ne soient pas mitoyennes.

Jimmy la guida à travers des couloirs où s'alignaient les bureaux du personnel administratif jusqu'à un ascenseur privé.

— Je me suis renseigné sur cette fille dont tu m'as parlé. Elle n'a jamais logé ici. (Ils montaient au premier étage.) Ta mère a appelé. Elle s'inquiète un peu de te voir mêlée à tout ça. Après tout, Eli Hale a causé la mort de ton père.

C'était Jimmy tout craché. Direct. Du moins, prétendait-il l'être. Elle se rappelait, enfant, avoir été trompée plus d'une fois par son éternel sourire. Il y avait toujours un piège avec lui, qu'il s'agisse du coup du « tire sur mon doigt » ou de les hypnotiser, son cousin et elle, au bonneteau.

— Eli Hale est mort, dit-elle froidement.

— C'est ce qu'elle m'a dit. Et aussi que tu t'es retrouvée au milieu d'une espèce d'émeute de prisonniers.

— Ce n'était pas une émeute. Je n'étais pas en danger.

L'ascenseur s'arrêta.

— Peut-être que tu devrais essayer de dire ça à ta mère. Elle s'inquiète, Caitlyn. Quand es-tu allée la voir pour la dernière fois ? Je comprends que tu ne reviennes jamais à la maison, ici. Trop de souvenirs. Mais une fille devrait rendre visite à sa mère une fois de temps en temps.

— Je suis désolée de ne pas avoir pu venir à l'enterrement de tante Lacey.

Lacey était morte d'un cancer alors que Caitlyn était à l'académie du FBI.

Jimmy ralentit et s'arrêta devant une porte en lambris qui menait à son bureau. Il parut soudain vieux, lessivé. Pas le Jimmy toujours souriant dont elle se souvenait.

Puis son visage s'éclaira, et il posa la main sur le bouton de porte.

— J'ai une surprise pour toi.

Il ouvrit la porte avant que Caitlyn ait le temps de lui dire qu'elle n'était pas d'humeur pour les surprises. La pièce avait un mur de fenêtres surplombant le casino, et un grand bureau en acajou reposait sur un épais et luxueux tapis. Et Jessalyn était assise sur un siège en cuir, derrière le bureau.

— Si Mohammed ne vient pas à la montagne…, récita Jimmy avec un petit rire.

Il était ravi de lire la surprise sur le visage de Caitlyn.

Ce n'était pas qu'elle n'appréciait pas de voir sa mère. Mais elle était là pour travailler, et Jessalyn était… « Exigeante » était le mot qui la décrivait le mieux.

Jessalyn se leva, dans une attitude royale, et sembla glisser à travers la pièce pour accueillir Caitlyn avec une étreinte et un baiser sur la joue. Elle portait un tailleur de créateur et de petites boucles d'oreilles en diamant qui, avec son impeccable et habituel chignon, ajoutaient la parfaite touche d'élégance.

— Je savais que j'avais raison de venir ici. Tu semblais tellement bouleversée, au téléphone. (Elle glissa un bras sous celui de Caitlyn comme si elles étaient deux meilleures amies parties acheter leur robe de bal de fin d'année.) Maman va te remonter le moral. Je nous ai déjà pris rendez-vous pour un soin du visage et un massage, et Jimmy nous a réservé des places au premier rang pour le spectacle de ce soir.

— Tyne Daily dans *Gypsy*, dit Jimmy d'un ton extatique. Mais d'abord rattrapons le temps perdu en dînant. Je vous invite.

Il prit l'autre bras de Caitlyn, et elle eut soudain l'impression d'avoir de nouveau neuf ans et d'être emmenée de force au catéchisme. Mais le sourire sur le visage de sa mère était trop lumineux pour résister – surtout si l'on ajoutait à ça la culpabilité qu'avaient fait naître en elle les mots de Jimmy. Elle évitait sa mère. Elle pourrait être une meilleure fille.

Je peux bien m'octroyer une heure ou deux avant de partir à la recherche de Lena, se dit-elle. Malgré tout, son mauvais pressentiment ne se dissipa pas.

Goose aurait repéré Caitlyn Tierney même sans le tuyau de la réceptionniste ou ses flamboyants cheveux roux. Cette femme ne marchait pas. Elle se déplaçait plutôt comme une flingueuse, contrebalançant le poids supplémentaire de l'arme qu'elle portait normalement à la hanche droite. Elle avait le regard constamment en mouvement, évaluant les risques, assimilant les détails, prête à tout. Quand elle arriva à la réception, elle secoua la tête comme si elle était habituée à avoir les cheveux plus longs que la coupe courte qui lui entourait le visage et la faisait ressembler plus à un elfe de conte de fées qu'à un flic.

Un elfe avec des cicatrices. Une le long du crâne, que l'on devinait sous ses cheveux. L'autre qui remontait sur le sternum. Il appréciait le fait qu'elle ne la cache pas sous un col roulé ou un chemisier boutonné jusqu'en haut.

Elle était manifestement en bonne condition physique. Elle avait une belle silhouette. Ni trop maigre ni trop grosse, une taille fine mais une poitrine généreuse. Pas d'améliorations artificielles. Pas qu'elle en ait besoin, du moins pas selon son goût. Goose croyait fermement que le mieux était l'ennemi du bien.

Elle inclina la tête quand elle se tourna pour le regarder fixement. Il avait soutenu son regard. C'était idiot de chercher à se cacher. Il était trop tard pour ça. Et puis il voulait savoir de quel bois elle se chauffait. Poppy lui avait demandé de découvrir tout ce qu'il pouvait au sujet de la féd'. Goose avait peut-être plus de chances d'y parvenir en face à face qu'en restant tapi dans l'ombre.

Le sourire qu'il lui lança quand elle releva le défi et ne détourna pas les yeux était sincère. C'était le meilleur boulot que lui ait jamais confié Poppy. Le plus marrant, aussi. Peut-être qu'il avait mal compris Poppy et Fouine. Caitlyn ne semblait pas représenter une menace pour les Faucheurs.

Il observa ses retrouvailles avec Jimmy McSwain, sourit quand celui-ci l'appela « rouquine », puis prit les clés magnétiques que lui remit la réceptionniste que Poppy avait soudoyée. Une pour la chambre de Caitlyn, les deux autres pour les chambres mitoyennes. Il avait des mouchards prêts à être posés. Un enregistreur de frappe qu'il installerait dans son ordinateur portable, ainsi qu'un traceur GPS pour sa voiture. Tout ce qu'il fallait pour découvrir pourquoi un agent fédéral courait après l'étudiante en droit que Poppy voulait trouver.

Goose n'avait aucune idée de ce que pouvaient être les découvertes de l'étudiante, ni pourquoi il fallait les faire disparaître, tout comme la fille. C'était entre Poppy et ceux qui tiraient les ficelles. Mais il avait compris que c'était dans son intérêt d'en découvrir le plus possible au sujet de Lena Hale et de Caitlyn Tierney. De cette façon, il saurait comment protéger les deux femmes des Faucheurs tout en satisfaisant le club. Tout le monde y trouverait son compte, sans recours à la violence.

Caitlyn lui lança un dernier regard avant de suivre son oncle dans les locaux administratifs. Goose lui fit un clin d'œil, appréciant la vue de dos autant qu'il avait apprécié celle de face. Puis il se dépêcha pour rattraper l'homme qui portait le sac de l'agent fédéral. Le sac semblait rempli, comme s'il contenait un ordinateur portable. Si c'était le cas, ça le démangeait de voir ce qu'il contenait. Plus il en saurait, mieux il pourrait faire son boulot.

Avec un peu de chance, sans que personne soit blessé.

Chapitre 14

L'effervescence régnait dans les locaux du club, où tout se mettait en place pour la grande course du poker du lendemain. Les Faucheurs arrivaient de tous les coins de la côte Atlantique. Il y avait même une équipe du chapitre fondateur de Floride. Bernie était au plus bas dans l'organisation – une simple recrue – même s'il était sur son territoire.

En courant partout pour servir les bières, débarrasser les bouteilles vides, remplir le bar et servir des ailes de poulet garnies de frites, Bernie ne pouvait s'empêcher de penser à Lena et au pauvre léopard. Cela faisait un jour et demi qu'il n'avait pu s'échapper pour leur rendre visite, et l'inquiétude noyait son estomac d'acide.

Il n'avait voulu que sauver quelques animaux. Puis il avait surpris Poppy au téléphone, parlant d'une fille qui n'était pas loin d'en savoir trop – à quel sujet, Bernie l'ignorait – et qui devait disparaître. Quand Lena s'était arrêtée au bar et qu'il l'avait vue parler à Fouine, il avait compris que ce devait être elle. Alors il l'avait enlevée avant que Fouine le fasse.

Il n'avait pas pensé qu'elle resterait si longtemps inconsciente. Tout comme il ne s'était pas douté que ce serait si difficile de faire manger ce foutu léopard.

Il avait lu en ligne que les gros félins n'avaient pas besoin de se nourrir tous les jours. Que c'était même mauvais pour leur santé. Il avait également appris quelles maladies ils pouvaient développer s'ils n'étaient pas nourris correctement en captivité. Tout, de la perte des crocs à la cécité, en passant par la maladie du foie.

Il eut un peu de répit quand les gars sortirent pour attaquer le cochon qui rôtissait sur un baril de pétrole. Bernie en profita pour appeler le type de Pigeon Forge, celui à qui ils avaient pris les animaux. Il devait savoir ce que le léopard mangeait et s'il avait éventuellement besoin d'un traitement.

— M. Manson, s'il vous plaît, dit-il à la femme qui répondit au téléphone.

Elle reniflait fort, comme si elle avait pleuré.

— De la part de qui ?

— Un ancien partenaire d'affaires, improvisa Bernie qui réfléchissait intensément à ce qu'il devait dire. Je lui vendais… euh… des marchandises.

Il grimaça. Il savait que ça sonnait bidon, mais il ne connaissait pas assez bien l'industrie des animaux exotiques pour savoir exactement ce que Manson avait pu acheter. Idiot. À part des animaux, bien sûr.

Aucune importance. La femme le crut.

— Vous allez devoir faire affaire ailleurs, monsieur. Manson est mort.

— Oh, je suis désolé de l'apprendre !

Bernie était sur le point de raccrocher quand une idée le saisit à la gorge, le faisant déglutir difficilement. Comme si le fantôme de Manson lui-même voulait qu'il pose la question.

— Mes condoléances, madame. Puis-je vous demander ce qui s'est passé ? Je l'ai vu la semaine dernière et il avait l'air en forme.

— Il s'est fait agresser à la sortie d'un bar. On l'a transporté à l'hôpital, mais… (Elle renifla une nouvelle fois et finit sa phrase d'une voix étouffée.) il n'a pas survécu.

— C'est horrible.

Bernie butait sur les mots, incertain de ce qu'il fallait dire. Son estomac se serra, produisant encore plus d'acide. Il attrapa ses comprimés.

— La police a une idée de qui a fait ça ?

— Non, monsieur. Je ne suis pas sûre que ça les préoccupe beaucoup. Par chez nous, tant que ça ne fait pas fuir les touristes, ils ne s'inquiètent pas beaucoup de ce qui arrive. Particulièrement à des gens comme Manson.

La police ignorait peut-être qui avait tué cet homme, mais Bernie avait assurément son idée sur la question.

— Toutes mes condoléances, madame, répéta-t-il sans réfléchir avant de raccrocher.

Goose. Qui d'autre Poppy enverrait-il pour découvrir si Manson les avait doublés et leur avait repris les animaux ? Qui Poppy chargerait-il de s'occuper des affaires du club à part le nouvel homme de main ?

Pas étonnant que Goose soit rentré si tard la veille. Il avait l'air épuisé quand Bernie l'avait vu ce matin.

Sa gorge se serra de nouveau, mais, cette fois, ce n'était pas un fantôme qui l'empoignait. C'était son estomac. Bernie avait la nausée à l'idée d'avoir failli se confier à Goose. À propos des animaux. À propos de Lena. À propos de tout.

Il attrapa son blouson et ses clés, et sortit en courant par la porte de derrière avant que quelqu'un le voie. Il lui était impossible de rester et de faire face aux Faucheurs pendant qu'ils faisaient la fête. Impossible pour lui de continuer à dissimuler la vérité. S'ils savaient qu'il savait, il serait le prochain à se retrouver allongé sur la table de la morgue.

Oncle Jimmy avait insisté pour qu'ils dînent dans la salle réservée aux flambeurs. En entrant, avec Jessalyn à son bras, il leur indiqua plusieurs célébrités, leur souriant et leur adressant un signe de tête ou un geste de la main. Leurs noms ne disaient rien à Caitlyn, mais elle n'était pas douée pour les retenir.

— Comment va Bernie ? demanda-t-elle quand ils furent assis.

Quitte à se retrouver dans une réunion familiale, autant jouer le jeu. Mais, apparemment, ce n'était pas la bonne question à poser.

Jimmy regarda l'argenterie d'un air renfrogné et appela le garçon pour qu'il change une fourchette à salade ternie.

— Bernie sera toujours Bernie, dit-il dans un soupir. Ce garçon est désespérant.

Jimmy employait exactement le même ton que Jessalyn quand elle parlait de Caitlyn. Pauvre Bernie. Son cousin avait toujours été un rêveur, un de ces gamins avec le nez plongé dans un livre ou assis trop près de la télé, hypnotisé. Caitlyn doutait de l'avoir jamais entendu prononcer plus d'une dizaine de mots.

Son téléphone sonna quand on leur servit les salades.

— Désolée.

Elle jeta un coup d'œil à l'écran, ne reconnut pas le numéro. Mais assez peu de monde avait son téléphone privé.

— Je dois répondre.

— Caitlyn, ça peut sûrement attendre, dit sa mère. Nous dînons.

— C'est le travail.

— C'est un dîner de famille. Ça fait quinze ans que tu n'as pas vu ton oncle.

Pour Jessalyn, la famille passait toujours en premier. Le fait que le père de Caitlyn ait souvent été accaparé par son travail avait été une constante source de déception.

Et Caitlyn n'était qu'une déception de plus pour sa mère. Elle avait renoncé depuis longtemps à correspondre à ses critères d'excellence. Mais elle ne pouvait pas abandonner le secret espoir qu'un jour peut-être elle ferait quelque chose qui rendrait Jessalyn fière d'elle. Manifestement, ça ne serait pas pour aujourd'hui. Elle se leva de table et prit l'appel.

— Caitlyn ? (C'était une voix de femme, avec l'accent de la Caroline du Sud.) Vous avez trouvé Lena ?

Caitlyn associa mentalement noms et visages. Elle savait qu'elle devrait reconnaître cette voix, mais elle ne voyait pas de qui il s'agissait. Elle répondit à la question de la femme pour gagner du temps et voir où tout cela menait.

— Non.

— Je n'arrête pas de l'appeler, mais je tombe directement sur sa messagerie, poursuivit la femme d'un ton rapide. Et puis j'ai pensé à utiliser l'application « Trouve-moi ».

Le déclic se fait. La colocataire. Caitlyn ne retrouvait pas son nom, mais peu importait.

— « Trouve-moi » ?

— Vous savez, on la télécharge sur nos téléphones respectifs quand on sort faire la fête avec une amie.

Comme ça, si on est séparées, on peut se retrouver. Sauf si on est avec quelqu'un et qu'on ne souhaite pas être trouvée. Dans ce cas, on affiche juste le panneau « Ne pas déranger » sur son téléphone, qui s'affiche aussi sur celui de votre amie.

Non. Caitlyn ne savait pas. Les choses avaient assurément changé depuis qu'elle avait fréquenté l'université. Elle se sentit soudain vieille.

— Et ça a marché ?

— On dirait. Je n'en suis pas sûre. Ça dit que Lena est à Evergreen, dans un bar appelé le *Pit Stop*. (L'inflexion de sa voix monta, comme si elle posait une question.) J'ai cherché sur Google, et on dirait une sorte de bar de motards. Définitivement pas le genre d'endroit où irait Lena. Alors peut-être qu'on lui a volé son téléphone ? Bref, je me suis dit que ça pourrait vous aider.

— Oui, ça m'aide. Merci.

Caitlyn avait le vague souvenir d'un chalet de bois, au-dessus de la rivière, devant lequel étaient garées des motos.

— L'application dit quand Lena s'est rendue là-bas ?

C'était probablement en demander trop, mais ça valait le coup de poser la question.

— Oh, bien sûr ! Laissez-moi regarder. Ça dit qu'elle est arrivée mercredi, à 20 h 04. Du moins, c'est l'heure à laquelle elle a activé l'appli. Oh ! Je suppose que ça veut dire qu'elle ne s'est pas fait voler son téléphone. Pourquoi un voleur activerait-il « Trouve-moi » ?

— Je vérifierai. Y a-t-il un moyen d'accéder à l'historique de la localisation de son téléphone avec l'application ?

— Non. Désolée. Ça n'indique que le moment et le lieu où l'appli a été activée. La dernière fois, c'était à un concert où nous sommes allées toutes les deux.

— Merci d'avoir essayé.

— Quand vous l'aurez retrouvée, dites-lui de m'appeler, OK ? Je commence à m'inquiéter.

— Bien sûr. Au revoir.

Caitlyn raccrocha. Elle se rappelait du *Pit Stop*. C'était un bouge, quand elle était enfant, que sa mère appelait une « horreur ». Aucune raison que ça ait changé, vingt-six ans plus tard. Le bar était le territoire des Faucheurs, un club de motards en marge de la légalité. Son père avait quelquefois fini aux urgences pour se faire recoudre après des altercations avec les Faucheurs alors qu'il essayait de mettre fin à des bagarres de bar ou à des fêtes qui duraient toute la nuit.

Pourquoi Lena irait-elle là-bas ? À moins que ça n'ait récemment changé de standing.

Elle revint à table.

— Jimmy, le *Pit Stop* est-il toujours dirigé par les Faucheurs ?

— Ils en ont pris le contrôle. C'est leur club privé, maintenant. C'est une bonne chose. Je leur interdis l'accès au casino, mais, parfois, ils ont ces grandes attractions qui attirent des amateurs de moto respectueux de la loi, comme cette course du poker, ce week-end. Alors j'essaie de ne pas les juger. Pourquoi ?

Elle attrapa son manteau.

— Je vais devoir aller là-bas.

Jessalyn fit la moue.

— Quoi ? Non. Tu ne peux pas. Nous sommes au milieu d'un dîner.

Caitlyn embrassa sa mère sur la joue.

— Désolée. Je dois filer.

— Caitlyn Matilda Tierney, reviens ici tout de suite.

Plusieurs clients du restaurant regardèrent alentour. Caitlyn était persuadée qu'ils s'attendaient à voir un bambin têtu qui s'enfuyait. Elle franchit la porte avant que sa mère puisse réitérer son injonction.

Elle savait qu'elle le paierait cher à son retour. Mais elle ne pouvait pas négliger une piste solide. Même si cela signifiait se retrouver au milieu d'un groupe de motards.

Jimmy McSwain avait attribué à sa nièce une suite de deux pièces de l'étage de la direction. *Une chouette piaule, si on a les moyens*, pensa Goose en inspectant les pièces pour déterminer les meilleurs endroits où poser micros et micro-caméras. Depuis qu'il avait quitté Asheville, il dormait dans le grand mobil-home plein de courants d'air derrière le local du club. Il y avait un écran plasma, du porno à gogo, quatre lits superposés fourrés dans deux petites chambres. Une dizaine de gars se battaient chaque week-end pour y dormir. Mais le reste de la semaine ça n'était pas si mal, il n'y avait habituellement que Bernie et lui.

Après avoir perdu son travail, Goose s'était d'abord joint aux Faucheurs pour la fête le week-end et les accompagner lors de leurs voyages occasionnels à Daytona. Puis il était devenu une de leurs recrues. Il avait vendu tout ce qui ne tenait pas à l'arrière de son pick-up ou dans les sacoches de sa moto, qu'il avait chargée dans sa camionnette avant de s'installer à Evergreen.

Il s'assit sur le grand matelas, prenant soin de ne pas froisser l'étrange couvre-lit plié au bord. C'était un soulagement de ne pas avoir à se soucier de trucs comme l'assurance, les frais de copropriété ou des conneries de ce genre. Mais, après quinze mois à vivre avec le seul contenu d'un sac de toile, il ne serait pas contre dormir une nuit ou deux dans un vrai lit comme celui-là.

Caitlyn voyageait léger, elle aussi. Son sac était même plus petit que le sien. À l'intérieur, il avait trouvé son ordinateur portable, un petit Glock non chargé dans un holster de cheville, un pantalon de treillis noir, un jean, un caleçon long en soie, des culottes et des soutiens-gorge de sports assortis – rien de chez Victoria's Secret, c'était bien dommage – deux polaires et deux chemisiers blanc cassé à col boutonné. Si l'on ajoutait ce qu'elle portait aujourd'hui, elle était équipée pour toutes les circonstances, la salle de conférences comme un raid de police.

Goose aimait bien la façon dont elle fonctionnait. Il avait fait des recherches à son sujet, sur son téléphone, en l'attendant à la réception. Il avait découvert qu'elle était une espèce de célébrité du FBI. Elle avait fait la une des principaux journaux, six mois plus tôt, pour avoir sauvé une ville de l'État de New York d'un mafieux russe psychopathe et révélé au grand jour la corruption de certains membres du gouvernement. Elle avait failli y laisser la peau.

Avec ses cheveux roux, ses taches de rousseur et son attitude de trompe-la-mort, pas étonnant qu'elle soit la chouchoute des médias. Il aurait parié que les huiles du FBI détestaient ça. Savaient-ils qu'elle était là ? Il n'y avait que dans les films que l'on voyait le FBI se lancer à la recherche d'une étudiante en droit.

Il alluma l'ordinateur portable de Caitlyn. Elle avait un mot de passe crypté, mais ça n'était pas un problème : l'enregistreur de frappe qu'il avait chargé par la batterie s'en occuperait. Tout ce qu'elle taperait apparaîtrait sur son propre ordinateur.

Il plaça ensuite les micros. Il balaya une nouvelle fois les pièces du regard. Tout était à sa place. Rien n'avait été dérangé. Elle ne l'aurait de toute façon pas remarqué, comme elle n'avait pas encore vu sa chambre. Mais c'est parce qu'il était consciencieux qu'il était bon dans son boulot. Une seule chose déplacée pouvait tout ficher en l'air. Alors oui : même en jouant à l'espion pour les Faucheurs, il se préoccupait des petites choses.

Il allait sortir quand il entendit le cliquetis d'une clé magnétique qu'on insérait de l'autre côté de la porte. Il se plaqua contre le mur et espéra qu'elle avancerait assez loin dans la pièce pour qu'il puisse sortir sans être vu.

La porte s'ouvrit. Il retint sa respiration et rentra le ventre, les poings fermés au cas où il faudrait en arriver là, même s'il ne lui ferait aucun mal. Poppy avait été très clair. Ils n'avaient pas besoin que les fédéraux s'abattent sur eux comme la colère de Khan.

La pièce était plongée dans le noir, et elle devait traverser la chambre pour allumer la lumière. S'il était silencieux, il devrait pouvoir y arriver.

Caitlyn passa devant lui. Il attrapa la porte pour l'empêcher de se refermer, prêt à se faufiler dehors une fois qu'elle serait suffisamment loin pour ne pas remarquer de mouvements.

Avant qu'il puisse s'exécuter, un homme entra en trombe, attaqua Caitlyn par surprise et la poussa dans la pièce. Goose émergea de l'ombre, prêt à intervenir, quand il vit que c'était Fouine. Qui lui venait en aide, sans aucun doute.

Caitlyn décocha un coup de coude dans les côtes de Fouine, mais elle était désavantagée, à genoux à côté du lit. Fouine l'écrasait de son poids. Avant qu'elle ait pu se dégager, il attrapa le couvre-lit pour lui en recouvrir la tête et poussa Caitlyn au sol. Tout en l'étranglant, il colla sa bouche contre l'oreille de la femme.

— Rentre chez toi, la féd'. Oublie Lena Hale. Tu te mêles de ce qui ne te regarde pas.

Fouine la fit glisser à moitié sous le lit, la tête la première. Puis Goose et lui sortirent de la suite en courant et claquèrent la porte derrière eux.

— Hé, qu'est-ce qui se passe ? protesta Goose, une fois à l'abri derrière la porte close de la chambre voisine. Poppy ne me fait pas confiance ? Il t'a envoyé pour m'espionner ?

— Je viens de sauver tes fesses.

Fouine lui fit signe de se taire quand ils entendirent Caitlyn ouvrir sa porte et foncer dans le couloir puis revenir dans sa chambre. Goose se précipita vers le bureau où se trouvait son ordinateur portable et activa les micros qu'il venait juste d'installer.

— Qu'est-ce qu'elle fait ? demanda Fouine à voix basse.

Goose avait mis les écouteurs pour éviter que le son ne filtre à travers les murs.

— Elle appelle son oncle. Elle lui demande s'il peut sortir les vidéos de surveillance de cet étage. (Il se tourna vers Fouine.) Merde ! On est foutus. Tout ça parce qu'il a fallu que tu joues les gros bras. Poppy a dit d'y aller en finesse.

— Relax. Les féd' sont pas aussi balèzes qu'ils le croient.

— Tu parles comme si tu avais de l'expérience dans le domaine.

— Quand tu feras partie du club depuis aussi longtemps que moi, tu apprendras qu'il y a un aspect public et un aspect privé des choses. (Fouine plissa les yeux.) T'en sauras pas plus.

Goose lança la vidéo. Caitlyn s'était changée pour mettre son jean. Elle chargea son petit Glock et attacha son holster à la cheville.

— Et les caméras de sécurité ? Elle saura qu'on est là. Elle verra nos visages.

— T'inquiète pas. Poppy s'occupera de ça. Allez, en route.

— Tu ne veux pas que je reste pour surveiller ?

Caitlyn attrapa sa veste en cuir et quitta sa chambre. Ils entendirent le bruit de ses pas devant leur porte, qui résonnèrent ensuite dans le couloir.

— Seulement si tu veux rater la fête. Je te parie qu'elle se rend au club, là.

Chapitre 15

Lena avait creusé quelques trous plus haut sur le mur de plâtre, et celui-ci s'effondra sous son propre poids. La poussière emplit l'air et fit suffoquer la jeune femme. Elle évita les lourds blocs. Le choc fit trembler la pièce, et ses oreilles bourdonnèrent.

Si ses ravisseurs étaient à proximité, ils avaient forcément entendu le bruit. Avant que la poussière ait eu le temps de retomber, Lena grimpa sur les décombres pour saisir le grillage et les lattes de bois qui la séparaient du mur extérieur. Les lattes étaient fines et se détachèrent facilement. Mais le grillage ne cédait pas. Pleurant à cause de la poussière, les doigts en sang, elle chercha le bord du grillage fixé aux poutres soutenant le mur.

L'adrénaline et l'anxiété lui faisaient battre le sang dans les veines avec la force d'un marteau plantant des clous. *Qu'est-ce que je ne donnerais pas pour un pied-de-biche!* pensa-t-elle en essuyant le sang qui coulait de ses mains sur son pantalon, le mélangeant à la poussière de plâtre. Elle n'avait besoin que d'un peu d'espace entre les planches pour se glisser vers la liberté.

Les chimpanzés avaient fait leur part. Une fois que Smokey avait commencé à arracher le revêtement, ses trois amis s'étaient joints à la fête. Le revêtement extérieur était à présent criblé de trous, dont un d'une taille assez importante, juste en face de Lena.

Elle trembla quand l'air de la nuit effleura sa peau en sueur. Elle voulait hurler de frustration. Seul le grillage la séparait du monde extérieur.

Glissant les doigts à travers, elle le secoua et s'y appuya de tout son poids. Elle savait qu'elle ne pourrait pas l'arracher, mais elle espérait le tordre suffisamment pour le desserrer de ce qui l'ancrait au mur. Comme ça ne marchait pas, elle essaya de glisser l'une des fines lattes de bois à travers le grillage pour faire levier. Il bougea légèrement – du moins, l'imagina-t-elle –, mais refusa de céder.

Elle dégagea les débris de plâtre du sol. Ces trucs pesaient plus lourd que le péché. Elle chercha l'extrémité basse du grillage. Il était impeccablement fixé, et pas seulement agrafé. Non, les tordus qui avaient construit cet endroit avaient fixé le grillage sur le côté extérieur des poutres avec d'épais clous de six centimètres de longueur, dont l'extrémité avait été recourbée pour enfoncer la tête dans le bois. Elle aurait peut-être pu les retirer en faisant levier, mais elle était du mauvais côté de la poutre, et il lui était impossible de les atteindre à travers le grillage.

OK, Lena, OK. Inutile de paniquer, juste parce que tu as détruit la moitié de la maison et qu'il est impossible que les méchants ne le remarquent pas quand ils reviendront, ce qui pourrait se produire à n'importe quel moment, et qu'ils seront très très en colère et qui sait ce qu'ils pourraient faire… Arrête ! Réfléchis au problème.

Un encourageant « chrumf chrumf » lui parvint de l'extérieur. Lena leva les yeux et vit que Smokey était revenue. Elle était tapie devant le trou, de l'autre côté du revêtement, et observait Lena, penchant la tête d'un côté puis de l'autre, comme pour étudier la situation délicate dans laquelle se trouvait la jeune femme.

— Tu penses que tu pourrais encore m'aider ? demanda Lena.

Le chimpanzé resta immobile un instant, puis se mit à sautiller.

— Tiens, tu peux tirer là ? (Lena remua les doigts sous le grillage, indiquant le bord.) Fais attention, ça coupe.

Smokey toucha le grillage et tapota les clous de son doigt, émettant un gargouillis guttural, comme si elle posait une question embarrassante.

— Je sais, ça ne va pas être facile, dit Lena en regardant le chimpanzé dans les yeux. Ça va sûrement faire mal.

Elle appuya la paume de sa main contre le grillage, appuyant dessus pour le faire ployer. Le chimpanzé se pencha et renifla le sang sur les mains de Lena, chatouillant la jeune fille avec les poils courts de son museau.

Elle poussa un cri strident et recula, agitée.

— Attends, ne pars pas !

Trop tard. Smokey avait disparu dans la nuit.

Lena s'essuya le visage avec sa manche, ignorant les larmes, la morve et la poussière de plâtre qui souillaient son plus beau manteau de laine. Celui qu'elle mettait pour les entretiens d'embauche. Celui qu'elle avait trouvé dans une friperie et qui portait encore une étiquette de prix. Un Anne Klein, pour seulement 5 dollars. Elle se rappelait avoir pensé à l'époque que ces bonnes choses qui lui arrivaient étaient un signe de Dieu.

Idiote. Elle savait pertinemment qu'il ne fallait pas placer sa foi dans les signes et les augures. Il n'y avait qu'une seule chose qui pouvait l'aider à survivre : Dieu. Elle n'avait qu'à Lui faire confiance.

Une vague de tranquillité l'enveloppa. Les bruits de la nuit, sa respiration bruyante, les battements de son cœur, tout disparut dans un silence apaisé. Elle ferma les yeux pour mieux voir le dessein que Dieu avait pour elle. *Tout ce que Tu voudras, Seigneur. Je place ma foi en Toi. Je T'en prie, donne-moi juste la force et le courage de parcourir le chemin que Tu ouvres devant moi. Amen.*

Une profonde inspiration lui emplit les poumons d'air frais et pur. En expirant, elle rejeta ses doutes et ses peurs. Elle rouvrit les yeux. Une énergie renouvelée lui picotait la peau.

Smokey avait réapparu. Assise, elle observait Lena, en s'entourant la poitrine des bras. Elle semblait très triste.

— Ça va, la rassura Lena, en grimpant sur une pile de débris et en imitant la posture du chimpanzé. On trouvera une solution.

Elle resserra la ceinture de son manteau, essayant de se protéger du mauvais vent d'hiver. Puis elle regarda la boucle de la ceinture. Du nickel. Et la matière était en laine. Était-elle assez résistante ?

— Merci, murmura-t-elle à l'intention du ciel.

Elle fit passer la ceinture juste au-dessus des clous. Le grillage était moins solide que la poutre et les clous épais, particulièrement là où il avait été coupé, le long du sol. Elle n'avait besoin que de faire un peu levier pour libérer quelques-uns des fils de fer.

Une fois la ceinture bien fixée, elle posa un pied contre le mur et tira en faisant contrepoids. Smokey l'encouragea par des grognements et des cris stridents.

Le grillage résista, se plia et se tordit. Smokey applaudit tandis que Lena tirait de toutes ses forces. Finalement, les fils de fer sous les clous se libérèrent. Un centimètre. Puis deux. Puis « pop-pop-pop ». Le grillage abandonna le combat. Lena tomba en arrière, soulevant un nouveau nuage de poussière de plâtre tandis que Smokey décrivait un salto arrière puis un saut périlleux avant, et frappait le mur pour célébrer la victoire.

— Merci, Jésus ! cria Lena qui dansait sa propre gigue en piétinant les débris de plâtre.

Elle lança les bouteilles de boisson énergétique par l'ouverture, puis son manteau. Le visage enveloppé dans son écharpe pour ne pas se faire entailler par des échardes ou des clous, elle rentra le ventre et rampa à travers le mur vers la liberté.

Le ciel nocturne était constellé d'étoiles qui formaient des halos de lumière alors que la brume de la montagne filait devant elles, balayée par un vif vent d'ouest. Il n'avait jamais été aussi bon de grelotter.

Le cœur plein d'espoir, Lena remit son manteau, emplit ses poches d'autant de bouteilles que possible et regarda vers les ténèbres de la forêt sans y voir aucun signe de civilisation. Smokey réapparut, prudemment. Elle prenait son temps, marchant autour de Lena pour l'évaluer. La jeune femme ne bougeait pas, tendant les mains, les paumes tournées vers le sol.

— Tout va bien. Ça n'est que moi, roucoula-t-elle à l'intention de l'animal.

Smokey s'arrêta. Elle pencha de nouveau la tête, considérant la jeune femme, puis avança pour glisser un bras sous celui de Lena. Un acte de totale confiance. Lena fondit en larmes malgré elle. Ensemble, elles se tenaient au milieu de l'étendue sauvage qui les cernait.

Dans quelle direction, Seigneur ? J'irai là où Tu me diras d'aller.

Chapitre 16

Caitlyn grimaça et se massa l'épaule gauche tandis qu'elle conduisait la Subaru sur la route 19. Six mois auparavant, elle s'était cassé la clavicule. Elle avait parfaitement guéri, jusqu'à ce qu'un sbire des Faucheurs la jette au sol, où elle était tombée sur l'épaule.

Elle savait que c'était un Faucheur parce qu'elle avait arraché l'insigne du col de cet enfoiré en luttant contre lui. Au moins, elle l'avait cogné à une ou deux reprises. Pourtant, elle était énervée. Ça n'était définitivement pas son heure de gloire.

Ce qui la préoccupait le plus, c'était de savoir comment diable ce type avait fait pour lui tomber dessus. Il avait déboulé de la direction opposée aux ascenseurs, depuis les chambres des invités de l'hôtel. Ce devait être une chambre proche de la sienne, parce qu'il n'était pas dans le couloir quand elle avait ouvert sa porte.

Peut-être en face ? Il avait pu la guetter, s'il connaissait la disposition des lieux, sachant qu'elle serait dans le noir pendant quelques pas, ses arrières exposés. Elle demanderait à Jimmy quelles chambres étaient occupées et aux femmes de chambre s'il manquait des clés magnétiques. Malheureusement, comme elle ne savait pas à quoi ressemblait le type, ça ne lui serait pas d'une grande utilité tant qu'elle ne verrait pas les vidéos de surveillance.

Jimmy n'était même pas sûr que le champ des caméras de sécurité couvre autre chose que la zone des ascenseurs et du distributeur de glaçons. Il avait argué qu'ils n'avaient jamais eu le moindre problème, comme si c'était sa faute, comme si, en débarquant, elle semait le désordre. Qu'un autre de ses invités ait pu entendre le vacarme semblait le préoccuper davantage que la sécurité de sa nièce.

Son souffle se condensait sur le pare-brise, et elle monta le dégivreur. Peut-être était-ce un peu sa faute ? Elle avait une fâcheuse tendance à attirer les ennuis, où qu'elle se trouve : un pénitencier fédéral, un hôtel bondé de monde... Elle passa Santa Land et traversa Cherokee, en direction du sud. Cette fois, c'est elle qui leur attirerait des ennuis. Les Faucheurs n'allaient pas s'en tirer comme ça après avoir agressé un agent fédéral.

Étonnant de voir combien Cherokee avait changé depuis son enfance. Là où il n'y avait jadis que des stands délabrés proposant de l'artisanat Qualla ou des petits salons de loto se trouvaient à présent des centres commerciaux, des motels et un hôpital flambant neuf. Tout ça grâce au *Vista View*.

Le *Pit Stop*, devenu le local des Faucheurs, était exactement comme dans le souvenir de Caitlyn. Un long chalet en rondins d'un étage, avec de petites dépendances derrière. Le parking était rempli de Harley, arborant pour la plupart des plaques d'immatriculation d'autres États. Mais aussi un éventail de pick-up, de SUV et même deux mini-vans. Le panneau lumineux devant le bar annonçait la course du poker qui se tenait ce week-end. Ce qui expliquait la diversité des plaques, d'autant que le chapitre fondateur des Faucheurs était localisé à Daytona Beach.

Caitlyn n'essaya même pas de trouver une place devant le bar, au milieu des véhicules. Hors de question de se retrouver coincée. Elle aimait se ménager une possibilité de fuite. Elle se gara sur le parking d'une station-service abandonnée, de l'autre côté de la rue Elle fit marche arrière dans l'ombre d'un panneau lumineux éteint, à l'entrée de l'aire de stationnement, afin de pouvoir sortir directement et d'avoir une vue dégagée sur le local du club pendant qu'elle décidait de son approche.

La foule lui faciliterait et lui compliquerait à la fois la tâche. Il serait plus simple de s'y mêler sans se faire remarquer et plus difficile d'apprendre quelque chose d'utile. Les Faucheurs n'allaient pas discuter des affaires du club dans un bar plein d'inconnus. Elle hésita à montrer la photo de Lena aux gens, mais renonça rapidement. Cela attirerait l'attention sur elle au lieu de lui apporter des réponses. Il valait mieux attendre d'en savoir un peu plus sur les Faucheurs.

Elle glissa un couteau dans la poche avant de son jean, là où il se remarquait à peine, sa matraque télescopique ASP dans celle de son manteau, mais rangea son arme de service dans le coffre. Le Glock 22 était trop facilement repérable et la désignerait immédiatement comme une représentante des forces de l'ordre. Elle devrait se contenter de son Glock 27, plus petit, à sa cheville.

De plus, si elle s'y prenait bien, sa meilleure arme serait son sourire. Ainsi que l'insigne qu'elle avait arraché au Faucheur qui l'avait attaquée. Elle l'accrocha au col de sa chemise, le faisant dépasser sur le revers de sa veste en cuir.

Un acte passible de mort, quand on ne faisait pas partie des Faucheurs. *Venez-y, les gars.*

Elle traversa nonchalamment la rue et slaloma entre les rangées de motos jusqu'à l'entrée principale. Le chalet était entouré par une grande véranda qui, bien que les fenêtres soient dans l'axe de l'entrée, était essentiellement plongée dans le noir. La lourde ligne de basse d'une musique rock faisait frémir le sol de bois sous ses pieds tandis que Buckcherry braillait à propos d'une garce cinglée.

— Une nana entre seule dans un bar de motards, dit une voix d'homme pour l'accueillir alors qu'elle traversait le porche. On dirait le début d'une mauvaise blague.

Elle était partie pour ne pas répondre à cette tentative de drague foireuse d'un type soûl, sauf qu'il ne semblait pas ivre. Elle se tourna pour lui faire face et vit le blond qu'elle avait croisé à la réception du *Vista View* appuyé contre le mur du bar, ses vêtements noirs se fondant dans l'ombre. Il lui fit un signe de tête, levant une bouteille Yuengling pour la saluer.

— Vous me suivez ? demanda-t-elle.

— On dirait plutôt le contraire. Après tout, je suis là depuis assez longtemps pour avoir commandé une bière, en avoir eu marre de la fumée et du bruit, et être sorti respirer.

— Vous êtes un Faucheur ?

Il ne portait pas le gilet en cuir sans manches, dont les écussons indiquaient le statut du membre et son chapitre.

— Je peux être tout ce que vous voulez, chérie. Vous cherchez un Faucheur ? Avec la course caritative, il y en a des tonnes ce soir. Il y a aussi des tas de types qui ne sont pas des Faucheurs. Des passionnés de moto. Comme moi.

Il n'avait pas répondu à la question, mais elle n'allait pas insister. Elle faillit entrer, mais son instinct lui disait de rester avec le type. Il remarqua son hésitation et se fendit une nouvelle fois de son sourire enjôleur.

Celui qui l'avait tant exaspérée quand elle l'avait croisé plus tôt dans la journée.

— Vous avez besoin d'une escorte ? demanda-t-il, en se décollant du mur, avant de remarquer la faucheuse en argent sur le col de Caitlyn. Peut-être que ça n'est pas utile. Je ne voudrais pas marcher sur les plates-bandes d'un autre homme.

— Écoutez, monsieur…

— Goose.

— Pardon ?

— Goose. C'est mon nom. (Il marqua une pause.) Et vous êtes ?

Elle détestait les types insistants. Des crétins arrogants. Dominateurs. Mais dans un tel endroit c'était tout ce qu'elle allait trouver. Ce « Goose » était probablement le moins désagréable du lot. Et certainement plus joli garçon que la plupart. Elle se radoucit et parvint à sourire.

— Caitlyn, dit-elle. Enchantée de vous rencontrer, Goose.

Il inclina la tête, comme s'il avait vu trop de films avec Gary Cooper.

— Le plaisir est pour moi, madame. Je suppose que vous ne voulez pas danser ? Ou faire un billard ? se dépêcha-t-il d'ajouter quand elle hésita. Laissez-moi au moins vous offrir une bière.

— Non à la danse, mais oui à la bière et à la partie de billard.

Difficile de discuter ou d'espionner les conversations quand on était sur la piste de danse. Mais autour d'une table de billard elle était plus susceptible de tâter le terrain. Peut-être entendre une voix familière, comme celle du type qui l'avait attaquée par surprise plus tôt dans la matinée. Elle ne pouvait que l'espérer.

— Vous êtes sûre que vous êtes censée porter ça ? (Il désigna de nouveau l'insigne d'un mouvement de tête.) Vous ne venez pas de le ramasser sur le parking, dites ?

— Faites-moi confiance. Je sais ce que je fais.

— Si vous le dites. Par ici, alors.

Il ouvrit l'épaisse porte en rondins. Elle fut accueillie par le tir de barrage des paroles misogynes des Ying Yang Twins. Les goûts musicaux des Faucheurs semblaient davantage se porter sur des paroles relatant des actes sexuels dégradants que sur un genre particulier. Goose la suivit à l'intérieur du local.

On avait poussé les tables et les chaises sur les côtés pour laisser plus de place pour danser. Si l'on pouvait appeler « danser » la façon dont les femmes se frottaient contre les hommes. Caitlyn était bien trop habillée en comparaison des autres femmes. Peu importaient leurs mensurations, toutes semblaient avoir le ventre à l'air, et portaient un jean taille basse et un débardeur aux fines bretelles – pour celles qui avaient un haut. Et des tas de tatouages colorés pour attirer le regard sur toute cette chair nue exhibée.

Les hommes étaient habillés de façon plus classique, en jean, flanelle et cuir. La plupart portaient le blouson des Faucheurs. Comme les femmes, ils allaient de tout juste majeurs à l'âge de la retraite.

Goose attira l'attention en traversant la foule avec Caitlyn vers les tables de billard au fond. Caitlyn étudia les lieux à la recherche de portes de sortie. Entre deux tables de billard, il y avait une issue de secours dont la porte était ouverte pour faire circuler l'air. Il y en avait probablement une autre dans le couloir qui passait derrière le bar, là où se trouvaient les toilettes. Mais elle n'aimait pas cette option : beaucoup trop de portes sans inscription et de recoins où se faire tabasser. Avec ce bruit, personne n'entendrait si elle avait besoin d'aide. Mieux valait rester à découvert, le dos contre le mur et les yeux sur la foule.

Une grande brune s'approcha de Goose.

— Qu'est-ce que je te sers, trésor ?

Il avala d'un trait le reste de sa Yuengling et tendit la bouteille à la fille.

— La même chose. Et ?

— Un Black and Tan et un shot de Bushmills, dit Caitlyn.

— Le seul irlandais que nous avons, c'est du Jameson.

Caitlyn haussa les épaules. Elle n'avait pas l'intention de boire, de toute façon. Un shot de whisky pouvait se révéler une distraction efficace ou se transformer en arme. Elle pourrait même utiliser la bouteille de Yuengling, si on l'apportait sans l'avoir décapsulée.

— Ça ira.

— Mets tout sur ma note, dit Goose.

La serveuse fit la moue et slaloma à travers la foule pour rejoindre le bar.

Les deux tables de billard étaient prises, mais la partie qui se déroulait dans le coin touchait à sa fin. Caitlyn se fraya un chemin vers le mur du fond, d'où elle pouvait surveiller la foule tout en étant à proximité d'une sortie. Et puis c'était un peu plus calme. Elle pouvait entendre ce que se disaient ces hommes.

Dommage qu'ils se soient tus à son arrivée. Ils considérèrent avec suspicion son insigne des Faucheurs et interrogèrent Goose du regard. Celui-ci ne dit rien mais resta suffisamment près d'elle pour signifier clairement qu'elle était sous sa protection.

Cette idée irrita Caitlyn, mais c'était un mal nécessaire, dans un lieu pareil. Le temps que la serveuse revienne avec leurs consommations, les joueurs de billard s'étaient désintéressés d'elle et avaient fini leur partie.

— Les dames d'abord.

Goose lui tendit une queue de billard après avoir rassemblé les boules.

Caitlyn posa ses verres, prit la queue et rata volontairement la casse. Elle préférait avoir le temps d'observer la foule plutôt que de se concentrer sur le jeu pour gagner la partie. De plus, ça flatterait l'ego de Goose, et il pourrait crâner devant la petite dame.

— Dommage. Je prends les bandes.

Il se pencha sur la table et visa. Ses cheveux glissèrent et découvrirent les traits d'un tatouage qui montait de la nuque jusqu'au crâne. Une des marques des Faucheurs. Même leurs recrues se faisaient tatouer sur cette partie du corps, scellant à tout jamais leur destin à celui des membres à part entière du club.

Il frappa la boule et se positionna pour le coup suivant.

— Où est votre gilet en cuir ? demanda-t-elle, alors qu'il tirait la queue pour jouer son coup.

Il ne réagit pas mais rata un coup facile.

— Pardon ?

— Vous êtes un Faucheur. Vous ne devriez pas le porter, ici ?

Il se redressa et la regarda fixement. Comme s'il avait du mal à croire combien elle était stupide de le défier, particulièrement ici.

Elle donna une chiquenaude à l'insigne qu'elle portait, la faucheuse en argent qui scintillait sous les lumières du plafond.

— Vous ne la portez pas parce que vous avez perdu ceci, peut-être ?

— Elle a raison.

Un homme plus âgé que les autres, aux cheveux blancs et au regard froid, s'avança.

— Mickey, ordonna-t-il à quelqu'un sans le regarder. Apporte son gilet à Goose.

Son propre blouson de cuir indiquait qu'il était un membre originel des Faucheurs et le président des Montagnards de Caroline.

— Je suis Poppy, dit-il avec cordialité mais sans lui tendre la main. On dirait que je devrais vous connaître, et pourtant ce n'est pas le cas.

Les autres Faucheurs commençaient à se regrouper. Mais sa voie de fuite n'était bloquée que par un type d'une vingtaine d'années, qu'elle pourrait maîtriser au besoin. Caitlyn se ménagea un peu plus d'espace en se penchant sur la table de billard pour tirer, plaçant sa queue de manière à faire reculer le jeune type.

— Je m'appelle Caitlyn, dit-elle après avoir tiré. Caitlyn Tierney.

— Enchanté de vous rencontrer, Caitlyn. Vous pouvez me dire ce que vous venez faire ici ?

Tout se passait soudain entre Poppy et elle. Goose s'était éloigné, passant de la craie sur sa queue comme si sa vie en dépendait.

Caitlyn ne tira pas le coup suivant qu'elle avait préparé et se redressa, regardant Poppy droit dans les yeux. Elle posa sa queue contre la table et plongea la main dans sa poche, s'amusant de voir le jeune Faucheur sursauter, de crainte qu'elle ne dégaine une arme. Pas au milieu de cette foule, à moins d'y être obligée.

Elle lança la photo de Lena sur la table, vers Poppy.

— Je recherche cette fille. J'ai appris qu'elle était passée ici, il y a quelques nuits.

Poppy ne prit même pas la peine de regarder la photo avant de la renvoyer vers elle d'une chiquenaude. Caitlyn la rangea dans sa poche.

— Vous êtes au mauvais endroit. Au cas où vous ne l'auriez pas remarqué, une fille comme elle détonnerait. Tout comme ce monsieur.

La foule derrière lui s'écarta. Deux hommes avançaient, tirant un troisième. L'un d'eux tenait un pistolet contre sa tête.

Paul.

Chapitre 17

Lena et Smokey couraient dans les ténèbres. La jeune fille regretta très vite d'avoir abandonné son sac de couchage, mais il était sous les débris de plâtre et elle ne pouvait pas perdre de temps à le déterrer. Elle avait glissé de vieilles coupures de journaux dans ses chaussettes pour se protéger du froid. Le vent qui soufflait depuis le sommet de la montagne s'évertuait à essayer de la renverser. Son manteau n'était pas de taille à lutter. Et elle avait perdu ses gants en chemin.

Elle se pencha en avant et serra les bras contre sa poitrine pour se protéger du vent et conserver le plus de chaleur possible. Elle buta sur le sol accidenté. Smokey et elle parvinrent à un autre bungalow. Un étage, un revêtement de bois bon marché : il semblait identique à celui où elle avait été retenue captive. À moins qu'elle n'ait tourné en rond ? Non, elle avait eu le vent de face tout le temps et avait parcouru peu de distance.

Smokey lui lâcha la main et fit le tour du bâtiment. Lena la suivit prudemment. Il n'y avait aucune lumière, mais d'étranges bruits provenaient de l'intérieur. De griffes ou de rongements. Une vieille histoire entendue autour d'un feu de camp lui revint en mémoire : un homme, affûtant son crochet, avant de sombrer dans une folie meurtrière.

Son ventre gargouilla, et elle n'aurait su dire si c'était de peur ou de faim. Elle n'avait pas eu faim dans le chalet, en partie à cause des effets secondaires du sédatif, mais aussi parce qu'elle avait eu trop peur pour penser à la nourriture. Mais dehors, à courir dans le froid… Elle claquait des dents, et son corps tremblait tellement qu'elle n'arrêtait pas de trébucher.

Elle regarda vers l'endroit d'où elle venait. Au loin, elle pouvait distinguer les contours du bungalow dont elle s'était évadée. Deux bungalows. Son cerveau semblait embrumé, comme si cette simple observation le plongeait dans une fatigue extrême. La neige redoubla d'intensité. Son manteau se recouvrait d'un lustre blanc. Elle regarda le bungalow devant elle, alors que le vent fouettait les arbres. S'abriter. Il lui fallait s'abriter.

Le bruit se fit entendre de nouveau. Smokey revint à ses côtés, poussant des cris stridents. Le chimpanzé non plus n'aimait pas le bungalow. Ensemble, elles le longèrent.

— Pas la forêt, dit Lena à Smokey, les lèvres si gelées et engourdies qu'elle s'étonna de pouvoir prononcer ces mots. Il nous faut une autre maison. Un endroit chaud.

Le chimpanzé hocha la tête comme si elle comprenait et mena Lena le long de la limite des arbres.

Au loin, un autre bungalow, identique aux deux premiers, apparut. Mais Smokey ne la conduisit pas là-bas. Au lieu de cela, elle guida la jeune femme vers un plus grand chalet en rondins, une bâtisse imposante en comparaison des autres, au moins trois fois plus grande, pourvue d'un étage.

Lena tira Smokey par le bras, désireuse d'inspecter le chalet, mais le chimpanzé s'obstinait à ne pas vouloir s'y arrêter. Lena avait l'impression d'être un poids mort, à peine capable de traîner les pieds sur le sol accidenté. Elle trébucha et tomba en avant, parant sa chute à la dernière minute. Ses mains frappèrent contre le sol gelé, un tapis de branches et d'aiguilles de pin amortissant le choc.

Elle resta allongée là, le visage contre le sol enneigé, doutant de pouvoir se relever. Pourquoi le ferait-elle ? Elle pouvait tout aussi bien s'endormir là. Tout irait bien. Parfaitement bien…

La voix de Vonnie retentit dans les ténèbres.

— Dépêche-toi, Lena. Nous t'attendons.

— Cinq minutes, murmura-t-elle, les paupières closes. Je serai là dans cinq minutes. Promis.

Vonnie insistait.

— Allez. Tu sais qu'on ne peut pas être en retard. Papa attend. (Le tintement des pièces de monnaie dans le sac ponctuait ses mots.) Tu seras la responsable des pièces de 25 cents.

Lena ouvrit les yeux. Leur mère flottait au loin, coiffée de son plus beau chapeau noir, celui avec les plumes de paon. Celui qu'elle autorisait Lena à porter lors de ses dînettes si la petite promettait d'y faire particulièrement attention.

Vonnie portait une robe de velours rouge assortie à celle de Lena. Noël. Oh, comme elle se le rappelait bien. Se lever très tôt, car la queue des visiteurs serait particulièrement longue. S'endormir dans la voiture parce qu'il faisait encore nuit dehors, s'endormir sur les genoux de sa mère tandis qu'elles attendaient d'être admises, s'endormir assise à la table, en attendant son père.

C'était des années avant qu'elle comprenne que la plupart des enfants se réveillaient tôt le matin de Noël pour les cadeaux sous le sapin et les restes de dinde, et pas pour faire la queue afin de pénétrer dans une pièce pleine d'inconnus et de s'acheter de quoi dîner aux distributeurs avec des pièces de 25 cents.

— Lena. Lève-toi.

La colère l'envahit, et elle chassa sa sœur d'un geste de la main.

— Qu'il attende. Ce salaud est coupable. Est-ce que maman ou toi avez jamais réfléchi à ça ? Non. Vous disiez de garder la foi. Vous croyiez en lui. Nous croyions en lui. Nous avons gâché nos vies pour ce salaud. Eh bien, c'est fini ! Il peut pourrir en enfer, je m'en moque.

La brûlure de la gifle que lui assena Vonnie la fit trembler.

— Ne dis pas ça. Ne pense jamais une chose pareille. Maintenant, debout !

Lena essaya. Si seulement elle pouvait remettre sa grande sœur à sa place. Lui faire comprendre combien elle avait tort. Mais ses paupières étaient si lourdes. Son corps entier pesait trop pour bouger.

Alors, elle se recroquevilla encore plus sur elle-même.

— Va-t'en, Vonnie. Laisse-moi dormir.

Bernie avait rassemblé tout son courage pour fausser compagnie aux Faucheurs qui faisaient la fête et quitter le bar au plus tôt. Il devait s'assurer que Lena et les animaux allaient bien.

Et plus il restait avec les Faucheurs, imaginant ce qu'ils avaient fait à Manson, à ce qu'ils lui feraient à lui…, moins il pouvait le supporter.

Alors qu'il traversait Cherokee à bord de son pick-up, passant devant le *Vista View*, s'engageant en direction de l'ouest sur la route en lacet qui menait à la station Teddy-Roosevelt, il essaya de démêler le sac de nœuds qu'était devenue sa vie.

Il avait été si fier de lui, d'avoir agi si habilement et avec calme. Il avait pris le sédatif pour animaux et la seringue que le type du zoo lui avait donnés, et avait estimé le poids de la jeune femme pour pomper la dose exacte. Puis il l'avait suivie aux toilettes, lui avait administré le sédatif et l'avait ramenée à la station avant que quelqu'un s'aperçoive qu'elle avait disparu.

Il s'était senti si courageux, défiant Fouine et Poppy. Mais, une fois au bungalow, il avait compris qu'il n'avait pas la moindre idée de ce qu'il ferait d'elle. Et, lorsqu'elle ne s'était toujours pas réveillée après une journée entière, il avait failli se chier dessus à l'idée de lui avoir administré une surdose.

Il s'était dit qu'il lui expliquerait tout dès qu'elle se serait réveillée et une fois les effets du sédatif dissipés. Qu'il l'aiderait à faire tout ce qu'il faudrait pour la protéger et la tenir éloignée de Poppy et des Faucheurs. Même si cela signifiait trahir la seule famille qui ait jamais compté pour lui.

Mais il n'avait pas prévu que la fête de la veille le retiendrait si longtemps. Et à présent il pouvait à peine déglutir à l'idée que Lena, le léopard ou ces stupides chimpanzés se soient blessés.

Si c'était le cas, ce serait entièrement sa faute.

Tout ça à cause de son rêve. Avoir une maison. Prendre soin de quelqu'un. Et peut-être même être choyé par quelqu'un. Peut-être.

Il neigeait abondamment quand il gara son pick-up devant le bungalow où était Lena. Il voulait s'assurer qu'elle allait bien. Ensuite, il s'occuperait du léopard.

Quand il était passé la voir la veille au matin, il lui avait rendu sa chaîne et sa croix en or. Elle était encore groggy et n'avait pas repris ses esprits. Elle chantait des hymnes et débitait des prières qui n'avaient aucun sens. Incapable de parler à personne d'autre qu'à Dieu.

Avec un peu de chance, elle irait mieux maintenant. Parce qu'il était absolument incapable de trouver une solution tout seul. Pas quand Poppy et Fouine murmuraient à propos des fédéraux qui s'étaient eux aussi lancés à la recherche de Lena.

Que diable avait bien pu faire une si gentille fille pour avoir autant de monde à ses trousses ?

Vonnie avait quitté ses rêves, mais Smokey n'avait pas l'intention d'abandonner Lena. Le chimpanzé poussait le visage de la jeune femme de son museau aux poils piquants et la tirait par le bras comme si elle était une poupée de chiffon.

— Laisse-moi tranquille.

Lena repoussa le chimpanzé. Elle se retourna. La neige lui emplit les narines. S'étouffant, elle s'éveilla soudain.

— Qu'est-ce que…

Elle s'assit. Les ténèbres. Il n'y avait que les ténèbres les plus sombres. Elle cligna des yeux pour chasser les vertiges et pour que sa vision redevienne claire. La neige. Et le froid. Oh, il faisait si froid ! Elle serra les bras autour de sa poitrine et se redressa, chancelante.

Il y avait cette bâtisse. Se réchauffer. Il fallait qu'elle se réchauffe.

Smokey poussa des cris stridents et fit des cabrioles, bloquant la route à Lena. Celle-ci ne prêta pas attention au chimpanzé, concentrée uniquement sur le besoin de s'abriter et de se réchauffer. Elle pouvait mourir, dehors. Cette pensée la fit avancer, un pas douloureux après l'autre.

Le tapis de neige n'était pas très épais mais suffisamment humide pour que ses chaussons de fortune soient depuis longtemps détrempés. Ses pieds ne la faisaient plus souffrir. Ils étaient engourdis, lourds, comme deux blocs de ciment. Un pas, puis un autre, puis un autre. Continuer d'avancer.

Elle compta les pas comme on dit une prière. La prière la plus importante de sa vie. *Je T'en supplie, Seigneur, ne me laisse pas mourir…*

La balustrade du porche était son salut. En s'appuyant dessus, elle se hissa jusqu'à la véranda. La porte n'était plus très loin. Un étrange bruit perçant presque étouffé par le vent la fit s'arrêter, hésitante. Il y avait quelque chose à l'intérieur.

Elle faillit abandonner, faillit s'asseoir là et accueillir la mort. Seule l'idée de décevoir fortement sa mère et Vonnie la fit continuer. Un pas, deux pas, trois… Elle heurta la porte, tâta le lourd loquet qui la fermait. Un vieux modèle. Lever, glisser et tirer.

La porte s'ouvrit. Elle tomba à l'intérieur. Ferma de nouveau les yeux. Ne les rouvrit pas quand elle entendit le doux bruit étouffé que fit quelque chose de lourd en sautant sur le sol devant elle.

Chapitre 18

Caitlyn fut saisie de surprise puis envahie par une vague de terreur. *Merde ! Non, non, non.* Comment était-ce possible ?

— Paul. (Elle laissa échapper son nom avant de pouvoir se refréner.) Qu'est-ce que tu fais là ?

— Ta mère s'inquiétait. Elle m'a envoyé te chercher.

La tête haute, il la regardait comme s'il n'y avait qu'elle qui comptait. Il ne semblait même pas remarquer qu'il était le seul Noir présent, encore moins qu'il était le seul homme à ne pas être armé.

— Vous entendez ça, les gars ? dit Poppy. C'est l'amour vrai. Il est venu la sauver.

Paul se dégagea des mains des deux hommes qui le tenaient, ignorant ostensiblement celui qui le braquait de son pistolet. Malgré sa colère et sa peur, Caitlyn fut forcée d'admettre que c'était assez sexy. Si l'on exceptait le fait que, soudain, son plan foireux était passé d'une reconnaissance de terrain à une prise d'otage.

— Écoutez, dit Paul de son ton le plus posé et le plus raisonnable de médecin. Je ne comprends pas ce qui se passe ici, mais je suis sûr qu'il s'agit d'un simple malentendu...

— La ferme, Paul ! aboya Caitlyn, pour l'empêcher d'envenimer la situation.

Il lui lança un regard noir et voulut lui répondre, mais Poppy l'interrompit.

— Faites ce que dit la dame, Paul.

Le Faucheur au pistolet donna soudain un coup sec de son arme dans le ventre de Paul, juste en dessous de la cage thoracique, assez fortement pour lui couper le souffle. Caitlyn mémorisa les traits de l'homme : âge moyen, cheveux noirs courts, un visage esquinté qui avait connu son lot de bagarres. *Pas aussi esquinté que lorsque j'en aurai fini avec toi*, se promit-elle. Et ; de loin, elle lut le nom « Fouine » sur son blouson de cuir. Ça lui allait bien.

Les gens sur la piste de danse derrière eux continuaient à se dandiner et à secouer leurs fesses comme seuls les Blancs sans aucun sens du rythme en étaient capables, comme si ce qui se passait se déroulait derrière un champ de force invisible. Ça ne faisait pas partie de leur monde. Personne ne viendrait aider Caitlyn et Paul. Tout reposait sur elle.

Le Faucheur que Poppy avait envoyé chercher le gilet en cuir de Goose avait réapparu, le tenant des deux mains et le présentant à son propriétaire avec respect. Une fois que Goose l'eut enfilé, elle comprit pourquoi.

Cet enfoiré était le putain d'homme de main du chapitre.

Goose changea de comportement. Il plissa les yeux, évaluant Caitlyn, ignorant Paul et jaugeant l'humeur des Faucheurs – dont quelques membres du chapitre fondateur – qui encerclaient à présent la table de billard. Ce qui faisait monter les enjeux puisque les Montagnards de Caroline allaient devoir sauver la face devant les gros bonnets de Daytona.

Génial ! Tout simplement génial !

Caitlyn passa en revue toutes les possibilités, les éliminant l'une après l'autre, jusqu'à ce qu'il n'en reste qu'une. Celle qu'elle détestait mais la seule qui pourrait éviter un bain de sang. Se rendre.

Elle retira l'insigne des Faucheurs de son col et se pencha sur la table, inclinant la tête alors qu'elle tendait sa main gauche le plus près possible de Poppy. Le geste et la table dissimulaient sa main droite, qu'elle glissa vers sa cheville pour saisir son petit Glock. Quand elle se redressa, elle tenait le pistolet sur le côté et sous la table, visant Poppy là où il aurait le plus mal. Elle posa la main sur son ASP, prête à la déployer.

Malheureusement, trois Faucheurs, dont Goose, tenaient à présent une arme et au moins quatre autres avaient positionné leurs mains là où elle ne pouvait pas les voir, mais vraisemblablement sur leurs pistolets.

— J'ai fait une erreur, admit-elle, sa fierté manquant de l'étouffer. Laissez-le partir, maintenant.

Poppy soutint son regard pendant un long moment, faisant tourner l'insigne en argent entre ses doigts.

— Qu'est-ce que tu en dis, Goose ?

— J'en dis que nous avons beaucoup de monde qui profite de notre hospitalité, ce soir. (Goose désigna d'un signe de tête les danseurs derrière Poppy en glissant son arme dans le creux de ses reins.) Je pense que des excuses sincères devraient suffire.

Poppy fit un signe du menton aux hommes qui maintenaient Paul. Ils le lâchèrent immédiatement et reculèrent.

— Sors d'ici, Paul, dit-elle, sans baisser sa garde d'un iota.

— Pas sans toi.

Il affrontait le danger, comme sire Galaad protégeant l'honneur de sa dulcinée. Ne voyait-il pas le délicat équilibre des forces entre Poppy et elle ?

— La dame sera libre de partir dès qu'elle se sera excusée, dit Poppy.

Paul tressaillit. Manifestement, il avait cru que ce seraient les Faucheurs qui lui présenteraient des excuses.

Avant qu'il puisse rétorquer quoi que ce soit qui plongerait les choses dans une spirale de violence, le hurlement des sirènes retentit par la porte ouverte derrière elle. Les dandinements sur la piste de danse s'étaient transformés en bagarre. Parfait timing.

Ce fut étonnant de voir la vitesse à laquelle les armes disparurent et les Faucheurs se fondirent dans la foule à l'approche de la police. Tous sauf Goose, Poppy et l'homme de petite taille qui avait braqué Paul de son pistolet. Fouine. À qui, elle le remarquait maintenant, il manquait un insigne au col.

Caitlyn profita du chahut pour contourner la table, attraper Paul et le tirer vers la porte.

— Va-t'en. Je te retrouve à l'hôtel.

Il se libéra de son étreinte.

— Non. Je n'irai nulle part sans toi.

— Tu dois me laisser faire mon travail, Paul, siffla-t-elle en se positionnant pour couvrir les deux côtés de la porte.

Paul ne bougea pas.

— Sais-tu combien ça a été dur pour moi de venir ici ? Je savais à quel genre de gars j'aurais affaire, mais j'ai promis à ta mère de te protéger.

Caitlyn se sentit honteuse à l'idée qu'il se soit jeté dans la gueule du loup à cause d'elle. Elle devait le faire sortir avant que les choses dégénèrent.

— Le meilleur moyen de me protéger est de me laisser faire mon travail. Et je ne peux pas le faire si je dois te surveiller.

Il baissa les yeux sur elle. Caitlyn sacrifia quelques secondes précieuses d'attention pour croiser son regard.

— S'il te plaît.

Finalement, il hocha la tête.

— Très bien. Je t'attends dans la voiture.

— Non. Ma mère va s'inquiéter. Va-t'en d'ici. Je te retrouverai au *Vista View*.

Les sirènes se faisaient plus fortes. La police était presque là. Une bouteille de bière vola devant eux, lancée depuis la piste de danse.

À contrecœur, Paul slaloma entre les véhicules qui occupaient le parking. Caitlyn le surveilla jusqu'à ce qu'il rejoigne sans encombre sa Volvo. Il s'engagea sur la route au moment même où la première voiture du bureau du shérif, venue de la direction opposée, s'arrêta devant le bar, suivie de près par deux autres véhicules de patrouille et un SUV.

Caitlyn était sur le point de s'enfuir à son tour quand elle entendit une voix derrière elle.

— Si vous êtes encore là demain, nous passerons chercher vos excuses, agent spécial Tierney.

Fouine. La voix de l'homme qui l'avait attaquée plus tôt dans la soirée. Ce qui confirmait ses soupçons. *Ravie de te rencontrer. Une nouvelle fois.*

Caitlyn se retourna et lui fit un doigt d'honneur. Juste à temps pour qu'un adjoint du shérif voie le pistolet qu'elle tenait dans l'autre main.

— Ne bougez pas ! Montrez-moi vos mains !

— Le shérif Markle veut vous parler.

L'adjoint fit descendre Caitlyn de l'arrière de son véhicule mais ne dit pas un mot en l'escortant jusqu'à une Tahoe blanche estampillée du badge du département du shérif du comté de Balsam.

Markle avait la soixantaine. Il était mince malgré un léger double menton, les cheveux poivre et sel coupés ras. *Un ancien militaire*, en conclut Caitlyn. *Un type du coin, revenu s'installer à la maison. Et,* se dit-elle en voyant son expression changer quand il aperçut les civils rassemblés sur le parking, *un politicien-né.*

— Vous intervenez toujours dans les cas d'ivresse publique et manifeste un vendredi soir, shérif ? demanda-t-elle, s'immisçant dans la conversation.

Il fronça les sourcils sans se départir de son sourire.

— Seulement quand un agent fédéral est impliqué, madame Tierney. Je peux vous demander ce que vous êtes venue faire ici ?

Traduction : pourquoi diable les féd' foutent-ils le bordel dans mon bac à sable ?

— Je recherche une personne disparue.

— Vous recherchez ? Vous voulez dire le FBI ou vous ? Parce que c'est la coutume d'informer les forces de police locale quand vous enquêtez sur leur territoire.

— Moi, pas le FBI. La fille d'un ami.

Ce n'était pas l'exacte vérité, mais ça n'en était pas loin. Elle lui tendit la photo de Lena.

— Désolée, shérif. Je comptais passer dans la matinée. J'étais loin de me douter que cette nuit serait… si riche en événements.

— Hum hum ! (Il hocha la tête comme s'il voulait aider, mais il plissa les yeux de désapprobation en jetant un regard à la photo.) La petite Hale ? Oui, je la connais. Elle m'a cassé les pieds, ces dernières années, à m'envoyer sans cesse des demandes d'informations, à descendre ici pendant les week-ends ou les vacances scolaires pour embêter les gens du coin se souvenant de l'affaire de son père. Il n'en reste plus beaucoup qui sont encore en vie. Ou qui s'en soucient. Mais je ne l'ai pas vue depuis quelque temps.

Ça n'était pas ce que venait de lui dire l'adjoint qui lui avait tenu compagnie en attendant le shérif.

— Votre adjoint m'a dit qu'il l'avait vue au poste il y a quelques jours.

Il haussa les épaules de façon exagérée.

— Aucune idée. Vous pouvez poser toutes les questions que vous voulez à mes adjoints. Nous n'avons rien à cacher. Du moment que ça n'est pas pendant leur service. (Il s'appuya de tout son poids sur le pare-chocs de la Tahoe.) Au sujet du bordel de ce soir, je suppose que vous ne voulez pas que j'appelle vos supérieurs pour leur dire que vous êtes impliquée dans une agression ?

Une menace pas très subtile qu'elle balaya d'un geste, comme un flocon de neige.

— Je suis désolée, shérif ; on vous aura sûrement mal informé. Si vous lisez les témoignages, vous verrez que je n'ai agressé personne. C'est moi que l'on a agressée alors que je tentais de protéger un civil. (Elle désigna Goose du doigt, s'efforçant de ne pas lever les yeux au ciel en pensant au surnom du motard.) Cet homme et plusieurs de ses amis Faucheurs nous ont menacés de leurs armes, le civil non armé et moi-même.

Malheureusement, Fouine avait disparu, sinon elle l'aurait volontiers désigné lui aussi. Markle n'accorda aucune attention à Goose. Il avait les yeux rivés à ceux de Caitlyn, comme s'il attendait qu'elle détourne le regard.

— Je suppose que les amateurs de moto génèrent beaucoup de tourisme et d'importantes rentrées d'argent pour le comté, poursuivit-elle. Je suis sûre que vous ne voulez pas d'un danger public parmi les Faucheurs qui menace les civils. Sans parler des bons citoyens qui vous ont élu.

De l'autre côté du parking, le motard plus âgé appelé Poppy, celui qui avait le regard froid, fit un signe à Markle, comme s'il était son patron. Ce qui était probablement le cas. Le shérif s'éloigna de la Tahoe.

— Merci, madame Tierney. Je m'occupe de tout, lança-t-il.

Puis il revint soudain vers Caitlyn. Cette fois, avec un sourire sincère mais pas moins inquiétant.

— Tierney ? Un rapport avec Sean Tierney ? Nous étions adjoints, ensemble.

— Je suis sa fille.

— Vraiment ? Quelle surprise ! Votre père était un homme bien. Un bon flic. (Il lui lança de nouveau un regard désapprobateur.) On aurait pu croire que sa fille aurait assez de jugeote pour ne pas mettre la main dans un panier de crabes. Particulièrement quand il y a des civils sur les lieux.

Caitlyn resta silencieuse. Elle s'en faisait déjà assez le reproche, merci bien. Sans oublier qu'elle allait sûrement avoir droit à ceux de sa mère, de Paul et probablement d'oncle Jimmy. Mais qu'était-elle censée faire ? Laisser les Faucheurs agir en toute impunité ?

— C'est drôle que vous recherchiez Lena Hale.

Le shérif se tut et attendit qu'elle rompe le silence par une question.

— À cause de ce qu'a fait son père ?

— Non. Parce que sa dernière demande d'informations concernait le dossier du suicide de votre père. (Il s'éloigna, la congédiant d'un geste sans la regarder.) Bonne soirée, Caitlyn.

Il avait prononcé son prénom comme si elle avait neuf ans. C'est probablement ainsi qu'il se la remémorait. Et elle avait agi avec la maturité d'une enfant de neuf ans en laissant les Faucheurs la pousser à bout.

Caitlyn se dirigea vers la Subaru et s'assit sur le capot, plongée dans ses réflexions. Pourquoi Lena s'intéressait-elle au suicide de son père ? Eli Hale avait dit que la mort de Sean Tierney était liée à ces mystérieux « ils » qui, selon lui, menaçaient Lena. Mais Caitlyn avait écarté cette théorie, jugeant que c'était le délire paranoïaque d'un homme enfermé pendant un quart de siècle.

Pourtant, Lena avait bel et bien disparu. Et les habitants d'Evergreen mentaient à son sujet. Du moins, certains d'entre eux. L'astuce était de dissocier la vérité des mensonges.

Si Eli avait raison et que Lena était en danger, alors elle devait agir vite.

Un adjoint escorta Goose vers sa voiture de patrouille et fit s'asseoir le Faucheur à l'arrière. *Un obstacle de moins*, pensa Caitlyn. Il lui fallait maintenant s'attaquer au suivant : Paul.

Elle soupira, s'installa au volant de son véhicule et prit la direction du *Vista View*. Elle devait encore éplucher les documents d'Eli Hale, calmer Paul et élaborer une nouvelle stratégie pour retrouver Lena. La nuit promettait d'être longue.

Mais ce n'était rien de tout ça qui la faisait se courber au volant de la Subaru qui serpentait sur la route de montagne en lacet menant à Evergreen. C'était l'image de son père, baignant dans son propre sang, son arme de service à la main.

Pourquoi Lena enquêterait-elle sur un suicide vieux de vingt-six ans ?

Chapitre 19

Le silence régnait dans le bungalow de Lena, et Bernie se demanda si elle dormait. Il traversa le salon sur la pointe des pieds jusqu'au dressing où il l'avait laissée. Il ne voulait pas la déranger. Il faisait un peu froid. Il n'y avait pas de chauffage central, mais Bernie avait allumé le poêle à bois avant de partir, la veille. Il avait dû s'éteindre.

Une latte du parquet craqua sous son poids. Il tendit l'oreille. Lena ne faisait aucun bruit, pas même cet étrange mélange de prière et de chant religieux qu'elle psalmodiait hier. Elle avait une si belle voix. L'écouter lui provoquait des émotions qu'il n'avait jamais ressenties. Il trembla de peur. Et si elle avait fait une réaction au sédatif ? Et si quelque chose avait mal tourné ?

Il chercha à tâtons la clé, la trouva finalement, l'inséra dans la serrure, défit le cadenas et ouvrit la porte. L'air s'emplit de poussière, le faisant éternuer. Il alluma la lumière.

Une montagne de plâtre se trouvait au centre du placard. Et le mur était percé d'un énorme trou.

Lena avait disparu.

Bernie respirait si fort et si vite qu'il faillit en tourner de l'œil.

— Lena !

Son cri tournoya dans la poussière de plâtre. Il fit demi-tour et courut à l'extérieur, faisant le tour du bungalow jusqu'au trou. Le tapis neigeux était assez épais pour qu'il distingue ses traces de pas, Dieu merci.

Il courut jusqu'au pick-up, attrapa une torche électrique et suivit la piste de la jeune femme. De grandes traces de pieds nus couvraient par endroits celles de Lena. Les chimpanzés. Il les tuerait tous s'ils l'avaient blessée.

Bernie avait toujours sur lui le vieux revolver pour la chasse à ours de son grand-père quand il passait voir le léopard. Un vieux Smith & Wesson 44 Magnum. Un gros revolver. Lourd. Bernie avait tué beaucoup de gibier au fusil, mais il n'avait jamais tiré sur une créature vivante avec l'arme de son grand-père.

Les deux fois où il s'était retrouvé à proximité d'ours noirs, il aurait pu les abattre, mais il ne s'y était pas résolu. Ça lui paraissait honteux de massacrer de si belles créatures. Sans une raison valable, du moins. Alors il avait laissé le revolver dans son holster et avait eu une conversation silencieuse avec les ours. Les deux fois, les ours avaient fini par s'éloigner nonchalamment dans les bois, sans prêter attention à Bernie.

Cette fois-ci, il dégaina le 44. Il tenait l'arme d'une main, la torche électrique de l'autre, et se baissait pour suivre les traces de pas dans la neige balayée par le vent. Les empreintes formaient un demi-cercle délimité par la limite des arbres. Dieu merci, elle était trop maligne pour s'enfoncer dans les bois. Elle s'y serait perdue, c'était sûr, une fille de la ville comme elle.

— Lena ! appela-t-il.

Mais le vent emporta son cri.

La trace d'une silhouette humaine dans la neige attira son attention. Elle s'était allongée. Dans la neige. Pourquoi ? Était-elle blessée ?

Il ne trouva pas de sang. Seulement d'autres traces de pas de chimpanzés. Une empreinte de main, celle d'une femme. Elle s'était relevée, avait poursuivi sa route en titubant. Il suivit la piste et leva la tête.

Les traces menaient au chalet en rondins où se trouvait le léopard. Il leva la torche électrique et vit que la porte était ouverte.

Avant qu'il puisse bouger, une femme cria.

— Lena !

L'esprit de Caitlyn fourmillait de questions. Mais ça ne faisait rien : trouver des réponses, voilà en quoi elle excellait. Parfois parce qu'elle percevait les motifs et les hypothèses que les autres ne voyaient pas. Parfois parce qu'elle était chanceuse. La plupart du temps, c'était par pur entêtement.

Comme cette nuit. Les Faucheurs étaient clairement impliqués dans la disparition de Lena. Celle-ci devait être toujours en vie, sinon ils n'auraient pas menacé Caitlyn pour qu'elle arrête ses recherches. Détenaient-ils Lena et voulaient-ils détourner l'attention de Caitlyn ? Ou la recherchaient-ils également et voulaient-ils écarter la concurrence ?

Si les Faucheurs étaient impliqués dans la disparition de la jeune femme, il était probable qu'ils le soient aussi dans la mort d'Eli. Ce qui signifiait qu'ils étaient mêlés à l'affaire qui avait envoyé Hale en prison. Tout ce qu'elle avait cru ces vingt-six dernières années, était-ce un mensonge ? Et si Eli était innocent ?

Un frisson la parcourut malgré le chauffage de la Subaru. Et si son père ne s'était pas suicidé ?

Cette pensée était un démon familier, avec lequel elle avait flirté toute sa vie. Elle avait essayé de pardonner Sean Tierney, de trouver une façon de l'aimer, d'être moins furieuse contre lui de les avoir abandonnées – de l'avoir abandonnée, elle. Ne l'avait-il pas suffisamment aimée pour rester avec sa mère et elle, et affronter ce dont il avait peur ?

Elle avait appris au fil du temps à ne pas suivre ce chemin. Il ne menait qu'au chagrin.

Mais, pourtant, l'insidieux murmure qui l'avait hantée toute sa vie se fit entendre : peut-être ne l'aimait-il pas. Peut-être ne méritait-elle pas d'être aimée.

Non. Elle cligna vivement des yeux, mit les essuie-glaces en vitesse rapide pour lutter contre la neige qui fouettait le pare-brise dans les ténèbres extérieures.

Mais Caitlyn n'avait pas de temps à perdre à ressasser le passé, Lena n'attendrait pas. En l'état actuel des choses, le présent offrait trop de « et si » et pas assez de pistes.

Elle se gara sur le parking vide d'un centre commercial où s'alignaient des restaurants mexicains, chinois, un barbecue et un *McDonald's* à côté d'une onglerie coréenne et un magasin « tout à 1 dollar ». Il y en avait pour tous les goûts.

Elle attrapa son téléphone et composa un numéro.

— Boone, c'est Tierney.

— Vous savez l'heure qu'il est ?

— Merde ! Non. Désolée. Je vous ai réveillé ?

— Non. (Il soupira, et elle comprit qu'il n'était pas sarcastique.) Je ne dors plus beaucoup. Qu'y a-t-il ?

— Vous avez des prisonniers affiliés à un gang de motards hors-la-loi appelé les Faucheurs ?

— Grâce à l'ATF, nous avons à peu près tous les gangs de motards du pays représentés ici. Le Bureau des prisons essaie de les dispatcher, pour éviter les ennuis quand ils sont incarcérés.

Exactement comme transférer les Sureños pour qu'ils purgent leur peine loin de chez eux.

— Donc oui, poursuivit Boone, je suis sûr que nous avons quelques Faucheurs. Ils roulent aussi avec les gars de la Nation aryenne ? Nous avons une tonne de ces types.

— Je ne sais pas. Ce n'est pas exactement mon domaine d'expertise.

— Qu'est-ce que les Faucheurs ont à voir avec mon petit coin de paradis ?

— Ils ont un chapitre à Evergreen, la ville natale d'Eli Hale. Je pense qu'ils pourraient être impliqués dans sa mort.

— Vous voulez bien m'expliquer en quoi ? Hale n'a jamais eu le moindre problème avec des motards. Ni avec des membres de la Nation aryenne, d'ailleurs. Pourquoi le prendre pour cible maintenant ?

Bonne question.

— J'enquête sur le sujet. Voyez juste ce que vous pouvez trouver, vous voulez bien ?

— Bien sûr, parce que j'ai un costume rouge et que c'est Noël tous les jours, ici.

Il raccrocha, la laissant dans les ténèbres, avec plus de questions que jamais.

OK, retour sur les événements de cette nuit. Ce n'était pas par accident que les Faucheurs lui avaient tendu une embuscade dans sa chambre du *Vista View*. Manifestement, Goose avait entendu le numéro de sa chambre. Ou ils avaient soudoyé la réceptionniste. S'ils avaient eu son numéro de chambre, quelle difficulté auraient-ils eu à obtenir la clé ?

Peut-être Fouine l'avait-il attendue, tapi derrière la porte de sa chambre, avant de se jeter sur elle ?

Elle se repassa le film de ces quelques secondes. Ça ne collait pas. Il avait pris assez d'élan pour la pousser jusque dans la pièce. Et puis c'était sacrément stupide de faire ça après s'être donné le mal d'obtenir son numéro de chambre. Agresser un agent fédéral ? C'était l'assurance de la foutre en rogne. Ils n'avaient pas pu penser que cette combine la ferait fuir.

Alors pourquoi lui tendre une embuscade ? Ce devait être pour détourner son attention. Ou pour la faire sortir quelques heures.

Ce qui signifiait que quelqu'un travaillant pour les Faucheurs avait probablement pénétré dans sa chambre pendant qu'elle était au bar du club. Pour fouiller ses affaires, entre autres. Les pourritures.

Au moins, ils n'avaient pas eu accès aux papiers d'Eli. Ceux-ci étaient en sécurité, dans le coffre de la Subaru. Et elle n'allait pas leur donner l'occasion de mettre la main dessus. Une fois rentrée, elle prendrait ses affaires et quitterait le *Vista View*. Non, mieux. Il n'y avait rien dans sa chambre dont elle avait besoin pour la nuit. Elle louerait une chambre dans un de ces motels bon marché le long de la 19. Elle y éplucherait les papiers et les garderait à l'abri là, où personne ne les trouverait.

Ce plan comportait un problème : Paul.

Elle l'appela.

— Hé, pourquoi es-tu si longue ? lui demanda-t-il en décrochant.

— Où es-tu ?

— Dans notre chambre.

— Laquelle ? Celle que m'a donnée mon oncle ?

— Oui. (Il marqua une pause.) Pourquoi ? Tu ne voulais pas qu'on s'y retrouve ? Que se passe-t-il, Caitlyn ?

Ce n'était ni le lieu ni le moment pour parler de ça. Mais il ne donnait absolument pas l'impression de vouloir la rejoindre dans un motel de seconde zone en bordure de route.

— Rien. C'est juste que je n'aime pas du tout cette chambre.

Ni les gens qui en avaient la clé.

— Je suis presque arrivée au *Vista View*, poursuivit-elle. Tu veux bien prendre mon sac et nous installer dans une autre chambre ?

Il allait penser qu'elle était vraiment paranoïaque et poser encore plus de questions. Puis l'inspiration lui vint.

— À un autre étage. Loin de ma mère.

Elle n'avait aucune idée d'où se trouvait la chambre de Jessalyn, mais Paul l'ignorait.

— Oui. Ta mère. (Le soulagement et une note d'humour teintaient sa voix.) OK, bien sûr. Je m'en occupe.

— Ne t'embête pas à libérer la chambre. Et enregistre-nous sous ton nom, pas le mien. Envoie-moi un texto avec le numéro de la chambre, et je t'y retrouverai.

— Ça marche. (Elle faillit raccrocher, mais il poursuivit.) Caitlyn, nous allons devoir avoir une longue discussion au sujet de ce soir. Tu ne peux pas me tenir à l'écart comme ça. Ce n'est pas juste, et je mérite mieux.

C'était indéniable. Ce qui ne voulait pas dire qu'elle était impatiente d'avoir cette discussion.

— À tout de suite.

Elle raccrocha avant qu'il puisse ajouter un mot.

Le cri de Smokey fit tressauter Lena. Elle s'assit. La faible lumière venant de la porte ouverte lui permettait à peine de distinguer l'ombre du chimpanzé. Mais elle était suffisante pour révéler la silhouette du félin qui mettait Smokey dans tous ses états.

Un très, très gros félin. Un puma ? Peu importait. Il était gros, soufflait comme s'il était enragé et se tenait entre elles et la porte.

Le félin se rua sur Lena. Smokey poussa un autre cri perçant et bondit pour protéger la jeune femme. Le félin donna un coup de patte vers le chimpanzé, mais lentement, comme s'il l'évaluait, et Smokey l'esquiva facilement. Lena se leva, restant derrière Smokey qui faisait face au fauve. C'était lâche, elle le savait, mais quel autre choix avait-elle ?

Elle toucha le bras de Smokey. Le chimpanzé tremblant de peur repoussa la main de Lena sans détourner son regard du félin. La fourrure de Smokey était hérissée, comme si ces quelques centimètres supplémentaires de poils dressés suffisaient à convaincre son ennemi qu'elle représentait une menace. Le félin, nullement impressionné, bâilla, sa gueule s'ouvrant sur un abîme bordé de grandes dents blanches. Des dents très tranchantes.

Lena recula. La puanteur de l'urine et de la viande pourrie lui donnait des haut-le-cœur.

— Allons, Smokey. N'embêtons pas le joli chaton. Allez, zou, gentil chaton.

Le froid avait rendu sa langue épaisse, et elle marmonnait difficilement. C'était de toute façon idiot d'essayer de convaincre un puma de renoncer à son dîner.

La lumière provenant de la porte ouverte illumina le félin qui avançait, la tête penchée, comme s'il considérait les mots de Lena. Ça n'était pas un puma. Un léopard ? Que diable foutait un léopard ici ?

Elle se poserait la question plus tard. Quand le léopard serait sorti et que Smokey et elle seraient en sécurité derrière la porte verrouillée.

Heureusement, le léopard semblait penser la même chose. Il tourna la tête vers la porte ouverte et leva le museau, humant l'air. Puis il se concentra de nouveau sur les proies qui lui faisaient face.

Soudain, une ombre apparut dans l'embrasure de la porte. Un homme. Un éclair de lumière aveugla Lena en perçant les ténèbres. Elle se protégea les yeux, et bascula à la renverse. Son pied avait glissé sur quelque chose de mouillé. Elle battit des bras pour tenter de rétablir son équilibre mais atterrit sur le sol. Le choc l'étourdit.

Le léopard bondit. Pas sur Lena mais sur l'homme qui braquait sa lampe torche sur lui. Le félin émit un grognement étouffé, l'ultime son que devaient entendre ses proies. Il donna à l'homme un coup de patte latéral, le poussant sur le côté et s'enfuit vers la liberté.

Smokey poussa des cris stridents, sautant sur place et balançant les bras pour protéger Lena de cette nouvelle menace. L'homme s'affaissa contre la porte et fit tomber sa lampe torche, qui tournoya sur le sol comme une boule à facettes, éclairant ce qui paraissait être la réception d'un vieil hôtel. Lena ne savait pas si elle devait se lever ou faire la morte en attendant que l'homme libère l'accès à la porte pour lui permettre de s'enfuir.

Il se releva, fouilla une poche de son manteau et s'approcha en présentant ses mains levées, les paumes tournées vers le haut, pour essayer de persuader Smokey qu'il n'était pas une menace. Lena en doutait, mais ses pieds étaient encore trop engourdis pour qu'elle tente de s'enfuir. La dernière fois qu'elle avait marché, elle était tombée, alors elle devait trouver un plan B. Smokey pouvait peut-être créer une diversion qui lui permettrait de gagner du temps ?

— Du calme, j'essaie d'aider. Laisse-moi juste vérifier qu'elle n'a rien.

L'homme parlait doucement au chimpanzé en avançant d'un pas, puis d'un autre vers Lena. Smokey se calma, son corps se relâcha.

Le plan B était fichu. Lena avait l'impression que son esprit se trouvait enseveli sous une avalanche, aussi engourdi et gelé que son corps. Elle avait du mal à réfléchir clairement. Encore plus à convaincre son corps frigorifié de coopérer.

— Tu te rappelles de moi, pas vrai, ma fille ?

L'homme tendit la main. Smokey la renifla, puis la prit dans la sienne, tapotant de sa paume le bras et la poitrine de l'homme, comme si elle se familiarisait de nouveau avec lui. Il ne bougea pas, attendant qu'elle finisse son exploration. Ce ne fut qu'après qu'elle l'eut accepté qu'il osa s'accroupir à côté de Lena.

Smokey imita la posture de l'homme, poussant gentiment Lena de ses pattes. Elle émit un gémissement et se tourna vers l'homme. Comme si elle lui faisait confiance pour prendre soin de Lena.

Lena ne bougea pas. Elle ne le pouvait pas. Car, malgré la faible lumière, elle voyait les yeux de l'homme.

Bleu clair, émaillés d'argent. Les yeux de l'homme qui l'avait retenue prisonnière.

Chapitre 20

Paul leur avait pris une chambre standard à l'étage juste au-dessus de l'atrium. Elle comprenait un grand lit, une petite table et deux chaises qui semblaient inconfortables posées devant une fenêtre intérieure à côté de la porte. Caitlyn n'aimait pas la fenêtre, elle représentait un risque, mais elle se sentait soulagée d'avoir changé de chambre. Elle ne baisserait pas la garde pour autant, mais pour cette nuit ça irait.

Elle avait pris la boîte d'Eli avec elle. Elle ne la quitterait pas des yeux avant d'avoir épluché les documents.

— Qu'est-ce que c'était que cette histoire ? lui demanda Paul dès qu'elle franchit le seuil de la porte.

Elle déposa la boîte sur la table devant la fenêtre. Elle avait espéré qu'il dormirait. Pas de chance.

— Dans le bar.

— C'était moi qui faisais mon boulot. Jusqu'à ce que tu te pointes.

Il ne parut pas convaincu.

— Ces motards allaient vraiment nous descendre à cause d'un petit insigne ?

— C'est une question d'honneur. Cet insigne représente tout le club.

— Honneur, mon cul.

Waouh, il était vraiment furieux ! Elle ne l'avait jamais vu comme ça auparavant.

— Des voyous et des racistes. Et à quoi pensais-tu ? Tu aurais pu te faire tuer. Aller affronter un gang comme ça, toute seule. Tu es folle ?

— Je sais ce que je fais.

— Ta mère m'a dit qu'il s'agissait d'une fille que tu n'avais pas vue depuis vingt-cinq ans ? Ce n'est pas ton boulot. Et, même si c'était le cas, tu n'aurais pas dû avoir des renforts ou une équipe ou un plan ou je ne sais quoi ? Tu ne te lances pas à l'assaut de…

— Parfois, si. Pour mettre un coup de pied dans la fourmilière. Je gérais jusqu'à ce que tu déboules.

— Ce n'était pas mon impression.

Il vida l'air de ses poumons. Il avait cet air résigné qu'il affichait quand il devait jouer le rôle de l'adulte dans leur couple. Elle détestait cet air.

— J'admire ton dévouement. À ton boulot. Ou même à des amis que tu n'as pas vus depuis des années. Mais quand commenceras-tu à t'investir dans ta propre vie ? Avec ta famille et ceux qui t'aiment ? (Il posa les mains sur les épaules de Caitlyn et la regarda.) Caitlyn, je ne sais pas ce que je ferais s'il t'arrivait quelque chose.

Son taux d'adrénaline redescendait, ses os étaient sur le point de fondre. Elle capitula devant la fatigue et laissa Paul la prendre dans ses bras même si elle savait qu'elle regretterait sa lâcheté le matin venu. Il était si fort. C'était tentant d'oublier tout le reste et de le laisser prendre soin d'elle.

— Je déteste quand nous nous disputons, dit-il, le souffle de ses mots faisant voler les cheveux de Caitlyn. Mais j'ai l'impression d'être le seul à me soucier de nous.

Ses mots la faisaient se sentir encore plus coupable. Elle devrait aimer cet homme – quelle femme saine d'esprit ne l'aimerait pas ? Il était doux, attentionné, honnête, beau, et ce soir il avait prouvé son courage. Elle était attirée par lui, appréciait sa compagnie… Peut-être était-ce de l'amour ? Peut-être attendait-elle de ressentir quelque chose qui n'existait même pas ? Comment diable était-elle censée savoir ?

Le silence s'éternisa, mais son humeur se radoucissait, et il ne la forçait pas à s'engager. Il fallait ajouter « gentil » et « patient » à ses qualités. Elle espérait qu'il ne dressait jamais ce genre de liste à son sujet. Elle serait sacrément courte.

— Cette enquête, dit-il, le visage toujours plongé dans les cheveux de Caitlyn. Elle n'est pas officielle, pas vrai ?

Elle s'écarta et le regarda avec suspicion. S'il voulait lui demander d'abandonner…

— Ce qui veut dire que tu peux m'en parler, poursuivit-il. Et que peut-être je pourrais t'aider. (Il s'assit sur le bord du lit.) Commence par le début.

Elle n'allait pas impliquer un civil, et surtout pas Paul. Il avait failli les faire tuer tous les deux en essayant de l'aider. Mais vider ce sac de nœuds pouvait l'aider à clarifier ses idées, lui indiquer la direction à prendre. Elle se cala sur la chaise, remonta les genoux pour s'asseoir en tailleur et posa le coude sur la table, le menton dans le creux de la main.

— Le début ? Je ne suis même pas sûre de savoir par quoi ça commence. Je croyais que c'était par le meurtre qu'a commis le père de Lena il y a vingt-six ans, mais aujourd'hui j'en doute.

— Son père a tué quelqu'un ?

— Un ancien de la tribu cherokee nommé Tommy Shadwick. Il a battu le type à mort, avant de mettre le feu au cadavre et à sa maison pour couvrir ses traces.

Paul écarquilla les yeux. C'était si typique des civils. Donnez-leur du sang et des tripes, et soudain ils sont captivés !

— Vraiment ? Pourquoi ?

— Je n'étais qu'une enfant, à l'époque. Mais d'après ce que j'ai lu par la suite le seul mobile, c'était que Tommy s'opposait à la volonté de Hale de voir inscrit le nom de sa famille dans les rouleaux tribaux. Il y avait eu cette grande affaire qui avait commencé en Oklahoma au sujet d'anciens esclaves africains des Cherokees qui s'étaient vu accorder le statut de membres à part entière de la tribu. Je suppose qu'avec les nouvelles lois indiennes sur le jeu votées à ce moment-là Hale pensait que sa famille devait obtenir une part du gâteau.

— C'est à cause du casino qu'il a tué un homme ? Pour obtenir une part des bénéfices ?

Paul semblait consterné. Il s'était attendu à quelque chose de plus dramatique, de moins ordinaire que l'appât du gain.

— Le casino n'avait pas encore été construit. Je ne crois pas qu'il avait été approuvé du vivant de Tommy. La société d'oncle Jimmy n'a obtenu le contrat de développement qu'après la mort de mon père et notre déménagement.

— Ce type a battu un homme à mort et mis le feu à sa maison juste au cas où le casino serait construit et que ça rapporterait un peu d'argent à sa famille ? (Paul fronça les sourcils.) Eli Hale devait être sacrément cinglé, pour faire ça. Était-il violent avec sa famille ? Il t'a déjà fait mal ? C'est pour ça que ta mère ne veut absolument pas que tu aides sa fille ?

Caitlyn poussa sa chaise en arrière et se leva. Elle aurait voulu que la pièce soit plus spacieuse pour l'arpenter.

— Il n'a jamais été violent. Mon père et lui étaient les meilleurs amis du monde. Le meilleur papa que j'aie connu. Après le mien, bien sûr. Il travaillait dur mais savait s'amuser. Sa famille passait toujours avant tout. Il était… drôle.

— Mais il a matraqué un homme à mort ? Tu n'étais qu'une enfant. Peut-être se passait-il des choses que tu ignorais. Il était bipolaire ou je ne sais quoi.

— Non. Lena aurait joué cette carte pour un procès en appel. (Il lui fallut six pas pour passer devant le lit et rejoindre la salle de bains, et six autres pour en revenir.) Il a avoué. Et n'a jamais rien changé à son histoire. Toutes les preuves l'incriminaient. Sauf que mon père n'a jamais cru qu'Eli était coupable.

— Ton père avait-il la preuve de son innocence ?

Elle secoua la tête, s'efforçant d'assembler ses souvenirs fragmentés, les articles de journaux qu'elle avait lus quand elle avait été en âge de les trouver par elle-même et les minutes du verdict du procès d'Eli.

— Non. Il était avec Eli ce soir-là, mais celui-ci avait quand même un laps de temps suffisant passé seul pour commettre son crime, donc ça n'a pas pu tenir comme alibi. (Six autres pas aller, six autres pas retour, pour s'arrêter face à Paul.) Mais il devrait y avoir un meilleur mobile. Un tel crime avait quelque chose de personnel, d'intime.

— C'est sur ça que Lena est venue enquêter ? L'affaire de son père ?

— Non. Elle était déjà dessus depuis de nombreuses années. Elle n'a trouvé aucune preuve de l'innocence d'Eli et rien sur quoi appuyer sa demande d'appel.

D'ailleurs, il a martelé sa culpabilité jusqu'à sa mort. Ils ont eu une grosse dispute, à Butner, il y a quelques semaines. Elle lui a dit qu'elle avait finalement compris qu'il était coupable et qu'elle n'allait pas gâcher sa vie pour lui. C'est vers ce moment-là qu'elle s'est mise à étudier les archives tribales des années 1800 des Cherokees de l'Est.

— Un instant, tu m'as perdu. Eli Hale est coupable. Il l'affirme, et tout le monde, y compris sa propre fille, le croit. Alors qu'est-ce que ces archives indiennes vieilles de plus d'un siècle ont à voir avec ça ?

— Je n'en suis pas sûre. Sa colocataire m'a dit que Lena faisait des recherches pour un article pour une revue juridique. En rapport avec une décision de la Cour suprême concernant les affranchis de l'Oklahoma.

— La même affaire dont tout le monde pense qu'elle a conduit au meurtre d'un ancien de la tribu en 1988 ?

— Elle a fini par être présentée devant la Cour suprême.

Elle n'avait aucune idée des liens qu'il pouvait y avoir entre une affaire concernant la tribu indienne d'un autre État et la disparition de Lena. Elle ne voyait pas non plus par où commencer à chercher.

— Peut-être pourrais-tu m'aider ? Te renseigner en ligne sur le sujet de recherches de Lena et trouver qui elle a pu rencontrer ici ?

— Peut-être. Mais qu'est-ce que tu vas faire, pendant ce temps-là ?

— Tu sais que c'est difficile pour moi de lire sur un écran.

Seigneur, quelle fainéante elle faisait ! Elle prenait pour prétexte son traumatisme crânien et les migraines qui en résultaient pour lui confier son travail. Mais si ça permettait à Paul, collé à son ordinateur, de rester sain et sauf, cela valait le coup.

— Ça m'aiderait beaucoup.

— D'accord. Je m'en occuperai. Dans la matinée, après que nous aurons dormi un peu. (Il se leva et tira la couette.) Mais à une condition.

Une condition. Elle détestait les conditions.

— Laquelle ?

— Tu ne t'approches plus de ces motards. Et tu me tiens informé.

Ça faisait deux conditions. Peu importait. Elle ne respecterait aucune des deux. Un civil n'allait pas diriger son enquête. Elle ne répondit pas et fit semblant de chercher sa brosse à dents, tout en se demandant si elle devait ou non lui mentir.

Peu importait ce qu'elle dirait à Paul. Elle allait retrouver Lena. Elle devait au moins ça à Eli Hale.

Particulièrement depuis qu'elle commençait à se dire que son père avait peut-être toujours eu raison. Il n'y avait aucune preuve, excepté les aveux d'Eli, qui le reliait au meurtre de Tommy Shadwick. Et encore moins de mobile.

Et si Eli Hale était innocent ?

Chapitre 21

Goose s'allongea sur le banc métallique devant les cellules. Ses menottes cliquetèrent contre la rampe à laquelle elles étaient attachées. Ce n'était pas le lit confortable dans lequel il avait espéré dormir. Mais, au moins, il n'était pas enfermé dans une de ces deux petites cellules pleines d'ivrognes dont un au moins avait déjà gerbé.

Après avoir vu l'écusson qui l'identifiait comme un officier des Faucheurs, les adjoints du shérif avaient autorisé Goose à dormir à l'extérieur des cellules. La seule autre victime du grabuge ayant bénéficié des mêmes égards était un membre du chapitre fondateur.

Ce n'était clairement pas par respect, mais parce que le shérif savait comment préserver la paix. Avec un nombre de Faucheurs sur son territoire multiplié par dix pour le week-end, il n'allait pas prendre le risque de déclencher une guerre. Pas lorsqu'un peu de courtoisie suffisait à maintenir le calme.

Un malin, le shérif. Presque aussi malin que la féd', Caitlyn. Elle avait vraiment énervé Poppy. Goose sourit en se rappelant comme elle avait retourné la photo de Lena Hale sur la table de billard comme s'il s'était agi d'un as venant compléter une quinte royale. Et rentrer avec désinvolture dans le bar du club en portant l'insigne des Faucheurs. La plupart des hommes n'auraient pas eu les couilles de faire ça.

Son pauvre petit ami allait passer un mauvais quart d'heure, pour lui avoir ainsi gâché son tour de force. Quel genre d'idiot était-il, pour interférer avec son plan ?

Il réfléchit à la question. Au final, elle n'était peut-être pas si maligne que ça, si elle se coltinait un incapable pareil. Peut-être devrait-elle se mettre avec quelqu'un qui connaissait les règles du jeu. Quelqu'un comme Goose…

Cette idée le fit sourire. Il avait l'intention, une fois sorti, de découvrir tout ce qu'il pourrait au sujet de la jolie féd'. C'était la meilleure façon de lui sauver les fesses, maintenant que les Faucheurs avaient une raison de la prendre pour cible.

— Debout. (L'adjoint secoua Goose avant que ses fantasmes l'amènent plus loin.) On a payé votre caution.

L'adjoint lui ôta les menottes. Goose s'étira et prit son temps, savourant la liberté. Il suivit l'adjoint jusqu'au bureau d'accueil où l'attendait Poppy. Il récupéra ses effets personnels : couteau, téléphone portable, Browning Hi Power 9 mm et chargeur, portefeuille et clés. Puis il suivit Poppy jusqu'au van des Faucheurs. Fouine était au volant, mais, à part lui, le van était vide. Ils avaient déjà dû raccompagner le type de Daytona.

— La féd' est au *Vista View*, dit Poppy en s'installant sur le siège passager, laissant la banquette arrière à Goose. Nous devons savoir ce qu'elle fait.

— Elle avait une boîte de saloperies avec elle, intervint Fouine. De la paperasse. Tu devrais mettre la main dessus.

— Vous avez une préférence pour la méthode ? demanda Goose.

Poppy réfléchit à la question. Goose savait qu'il ne voulait pas faire de vagues, pas avec la venue du président national, Caruso, pour la course du poker.

— Sous le radar serait l'idéal. Pour la laisser dans le brouillard.

— Vous savez qu'elle n'est pas ici en mission officielle.

Goose s'adossa au siège, attendant leur réaction.

— Comment tu sais ça ? demanda Fouine en tournant la tête pour jeter un regard mauvais à Goose.

— Facile. Aucun agent du FBI sur une enquête officielle n'amènerait son petit ami avec elle. Et quand je l'ai vue avec son oncle au casino on aurait dit une réunion de famille. Il a aussi parlé de sa mère. Bon sang, qui mettrait sa mère en danger pour son boulot ?

— Il a pas tort, dit Poppy.

— De plus, les féd' ne travaillent jamais seuls, pas vrai ? Alors où étaient ses renforts quand elle en a eu besoin ?

— Qu'est-ce qui fait de toi un expert des méthodes de travail des féd' ? aboya Fouine.

— Tu as déjà vu quelqu'un des forces de l'ordre entrer chez nous sans renforts ?

— Ouais. D'accord. Mais pourquoi elle cherche la fille ?

Ah ! C'était la fille qu'ils voulaient, en fait. Fouine racontait des histoires quand il prétendait avoir seulement indiqué la route à Lena.

— On s'en fout, du pourquoi. On laisse Tierney nous mener tout droit à elle.

Poppy garda le silence un moment puis donna sa bénédiction d'un signe de tête.

— OK. Mais personne ne touche à Tierney sans mon ordre. C'est toujours une féd', et on n'a pas besoin de ce genre d'emmerdes.

Fouine parut surpris. Il lança à Poppy un regard que Goose fut incapable d'interpréter. Ce dernier avait cru qu'une fois devenu homme de main, il en aurait appris davantage sur la façon dont le club trouvait l'argent pour nourrir et loger ses membres – pour la plupart des vagabonds sans emploi comme lui – et pour leur fournir l'alcool, la came et les femmes qu'ils demandaient. Le club payait même les traites de la maison de certains gars pour que la banque ne la saisisse pas. Prendre soin des siens : une des raisons qui faisaient que les Faucheurs restaient loyaux « jusqu'à ce que la mort nous sépare », comme l'exigeait leur serment d'initiation.

— Et les types de Daytona ? dit Fouine. Caruso va poser des questions.

— Laisse-moi m'occuper de Caruso. Tout ce qu'on attend de lui, c'est que ses gars se concentrent sur la course du poker pendant que nous, on s'occupe des affaires.

Goose s'adossa à la banquette, dissimulant son visage dans l'ombre, attendant qu'ils en disent plus. Mais ils se garèrent devant le club, le laissant sans réponse. Allaient-ils lui demander de « s'occuper des affaires » ?

Il descendit du van, évalua ses choix et décida de continuer à se taire et de voir ce qu'ils attendaient de lui. Fouine arborait l'écusson spécial sur son gilet de cuir indiquant qu'il s'était déjà occupé des affaires. Il était le seul Montagnard, avec Poppy, à avoir gagné le droit de le porter.

Un manteau de neige recouvrait les motos et les camions garés sur le parking. Les véhicules semblaient sortis tout droit d'un conte de fées. Ou d'un cauchemar.

Goose voulait quitter cet endroit, partir loin, aussi vite que sa Softail Springer 2005 le lui permettrait. Avant que Poppy et Fouine lui demandent de faire quelque chose qu'il ne pourrait tout simplement pas faire. Il n'était pas naïf. Il savait que « s'occuper des affaires » signifiait plus que simplement transgresser la loi.

Il s'était beaucoup amusé avec les Faucheurs, au cours de cette année passée avec eux. Certains étaient devenus plus que des amis. Mais il y avait une limite qu'il ne franchirait pas.

La seule question était : comment empêcher les Faucheurs de tuer la féd' ou la fille, Lena, sans qu'ils se retournent contre lui ? La seule chose qu'ils détestaient plus que les fédéraux fouinant dans leurs affaires, c'était les traîtres.

Et quel était le châtiment quand on brisait le code de Faucheurs ? La mort.

Rester debout pour calmer le chimpanzé et voir comment allait Lena avait coûté toute son énergie à Bernie. La jeune femme était-elle morte ? Était-il arrivé trop tard ?

Son bras gauche irradiait de douleur et pendait mollement sur le côté. Un filet de ce qu'il craignait être du sang coulait dans le creux de son biceps, absorbé par les plis de son sweat-shirt. Il ne sentait plus que le goût de l'acide, de la bile et de la peur. Les larmes lui piquaient les yeux, mais il les retint. Il avait eu des années d'entraînement, avec son père.

Lena ouvrit les yeux. Elle était vivante ! Il l'aida de son bras valide à se redresser.

— Vous allez bien ? Vous pouvez marcher ?

Elle ne dit rien, le regardant fixement, le blanc des yeux apparaissant tout autour de l'iris.

— Tout va bien, lui dit-il, essayant de la rassurer. Je suis là pour vous aider.

Elle demeura silencieuse. Mais elle le laissa l'aider à se relever. L'effort que fit Bernie lui provoqua des vertiges et un haut-le-cœur. Mais, après quelques inspirations, sa vision redevint claire.

— Nous ne sommes pas loin de mon bungalow.

Il eut besoin d'inspirer profondément pour rester debout. Il lui fallait être fort – pour Lena.

— Sortons par-derrière.

Il avait rêvé de lui montrer la façon dont il avait arrangé le bungalow dans lequel il l'avait installée. Il avait lavé un vieux couvre-lit qui n'était qu'un calicot dans les tons rose et violet, et avait mis sur le lit de Lena des draps neufs achetés au *Kmart* de Sevierville. Il avait même posé sur la commode un vase garni de fleurs séchées.

Il aurait préféré qu'elle ne voie pas son bungalow à lui. La petite maison était essentiellement occupée par la Super Glide FXR 1992 qu'il était en train de retaper. Des pièces de la moto étaient éparpillées un peu partout, trempant dans des casseroles remplies de dégraissant ou alignées sur des feuilles de journaux, dans l'attente d'être nettoyées. Ses vêtements étaient empilés sur le lit. De toute façon, il dormait généralement dans le fauteuil inclinable. Il y avait un vieux radiocassette qui ne captait qu'une station d'évangélistes via les grandes ondes. Pas de télé par câble ni d'Internet, rien d'autre à manger que de la soupe et du thon en conserve. Peut-être un peu de beurre de cacahuètes, mais il n'avait plus de pain ni de confiture, et n'avait pas eu le temps d'aller en racheter.

Ça ne faisait pas vraiment bonne impression. Mais c'était le bungalow le plus proche, et avec le léopard qui rôdait dehors, lui qui perdait du sang et Lena que le froid avait affaiblie, il ne voulait pas rester à découvert trop longtemps.

Le chimpanzé ne leur facilitait pas la tâche, à tourner autour d'eux, alors qu'ils traversaient d'un pas chancelant le chalet vide pour rejoindre la porte de derrière, évitant les excréments du léopard et la viande de cerf pourrie. Il dut lâcher Lena pour ouvrir la porte à tâtons. L'espace d'un instant, il craignit qu'elle ne décide de s'enfuir, mais elle s'appuya contre la porte, le dévisageant comme s'il était le chasseur qui avait tué la maman de Bambi.

— Tout ira bien, lui dit-il, essayant de la rassurer. Vous ne risquez rien. Je vous le promets.

Une fois dehors, le vent nocturne souffla sur eux un boisseau de neige. Il aurait voulu pouvoir tenir la lampe torche. Elle ne leur aurait pas été d'un grand secours contre le léopard – le 44 dans la poche de son manteau était le seul objet susceptible de les aider –, mais la neige avait apporté un brouillard qui s'accrochait à eux, comme des fantômes fraîchement surgis de la tombe.

Il frémit. Le chimpanzé avait dû également avoir peur, car il bondit dans la brume. Bernie croyait aux fantômes – sa grand-mère était voyante, et il savait qu'il ne valait mieux pas fourrer son nez dans les affaires des morts. Il serra Lena contre lui. Elle tremblait si fort qu'elle faillit le faire tomber. Ensemble, ils traversèrent la pelouse qui séparait le bungalow du chalet. Il faillit tomber en trébuchant sur les marches, mais elle le retint. La porte n'avait pas de serrure – Bernie ne possédait aucun objet de valeur – et elle s'ouvrit d'un coup avec un tour de poignée et l'aide d'une rafale de vent.

Il alluma la lumière, pesa de tout son poids contre la porte, luttant contre le vent pour la refermer. Il se tourna vers Lena.

— Désolé du désordre, fut tout ce qu'il trouva de mieux à dire.

Elle se tenait devant lui, tremblante, les bras autour de la poitrine, les lèvres serrées si fort qu'elle aurait été incapable de parler si elle l'avait voulu.

C'est pas gagné, Roméo, pensa-t-il. Il ignora la douleur qui irradiait son bras pour attraper la couverture polaire sur le fauteuil inclinable et la lui tendre. Elle hésita avant de la prendre.

— Vous voulez du thé ?

Merde, non ! Il n'avait pas de thé.

— Ou un café ? C'est de l'instantané, mais…

Il avait failli trébucher sur une casserole remplie des boulons de la Super Glide. Il dut se rattraper au bureau. Des points rouges dansaient devant ses yeux. Lena gardait le silence. Imbécile, bien sûr qu'elle gardait le silence. Il ne lui avait pas dit son nom.

— Hum ! Je m'appelle Bernie. Bernie McSwain.

Cela provoqua une réaction. Elle se redressa brusquement, l'air désemparé.

— Bernard McSwain ?

— Ouais. C'est moi.

Il tendit le bras gauche pour saisir le café, oubliant sa blessure, ce qui lui provoqua une explosion de douleur. Sans parler du oh-mince-c'est-du-sang-vraiment-rouge-pétant qui coulait de son poignet.

— Mais vous… vous êtes celui que je cherchais. Pourquoi… ? Comment… ?

Ses mots provoquèrent des remous dans l'esprit de Bernie comme des gouttes de pluies clapotant sur la rivière, alors qu'il regardait le sang sur sa main. Juste avant que tout plonge dans les ténèbres.

Chapitre 22

Caitlyn se réveilla quelques heures plus tard. Paul lui tournait le dos. L'espace entre eux était une zone démilitarisée, sans le fil barbelé. Il n'avait pas apprécié qu'elle refuse ses conditions et avait pris ce prétexte pour entamer une discussion sur leur relation. La réponse de Caitlyn avait été de se planquer dans la salle de bains pour prendre une douche. Pas étonnant qu'il ait fini par lui tourner le dos pendant son sommeil. Il voulait parler, et elle ne rêvait que de fuir. Du Caitlyn pur jus.

Mais, cette fois-ci, elle avait une bonne raison. Elle ne fuyait pas Paul, elle perdait un temps précieux alors qu'elle devait sauver une fille. Ça comptait certainement pour quelque chose.

Elle glissa hors du lit, attrapa sa polaire et le couvre-lit pour rester au chaud, se recroquevilla sur une des chaises et commença à fouiller la boîte d'Eli. La fenêtre servait au moins à quelque chose. Elle écarta suffisamment les doubles rideaux pour ne pas avoir à allumer la lumière.

Elle espérait trouver quelque chose qui mentionnerait son père ou un indice qui lui expliquerait pourquoi « ils » cherchaient Lena, ou ce que Lena elle-même cherchait. Mais il n'y avait rien à part des pages et des pages de dessins. Aucun mot écrit, à l'exception du carnet d'adresses et de quelques documents juridiques. En outre, il n'y avait que des dessins de merveilles architecturales. Sauf dans un carnet à spirale de poche qui contenait des croquis de la maison qu'avait bâtie Eli Hale, vue sous tous les angles, des portraits de sa famille et quelques-uns de Caitlyn jouant avec Vonnie. Elle n'était pas sûre de ce qu'elle ressentait en voyant ça, un tueur la croquant telle qu'elle était vingt-six ans auparavant, à l'époque où elle était une enfant innocente et que personne n'avait de sang sur les mains. Elle trouva également un dessin à main levée représentant son père à la pêche, pris en plein lancer, la tête haute, étirant son corps dans toute sa longueur, comme si la canne était une extension de lui-même.

Seigneur, il semblait si vivant ! Comme si rien ne pourrait jamais l'arrêter. Sa vue se brouilla, et elle dut détourner les yeux. Il lui manquait tellement. Autant aujourd'hui que lorsqu'elle avait neuf ans, perdue sans son héros, son papa.

Sa mère avait vraiment essayé de combler le vide, mais à la mort de son père quelque chose en Caitlyn s'était brisé, s'était perdu. Comment pourrait-elle accorder sa confiance, se donner entièrement ou ouvrir son cœur à quelqu'un – même à sa mère – après que son père l'avait trahie de la sorte ?

Pourquoi Sean Tierney avait-il tout gâché ? Simplement parce qu'il avait cru qu'Eli Hale l'avait trahi ? Cela justifiait-il de les abandonner, sa mère et elle ? De tout arrêter ?

La colère lui crispa les épaules, et elle fut tentée de déchirer le croquis en morceaux. Elle haïssait le fait qu'Eli Hale, plus que quiconque, ait pu saisir l'essence de son père. Non. Elle détestait qu'Eli Hale ait vécu et que son père soit mort.

Le fait qu'Eli soit mort sous ses yeux ne pouvait effacer des décennies de colère.

Elle ferma les yeux pour contenir ses larmes. Des larmes qu'elle refusait d'admettre, même après tant d'années. Des larmes de tristesse provoquées par la mort de son père, de colère en pensant à la vie qu'elle aurait pu avoir, des larmes devant les sacrifices de sa mère… Elle n'en savait rien. Tout ce qu'elle savait, c'est qu'il fallait continuer à les cacher, à les enfouir au plus profond d'elle. Sinon… Elle les ravala et rouvrit les yeux.

Au diable les « sinon ». Elle avait un travail à faire. Trouver Lena.

Elle songea à ce qu'avait dit le shérif Markle. Lena avait posé des questions au sujet de la mort de Sean Tierney. De nouveau surgit la tentation d'oublier Lena et de ne penser qu'à son père. Mais cela la mènerait à la folie. De plus, Lena n'avait même pas obtenu les dossiers concernant Sean Tierney. Elle n'avait fait que les demander. C'était une impasse. Caitlyn finit d'éplucher les feuillets et les remit dans la boîte, à l'exception du petit carnet qu'elle glissa dans la poche de son manteau. Si le message cryptique qu'avait laissé Eli Hale à l'aumônier était exact et que toutes les réponses dont elle avait besoin pour aider Lena se trouvaient dans ces papiers, alors ça ne pouvait être que dans ce carnet. Elle était simplement trop fatiguée pour les comprendre maintenant.

Il pouvait toujours s'agir d'une vaine recherche orchestrée par un prisonnier paranoïaque et délirant. Elle le croirait volontiers si elle n'avait pas failli déclencher une fusillade rien qu'en montrant la photo de Lena aux Faucheurs.

Les Faucheurs. S'ils s'intéressaient tant à Lena, avaient-ils quelque chose à voir avec le meurtre de Tommy Shadwick, vingt-six ans auparavant ? Quel lien un gang de motards hors-la-loi pouvait-il avoir avec un vieux Cherokee et l'homme qui avait avoué l'avoir tué ?

Elle ouvrit son ordinateur portable et afficha les archives relatives à la mort de Tommy. Une telle violence pouvait bien être l'œuvre d'un gang de motards. Mais quel aurait été leur mobile ?

Les Faucheurs. Fondés à Daytona, ils s'étaient étendus à travers le sud-est et le long de la côte Atlantique, jusqu'au Maryland. Le chapitre des Montagnards de la Caroline avait été établi en 1987 par Peter Oren Parker, alias Oren Parker, alias Poppy. Caitlyn fut surprise d'apprendre que Parker n'avait que soixante et un an. Il paraissait plus âgé. Des années de vie à la dure.

Selon le CNID, il avait été arrêté plusieurs fois, mais les poursuites avaient toutes été « abandonnées dans l'intérêt de la justice », ce qui signifiait : pas d'inculpation. Sacrément habile. Poppy avait soit un avocat très talentueux, soit un juge dans la poche. Peut-être les deux.

Elle n'avait pas les noms d'état civil de Fouine ou de Goose, mais supposait que leur casier judiciaire serait du même acabit. Elle essaya de trouver un lien entre Poppy et Eli Hale, ou Paul Shadwick. En vain. Hormis le fait qu'ils avaient vécu dans le même secteur à la même époque, rien n'indiquait qu'ils se connaissaient.

En tant qu'adjoint du shérif, son père avait patrouillé dans toute la région extérieure à la réserve indienne. S'il y avait eu un lien, il l'aurait su. Peut-être que son ancien coéquipier, le shérif Markle, pourrait aider Caitlyn.

Les mots sur l'écran se brouillèrent alors qu'elle essayait sans y parvenir de chasser la fatigue en clignant des yeux. Elle voulait éplucher les feuillets d'Eli Hale une dernière fois. Elle se disait qu'elle le ferait dans une minute. Mais, pour l'instant, elle avait besoin de se reposer les yeux…

Quand l'homme s'effondra, Lena bondit vers la porte. Il ne bougea pas pour l'en empêcher. Il resta allongé là, soufflant de façon étrange, comme un pneu se vidant de son air. Elle jeta un coup d'œil en arrière en ouvrant la porte. Du sang coulait du bras gauche de l'homme sur le linoleum de la kitchenette.

Le léopard avait dû le griffer. Bien fait pour lui. Elle se précipita sous le porche. La nuit était plus noire que jamais, la neige tournoyait sur le plancher, faisant comme des mini-tornades. Le froid la piqua presque autant que sa conscience. L'homme avait été blessé en essayant de la protéger. Ne devrait-elle pas l'aider ? N'était-ce pas ce que ferait une bonne chrétienne ?

Sa mère avait des idées très strictes sur ce que les bonnes chrétiennes faisaient et ne faisaient pas. Elle aurait eu le cœur brisé de voir la dernière dispute entre Lena et son père, quand elle avait dit à Eli qu'elle ne reviendrait plus jamais le voir. Et abandonner un blessé sans l'aider…

Lena chassa la culpabilité et descendit les marches qui craquèrent sous ses pas. Elle appellerait les secours pour cet homme dès qu'elle trouverait un téléphone. Elle ressentit la morsure du froid en posant les pieds sur l'herbe couverte de neige. Il n'y en avait qu'un centimètre ou deux, mais ça ne la rendait pas moins glaciale.

Où pouvait-elle aller ? La seule lumière alentour provenait du bungalow derrière elle. La lune était à présent totalement cachée par les nuages. La maison la plus proche était celle où s'était trouvé le léopard. Quelles horreurs les autres bungalows renfermaient-ils ?

Un mouvement attira son attention. Il ne provenait pas du bungalow duquel elle s'enfuyait, mais de celui directement sur sa droite. Les nuages s'écartèrent suffisamment longtemps pour qu'un rayon de lune éclaire la silhouette du léopard qui marchait sur le toit du porche. L'animal se figea. Ses yeux étincelants sous la lumière de la lune – du moins, Lena imagina-t-elle les voir – étaient fixés sur la jeune femme.

Elle ne courrait jamais plus vite que lui, certainement pas avec les pieds à moitié gelés. Elle ne pouvait pas non plus se battre contre lui. Et elle n'avait nulle part où aller, excepté la bâtisse dont elle s'était échappée.

Le léopard bondit dans les airs, s'élançant dans la nuit avec tant de grâce que le cœur de Lena rata un battement. Tous les instincts primaires de la jeune femme lui disaient de fuir, mais elle les combattit et recula, sans quitter des yeux le léopard à cinq mètres d'elle. Sa hanche toucha la rampe du porche, et elle tendit la main en arrière pour l'attraper et se guider.

Mais ce fut une main d'homme qu'elle trouva. Il la tira en haut des marches, se plaçant entre le léopard et elle pour la deuxième fois de la nuit. Mais, cette fois, il s'appuyait lourdement contre la balustrade. Elle aperçut l'énorme revolver qu'il tenait à la main et comprit que s'il avait eu l'intention de lui faire du mal il aurait pu la tuer à tout moment.

— Rentrez, dit-il, stabilisant l'arme des deux mains.

Le léopard se ramassa, prêt à bondir.

— Vous aussi, dit-elle en tirant sur le gilet en cuir de Bernie.

Des écussons argentés étaient cousus sur le vêtement. L'un représentait une faucheuse, sur l'autre était écrit « recrue ».

Il hésitait, et elle comprit qu'il ne voulait pas tuer le bel animal.

— J'aimerais avoir un pistolet tranquillisant, marmonna-t-il en inspirant et en visant.

Le léopard sembla lire ses pensées, car, au lieu de leur bondir dessus, il s'enfuit dans la direction opposée, disparaissant dans les bois.

— Rentrez avant qu'il revienne, dit Lena.

Il la suivit à l'intérieur, mais ne referma pas la porte. Il se plaça même de sorte à ne pas lui barrer la sortie.

— Je sais que vous devez avoir peur, dit-il. (Il tendit le bras vers elle, lui présentant le revolver par la crosse.) J'essaie de vous aider. Vraiment.

Elle prit l'arme. Elle était lourde. Mortelle, à bout portant. Inutile de s'y connaître en armes à feu pour le savoir. Elle la soupesa pendant un long moment, regarda l'homme chanceler. Il tenait à peine sur ses jambes, le sang coulait de son bras. Puis elle glissa le revolver dans la poche de son manteau. Sa décision était prise. Dieu avait un dessein pour elle. Tout ce qu'elle avait à faire, c'était de le laisser s'accomplir.

— Vous n'allez pas être d'une très grande aide si vous vous évanouissez de nouveau, lui dit-elle. Asseyez-vous pour me laisser regarder ce bras.

Sa mère aurait approuvé.

Malgré la neige, ou peut-être à cause d'elle, Goose décida de prendre sa Harley plutôt que son pick-up. Il avait besoin de s'éclaircir les idées. Emprunter des routes sinueuses et dangereuses avec le vent en plein visage était le meilleur moyen d'y parvenir rapidement.

Il traversa Cherokee. Mais au lieu d'aller jusqu'aux limites de la réserve, là où se trouvait le *Vista View*, il s'arrêta à un petit motel tenu par une famille, gara sa moto à l'abri des regards et se dirigea vers une chambre du fond.

Une femme lui ouvrit. Elle portait un gilet en cuir noir, un jean et des tatouages dont l'un disait : « Propriété de Wilson ».

— T'es en retard.

Goose ne répondit pas et passa simplement devant elle pour se diriger vers la petite table où se trouvait Wilson. Celui-ci tenait une canette de bière fraîche contre un coquard qui gonflait rapidement. Wilson ressemblait étrangement à un jeune Jimmy Buffet. Sauf qu'il ne portait pas de chemise hawaïenne ni de tongs, mais un tee-shirt Harley Davidson et des bottes coquées assez lourdes pour casser des côtes.

— Tu as déclenché la bagarre au bon moment.

Goose prit la bière que lui tendait Karlee, trinqua avec Wilson et décapsula sa canette.

— J'espère que ça en valait le coup. Ça t'a laissé le temps de fouiller les vans ?

— Ceux de Géorgie et de Daytona. Le cash n'y est pas.

— C'est foutrement impossible qu'ils cachent 3 millions de dollars dans des sacoches de moto.

Wilson renonça à soigner son œil et décapsula sa bière.

— Tu es sûr d'avoir bien entendu ? demanda Karlee, appuyée contre le mur derrière Wilson.

Son ton indiquait qu'elle ne faisait pas confiance à Goose, mais qu'elle doutait également de ses compétences.

Goose ne lui accorda même pas un regard. Il resta concentré sur Wilson.

— Poppy a dit qu'on leur apportait plus de 3 millions ce week-end et que la course du poker était la couverture idéale.

Les citoyens ordinaires ne se doutaient pas que les Faucheurs étaient à la tête d'une opération de blanchiment d'argent, pour le compte de la plupart des réseaux de prostitution et de trafic de drogue et d'armes du sud-est. C'était ainsi qu'ils restaient en activité. Et c'était moins risqué que de prendre directement part à ces trafics, des délits qui attiraient l'attention des fédéraux et qui étaient susceptibles d'entraîner de violents conflits avec d'autres gangs de motards.

Il avait fallu une année à Goose pour connaître les coulisses de l'activité de blanchiment des Faucheurs. Si tout se passait bien ce week-end, il serait chez lui, libre, dès lundi matin.

— Peut-être que Caruso apporte l'argent lui-même ? dit Wilson.

Le président national voyagerait avec ses hommes et un véhicule de soutien.

— Peut-être. Mais ça paraît risqué.

— Risqué mais malin.

— Quand arrive-t-il ? demanda Karlee.

— Dans la matinée, normalement. C'est lui qui est censé animer la réunion demain soir, après la course. Et ensuite il y aura une grosse fête.

Karlee se décolla du mur.

— Alors le problème est réglé, se réjouit-il. Tu trouves le cash, et à nous le jackpot.

Goose finit sa bière et se leva pour partir. Ça paraissait un jeu d'enfant, à les écouter. Ils oubliaient comme par hasard que c'était lui qui risquait ses fesses si les Faucheurs le soupçonnaient de trahison.

— Est-ce que Caitlyn Tierney est un problème ? demanda Wilson. Si c'est le cas, on peut s'en occuper.

Goose hésita. Il se rappela la façon dont elle était entrée dans le bar du club. Sans peur. Téméraire. La dernière chose dont il avait besoin, c'était d'avoir à s'inquiéter pour ses jolies fesses en plus des siennes.

— Oui, ça pourrait être une bonne idée.

Chapitre 23

Lena regardait Bernie dormir. Elle avait stoppé l'hémorragie et soigné les plaies du mieux qu'elle avait pu. Il s'était évanoui de nouveau. Non pas à cause de l'hémorragie, mais à la vue du sang. Elle se demanda si elle ne s'était pas trompée et s'il était bien l'homme qui l'avait enlevée. Après tout, il s'était dressé par deux fois entre elle et le danger qui la menaçait, lui sauvant ainsi la vie.

Il s'était endormi sur la chaise de la cuisine, manifestement épuisé. Cela lui donnait l'occasion de fouiller le bungalow, de vérifier qu'il était bien celui qu'il prétendait être. Sa mère et sa colocataire disaient qu'elle accordait trop facilement sa confiance. Ça semblait être le bon moment pour se montrer méfiante.

Elle ne trouva rien de suspect. À part les pièces provenant de la moto, la décoration du chalet rappelait à Lena sa propre chambre à Durham : des livres, des livres et encore des livres. Ceux de Bernie étaient tous des romans de science-fiction, des polars, des exemplaires cornés achetés chez les bouquinistes. Et des comics. Des boîtes et des boîtes de Avengers, de X-Men et d'autres personnages dont elle n'avait jamais entendu parler. Il avait une télé avec magnétoscope intégré sans antenne, ce qui expliquait les piles de cassettes VHS qui semblaient avoir été achetées dans des brocantes, la plupart sans jaquette. Des classiques du cinéma et des séries télé, rien de postérieur au siècle dernier.

Il renifla dans son sommeil, un bruit râpeux qui lui fit se demander s'il avait attrapé quelque chose. Ce pauvre garçon n'avait pas l'air impressionnant, à dormir avachi sur sa chaise. La seule chose effrayante était ce tatouage de faucheuse sur la nuque et le crâne. Ce devait être douloureux de se faire tatouer à cet endroit.

Un bruit sourd provint du toit, suivi de pas lourds. Le léopard était revenu et leur faisait savoir qu'il guettait, attendait. Lena frémit. Elle n'aimait pas être le premier maillon de la chaîne alimentaire.

Les chimpanzés n'avaient plus donné signe de vie, mais là non plus elle ne pouvait pas les aider si le léopard les traquait. Tout comme elle ne pouvait rien faire de plus pour Bernie. C'était drôle. Les choses n'allaient pas beaucoup mieux, mais elle n'était plus effrayée. Comme si frôler la mort la nuit dernière avait consumé toute peur en elle. Ou peut-être était-ce quelque chose chez Bernie. Peut-être Dieu lui avait-Il envoyé cet homme en réponse à ses prières ? Ou peut-être avait-Il envoyé Lena à Bernie pour le sauver ? Qui savait ? Elle mangea du beurre de cacahuètes étalé sur une banane, but un peu de lait, s'assit à la fenêtre et attendit que le soleil se lève.

Quoi que Dieu ait prévu pour elle, elle avait au moins quelqu'un avec qui partager le fardeau. Un homme assez brave pour se dresser entre elle et le danger.

Elle ne comprenait pas ce danger, ne savait pas dans quoi elle avait mis les pieds. Mais pour la première fois depuis des jours – non, des années, depuis la mort de sa mère et de Vonnie – Lena n'avait plus l'impression de se battre seule.

Elle courait. Entre les arbres, du sang sur les mains. Tant de sang. Elle s'arrêta. Elle regarda ses mains. Se mit à crier.

— Caitlyn ! Caitlyn, réveille-toi !

Une voix d'homme fit taire ses hurlements.

Elle cligna des yeux pour chasser le sang et vit Paul penché sur elle.

— Tu as fait un de tes cauchemars. (Il s'accroupit près de la chaise, l'attira contre lui, sa chaleur calma les tremblements de Caitlyn.) J'ai pensé qu'il valait mieux te réveiller avant…

Avant qu'elle se mette à crier dans la réalité. Comme elle l'avait fait bien des fois auparavant.

Elle le repoussa, avala une goulée d'air pour se reprendre. Paul connaissait trop de ses faiblesses.

Elle avait considéré ça – l'avait considéré lui – comme acquis. Elle s'était mise à dépendre de sa force à lui plutôt que de la sienne. C'était acceptable après son opération au cerveau ou quand elle avait failli mourir des mains d'un psychopathe. Après tout, qui pouvait résister au sourire facile de Paul et au réconfort qu'il offrait ? Elle avait cru vouloir quelqu'un de fiable – c'était Paul. Elle constatait maintenant que c'était une erreur. Une terrible erreur.

Elle ne devait dépendre que d'elle-même. Pas de quelqu'un d'autre. Fût-il aussi gentil que Paul.

— Je vais bien. (Sa voix tremblante disait le contraire.) Quelle heure est-il ?

— Six heures et quelques.

Il se glissa sur l'autre chaise, sans la quitter des yeux. Elle se tourna pour échapper à son regard inquisiteur.

— Tu ne crois pas qu'il est temps de me parler de ton père ?

Elle inspira et expira. L'air de la chambre semblait lourd. Ou peut-être était-ce son cœur, alourdi par les souvenirs. Et par l'idée de quitter Paul. Elle avait le sentiment de lui devoir ça, la dernière réponse, la raison pour laquelle elle ne pourrait jamais être avec lui. Avec personne.

— Je ne t'ai jamais dit comment il est mort, n'est-ce pas ?

— Non. Seulement que c'est toi… qui l'avais trouvé.

Elle hocha la tête, même si elle lui tournait toujours le dos.

— J'avais neuf ans. Mon père travaillait beaucoup. Quatre jours ou nuits par semaine pour le shérif, et pendant ses jours de repos il aidait son meilleur ami, Eli Hale, à construire des maisons.

— Hale. Et aujourd'hui tu recherches sa fille.

— Lena. La cadette d'Eli. Elle n'était qu'un bébé la dernière fois que je l'ai vue. Bref! C'était une belle journée de printemps, et mon père ne travaillait pas, alors j'avais séché l'école pour rester à la maison, dissimulée sous le porche, ma cachette favorite, chaude l'hiver, fraîche l'été. Sèche le plus clair de l'année. Je pensais que mon père irait pêcher, par une si belle journée, et je voulais y aller avec lui.

Elle se rappelait la lumière du soleil à travers le treillage, projetant des ombres sur la terre battue à ses pieds. Si chaud. Son père la gronderait d'avoir séché l'école, mais il rirait également de son audace. Il lui disait toujours de ne jamais avoir peur, d'être courageuse ou téméraire si elle croyait bien faire. Et, avec tout ce qui se passait à Evergreen, elle savait qu'emmener son père à la pêche, le faire rire et lui faire oublier ses soucis ne serait-ce que pour un jour, c'était la bonne chose à faire.

— Les adultes étaient tous si inquiets et effrayés, poursuivit-elle. Tommy Shadwick avait été assassiné sur la réserve quelques semaines auparavant. Battu à mort avec un marteau et sa maison brûlée. Les gens chuchotaient et verrouillaient leurs portes pour la toute première fois. Mais pour nous, les gamins, c'était une aventure. Quelque chose d'excitant se produisait enfin dans notre petite ville ennuyeuse.

Il tira sa chaise pour se rapprocher, se plaçant derrière elle, et l'enveloppa de ses bras. Par pur réflexe, elle s'abandonna à son étreinte. Elle ne pouvait pas s'en empêcher. Du moins, c'était son excuse.

— Ton père enquêtait sur la mort de cet homme ?

— Non, c'était la police tribale. Et le FBI. Le shérif travaillait avec eux, bien sûr. Mais la mort de Tommy Shadwick était plus qu'une simple affaire, pour mon père. Il ne dormait plus, se disputait tout le temps avec ma mère et M. Hale. Eli s'apprêtait à faire quelque chose que mon père ne voulait pas qu'il fasse, quelque chose qu'il ne trouvait pas juste. Nous ne comprenions pas, à l'époque. Tout ce qu'on savait, c'était que chaque fois que nous entrions dans une pièce où se trouvaient les adultes ils se taisaient et nous chassaient. Puis arriva le jour où M. Hale est venu demander à mon père de l'arrêter. Il disait qu'il avait tué Tommy Shadwick. Ils ont trouvé le marteau dans son camion, encore couvert de sang. Quand mon père est rentré à la maison cette nuit-là, il ne savait pas que je ne dormais pas, que je l'attendais. C'était la première fois que je le voyais pleurer.

Paul se raidit, et elle comprit qu'il avait déjà deviné la fin de sa triste histoire.

— Donc, cette journée où tu avais séché l'école…

— Je me suis endormie. Le bruit du coup de feu m'a réveillée. J'ai couru à l'étage. Et il était là. Le sang. Le pistolet à la main. Mort. Tout ça à cause d'Eli Hale. J'ai appris par la suite que mon père lui avait initialement fourni un alibi. Même après ses aveux, mon père maintenait qu'il était innocent. Il disait qu'il ne pouvait pas avoir fait ça. Mais, manifestement, il avait tort. Eli a tué cet homme. Et il a tué mon père. Ou c'est tout comme.

— C'est pour ça que tu fuis sans cesse. Tu dois abandonner les gens avant qu'ils t'abandonnent. (Il la serra plus fort et posa la tête sur son épaule.) Tu peux arrêter de fuir, maintenant. Je suis là pour longtemps, Caitlyn.

Oui. Mais était-ce réciproque ? Elle frotta la cicatrice qu'elle avait à la tempe, inspira profondément et chercha le courage de lui dire la vérité. Elle était brisée, abîmée au point qu'il ne pouvait pas la guérir. Mais elle ne put trouver les mots. Se sentant lâche, elle se dégagea de son étreinte.

— Tu es radiologue ou psy ?

Il eut un sourire forcé mais n'insista pas.

— Je suis ce que tu as besoin que je sois.

— Eh bien, pour l'instant, j'aurais besoin d'un regard neuf et de quelqu'un qui sait se servir d'un moteur de recherche ! (Elle lui montra ce qu'elle avait trouvé concernant les recherches de Lena et son projet pour la revue juridique.) Tu penses que tu peux m'aider à remplir les blancs ?

— Bien sûr, aucun problème. Tu vas dormir un peu ?

Elle aurait bien voulu.

— Non. Je dois rendre visite à un vieil ami. Ce ne sera pas long.

— Ta mère et ton oncle nous ont invités pour un brunch à 11 heures. Je pense que ce serait bien que nous y soyons tous les deux. À l'heure.

Paul, comme Jessalyn, avait toujours dix minutes d'avance où qu'il se rende. Pour eux, être à l'heure, à une ou deux minutes près, c'était être en retard. Ça rendait Caitlyn dingue.

— Ne t'inquiète pas, j'y serai.

Goose faillit se chier dessus quand il retourna au *Vista View* et qu'il découvrit que Tierney n'était pas dans sa chambre. Il n'allait certainement pas dire à Poppy qu'il avait merdé.

Il ne comprenait toujours pas ce que l'étudiante en droit avait à voir avec tout ça, mais, si Wilson faisait son boulot, Tierney ne serait dès demain plus un problème. Ensuite, il ne leur resterait plus qu'à trouver l'argent.

Il trouva la voiture de Tierney dans le parking et y plaça un traceur GPS. Puis il alla se coucher. L'alarme de son téléphone mobile et son ordinateur portable le préviendraient de toute activité. Étonnamment, ce fut l'ordinateur qui le réveilla en vibrant vers les 6 heures du matin. L'enregistreur de frappe retranscrivait fidèlement tout ce que tapait Tierney.

Bien. Il avait maintenant son mot de passe. Une fois qu'elle se serait déconnectée, il pourrait accéder à son ordinateur. D'après le code wifi, elle s'était installée chambre 313. Il ne pouvait pas voir le résultat de ses recherches Internet, mais il voyait ce qu'elle cherchait. Sur quoi diable enquêtait-elle ? Une vieille fraude concernant des artefacts indiens ? Elle cherchait des trucs des années 1800 mais également des renseignements sur les Faucheurs, Poppy et un Indien qui s'était fait tuer un quart de siècle auparavant.

Peut-être qu'elle faisait des recherches en état de somnambulisme. Parce qu'il était foutrement incapable d'assembler les pièces.

Une chose était sûre : son enquête ne se limitait pas à la seule disparition d'une étudiante en droit.

La curiosité le piqua. Il fit les mêmes recherches sur son propre ordinateur. Il ne trouva aucun lien entre la mort du vieil Indien et les Faucheurs, mais il comprit ce qu'elle cherchait dans l'histoire des Cherokees de l'Est. L'ancien s'opposait à une loi qui permettrait aux descendants des esclaves noirs des Cherokees de devenir membres de la tribu. Et son argument s'appuyait sur un document appelé le « Pacte des affranchis », pacte que la tribu avait négocié après la guerre civile. Comme Caitlyn, il chercha une copie du document, mais sans succès.

L'alarme de son téléphone sonna. Tierney se déplaçait. Comment était-ce possible ? Elle était encore en train de taper sur son ordinateur.

Merde ! C'était son petit ami qui faisait toutes ces recherches sur les Indiens. Tierney ne s'était sûrement renseignée que sur les Faucheurs. C'était logique. Le type ressemblait à un universitaire et ne savait pas comment se comporter dans le vrai monde. Mais que pouvait bien trouver Tierney à un mec pareil ?

Il attrapa son ordinateur, le glissa dans son sac et descendit jusqu'à sa moto. Il pouvait simplement laisser Wilson et Karlee s'occuper de Tierney, mais quelque chose chez elle l'attirait. La coupe de lutin, les cicatrices qu'elle ne cachait pas, la façon dont elle affrontait le monde, sans détour… Il n'en avait pas la moindre idée, mais il ne pouvait nier l'attraction.

Où qu'elle aille, il irait avec elle.

Chapitre 24

C'était toujours une bonne idée d'être sympa avec les locaux. Contrairement à ses collègues du Bureau, Caitlyn était d'ordinaire sacrément douée pour ça. À cause de son père, elle avait de l'affection pour les forces de l'ordre des petites villes. Elle comprenait la pression qu'elles subissaient et la rude bataille qu'elles menaient avec des ressources limitées.

C'était un samedi matin, mais le shérif Markle se trouvait à son bureau. Il buvait son café à petites gorgées tout en pianotant d'une main sur un clavier d'ordinateur. Pas la moindre trace d'une secrétaire. Il ne pouvait sûrement pas lui payer d'heures supplémentaires. Caitlyn frappa à la porte ouverte pour s'annoncer.

— J'aurais dû prendre rendez-vous, dit-elle. Vous avez l'air occupé.

— C'est cette foutue course du poker. Tous mes hommes sont assignés à la circulation.

Il leva les yeux et désigna d'un signe de tête la chaise en face de son bureau. Il s'adossa à la sienne, entourant son mug de ses deux mains. Il n'offrit pas de café à Caitlyn – non pas qu'elle en veuille, en voyant les taches brunes qui constellaient la cafetière derrière lui.

— Que puis-je pour le FBI ?

Elle tenta un sourire conciliant.

— Pas pour le FBI. Juste pour moi.

— Juste pour vous. (Il but une gorgée de café et réfléchit à la réponse.) La fille d'un vieil ami et ancien collègue. Je suppose que je peux vous consacrer quelques minutes. Que puis-je faire pour vous, Caitlyn Tierney ?

— Je recherche toujours Lena Hale.

— Exact. (Il tapota l'écran de son ordinateur.) La police de Durham a émis un avis de recherche. Tous mes gars essaient de la retrouver ou de localiser son véhicule.

L'avis de recherche pourrait se révéler utile. Si un agent des forces de l'ordre repérait la Honda de Lena et entrait l'immatriculation dans la base de données du CNID, l'avis s'afficherait.

— J'espérais que vous pourriez m'en apprendre un peu plus sur les recherches qu'elle faisait ici, dit Caitlyn. Sa colocataire m'a dit que ça concernait les lois tribales cherokees des années 1800. Mais vous, vous me dites qu'elle posait des questions au sujet de la mort de mon père. Je ne vois pas le lien.

— Que savez-vous de l'homme qu'a tué Eli Hale ?

Elle décida de jouer les imbéciles. Mieux valait recueillir des informations de première main de quelqu'un qui avait été impliqué dans l'enquête plutôt que de lire de vieux articles de journaux.

— Juste que c'était un ancien des Cherokees de l'Est, ce qui a valu à Hale d'être condamné par la justice fédérale, et que mon père pensait qu'Eli était innocent.

— L'ancien s'appelait Tommy Shadwick. Un bon gars, mais il aimait être le centre de l'attention. Il fallait toujours qu'il s'oppose à tout, juste pour avoir son mot à dire. Vous voyez le genre ?

— J'ai travaillé avec quelques personnes comme ça.

— Un casse-pieds. Le conseil approuvait quelque chose, disons de nouveaux panneaux de signalisation pour que les secours puissent arriver plus vite. Puis, à la dernière minute, Tommy insistait pour qu'ils soient en anglais et en cherokee. Vous avez une idée du prix que ça coûte et du temps qu'il faut pour peindre à la main une centaine de panneaux de signalisation ? À la peinture réfléchissante, rien de moins ! Mais Tommy était comme ça. Il disait qu'il voulait que la tribu n'oublie pas ses racines.

— Ce n'est pas en dehors de votre juridiction ?

— Si. Mais dans le coin il y a beaucoup de kilomètres à couvrir et peu de policiers pour le faire. Alors le chef de la police tribale et moi-même collaborons. On essaie de déjeuner ensemble chaque semaine ou presque.

Parfois, le chef de la police de Bryson City ou celui des gardes forestiers se joignent à nous. Une sorte d'entraide, de partage de renseignements.

— Donc, ce Tommy Shadwick était un démago. Pourquoi Hale lui en voulait-il ?

— C'est là qu'arrive l'histoire ancienne. Vous avez entendu parler des affranchis ?

— Oui.

— Hale voulait que le nom de sa famille figure de nouveau sur les rouleaux de la tribu, et Shadwick s'y opposait.

Ça ne paraissait pas être un mobile suffisant pour tuer.

— Et Hale l'a battu à mort à coups de marteau avant de mettre le feu à sa maison pour ça ?

— Ouais. C'est ce qu'Eli Hale a avoué. C'était son marteau. À cause des dommages causés par l'incendie au cadavre, l'heure du décès n'était qu'approximative. Alors l'alibi que fournissait votre père à Hale n'était pas suffisant pour l'innocenter. Et puis l'incendie avait fait disparaître tous les autres indices. J'ai dit que le type avait avoué ? (Il secoua la tête.) Je n'ai jamais compris pourquoi votre père l'avait soutenu. Il s'acharnait. Il était têtu. (Il leva son mug en signe de salut.) Je suppose que vous avez hérité ça de lui.

Caitlyn ne pouvait le nier. S'obstiner lui avait valu – et lui avait évité – bien plus d'ennuis qu'elle ne voulait bien l'admettre.

— Pourtant, tout ça me semble reposer sur des preuves indirectes. Pourquoi Hale ne l'a-t-il pas fermée ? N'importe quel avocat digne de ce nom l'aurait sorti de là.

— Je suppose que la culpabilité le rongeait. Lors de ses aveux, il n'a jamais changé le moindre détail. Il était comme un disque rayé. Il s'est rendu chez Tommy, ils se sont disputés, il est allé chercher le marteau dans son camion, a tué Tommy, aspergé le corps d'essence, gratté une allumette et filé. Fin.

Le téléphone sonna dans un autre bureau. Le shérif regarda par-dessus l'épaule de Caitlyn mais ne prit pas l'appel.

— En vingt-six ans, personne n'a remis en question la culpabilité de Hale ou essayé de prouver son innocence. Excepté sa fille et votre père.

— Pensez-vous qu'il était coupable ?

Il haussa les épaules.

— C'était pas mon enquête. Je n'en pense rien. Mais pourquoi un gars avouerait-il quelque chose qu'il n'a pas fait pour prendre perpétuité ?

Exact.

— Et la mort de mon père ? Pourquoi Lena s'y intéressait-elle ?

C'était drôle, la façon dont elle évitait désormais de prononcer le mot « suicide ». Par le passé, elle s'était obligée à affronter la chose sans détour. Elle s'était formé une carapace en refusant de nier la chose.

Mais aujourd'hui… aujourd'hui ça ne lui paraissait plus très juste.

— Je n'en suis pas sûr. Il n'y a aucun doute sur la mort de Sean, vous le savez mieux que quiconque. Il n'y avait que vous deux dans la maison. Vous l'avez trouvé quelques instants après le coup de feu. Aucun doute possible.

Elle soupira.

— Oui, je suppose.

Le téléphone sonna de nouveau. Caitlyn se leva.

— Merci de votre disponibilité, shérif.

— Si vous avez besoin de quoi que ce soit, demandez. Mais rendez-moi un service. Ne vous approchez plus des Faucheurs. On a assez à faire avec tous ceux venus ici pour la course.

— J'essaierai.

Le regard de Markle disait qu'elle allait devoir faire mieux que ça.

— Que pouvez-vous me dire au sujet du Faucheur que vous avez arrêté hier soir ? Celui qu'on appelle Goose.

— Goose ? Vous voulez dire Jacob Clay. Il ne m'a jamais causé d'ennuis avant la nuit dernière. Une espèce de développeur de logiciels d'Asheville qui a perdu son travail. Il s'est définitivement installé ici il y a un peu plus d'un an.

— Il est toujours en prison ? J'aimerais avoir une petite conversation avec lui.

— Désolé. Aucune charge contre lui. Il avait un permis de port d'arme pour son pistolet. Il est sûrement rentré chez lui plus tôt que vous.

Génial !

— Et l'autre, Fouine ?

— Lionel Underwood. Aucune charge contre lui non plus. Mais c'est une teigne. Quelques arrestations pour agression, extorsion, une autre pour enlèvement.

— Alors pourquoi n'est-il pas en prison ?

— Il ne s'est jamais retrouvé au tribunal pour ces affaires. Soit les témoins étaient revenus sur leur déclaration, soit ils avaient disparu. (Il haussa une nouvelle fois les épaules, mais cette fois il était plus sur la défensive que résigné.) Je ne peux pas y faire grand-chose. Je ne peux que les arrêter. C'est au procureur de faire en sorte qu'ils restent derrière les barreaux.

Caitlyn était arrivée à la porte quand elle se retourna.

— Vous connaissiez mon père, pas vrai ?

— Oui. C'est un petit département. On se connaissait tous plutôt bien. (Il plissa les yeux.) Que voulez-vous savoir ?

— Eh bien… (Elle déglutit, dansant d'un pied sur l'autre, se sentant soudain comme une petite fille.) Comment était-il ? Était-il bon dans son travail ? Je veux dire pourquoi… je ne comprends pas… comment a-t-il pu…

Elle baissa la tête et battit des paupières, tentant de refouler les émotions qui soudain la submergeaient. *Quelle professionnelle!* Elle leva la tête, sur le point de laisser Markle à son travail et de battre hâtivement en retraite tant qu'il lui restait un peu de dignité.

Le shérif l'étonna. Il se leva, contourna son bureau et ferma la porte, faisant taire les bruits qui provenaient de l'autre bureau. Il désigna les chaises d'un geste, mais Caitlyn secoua la tête. Elle se sentait incapable de bouger sans s'effondrer de chagrin. Markle s'appuya contre son bureau, lui faisant face mais sans la regarder, pour lui accorder un peu d'intimité.

— Sean Tierney était-il un bon adjoint ? Oui. L'un des meilleurs. Obstiné mais la tête bien posée sur les épaules. Il semblait toujours comprendre la vérité derrière la vérité, vous voyez. Il était doué pour les rapports humains. Il avait le chic pour évaluer très vite une situation. Ou quelqu'un. Puis surprendre cette personne en en venant aux faits d'une façon tout à fait inattendue.

— Mais alors pourquoi…

Elle ne put finir sa phrase. L'image du cadavre ensanglanté de son père la réduisit au silence.

— Pourquoi avoir fait ce qu'il a fait ?

Elle appréciait sa délicatesse. Tant de flics auraient utilisé une formule du genre « bouffé son flingue ».

— Je n'en suis pas sûr. Sean était… eh bien… passionné, c'est le mot qui convient le mieux.

Quand il avait une idée en tête, c'était impossible de l'en dissuader. Et fidèle. Je suppose que c'est ce qui a provoqué sa chute. Bien trop fidèle. Il ne pouvait pas accepter qu'Eli Hale, son meilleur ami, ait pu faire une telle chose à Tommy Shadwick. (Il grimaça.) Je suppose que d'une certaine façon le crime d'Eli a brisé le cœur de Sean. À mon avis, il a fait ça parce qu'après avoir été trahi de la sorte, après avoir compris à quel point il avait eu tort au sujet d'un homme en qui il avait confiance, il ne pouvait pas supporter l'idée d'avoir peut-être commis d'autres erreurs de jugements. (Markle se redressa et passa devant Caitlyn pour rouvrir la porte.) J'espère que ça vous aide un peu, agent Tierney.

Elle eut un sourire amer.

—Je suppose que oui. Merci. (Puis elle se rappela pourquoi elle était venue le voir.) Eli Hale avait-il le moindre lien avec les Faucheurs ?

Il parut étonné de la question.

—Non. Hale s'est toujours tenu éloigné de tout ça. C'était un père de famille qui travaillait dur. Nous avons tous été surpris quand il a tué Shadwick. Je suppose que ça montre qu'on connaît bien mal les gens.

—Et mon père ?

—Des liens avec les Faucheurs ? Vous voulez dire : à part les arrêter ?

—Oui.

—Peut-être par votre mère. Mais j'en doute.

— Ma mère ?

Ce fut à son tour d'être surprise.

— Eh bien, son frère, Jimmy McSwain, faisait des virées en moto avec les Faucheurs. Il était sur le point de se joindre à eux pour de bon avant que votre père le raisonne. (Ils arrivèrent à la porte d'entrée, et il la lui ouvrit.) Prenez soin de vous.

Ce ne fut qu'à mi-chemin de la Subaru qu'elle comprit véritablement ce qu'avait dit le shérif. Oncle Jimmy avait failli rejoindre les Faucheurs ? Elle ne pouvait pas se l'imaginer autrement qu'en costume, encore moins traîner avec une bande de motards. Elle sourit en se représentant son oncle Jimmy tout de cuir vêtu comme un motard. Un pan de l'histoire familiale qu'il valait mieux ne pas déterrer.

Elle s'installa au volant de sa voiture et se demanda où aller ensuite. Il était 9 h 40. Elle avait encore du temps avant le brunch, et les archives ne seraient pas ouvertes.

Rien de ce qu'elle avait appris n'expliquait pourquoi les Faucheurs voulaient tant retrouver Lena. Que Dieu lui vienne en aide s'ils la retrouvaient avant Caitlyn !

Chapitre 25

Une lumière vive piqua les yeux mi-clos de Bernie, et il se tortilla sur sa chaise. Son bras était traversé d'une douleur lancinante, et il avait un goût métallique dans la bouche. Lena. Le léopard. Il se lançait après…

— Lena, attention !

Il ouvrit complètement les yeux. Elle était là, assise à la table, à côté de lui.

— Tout va bien, dit-elle. Vous avez fait un mauvais rêve.

Peut-être rêvait-il encore. Qu'elle soit là, dans sa maison, à prendre soin de lui. Le plus beau rêve de sa vie.

— Que s'est-il passé ?

— Le léopard vous a griffé. J'ai stoppé l'hémorragie, mais je pense que vous devriez voir un docteur. J'ai peur que ça ne s'infecte.

Son bras lui semblait lourd. Même tourner la tête pour y jeter un coup d'œil lui faisait mal. Mais il ne pouvait pas laisser Lena. Pas avec les Faucheurs qui en avaient après elle.

— Vous… vous avez dit que vous me cherchiez. La nuit dernière. Vous connaissez mon nom.

Elle se leva, remplit un verre d'eau qu'elle lui tendit.

— Je cherchais le propriétaire de ce terrain.

— Vous voulez racheter la station Teddy-Roosevelt ?

— Non. Je m'intéresse à la terre des affranchis. J'ai trouvé une vieille copie du pacte qui dit qu'elle se trouve dans ce coin de la réserve, limitrophe de votre terrain et du parc national. Je voulais vous demander l'autorisation de traverser votre terrain, pour voir s'il y a des preuves que ma famille a vécu ici.

Il fronça les sourcils. L'eau ne l'aidait pas à s'éclaircir les idées. Bien sûr, c'était difficile de réfléchir quand elle le regardait de ses yeux de biche comme s'il avait réponse à tout.

— La terre des affranchis ? Qu'est-ce que c'est ?

— Une terre que les Cherokees de l'Est ont accordée à leurs esclaves émancipés, y compris à ma famille.

— Et vous pensez que vos ancêtres y ont vécu ? (Il secoua la tête et le regretta immédiatement quand la douleur irradia son bras.) Personne ne s'est jamais installé là-haut. On a chassé, oui. Mais vécu, construit des maisons ? Non. C'est trop escarpé. Des saillies rocheuses, des crevasses, des chutes d'eau. C'est presque la pire terre imaginable pour y bâtir une maison.

Elle se rassit. La déception assombrissait son visage. Bernie s'en voulut.

— Pas de maisons ? Même il y a plus d'une centaine d'années ? Peut-être qu'il n'en reste plus de traces.

Il n'eut pas le courage de lui dire non.

— Peut-être. Mais nous devons d'abord nous occuper de choses plus importantes. Vous savez que des gens vous recherchent, n'est-ce pas ?

Elle repoussa sa chaise, se leva pour se placer derrière elle, comme pour se protéger de Bernie.

— C'est vous qui m'avez droguée ? Pourquoi ? Que voulez-vous ? C'est à propos de mon père ?

Bernie ne pouvait pas affronter son regard. Il baissa les yeux vers son verre vide, essayant de comprendre comment tout s'était compliqué à ce point. Il avait seulement essayé de bien faire. Comment les choses avaient-elles pu si mal tourner ?

— J'essayais de vous sauver. Cette nuit où vous êtes venue au local…

— Je vous cherchais.

— Vous avez dit quelque chose qui a contrarié Poppy, le chef des Faucheurs. Bref, il a envoyé Fouine après vous. Et vous ne voulez pas connaître Fouine, croyez-moi. Ils allaient vous faire du mal. Alors, je… je… (Il chercha en vain les mots qui rendraient ses actes moins horribles.) Il fallait que je vous sorte de là rapidement et discrètement, alors je vous ai administré le sédatif que j'ai utilisé pour les animaux. Et je vous ai amenée ici.

Elle s'éloigna de lui, aussi loin qu'elle put, jusqu'à ce qu'elle touche le mur.

— Que voulez-vous ?

— Ce n'est pas moi. Je voulais seulement vous aider. Je n'avais pas la moindre idée que le sédatif vous ferait planer si longtemps. Vous chantiez et vous baragouiniez des trucs. C'est pour ça que je vous ai enfermée quand j'ai dû retourner au travail. Si je n'y étais pas allé, ils auraient compris et ils seraient venus vous chercher ici. Alors je devais partir. Mais j'avais peur que vous ne vous blessiez ou que vous ne vous perdiez. Je suis désolé. Je ne voulais pas vous laisser si longtemps.

— Combien de temps ? Quel jour sommes-nous ?

— Samedi.

— Deux jours. Vous m'avez laissée deux jours dans cette pièce.

— Un jour et demi. (Il lui tendit sa main valide quand elle écarquilla les yeux de colère.) Je suis désolé, Lena. Mais ils vous auraient fait du mal, et je ne pouvais pas les laisser faire. J'essayais de vous protéger. De vous sauver. (Il baissa la tête.) Je suppose que je ne m'en suis pas très bien sorti.

Si, typique, résonna la voix de son père dans sa tête. *Mon fils, ce minable*. Son père avait raison. Bernie était un minable. Seulement, maintenant, c'était Lena qui risquait d'en payer le prix.

Elle resta silencieuse un long moment, réfléchissant.

— Pourquoi ? Que me veulent-ils ?

— J'espérais que vous pourriez me le dire, pour qu'on sache quoi faire maintenant.

Il avait l'estomac retourné. L'acide lui mordait la gorge. Il fouilla dans sa poche à la recherche de ses comprimés.

— Parce que je n'en ai aucune idée, ajouta-t-il.

Caitlyn décida que, malgré la requête du shérif, sa seule option était de parler à Oren Parker, alias Poppy. À en juger par ce qu'elle avait vu la veille, il était probablement encore au local, à faire la fête. Elle tomberait peut-être sur Jacob Clay, alias Goose. Ou, mieux encore, sur Lionel Underwood, alias Fouine.

Dommage qu'elle n'ait pas assez de preuves pour arrêter ces hommes. Ne serait-ce pas une merveilleuse façon de débuter la journée ? Mais ils n'en savaient rien. Elle pourrait faire suffisamment pression sur eux pour obtenir quelques réponses et des pistes à suivre.

À moins que Paul n'ait trouvé quelque chose, apprendre pourquoi Lena s'était rendue chez les Faucheurs était la seule piste qui restait à Caitlyn.

Le parking du local et la vieille station-service de l'autre côté de la rue étaient envahis de motards s'inscrivant à la course et bricolant leur moto, de vendeurs proposant des équipements officiels aux couleurs des Faucheurs et de stands de nourriture. Plusieurs équipes de télévision couvraient l'événement.

Un Faucheur qui régulait la circulation lui fit signe d'arrêter.

— Les spectateurs peuvent se garer du côté de la rivière, lui dit-il en indiquant l'étroit chemin qui se trouvait de l'autre côté du local. Il y a un parking gratuit et une aire de pique-nique.

La température était proche de zéro, mais apparemment, pour les Faucheurs, c'était un temps à pique-niquer.

— Je viens voir Oren, dit-elle en espérant que donner le vrai nom de Poppy lui permettrait de passer.

Il fronça les sourcils, appuya sur son oreillette Bluetooth et transmit sa demande.

— Vous êtes ?

— Agent spécial superviseur Caitlyn Tierney du FBI.

Techniquement, elle n'était pas dépêchée par le FBI, alors elle ne lui montra pas son accréditation. Mais il ne serait pas inutile de rappeler à Poppy qu'elle avait un peu plus de poids que les locaux.

Le froncement de sourcils laissa place à un air renfrogné. Puis, avec réticence, il hocha la tête.

— C'est bon. Suivez l'allée, après la caravane, vers la grande maison blanche.

« Après la caravane » se traduisit par plus d'un kilomètre d'allée de gravier sur un promontoire surplombant la rivière. La topographie et les sapins serrés les uns contre les autres lui cachaient la vue du local, de la route, et d'à peu près tout et de tout le monde.

Elle appela Paul pour lui dire où elle était. Il ne répondit pas. *Génial!* Elle lui laissa un message, en espérant qu'il n'ait pas oublié son téléphone dans la chambre. Constamment harcelé au travail, il avait tendance à ne pas utiliser les outils de communication pendant ses jours de repos.

Une grande maison blanche se trouvait sur une clairière accolée à la montagne d'un côté et en bordure d'un précipice vertigineux surplombant la rivière, de l'autre. On l'aurait crue tout droit sortie d'une peinture de Norman Rockwell. Typiquement américaine.

À l'exception de la trentaine de Harley garées sur la pelouse le long de l'allée, toutes accompagnées d'un Faucheur.

L'allée était circulaire, ce qui la réconforta un peu quand elle passa devant les motards qui lui lançaient des regards noirs. Le chemin derrière elle était trop étroit pour faire demi-tour. Elle décida de ne pas se confronter au chef des Faucheurs mais de simplement suivre l'allée pour repartir et foutre le camp. Parler à Poppy face à face ou même en présence d'une demi-douzaine de ses gars ne lui posait pas de problème. Face à trente types ? Elle ne s'y risquerait pas.

Elle y était presque. Mais, au moment où elle passait devant la maison, les hommes enfourchèrent leur moto et bloquèrent la route. Ceux de derrière firent de même avant qu'elle puisse reculer. Poppy semblait aussi désireux qu'elle de discuter.

Dommage ! Elle passa la seconde et traversa la pelouse. Il pourrait lui facturer les frais d'aménagement paysager plus tard. La neige fondue et le froid avaient rendu la terre meuble, mais la Subaru réagissait à merveille. Elle tangua à peine en traversant une grande flaque d'eau.

Malheureusement, les Faucheurs avaient la force du nombre et la débordèrent. Ils l'encerclèrent avant qu'elle ait pu rejoindre la route, resserrant l'étreinte à chaque tour, au point qu'elle dut choisir entre s'arrêter ou en renverser quelques-uns.

Vu son état d'esprit, elle envisageait la deuxième solution. Mais ils n'avaient pas sorti d'arme ni ne l'avaient menacée. Ils essayaient seulement de l'intimider, alors elle arrêta sa voiture. De toute manière, si elle les avait renversés, la paperasse lui aurait pris le reste du week-end. Et qui alors aurait cherché Lena ?

Si elle voulait obtenir des réponses, elle devait jouer selon leurs règles. Ils s'arrêtèrent, les motos en cercle, roue contre roue, faisant vrombir leur moteur jusqu'à en faire trembler le sol. Une tentative d'intimidation.

Jouer selon leurs règles ? Ils n'en avaient aucune, excepté leur code : « jusqu'à ce que la mort nous sépare ».

Le bon sens et la bible du FBI voudraient qu'elle ne quitte pas l'abri relatif de son véhicule. Qu'elle reste au volant et ne prête pas attention aux gestes grossiers alors qu'ils se moquaient d'elle et mimaient des accouplements anatomiquement impossibles.

Elle repensa à l'agent en formation qu'elle avait fait pleurer deux jours plus tôt. Les méchants sont tout aussi aveuglés par l'adrénaline – et dans le cas présent par la testostérone – que les gentils, lui avait-elle dit. Pensez différemment, explorez les possibilités.

C'était un bon conseil. Quelles possibilités avait-elle ? Les Faucheurs ne voulaient pas sa mort. Un règne de terreur s'abattrait sur eux. Ils deviendraient l'attention de toutes les forces de l'ordre du pays : locales, d'État et fédérales. Ils voulaient lui faire passer un message. C'était aussi évident qu'un gorille se frappant la poitrine pour intimider son rival.

En quoi étaient-ils rivaux ? Lena ?

Pourquoi ?

Les soldats l'ignoraient sûrement, mais peut-être Poppy le savait-il. Ce qui signifiait qu'elle devait descendre de voiture.

Devait-elle être un loup dans un costume d'agneau ou un agneau dans un costume de loup ? Ils avaient pour habitude de traiter les femmes comme leur propriété. Fallait-il être humble et docile ? Cette attitude leur avait sauvé la vie, la nuit dernière, à Paul et à elle.

Ou bien devait-elle se laisser aller à la colère et les affronter sans détour ?

Puis elle comprit. Ils jouaient selon leurs règles. Et ils pensaient qu'elle jouerait selon celles des fédéraux, qui l'empêcheraient de frapper la première et de faire autre chose que se défendre.

Elle regarda dans chaque rétroviseur, l'un après l'autre, en sortant la matraque ASP de sa poche et en s'assurant que sa veste ne recouvrait pas le Glock. C'est en descendant de voiture qu'elle serait la plus exposée. Elle n'aurait qu'une seule occasion de bien faire les choses.

Quelques Faucheurs descendirent de leur moto, dont un type de la taille du Géant Vert, propriétaire d'un vieux modèle de Harley amoureusement restaurée et peinte à la main, et ornée d'un dessin d'une femme blonde et nue nommée DeeDee.

L'heure était venue pour Caitlyn de réveiller la garce qui sommeillait en elle.

Chapitre 26

Le bureau du shérif, c'était logique, pensa Goose en suivant la Subaru de Tierney. *Mais la maison de Poppy le matin du* départ de la course, quand le président national venait juste d'*arriver ?*

Cette femme était soit stupide soit suicidaire.

Il remonta rapidement l'allée qui menait à la maison de Poppy, espérant arriver à temps pour le découvrir. Pas qu'il s'en souciait, bien sûr. Il devait se concentrer sur l'argent. Trois millions en espèces. Ce n'était pas rien. De l'argent qu'on ne pouvait virtuellement pas tracer, vu qu'il provenait du trafic de drogue et d'armes, et de la prostitution.

Même si les Faucheurs s'adonnaient principalement à la fête et aux courses, Poppy et Caruso avaient bâti une entreprise criminelle savamment orchestrée. C'était presque honteux de faire dérailler la machine. Mais 3 millions, c'était une occasion à ne pas laisser passer.

Lorsque Goose arriva chez Poppy, il vit que Tierney avait elle aussi fait dérailler le déroulé de la journée. Les Faucheurs de Daytona, fraîchement arrivés après avoir roulé et festoyé toute la nuit, avaient encerclé sa petite Subaru. Il resta en retrait pour voir comment elle allait se sortir de ce pétrin.

Une chose était sûre : c'était sacrément distrayant de la voir en action.

L'un des gars de Daytona, surnommé Minus parce qu'il était bâti comme un mur de brique, descendit de sa moto et avança d'un pas lourd vers la portière de Caitlyn. Tierney ne l'attendit pas. Elle ouvrit brusquement la portière et jaillit hors de sa voiture. Minus s'arrêta, faisant signe aux Faucheurs derrière lui de reculer. Il n'avait pas peur du pistolet que tenait Caitlyn. Il voulait de l'espace pour manœuvrer.

Caitlyn soutint son regard. Minus sourit et secoua la tête, comme un bison prêt à charger. Il faisait si froid que son souffle se transformait en buée, renforçant la comparaison. Mais Caitlyn ne recula pas, pas plus qu'elle n'alla se réfugier dans sa voiture.

Au lieu de cela, elle déplia la matraque télescopique d'un mouvement du poignet. C'était elle qui avait à présent la plus longue portée, bien que Minus mesure une trentaine de centimètres de plus qu'elle. Le sourire du colosse s'élargit, rehaussé de quelques dents manquantes. *La Belle et la Bête.*

Minus glissa comme un boxeur, se déportant sur la droite. Caitlyn fit de même. Elle souriait également. *Pourquoi ?* se demanda Goose. Un sourire sincère creusait ses fossettes. Elle ne faisait pas semblant par bravade.

Elle tordit le poignet, faisant claquer la matraque dans l'air comme un fouet. Elle fit un pas de plus sur sa droite… et Goose eut la réponse à sa question.

— Un pas de plus, et DeeDee se fait exploser sa tête en joint de culasse.

Elle plaça le canon de son Glock contre la peinture de femme nue sur la Road King Classic de Minus.

Les Faucheurs ne cillèrent pas, mais l'air se remplit de brume quand ils soufflèrent simultanément en montrant les dents. On pouvait s'en prendre à un homme, mais à sa moto ? C'était passible de mort. Toutefois, aucun Faucheur ne tenterait quoi que ce soit, au risque de voir la moto de Minus se faire saccager. Sans faire couler la moindre goutte de sang, Caitlyn Tierney tenait toute la foule en otage.

Elle se servit de sa matraque comme d'une lance pour toucher l'épaule d'une recrue de Daytona.

— Toi. File à l'intérieur et dis à Poppy que je veux lui parler.

Personne ne bougea quand la recrue courut vers la maison, grimpa les marches du porche et disparut à l'intérieur de la bâtisse – sauf si l'on considérait que grogner et siffler des menaces entre les dents étaient des mouvements. Caitlyn décida qu'il valait mieux ne pas y prêter attention.

Heureusement, la recrue réapparut avant que les flammes qu'elle voyait danser dans les yeux du Géant Vert la réduisent en cendres.

— Poppy dit que vous pouvez entrer.

Bien sûr. Comme si elle était stupide.

— Dehors, ce sera parfait, merci.

La recrue retourna vers la maison avec un haussement d'épaules élaboré. Quelques instants plus tard, Poppy apparut, accompagné d'un autre homme. Si Poppy était un mélange de Willie Nelson et de Jerry Garcia avec le regard mort de Charles Manson, l'autre type ressemblait pour sa part à John Travolta sans le costume de *Pulp Fiction*. Il portait un jean, un tee-shirt noir sous un gilet en cuir de même couleur et des bottes de motard. Il n'avait pas de tatouage visible, était rasé de frais, et sa coupe de cheveux avait dû nécessiter une heure de travail et rapporter 20 dollars de pourboire au coiffeur.

Elle aurait pu le prendre pour un parasite, un banquier qui voulait jouer au motard, si ce n'était son regard. Un regard qui disait : « J'obtiens toujours ce que je veux », comme celui de Poppy. Comme si les hommes qui les entouraient étaient des objets, et non des êtres humains. Il fut bientôt assez près pour qu'elle puisse lire les écussons qui ornaient son gilet en cuir. « Président national ». Caruso en personne l'honorait de sa présence.

Les autres Faucheurs s'écartèrent pour laisser passer Caruso et Poppy. Le respect et une déférence virile se lisaient dans leur regard. Certains tournèrent la tête vers Caitlyn, les sourcils levés, comme s'ils espéraient que Caruso la frappe de la foudre pour la punir de son blasphème.

Pas étonnant qu'ils appellent les réunions de leur club « l'Église ».

Caitlyn prit l'initiative.

— Bonjour, dit-elle d'un ton joyeux. Belle journée, n'est-ce pas ?

Le regard de Poppy se fit encore plus noir. Caruso pouffa.

— Oui, c'est vrai. Une parfaite journée pour une course.

Ce type parlait même comme un directeur de banque.

Ils arrivèrent aux motos qui encerclaient Caitlyn et son véhicule. Poppy fit un léger signe de tête aux hommes, qui décampèrent aussitôt. Il ne restait plus qu'eux : Caitlyn qui avait le canon de son arme collé contre la peinture de femme nue et le géant qui dansait d'un pied sur l'autre, déchiré entre le désir de protéger sa moto et la volonté d'obéir à ses chefs.

Caitlyn prit de nouveau les devants, avant qu'ils formulent des exigences. Il était impératif de garder la main dans ce type de confrontation. Mais elle ne voulait pas non plus les énerver au point qu'ils se sentent obligés d'agir pour protéger leur statut de chefs.

D'un geste théâtral, elle mit un genou à terre, appuya la pointe de sa matraque contre le pneu de la Subaru pour la rétracter. Puis elle adressa un signe de tête au géant et rengaina son pistolet. Minus se précipita vers sa moto et caressa le portrait en vérifiant minutieusement que la peinture n'ait pas été éraflée.

— Laisse-nous, dit Poppy.

Le géant lança à Caitlyn un regard assassin signifiant qu'il valait mieux pour elle qu'elle ne le croise jamais dans une allée sombre, puis fit vrombir sa moto et alla rejoindre les autres Faucheurs réunis devant la maison.

Il n'y avait à présent plus qu'eux trois. Oh, et il y avait Goose, le beau mec qui la collait ! Il ne manquait plus que Fouine à la fête. Caitlyn sentit ses cheveux se dresser sur sa nuque en imaginant le motard semant le chaos en ville et elle pensa à Paul. Elle l'avait laissé dans un des box de devant du restaurant du casino. On pouvait le voir depuis le buffet ou les salles de machines à sous. Avec un peu de chance, il aurait le bon sens de rester là, évitant les ennuis. Comme elle le connaissait, il était probablement si accaparé par ses recherches qu'il n'avait pas la moindre idée d'où il se trouvait et de ce qui se passait autour de lui. Tout comme lorsqu'il étudiait des vidéos d'angiographies, suivant le parcours du produit de contraste à travers les artères, les veines et les vaisseaux capillaires, image après image.

— Savez-vous qui je suis ? demanda Caitlyn.

— La garce qui n'arrête pas de fourrer son nez dans nos affaires ? répondit Poppy.

Goose se rapprocha, restant à portée de voix, au cas où l'on aurait besoin de lui. Caitlyn gardait les mains sur ses armes, et lui fit le plaisir de lui accorder un bref regard. Il lui adressa un signe de tête, gardant les mains où elle pouvait les voir. Enfin un peu de respect. Il était temps.

— Mais encore ? dit Caitlyn.

Poppy poussa un soupir d'exaspération et fit un geste de la main en direction de Caruso puis de Caitlyn.

— Je te présente l'agent spécial Tierney.

— Agent spécial superviseur, rectifia-t-elle. Désolée de vous déranger. (Elle s'excusait, sachant que Poppy devait sauver la face devant le président national.) J'ai une ou deux questions pour M. Parker.

Caruso lui lança un long regard dur avant de hocher la tête.

— Faites vite, nous sommes occupés.

Il tourna les talons et regagna la maison. Caitlyn regarda Goose en haussant un sourcil, mais au lieu de les laisser celui-ci s'approcha de Poppy et croisa les bras, posé là comme s'il était le foutu rocher de Gibraltar. Bien. Peu importait.

Poppy se balançait sur ses talons, la jaugeant.

— Vous êtes le portrait craché de votre vieux. C'était un casse-pieds, lui aussi.

Caitlyn décida de le prendre comme un compliment.

— Merci. Pourquoi ne pas tout me dire au sujet de Lena Hale ? Ça nous faciliterait la vie à tous les deux.

— J'aimerais pouvoir vous aider. Vraiment.

Il semblait presque sincère, si l'on exceptait son regard froid. D'ordinaire, c'étaient les autres qui baissaient les yeux quand Caitlyn les dévisageait. Mais, cette fois, c'était elle qui luttait contre l'envie de détourner le regard.

— Si vous la trouvez, faites-le-moi savoir, poursuivit Poppy. J'ai demandé à mes gars de la chercher. Je me suis dit que la dernière chose dont nous ayons besoin, c'est qu'on nous accuse de la disparition d'une étudiante en droit qui s'est perdue dans les montagnes.

— C'est pourtant dans votre bar qu'elle a été vue pour la dernière fois.

— Je vous l'ai dit. Elle a demandé sa route et elle est partie.

Ils se regardèrent sans dire un mot pendant quelques secondes. Cette fois-ci, ce fut Poppy qui brisa le silence.

— Vous me traitez de menteur ?

Caitlyn ne répondit pas, cherchant de possibles failles dans l'armure de son interlocuteur. Caruso apparut sous le porche et appela Poppy.

— Prévenez-moi si vous trouvez cette fille. Ça me rassurera.

Il s'éloigna, et Goose lui emboîta le pas.

Frustrée, Caitlyn grimpa dans sa voiture et reprit la route avant qu'un des Faucheurs, plus particulièrement le propriétaire de DeeDee, ait la lumineuse idée de l'en empêcher. Si elle se dépêchait, elle serait au *Vista View* juste à l'heure pour le brunch.

Lena se laissa tomber par terre puis serra les genoux contre sa poitrine. Elle souhaitait presque retourner dans son minuscule placard. Les choses étaient tellement plus simples, là-bas. Elle y était seule avec Dieu qui élaborait son dessein. Qui aurait pu imaginer qu'en s'échappant elle serait confrontée à de plus grands dangers et en proie à une plus grande confusion que jamais ?

— Vous pensiez que des motards voulaient me tuer alors vous m'avez kidnappée ?

Elle était heureuse d'avoir l'arme. Peut-être Bernie n'était-il pas aussi gentil qu'il semblait l'être. Mais s'il faisait ces mauvaises – si mauvaises – choses, il semblait sincèrement les faire pour de bonnes raisons.

— Oui. Je ne pouvais pas les laisser vous faire du mal.

Il semblait implorer Lena de le comprendre et de le croire. Le pouvait-elle ?

— Mais vous ne savez pas pourquoi ils voulaient me tuer ?

Il fronça les sourcils qui s'unirent en une arête saillante, lui obscurcissant les yeux.

— Poppy a dit à Fouine qu'ils ne pouvaient pas courir le risque que vous trouviez. (Son visage s'éclaircit, et il croisa son regard.) Ça aide ?

— Trouver quoi ?

Il haussa les épaules et grimaça de douleur. Son visage était rouge, et elle se demanda s'il n'avait pas de la fièvre. Qui savait quel genre de maladie les léopards pouvaient transmettre ?

— Pourquoi avez-vous des léopards et des chimpanzés en plein cœur des montagnes ?

— Je les ai sauvés. (Son large sourire le faisait ressembler à un petit garçon le matin de Noël.) Les Faucheurs allaient les relâcher dans la nature et organiser une chasse payante. Alors je les ai enlevés. Comme je vous ai enlevée. Je leur ai donné une nouvelle maison. (Son sourire s'effaça.) Il n'y a que le léopard qui m'inquiète. Il refuse de manger. Et les chimpanzés se sont enfuis le premier soir. Depuis, ils courent partout pour me taquiner.

Le voir s'inquiéter pour des animaux sans défense – peut-être pas autant qu'il le croyait – donnait à Lena envie de l'apprécier. Et les voler à un gang de motards ? Il avait risqué gros pour les sauver. Comme il avait tout risqué pour la sauver, elle.

— Ça ne vous inquiète pas que le léopard soit dans la nature ? Et s'il attaquait quelqu'un d'autre ?

— Il n'y a personne d'autre que nous, si haut dans la montagne. Il faudrait qu'il traverse les bois pour rejoindre la ferme à truites et, plus bas, la ferme des Tierney et, bien sûr, l'ancienne maison de votre père. (Il remua sur sa chaise.) J'ai lu que c'est un animal nocturne, alors j'espère qu'il retournera au chalet pour la viande. J'ai laissé la porte ouverte. Peut-être que je pourrai le piéger une nouvelle fois avant qu'il se blesse.

— Les léopards ne mangent pas les chimpanzés, n'est-ce pas ? demanda-t-elle, inquiète de ne pas avoir revu Smokey depuis la nuit dernière.

Elle se leva et courut à la fenêtre. Rien ne bougeait dehors à part la neige qui formait de petits tourbillons blancs sur la pelouse balayée par le vent.

Bernie lutta pour se lever et la rejoindre.

— Non. Je ne crois pas.

Il n'en avait pas l'air très sûr. Elle le regarda une nouvelle fois. Il semblait différent des types qu'elle fréquentait d'habitude. Pas idiot. Juste… simple. Innocent. Pareil à un enfant.

Puis elle remarqua les gouttes de sueur qui perlaient sur son front. Elle toucha sa joue du dos de la main. Chaude. Trop chaude. Il détourna le visage, rougissant encore plus. Ou était-ce à cause de la fièvre ?

— Je suis désolé de vous avoir entraînée là-dedans, marmonna-t-il, tombant dans les bras de Lena.

Elle parvint avec difficulté jusqu'au lit pour l'y coucher délicatement en travers.

— J'aurais dû savoir que je foirerais.

Il ferma les yeux.

— Bernie. Réveillez-vous. Bernie !

Pas de réponse. Tout reposait sur elle. Elle ne savait pas ce qui se passait, ni où trouver de l'aide ou qui croire.

Chapitre 27

Quand Caitlyn arriva au *Vista View*, Paul était exactement là où elle l'avait laissé, tranquillement installé, le nez collé à l'écran de son ordinateur, au premier étage du restaurant.

— Cette histoire d'affranchis est un sacré morceau, lui dit-il quand elle se glissa à côté de lui sur la banquette. On parle de grosses sommes, s'ils deviennent membres de la tribu. Surtout si c'est rétroactif.

— Suffisamment importantes pour tuer quelqu'un ?

— Je suppose.

— Mais qu'auraient à gagner les Faucheurs en se débarrassant de Lena ? Ils ne peuvent pas prétendre à devenir membres de la tribu.

— Peut-être que quelqu'un de la tribu les paie pour protéger leurs intérêts ?

Elle fronça les sourcils. Ça paraissait excessif. Surtout que les décisions de justice dans le cas de l'Oklahoma étaient presque toujours en faveur de la nation cherokee. Alors pourquoi recourir à de telles mesures ?

— Non. Il doit y avoir autre chose.

— Eh bien, ce qu'a trouvé Lena est vrai ! Sa famille et vingt et une autres figuraient sur les rouleaux tribaux de 1883. Les autres familles sont installées ailleurs depuis des générations. Même les Hale ne vivaient plus sur la réserve depuis le retour du seul membre de la famille qui avait survécu à la Première Guerre mondiale. (Il secoua la tête.) Toute cette histoire, perdue à jamais.

— Pas complètement. Lena a bien dû trouver quelque chose. Quelque chose qui a fait qu'on a tué son père.

Et peut-être Lena aussi, se garda-t-elle d'ajouter.

Paul rabattit l'écran de l'ordinateur et se leva.

— Nous sommes en retard.

— On ne se retrouve pas là ?

— Non. Ton oncle fait servir le brunch dans la suite terrasse. (Il eut un large sourire.) Je suis impatient de découvrir la vue. Il m'a donné le code de son ascenseur privé. Viens.

Elle maugréa, mais se leva et le suivit.

— Aucune piste que je puisse suivre ?

— J'ai trouvé un nom. Un bibliothécaire qui travaille aux archives tribales.

Il slaloma entre les gens agglutinés autour des machines à sous comme un vieil habitué et la mena à un ascenseur à l'écart.

— Bien. Qui est-ce ?

Il secoua la tête et composa le code. Les portes s'ouvrirent instantanément.

— Oh non ! Si je te donne son nom, tu courras gâcher le week-end d'un pauvre bibliothécaire, et c'est à moi que ta mère et ton oncle feront payer les pots cassés. Aucune chance que je fasse ça.

— Paul…

Ses oreilles se bouchèrent quand l'ascenseur s'éleva vers la suite du onzième étage. Était-ce à cause de l'altitude ou de l'effort qu'elle faisait pour ravaler sa frustration ?

— Donne-moi juste le nom.

— Je te l'enverrai par texto. Après le brunch. (Les portes s'ouvrirent sur une vue panoramique des Smoky Mountains.) Mieux encore : je t'accompagnerai.

Avant qu'elle puisse protester, sa mère et son oncle Jimmy se précipitèrent dans l'entrée pour les accueillir. Jessalyn était vêtue d'un simple fourreau bleu marine et d'une veste de brocart bleu marine et or.

— Caitlyn, dit sa mère en lui prenant le bras, tu es en retard. Qu'est-ce que tu faisais ? (Elle brossa le manteau de Caitlyn de ses doigts.) Tu es couverte de boue.

Ça pouvait arriver quand on se retrouvait encerclée par des motos sur un terrain boueux.

— J'ai fait une balade. Désolée du retard.

— Ce n'est pas grave. Nous sommes tous là, maintenant. N'est-ce pas merveilleux ?

Jessalyn fit un geste en direction du panorama et du somptueux festin qui les attendait sur une table de chrome et de verre, recouverte d'une nappe en lin et d'un service en porcelaine ciselée d'or. Caitlyn baissa les yeux vers son jean et ses bottes couverts de boue. Un brunch. N'était-ce pas censé être des œufs brouillés et des gaufres ? Avec peut-être un plateau de fruits ?

On aurait dit le dernier dîner servi à bord du *Titanic.* Des plateaux de saumon et de rôti de bœuf, des œufs Bénédicte, des tomates grillées et du jambon, des crevettes plus grosses que son pouce disposées en couronne autour d'un verre rempli de sauce cocktail…, et ce n'était que les plats qu'elle pouvait identifier. Deux serveurs étaient postés de chaque côté des portes de la cuisine, prêts à entrer en action. Si Jimmy essayait de l'impressionner, c'était gagné.

Jessalyn était comme chez elle. Elle se dirigea vers l'autre bout de la table, à la droite de Jimmy, attendant qu'il tire la chaise pour s'asseoir. Paul se précipita pour faire la même chose avec Caitlyn, mais trop tard. Jessalyn lança un regard désapprobateur à sa fille, que celle-ci ne releva pas. Elle sentait son estomac sur le point de se rebeller si elle ne lui donnait pas quelque chose à digérer.

Elle voulut prendre les œufs. Jessalyn secoua la tête. Jimmy s'éclaircit la voix et leva une flûte à champagne remplie de mimosa grenade.

— Je n'ai pas souvent l'occasion d'être en si délicieuse compagnie. (Il hocha la tête à l'intention de Paul et de Caitlyn.) J'aimerais porter un toast. À la famille.

Caitlyn but une gorgée. Les bulles lui piquèrent le nez. Puis elle posa le verre et tendit une nouvelle fois la main vers la véritable nourriture, quand son téléphone sonna.

— Désolée, dit-elle, en jetant un coup d'œil à l'écran, voyant que c'était un numéro de Quantico. Il faut absolument que je prenne cet appel.

Elle regarda avec envie le festin, prit une fraise et, ne prêtant pas attention aux mines exaspérées de sa famille, se dirigea vers l'entrée.

— Tierney ?

— Vous avez choisi le pire jour possible pour sécher le travail. J'espère que vous êtes dans un lit d'hôpital avec un mot du médecin.

— La vache ! Heureuse de vous parler également, LaSovage. Quel est le problème ?

— Le directeur adjoint est venu assister aux évaluations, hier. Voilà le problème.

Comme elle avait pris un jour de congé, il s'était retrouvé avec quelqu'un en moins.

— Je suis sûre que vous avez trouvé quelqu'un pour jouer le méchant.

— Vous ne comprenez pas, Caitlyn. Ce n'est pas mon problème. Ce n'est pas moi qu'il voulait observer.

Un serveur passa devant elle et lui demanda si elle désirait quelque chose. Elle secoua la tête. Puis elle comprit ce que voulait dire LaSovage.

— Yates était là pour me voir ?

— Bingo. Il a appris ce qui s'est passé jeudi.

— Jeudi ? (Tant de choses s'étaient produites depuis qu'elle dut se creuser la cervelle pour se souvenir de quoi il parlait.) Vous voulez dire avec les nouveaux agents en formation ?

Elle en avait fait pleurer un.

— Je suppose que quelqu'un lui en a parlé. Bienvenue au nouveau FBI, garanti sans larmes.

— Mais je n'ai rien fait de mal…

— Caitlyn, Caitlyn, soupira-t-il, vous ne comprenez pas, pas vrai ? Ils veulent vous virer. Vous n'avez pas besoin de faire quelque chose de mal. Vous avez juste besoin de ne pas tout faire parfaitement.

— Je ne peux plus rien y faire, maintenant.

— À vrai dire, si. C'est pourquoi je vous appelle. Yates a laissé un message. Il veut que vous reveniez ici. Aujourd'hui.

— Il vient superviser l'entraînement ? Attendez, nous sommes samedi. Il n'y a pas d'entraînement de prévu.

— Il n'y en avait pas, mais j'ai monté un petit projet extrascolaire, dit-il d'un ton enjoué. Je pense que ça vous amusera. On développe votre scénario improvisé de la dernière fois.

Jessalyn apparut, en colère. Oh, oh !

— C'est bien, mais je suis coincée avec ma mère et mon oncle. Je ne peux pas revenir aujourd'hui.

— Qu'est-ce que je dois dire à Yates s'il pose des questions ?

Caitlyn hésita, partagée. La famille ou le boulot ? Choisir l'un des deux signifiait abandonner Lena. Et Caitlyn était le seul semblant de famille qui restait à Lena.

— Dites-lui : « La famille d'abord. »

Elle raccrocha au moment où Jessalyn tendait la main, prête à lui arracher le téléphone, comme si Caitlyn avait toujours neuf ans.

— Viens ici, il faut qu'on parle, dit sa mère de ce ton autoritaire contre lequel Caitlyn adorait se rebeller.

— Mais Jimmy et Paul…

— … peuvent attendre.

Jessalyn emmena Caitlyn dans un spacieux bureau avec un mur de fenêtres, des rideaux de velours et des tables en chrome et en verre entourant deux grands canapés de cuir noir. Elle se tourna vers sa fille.

— Tu dois arrêter ces bêtises. Immédiatement.

— Tu veux dire chercher Lena ?

— Je veux dire le FBI.

Jessalyn expira longuement. Ses lèvres pincées révélèrent des rides que Caitlyn n'avait jamais remarquées avant.

— J'ai toujours voulu ce qu'il y avait de mieux pour notre famille. Ce qu'il y avait de mieux pour toi. J'ai tout sacrifié, pour ça.

— En quoi quitter mon boulot est ce qu'il y a de mieux pour moi ou la famille ?

Jessalyn regarda la cicatrice de Caitlyn qui montait du sternum jusqu'à la gorge. Le souvenir laissé par un psychopathe.

— Le FBI a failli te coûter la vie par deux fois. Chérie, tu n'as aucune idée de ce que ça peut faire à une mère. Particulièrement après que ton père…

Elle détourna le regard, battant des paupières. Jessalyn n'avait jamais pu parler de la façon dont était mort Sean Tierney. En vingt-six ans, elle n'avait jamais été aussi près de le dire. Du moins, à Caitlyn.

— Maman, tout va bien.

Caitlyn sentit sa colère s'évanouir tandis qu'elle prenait sa mère dans ses bras pour la réconforter. Les disputes avec Jessalyn se terminaient toujours ainsi.

— Il ne m'arrivera rien.

— Tu n'en sais rien. (Les larmes emplissaient ses yeux, menaçant de couler.) Tu ne peux pas savoir ça. Après tout ce que j'ai traversé, je crois que ce n'est pas beaucoup demander. Si tu aimes tant le travail d'enquêtrice, Jimmy peut t'embaucher au casino. Te faufiler incognito, attraper ceux qui trichent aux cartes. Au moins, ça ne serait pas aussi dangereux.

Et je pourrais enfin dormir la nuit sans avoir peur de recevoir un autre appel…

Elle craqua, s'effondrant sur le canapé, sans se soucier de lisser sa robe pour éviter de la froisser. C'est à ça que Caitlyn comprit que ce n'était pas un de leurs mélodrames familiaux où il était question de détails insignifiants qui prenaient des proportions gigantesques. Jessalyn était vraiment inquiète. Effrayée, même.

Caitlyn soupira longuement en s'asseyant à côté de sa mère. Elle passa un bras autour des épaules de Jessalyn. Jamais sa mère n'avait autant montré ses émotions. Faire des scènes, oui, mais jamais de vraies larmes. Elle n'avait jamais baissé sa garde au point d'exposer son cœur. Une chose que Caitlyn et elle avaient en commun.

— Maman, je ne peux pas démissionner. C'est mon travail. Ma vie. Je me suis si durement battue pour arriver où j'en suis…

— Ta vie ? Tu veux dire ta mort. Caitlyn, si tu ne démissionnes pas, ce travail te tuera. (Les larmes roulèrent de ses cils à ses joues, faisant couler son maquillage impeccable.) S'il te plaît, je ne t'ai jamais rien demandé, mais je le fais aujourd'hui. Caitlyn, tu dois démissionner. Je t'en supplie.

Sa mère avait raison : elle ne lui avait jamais rien demandé. Même si elle lui avait clairement fait comprendre qu'elle avait tout abandonné quand elle avait quitté Evergreen pour lui offrir une vie meilleure. Loin du désarroi qu'avait provoqué la mort de son père. Sa mère n'avait espéré en retour que l'amour de Caitlyn et que celle-ci soit une bonne fille. Caitlyn était la première à admettre qu'elle avait peut-être répondu au premier souhait de sa mère, mais pas au second. Pouvait-elle refuser de faire ce que lui demandait sa mère aujourd'hui ?

Paul lui avait demandé la même chose. Et ses patrons au FBI adoreraient qu'elle leur simplifie la vie en démissionnant avant qu'ils aient à lui trouver un nouveau poste. Ils attendaient de pouvoir la renvoyer sans mettre le Bureau dans l'embarras. Voulait-elle vraiment travailler dans cette atmosphère ?

Elle lâcha Jessalyn et toucha du bout des doigts sa cicatrice à la tempe. Peut-être Jessalyn et Paul avaient-ils raison. Elle ne pouvait pas croire qu'elle se disait une chose pareille, mais peut-être avaient-ils tous raison. Elle devrait démissionner tant qu'il en était encore temps.

Elle se leva, se tourna vers la fenêtre et tira le rideau. La vue sur les montagnes la réconforta, lui rappela qu'elle était à la maison. Sa véritable maison.

Une vie sans le Bureau. Elle ne pouvait même pas l'imaginer. Elle avait toujours rêvé d'être un agent du FBI. Ce n'était pas que son rêve, c'était aussi celui de son père, ce qu'elle pouvait faire pour lui, qui le rendrait fier d'elle, même s'il n'était plus là pour le voir.

Que ferait son père ? Elle appuya la main contre le verre froid fouetté par le vent d'hiver qui traversait la chaîne de montagnes. Voudrait-il qu'elle démissionne ? Qu'elle choisisse la facilité ?

La colère l'envahit quand elle se rappela son visage, le sang. Parce qu'il avait choisi la facilité…

Jessalyn sentait que Caitlyn était indécise. Elle se leva et vint se placer derrière elle.

— Tu n'es pas obligée de décider tout de suite. Prends quelques jours de congé. Va avec Paul à la plage. Tu mérites bien un peu de repos.

— Je ne peux pas. Lena…

— Lena ne fait pas partie de la famille. Tu ne la connais même pas. Ce ne sont pas tes affaires. Et puis tu as dit toi-même que les autorités locales avaient plus de chances de la retrouver. Ce n'est pas ton enquête. Tu dois prendre du temps pour toi, te concentrer sur ce qui compte vraiment, sur ce que tu veux pour ton avenir.

Elle posa la main sur l'épaule de Caitlyn et lui caressa le bras d'un geste lent et réconfortant, comme lorsqu'elle était enfant.

Caitlyn semblait avoir passé le plus clair de sa vie à apprendre à se contenir, à ravaler sa colère et son indignation. Jessalyn avait été un bon professeur. Peut-être était-ce la raison pour laquelle Caitlyn avait vraiment besoin de son travail. Pas seulement pour le prestige apporté par l'appartenance au FBI, ou pour vivre le rêve de son père. Elle en avait besoin, car il lui permettait de canaliser les émotions qu'elle enfouissait en elle et d'en faire quelque chose de productif, quelque chose qui la dépasse.

Une occasion de changer le monde. D'arrêter les méchants. Peut-être de sauver des vies.

Y compris la sienne.

Le Bureau n'aimait pas l'idée que ses agents soient des héros. On les endoctrinait pour qu'ils se voient comme les simples rouages bien entraînés d'une machine paramilitaire, obéissant aux ordres, protégeant le pays et ses citoyens. Ils étaient tout sauf « spéciaux ». Ils pouvaient être remplacés par l'un des nouveaux agents qui faisaient la queue pour protéger et servir.

Et Caitlyn refusait de servir aveuglément. Elle avait rapidement gravi les échelons, avait été promue agent spécial superviseur à un plus jeune âge que la plupart de ses collègues, en raison de son incapacité à baisser la tête et à obéir aux ordres. Il fallait sans cesse qu'elle repousse les limites. Et c'était ainsi qu'elle avait résolu ses enquêtes. Le Bureau adorait la bonne presse qu'elle leur apportait, mais détestait qu'elle révèle, avec ses méthodes si peu orthodoxes, la vérité au sujet de leurs manquements. Ils voulaient soit se débarrasser d'elle, soit la mettre au placard, là où elle ne pourrait plus leur nuire.

Elle avait atteint les sommets du FBI. À une vitesse fulgurante.

Mais démissionner ?

Chassant la main de sa mère d'un haussement d'épaules, Caitlyn se retourna.

— Je ne peux pas, maman.

Jessalyn se figea puis s'éloigna de Caitlyn.

— Tu ne veux pas, plutôt. Une gamine entêtée. Voilà ce que tu es. Tu es trop égoïste pour voir que tu fais souffrir ceux qui t'aiment le plus.

Des mots durs. D'autant plus durs que Jessalyn disait la vérité. Caitlyn cligna des yeux pour repousser la douleur.

— Je suis désolée. Je ne démissionnerai pas.

Sa mère recula, le visage déformé par la colère et le regret.

— Moi aussi, je suis désolée, Caitlyn. Crois-moi, je le suis.

Elle quitta la pièce sans même se donner la peine de claquer la porte au nez de sa fille.

Tandis que les membres réguliers du club prenaient la route en direction de Gatlinburg pour la course, Poppy et Caruso étaient assis au coin du feu à fumer un cigare. L'énorme cheminée en pierre occupait tout un mur du salon de la ferme. Goose et l'homme de main du club national, un gars silencieux appelé Hopper, montaient la garde à l'entrée de la pièce.

C'était censé être un honneur de se trouver en présence d'une éminence des Faucheurs, mais Goose avait trop de soucis en tête pour rester en place, et la conversation entre les deux présidents était ennuyeuse. Ça parlait recrutement et de ce qu'il fallait faire avec les membres qui ne payaient pas leurs cotisations parce qu'ils étaient au chômage. Caruso ne ressemblait pas à un motard et parlait comme le P.-D.G. d'une grosse entreprise cotée en bourse plutôt que comme le chef d'un gang de hors-la-loi. C'était drôle de voir Poppy essayer d'imiter les manières sophistiquées du président national, mais cela démangeait Goose de quitter cet endroit et de se remettre au travail.

— Tu ne veux plus que je suive Tierney ? demanda Goose, quand Poppy et Caruso firent une pause pour se resservir un bourbon.

Ils buvaient du bon matos, du Maker's 46.

— Plus pour le moment. (Poppy et Caruso échangèrent un regard.) Si Fouine ne revient pas rapidement, on pourrait avoir un autre boulot pour toi. Tu penses que tu pourras t'en occuper ?

— Sûr. Tout ce que tu voudras.

C'était la seule réponse possible quand le président national et celui du chapitre local avaient les yeux rivés sur vous.

— Où est Fouine ?

Goose espérait que le vice-président du club était en train de s'occuper du cash que les types de Daytona avaient apporté. Wilson filait Fouine dans l'espoir qu'il les conduirait à l'argent. Ils devaient trouver le cash avant que les Faucheurs le transfèrent au casino, où il serait perdu à jamais.

— C'est pas tes oignons ! aboya Poppy.

Goose retourna s'appuyer contre le mur et resta dans l'ombre, à attendre que Poppy et Caruso décident de sa mission. Hopper lui lança un regard en coin qui disait « amateur ».

Ce serait parfait si on lui demandait de filer Tierney de nouveau. Cela lui donnerait la possibilité de chercher l'argent. Ils ne se doutaient pas qu'il pouvait la traquer depuis son téléphone ou son ordinateur. Bien sûr, c'était plus drôle de la surveiller en personne, mais les affaires passaient avant le plaisir. Il sourit en songeant à la façon dont elle avait géré la situation plus tôt dans la journée, faisant presque pleurer Minus. Tout ça sans verser une goutte de sang.

— Il n'a pas tort, dit lentement Caruso, comme s'il avait réfléchi longtemps et intensément au sujet. Qu'est-ce que nous allons faire au sujet de ton agent Tierney ?

Poppy eut un tressaillement qu'il cacha en tendant la main pour saisir son verre.

— Rien. Aucune raison de s'inquiéter.

— Tu aurais dû me dire qu'une féd' fouinait dans le coin, dit Caruso d'un ton désapprobateur.

— Inutile de t'en faire. J'ai les moyens de lui faire retourner sa veste.

Goose se redressa. Quel moyen de pression Poppy pouvait-il avoir sur un agent du FBI ?

— Et ça pourrait être bon pour nos affaires de se mettre une féd' dans la poche, poursuivit Poppy.

Caruso pouffa.

— Celle-ci n'est pas près de se retrouver dans la poche de quelqu'un. Cette fille est une bombe prête à exploser.

Silence. Poppy fit rouler le cigare entre ses doigts, le ralluma et prit une autre rasade de bourbon. Caruso se prélassait sur sa chaise. Il étendit les jambes, croisa les chevilles et regarda Poppy.

Finalement, Poppy rompit le silence. Il évita le regard de Caruso, préférant se concentrer sur le fond de son verre.

— Que veux-tu que je fasse ?

— Débarrasse-toi d'elle. Maintenant. Avant que nous déplacions l'argent.

Goose essaya de cacher son excitation et de paraître détendu. Ils n'avaient pas transféré l'argent au casino. Il pouvait encore mettre la main dessus.

Poppy hocha la tête et posa son verre vide.

— Laisse-moi passer quelques coups de fil. Elle ne posera plus de problèmes.

— Non. Je n'ai pas dit de la renvoyer.

Caruso fusilla Poppy du regard, comme s'il le soupçonnait de trahison. Il était clair que celui-ci avait délibérément mal interprété l'ordre du président national.

— Occupe-toi des affaires. Aujourd'hui.

Merde ! Caruso était-il cinglé ? Il venait de condamner un agent fédéral à mort. Poppy resta inexpressif et hocha la tête.

— Bien sûr.

La porte d'entrée s'ouvrit brutalement, et Fouine fit irruption.

— Bordel de merde ! Je t'avais dit que ce gamin était un boulet. (Il s'interrompit en voyant Caruso.) Oh, désolé !

« Désolé » ? Bon sang, même Fouine était intimidé par Caruso. Jusqu'à présent, Goose n'avait pas trouvé le président national très différent d'un homme politique, avec ses sourires faux et ses poignées de main. Mais il avait dû louper quelque chose, vu la manière dont les autres Faucheurs se comportaient avec lui. Caruso n'avait même pas d'écusson sur son gilet en cuir. Mais il n'avait à l'évidence pas le moindre problème à ordonner l'exécution de quelqu'un. Le patron typique. Il ne se salissait pas les mains.

— Excuse-moi un instant, dit Poppy en se levant.

— Quelque chose que je devrais savoir ?

Caruso avait parlé d'un ton détendu, mais son regard était dur. Goose avait le sentiment que le président national savait tout ce qui se passait chez les Montagnards et qu'il n'était pas très heureux de la façon dont Poppy dirigeait ses hommes.

— Non. Juste une de nos recrues qui se laisse aller.

— On ne peut pas se permettre ça. Fais-en un exemple.

Caruso tira sur son cigare. Les épaules de Poppy se raidirent.

— Tu as raison. C'est ce que nous allons faire.

Poppy rejoignit Goose et Fouine. Ils traversèrent l'entrée jusqu'à la salle à manger.

— Qu'est-ce que tu as trouvé ? demanda-t-il à Fouine.

— Bernie ne s'est pas pointé alors je suis allé chez lui. Je ne suis jamais arrivé jusqu'à sa porte. J'avais à peine fait deux pas dans le chalet que je suis tombé sur les restes du cadavre d'un cerf…

— Dans le chalet ?

— Ouais. Posé là comme si c'était un putain de buffet à volonté. Mais il y a mieux. Il y avait un léopard en train de le mastiquer. Le gamin a volé notre putain de léopard !

Poppy écarta le sujet d'un geste.

— Et la fille ? Aucune trace d'elle ?

— J'ai foutu le camp pour faire le tour et voir ce qu'il y avait dans les bungalows, s'il avait nos autres animaux, quand je suis tombé sur la voiture de la fille. Elle est là-bas. Mais tu connais l'endroit. Très étendu.

S'ils nous voient arriver, ils fileront par les bois ou on sera dans leur ligne de tir.

— Ligne de tir ? dit Goose. Ça ne ressemble pas à Bernie.

Le gamin était tellement gentil que lorsqu'il nettoyait le local il ramassait systématiquement les araignées et les fourmis pour les mettre dehors plutôt que de les tuer.

— Je te le dis : il a la fille là-haut, avec les animaux. Le gamin a pété les plombs.

— Qu'est-ce que tu veux faire ? demanda Poppy.

— J'ai crevé les pneus de la voiture de la fille et du pick-up de Bernie ; comme ça, ils sont pas près de bouger. Laisse-moi organiser une partie de chasse avec quelques-uns des gars. On les bute tous les deux, et le problème est réglé.

Ils parlaient de tuer Bernie – l'un des leurs – et la fille. Sans raison valable. Du moins, pas selon Goose. Mais il savait qu'il valait mieux ne pas discuter, ça ne ferait qu'envenimer la situation. Peut-être pourrait-il s'éclipser, appeler Wilson et l'envoyer récupérer Bernie et la fille. Prévenir Caitlyn, aussi. Wilson serait furieux. L'argent était sa priorité. Mais il s'agissait du meurtre de deux gamins innocents et d'une féd'. Goose ne pouvait pas laisser faire ça.

— Ça réglera pas tous nos problèmes, dit Poppy, jetant un coup d'œil par-dessus son épaule, vers le salon où attendait Caruso. Bernie et la fille peuvent attendre.

La féd' nous a rendu une nouvelle visite. Elle nous a humiliés devant Caruso.

Fouine toucha le couteau à sa ceinture.

— La salope. Je vais m'occuper d'elle.

Poppy secoua la tête.

— Goose dit qu'elle a fait des recherches Internet sur les archives cherokees.

Goose ne corrigea pas Poppy. Il lui avait qu'il soupçonnait le petit ami de Tierney d'avoir fait ces recherches. Inutile d'ajouter un innocent de plus à la liste des condamnés à mort.

— Tu penses que Lena lui a parlé ?

— Ou peut-être qu'Eli Hale est parvenu à lui faire passer un message. Quoi qu'il en soit, on doit s'occuper d'elle avant qu'elle assemble les pièces du puzzle.

Ils étaient sérieux. *Hors de question !* Goose n'avait pas signé pour ça.

Tous deux le jaugèrent du regard.

— Qu'est-ce que tu en dis, Goose ? Prêt à t'occuper des affaires ?

Goose sentit son sang se glacer, mais il leur présenta son visage le plus impassible et hocha la tête.

— Tout ce que voudra le club. Tu veux que je m'y prenne comment ?

Poppy lui donna une tape sur l'épaule.

— Je savais que tu en étais capable. Fais passer ça pour un accident. La dernière chose qu'on veut, c'est attirer l'attention des féd'.

— Je m'en occupe.

— Je compte sur toi et sur Fouine. Aujourd'hui.

Chapitre 28

Caitlyn regarda sa mère s'éloigner. Il fallait toujours que Jessalyn ait le dernier mot, quel que soit le sujet. Mais cette fois c'était différent. Ça semblait… définitif.

Sa mère avait travaillé toute sa vie pour préparer Caitlyn à affronter le monde. Pourquoi ne croyait-elle pas en sa fille ? Caitlyn resta immobile, sans remarquer que le soleil, se reflétant sur les nuages qui filaient dans le ciel, redessinait les montagnes devant ses yeux. « La famille d'abord. » Le principe de Jessalyn. Comment Caitlyn pouvait-elle ne pas le respecter en se dévouant au travail qu'elle aimait ?

La confusion le disputait au ressentiment. Elle voulait simplement faire son travail, bon sang ! Mais personne, ni Jessalyn, ni Paul, ni le foutu FBI, ne semblait comprendre ça.

Tant pis pour eux. Elle allait retrouver Lena Hale. Puis elle réfléchirait au reste.

Elle sortit de la pièce. Paul l'attendait dans l'entrée, devant l'ascenseur.

— Je me suis dit que tu devais avoir faim.

Il lui tendit un bagel transformé en sandwich jambon et œuf.

— Merci.

Elle dévora cette préparation revigorante sans vraiment l'apprécier avant qu'autre chose vienne l'en empêcher. Ils prirent l'ascenseur.

— Où allons-nous ? demanda Paul.

Elle lui fut reconnaissante de ne pas mentionner Jessalyn ou le fiasco connu sous le nom de « brunch familial ». Elle apprécia le fait qu'il ne pose pas de questions. Mais ce serait bien le diable si elle faisait de lui son coéquipier dans cette enquête.

— Tu continues les recherches en ligne. Je vais parler à ce bibliothécaire des archives. Quel est son nom ?

Il sourit. Une chose était sûre à propos de Paul : quand il le voulait, il pouvait mettre n'importe qui dans sa poche. Même sans recourir à son imitation de Barry White.

— Tu veux dire le nom du gars qui attend de me parler ? Viens. Je conduis.

— Non, on prend ma voiture.

Comme ça, elle pourrait le laisser là-bas, au milieu des documents et des livres poussiéreux. C'était l'endroit le plus sûr pour lui, et il adorerait ça. Elle inventerait une mission spéciale qui le ferait se sentir important, quelque chose d'ésotérique qu'il passerait la journée à dénicher, même avec l'aide du bibliothécaire, pendant qu'elle arpenterait les rues. C'était le meilleur moyen de faire son boulot et de garder Paul sain et sauf. Certes il ne serait certainement pas d'accord si elle en discutait avec lui.

Les archives étaient l'un des départements tribaux alignés dans un immeuble moderne de plain-pied en ciment passé au blanc de chaux et au toit métallique. À l'exception de la Subaru de Caitlyn, le parking était vide.

En fait le bibliothécaire n'en était pas un. C'était un archiviste du nom de Judas Bearmeat.

— Vous trouverez des Bearmeat aussi loin que vous puissiez remonter dans les rouleaux, dit-il fièrement en traversant avec eux la réception pour contourner le comptoir. Y compris mon homonyme dans le rouleau Hester de 1884.

Ils passèrent devant des étagères sur lesquelles se trouvaient des microfiches, des grands livres bien tenus, des journaux et le catalogue de la bibliothèque sous forme de fiches cartonnées. Au fond du bâtiment, on apercevait une petite table de conférence sur laquelle s'empilaient des livres. Derrière, le coin avait été transformé en un bureau sans porte ni murs de séparation. Un bureau métallique y était disposé en diagonale, bordé de classeurs à tiroirs horizontaux. Sur l'un d'eux étaient posés un service à thé et une cafetière. Deux chaises métalliques étaient disposées devant le bureau. Caitlyn doutait néanmoins que Bearmeat ait le plaisir de recevoir très souvent des visiteurs. Il avait une soixantaine d'années, et le rapide débit de paroles de quelqu'un trop souvent seul, incapable de se taire quand il a l'opportunité de parler avec un autre être humain.

— En quoi Lena vous a-t-elle demandé de l'aider ?

Caitlyn entra dans le vif du sujet pendant que Bearmeat préparait un café pour Paul et un thé pour lui. Elle n'avait rien voulu.

Il prit son temps avant de répondre. C'était évident qu'il aurait préféré que Paul prenne la parole. Ils parlaient le même langage, celui des universitaires. Cela lui convenait parfaitement : cela occuperait Paul quand elle serait partie.

— Comme je l'ai dit au docteur Franklin (Il fit un signe de la tête à Paul et lui tendit une tasse en porcelaine portant les armoiries des Cherokees de l'Est.) Mlle Hale et moi avons eu plusieurs conversations. C'était une charmante jeune fille à l'esprit vif. Elle aurait fait une brillante chercheuse.

— Elle n'est pas morte. Seulement disparue, lui rappela-t-elle. (Six minutes en sa compagnie, et elle était déjà irritée par son ton pédant.) De quoi avez-vous parlé, la dernière fois que vous l'avez vue ?

— Comme vous le savez peut-être, Mlle Hale étudiait les rouleaux des Cherokees de l'Est pour essayer de localiser les autres familles d'affranchis. Elle était curieuse de l'impact que pouvaient avoir les récents verdicts concernant les anciens esclaves des Cherokees de l'Oklahoma sur les descendants de nos propres affranchis.

— Oui, je sais. La revue juridique, la cour suprême. Mais quelque chose l'a fait s'intéresser à la mort de mon père. En quoi faire figurer le nom de sa famille et celui d'autres affranchis dans les rouleaux cherokees a-t-il quelque chose à voir avec mon père ?

Bearmeat s'assit, la tasse à la main, et croisa les jambes. Il plaça une serviette sur son genou avant d'y poser la tasse.

— Et qui est donc votre père ?

— Sean Tierney. C'était un adjoint du shérif du comté de Balsam, mort il y a vingt-six ans.

Bearmeat n'avait pas besoin de savoir que Sean s'était suicidé. Ni pourquoi.

— Tierney. Oh oui, je m'en souviens ! Lena était moins intéressée par sa mort que par le Pacte des affranchis.

— Qu'est-ce que c'est, le Pacte des affranchis ? demanda Caitlyn sur le point d'envoyer Bearmeat rejoindre son homonyme.

— Tu connais la Piste des larmes, n'est-ce pas ? intervint Paul. En 1839, quand la plupart des Cherokees furent chassés de leurs terres et se sont installés en Oklahoma. Mais quelques-uns sont restés derrière et beaucoup sont retournés en Caroline du Nord. Ils ne pouvaient pas posséder de terres, mais un

Blanc adopté par la tribu, Will Thomas, acheta avec son propre argent la terre de Qualla Boundary pour eux. Puis il y eut la guerre de Sécession. Thomas réunit une compagnie de Cherokees de sa tribu pour combattre aux côtés des Confédérés.

Caitlyn secoua la tête. Les dates et l'histoire n'avaient jamais été son fort.

— Ils se sont donc battus du côté des perdants.

— Ce n'est pas la question, dit Bearmeat. L'esclavagisme a été aboli par un décret du Conseil national cherokee en 1863. Puis, un an après la fin de la guerre de Sécession, les anciens esclaves, les affranchis, sont devenus des citoyens cherokees en accord avec le traité négocié entre les Cherokees de l'Oklahoma et le gouvernement fédéral.

— Alors les affranchis sont des Cherokees.

— C'est la controverse. Ce sur quoi portaient les recherches de Lena.

— Tu vois, dit Paul, les dossiers sont présentés devant les cours tribales et fédérales depuis les années 1980. Mais ces décisions de justice ne s'appliquent pas aux Cherokees de l'Est.

Bearmeat prit le relais. Les deux hommes étaient synchrones, même si Bearmeat avait passé sa vie à étudier le sujet alors que Paul n'avait eu que quelques heures pour le faire. Si elle avait eu moins confiance en elle et avait été moins pressée, Caitlyn aurait pu être intimidée par leur supériorité intellectuelle. En l'état actuel des choses, elle prenait sur elle pour ne pas les interrompre et leur demander d'en venir aux faits.

— Après la guerre de Sécession, les Cherokees de l'Est ont conclu un pacte avec les affranchis, dit Bearmeat. Ils ne pouvaient pas remettre en cause le traité signé avec le gouvernement fédéral. Pas sans risquer de perdre le fragile statut qu'ils avaient gagné après s'être rangés du côté de la Confédération. Mais ils comprirent que leur force, à vrai dire la seule façon d'assurer leur existence en tant que Cherokees, était de maintenir la pureté raciale. Alors ils ont eu l'idée du pacte.

— Je ne sais toujours pas ce que c'est que ce pacte.

Aucun d'entre eux ne remarqua le ton qu'elle avait employé. Sinon, ils se seraient empressés de l'éclairer.

— C'était un accord avec les affranchis, expliqua Paul. Les Cherokees de l'Est ne pouvaient pas les chasser de la réserve, pas sans sanctions de la part du gouvernement. Ils ont donc offert une terre aux affranchis. Ils pouvaient vivre sur la réserve comme membres de la nation cherokee, telle qu'elle était reconnue par le gouvernement, mais à condition de renoncer à leur droit d'intégrer la tribu.

— Après la guerre de Sécession, la plupart d'entre eux n'avaient pas les moyens d'acheter des terres. Ici, au cœur de Qualla Boundary, les affranchis se voyaient offrir une terre. Une concession perpétuelle, s'ils renonçaient à devenir membres à part entière de la tribu.

— Pourquoi Lena penserait-elle que mon père avait quelque chose à voir avec un traité signé il y a plus d'une centaine d'années ?

Bearmeat ne répondit pas. Au lieu de cela, il se leva, posa délicatement sa tasse de thé et la serviette à côté de la cafetière sur le meuble métallique, dont il tira l'un des tiroirs plats. Caitlyn avait d'abord pensé que les tiroirs devaient contenir des cartes, vu qu'ils étaient très larges et profonds, mais étroits. Mais Bearmeat en sortit une grande feuille de papier : le fac-similé d'un vieux parchemin ou d'une peau de mouton.

Il passa devant Caitlyn et posa le document sur une table de conférence vide, devant la porte. Paul et Caitlyn le suivirent.

— Ce n'est qu'une photocopie, dit-il, bien qu'il la manipulât comme s'il s'agissait des joyaux de la couronne.

Caitlyn se glissa entre Paul et Bearmeat pour la voir. Il y avait des mots en anglais écrits à la main tout en fioritures en haut du document et des personnages magnifiquement dessinés en bas, suivis par une rangée de signatures. L'une de ces signatures était celle d'Elijah, l'un des ancêtres de la famille Hale.

— C'est de l'écriture cherokee, en bas ?

— Exact. (Bearmeat soupira.) Nous avons perdu l'original. En 1988.

— L'année de la mort de mon père.

Bearmeat haussa les épaules.

— Je n'en sais rien. La dernière fois que j'ai parlé à Lena, elle portait une copie du pacte chez une traductrice cherokee.

Les épaules de Caitlyn s'affaissèrent sous le coup de la déception. Pendant un instant, elle avait cru que l'archiviste pouvait savoir ce qui reliait la mort de son père à la disparition de Lena. Peut-être même lui donner un indice, au sujet de Lena ou de la vérité à propos de son père.

Puis le regard de Bearmeat passa du document à Caitlyn.

— À moins que… Je suppose que votre père n'a rien à voir avec le meurtre de Tommy Shadwick ? Parce que Tommy est la dernière personne à avoir emprunté l'original du pacte aux archives. La nuit où il a été tué, pour être exact.

Bernie était brûlant. Il grognait dans son sommeil. Ses yeux devenaient jaunes. Ce n'était pas bon signe. Lena inspecta son bras, à l'endroit où le léopard l'avait griffé. Les plaies ne saignaient plus, et, même si elles étaient un peu bleues et enflées, il n'y avait pas de rougeur ni de signe d'infection. Et puis ça s'était produit si vite. Peut-être était-il déjà malade avant de se faire griffer ?

Peu importait. Il avait besoin d'aide. Et vite.

Elle fouilla le bungalow. Elle trouva des pièces de motos, du linge sale, des conserves et des plats surgelés, de la nourriture pour chien en grand conditionnement et des tas et des tas de comics et de vieux romans. Le portrait d'un homme seul.

Mais elle ne trouva pas ce qu'elle cherchait : un téléphone ou un ordinateur. Un moyen d'appeler au secours. Elle fouilla les poches de Bernie et y trouva quelques cartouches. Elle prit le revolver qu'il lui avait donné, comprit comment ouvrir le barillet et vit qu'il était vide.

Il lui avait confié un revolver non chargé. Parce qu'il essayait de la berner ou parce qu'il n'était pas assez stupide pour confier une arme chargée à une fille terrorisée qui n'en avait jamais tenu une auparavant ?

Elle ne trouva pas de cran de sûreté, alors elle pencha pour la deuxième solution. Le léopard continuait d'arpenter le toit métallique au-dessus d'eux. Le soleil s'était levé. L'animal ne devrait-il pas être couché ?

Elle glissa avec précaution quatre cartouches dans les petites chambres du barillet. Puis elle le referma et le fit tourner de sorte qu'aux deux premiers coups, le chien percute les chambres vides. Il lui faudrait appuyer trois fois sur la gâchette pour faire feu. C'était la façon la plus sûre de porter une arme, et il était hors de question qu'elle s'aventure dehors sans cela. Pas avec le léopard qui rôdait toujours.

Elle disposa la chaise entre la fenêtre et le lit de Bernie. Alternativement, elle essayait de lui faire boire du Gatorade et guettait le léopard. L'animal bondit finalement sur le sol et disparut au milieu des arbres. Si elle voulait trouver de l'aide, c'était l'occasion.

— Je reviendrai, dit-elle à Bernie.

Il grogna et lui saisit la main. La sueur avait imbibé son sweat-shirt et le drap.

— Ne partez pas. Dangereux.

— Il vous faut de l'aide. Je reviendrai. (Elle lui essuya le visage avec un chiffon humide.) Y a-t-il une voiture ?

Il hocha la tête.

— À côté de votre bungalow. Prenez mon pick-up. Il fait froid.

Il frissonnait et claquait des dents, et elle ne savait pas s'il parlait du temps ou de la fièvre.

— Lena. (Il prononça son nom comme si c'était un mot spécial.) Soyez prudente.

Sa tête retomba sur l'oreiller. Dire ces quelques mots l'avait épuisé.

Elle attrapa son manteau et jeta un autre coup d'œil par la fenêtre. Aucun signe du léopard. C'était maintenant ou jamais.

Le soleil était suffisamment lumineux pour avoir dissipé l'épais brouillard dans lequel le chalet avait baigné le plus clair de la matinée. La neige commençait à fondre. Mais les nuages qui s'accumulaient au-dessus des montagnes à l'ouest promettaient de nouvelles chutes. Elle boutonna son manteau pour se protéger du vent. Le revolver était froid et lourd dans sa main nue.

À la lumière du jour, elle comprit qu'elle s'était totalement perdue, la nuit précédente. Une clairière avait été aménagée dans la forêt pour le chalet et les bungalows environnants, suffisamment étendue pour que chaque habitation ait son intimité, séparée d'une quinzaine de mètres du bungalow voisin. En regardant vers le centre, où se trouvait le chalet, avec ses murs en rondins brunis par les années, on avait l'impression de grands espaces ouverts. Mais, tout autour, les arbres dominaient et se balançaient dans le vent, défiant quiconque de quitter cet espace dépeuplé pour s'enfoncer dans le décor sauvage.

Au-delà des arbres, au sud et à l'est, on ne voyait rien à l'horizon, excepté les montagnes que l'on devinait à peine de l'autre côté de la vallée en contrebas. Au nord et à l'est, l'ombre des pics escarpés couverts de glace et baignés par le brouillard évinçait la lumière du soleil.

Lena était bien loin d'Hayti, le quartier de Durham où elle avait grandi. Elle n'était pas du tout dans son élément.

Elle baissa la tête pour lutter contre le vent, mais resta attentive au moindre mouvement. Elle se dépêcha de traverser la clairière pour rejoindre le bungalow devant lequel était garée sa petite Honda, à côté d'un grand pick-up noir. Alors qu'elle approchait des voitures, elle entendit un claquement de dents derrière elle.

— Smokey ! Tu es vivante.

Lena glissa le revolver dans sa poche et ouvrit les bras, étonnée d'être si soulagée de voir le chimpanzé. Smokey se précipita vers elle, mais se retint au dernier instant pour ne pas renverser la jeune femme. Elle ne la prit pas dans ses bras mais appuya son museau contre la poitrine, le visage et le cou de Lena, tout en lui tapotant le corps comme pour vérifier qu'elle n'était pas blessée.

— Je vais bien. Où sont tes amis ?

Lena regarda autour d'elle. Aucune trace des autres chimpanzés. Elle espérait que le léopard ne les avait pas attrapés. Non. Si ç'avait été le cas, il n'aurait pas rôdé autour du bungalow de Bernie toute la matinée, il aurait fait pitance.

Lena prit Smokey par la main. La présence du chimpanzé la réconfortait. N'était-ce pas complètement dingue ? En moins d'une semaine, tout son monde s'était effondré. Toutes ses certitudes avaient laissé place au doute. Il ne lui restait plus que sa foi en Dieu, elle-même mise à l'épreuve. Mais voilà ce qu'Il avait fait pour la délivrer. Il lui avait envoyé Smokey et sa famille. Il lui avait envoyé Bernie, juste à temps pour la sauver. Il lui avait donné du réconfort quand elle était plongée dans le désespoir.

Alors qu'elle marchait dans l'herbe jaunie de la clairière détrempée par la neige de la nuit précédente en compagnie de Smokey, Lena adressa une prière aux plus hauts sommets qui les surplombaient. Un grand oiseau apparut, décrivant une spirale en volant vers le soleil. Elle sourit. Dieu l'écoutait encore. Que pouvait demander de plus un être imparfait tel qu'elle ?

La réponse vint plus rapidement qu'elle ne l'aurait souhaité. En arrivant à la Honda, Lena vit que la voiture s'était embourbée jusqu'aux enjoliveurs. Les pneus étaient à plat. Tous les quatre. Ceux du pick-up aussi.

Quelqu'un était venu ici. Qui avait fait ça. Bernie ? Non, il ne compromettrait pas sa propre évasion. Il n'aurait eu qu'à cacher les clés.

Elle jeta un coup d'œil derrière elle et fit le tour des deux véhicules. Les clés du pick-up de Bernie étaient sur le contact. Ce n'était donc définitivement pas lui qui avait crevé les pneus. Ni le léopard ou les chimpanzés.

Elle se figea à hauteur du siège passager de la Honda, face au pick-up de Bernie et au bungalow où elle avait été enfermée. Elle sentit les cheveux sur sa nuque se hérisser et se retourna brusquement, s'attendant à voir un homme brandir un couteau. Personne. Juste le vent qui balayait les feuilles mortes sur la pelouse.

Le sentiment d'être observée persista. Elle se tourna vers le bungalow, sur le point d'y pénétrer pour chercher ses affaires, quand Smokey émit un son guttural et la tira par le bras.

Lena leva les yeux. Le léopard était sur le toit du bungalow, les pattes arrière repliées, s'apprêtant à bondir.

Chapitre 29

Caitlyn se tourna brusquement vers Bearmeat.

— Vous pensez que Tommy Shadwick a été tué à cause d'un document ?

L'archiviste haussa les épaules.

— Savez-vous que presque plus personne ne parle de Tommy ? Encore moins des raisons pour lesquelles on l'a tué. C'était le seul membre du conseil opposé à la construction du *Vista View*. Il pensait que le casino corromprait notre peuple. Personne ne se souvient de ça ou de la façon dont il se battait pour protéger notre langue et notre culture. Sans lui, nous n'enseignerions pas le cherokee dans nos écoles et nous n'aurions pas préservé nos traditions orales.

C'était très bien, mais Caitlyn ne comprenait toujours pas pourquoi Shadwick avait été tué et ce que son père ou Lena avaient à voir avec tout ça.

— Eli Hale disait avoir tué Tommy parce que celui-ci ne voulait pas que les affranchis deviennent membres de la tribu, intervint Paul. Peut-être Eli pensait-il que détruire le pacte et assassiner Tommy aideraient la cause des affranchis ?

— Détruire l'original du pacte n'aurait servi à rien, dit Bearmeat. Nous en avons des copies ici et à Raleigh. En fait, nous avions l'original ici pour l'exposition organisée par le conseil tribal qui présentait tous les actes de propriété importants et les concessions de terres des Cherokees de l'Est, à l'occasion de la réunion générale convoquée en vue de voter la création du casino. C'était sa nature historique qui faisait la valeur du pacte, pas qu'il soit irremplaçable.

Encore plus de blabla et toujours rien de concret à quoi pouvait se raccrocher Caitlyn.

— Vous disiez que Lena en avait apporté une copie à une traductrice.

— Oui. Sharleen LittleJohn. Mon cherokee est, au mieux, rudimentaire, confessa Bearmeat. J'ai grandi à Bryson City. Je ne suis revenu ici qu'après avoir obtenu mon doctorat.

Il dessina un plan à Caitlyn et y indiqua le chemin en lettres capitales des plus soignées.

— Paul, tu pourrais poursuivre les recherches avec M. Bearmeat ? demanda Caitlyn. Je pense qu'on tient quelque chose. Je ne suis pas encore sûre de ce que c'est.

— OK. (Il était distrait par une sélection de vieilles cartes reliées posée sur la table de conférence.) Tu me retrouves ici ?

— Appelle-moi si tu trouves quelque chose.

Elle remercia Bearmeat et s'éclipsa.

Elle était arrivée à l'Impreza quand son téléphone sonna.

— Vous êtes la féd' qui recherche la jeune Noire ? demanda une femme.

— Qui êtes-vous ?

— Peu importe. Si vous voulez retrouver la fille avant qu'il soit trop tard, vous feriez mieux de vous dépêcher. Elle est à la maison de son père, sur la montagne McSwain.

La femme raccrocha avant que Caitlyn ait pu lui poser une question. Numéro inconnu. Évidemment. Elle s'installa au volant et attendit que le moteur chauffe. C'était malin de demander à une femme de passer l'appel. Ils s'étaient dit que Caitlyn serait moins méfiante. Dommage qu'ils ne connaissent pas sa devise : ne faire confiance à personne, ne rien supposer. Cela lui avait été inculqué très jeune.

Les psys du Bureau ne manqueraient pas de diagnostiquer un syndrome d'abandon, si elle leur en laissait l'occasion. Les idiots. Une fille de neuf ans qui découvrait le cadavre de son père, comprenant que son héros l'avait trahie, abandonnée ? Puis qui avait grandi avec une mère qui la considérait davantage comme sa colocataire que comme sa fille ? Un syndrome d'abandon, sans déconner ?

Mais c'était ce syndrome d'abandon, ce manque de confiance, quel que soit le nom que ça portait, qui l'avait maintenue en vie jusqu'à aujourd'hui. Et elle n'était pas près de changer.

La question n'était pas de savoir si cet appel était un piège, mais comment en tirer parti.

Fouine attendrait Tierney à l'ancienne maison des Hale. L'une des filles du club appellerait la féd' pour l'envoyer là-bas tandis que Goose la suivrait pour s'assurer qu'elle vienne seule et l'empêcher de s'échapper.

C'était le plan. Goose n'avait aucune intention de l'appliquer. Alors qu'il attendait au bord de la route 19 que Caitlyn quitte Cherokee, il appela Wilson.

— Comment ça se passe ?

— Fouine n'est pas près de se rendre où que ce soit, répondit Wilson. J'ai rempli son réservoir d'eau.

C'était mieux que du sucre, et plus discret.

— Il ne comprendra pas ce qui se passe, poursuivit-il. Je retourne surveiller Caruso, maintenant.

— Karlee a appelé les flics ?

— Elle a essayé. Elle est tombée sur les services d'urgence. Elle leur a parlé de Bernie et de la fille. Elle ne sait pas s'ils l'ont crue.

— Ils ne risquent pas grand-chose avec Fouine hors de course, trancha Goose. Je dirai à Tierney d'aller les chercher.

— Tu es sûr de ton coup ? Ça pourrait nous péter à la gueule.

— Ne t'inquiète pas, nous aurons l'argent. Sans avoir de sang sur les mains.

— Ce n'est pas l'argent qui m'inquiète, aboya Wilson. C'est ce que feront les Faucheurs s'ils découvrent le pot aux roses.

— Tout va bien. Contente-toi de trouver l'argent. Je m'occupe du reste.

La Subaru bleue de Caitlyn s'engagea sur la route 19 depuis Acquoni Road.

— Je dois filer. Le spectacle commence.

— Sois prudent.

— Oui, maman.

Goose raccrocha, démarra sa moto et suivit Caitlyn.

Une fois le *Vista View* dépassé, il y avait moins de circulation. Les motards qui participaient à la course du poker devaient être à mi-chemin de Gatlinburg ou déjà sur le retour, et les touristes se trouvaient à Cherokee ou au casino. La route s'éleva à flanc de montagne. Il accéléra pour se mettre au niveau de Caitlyn. Elle le repéra dans son rétroviseur extérieur gauche et appuya sur l'accélérateur.

Bon sang! Ils étaient presque arrivés à la route de la montagne McSwain. Il devait l'arrêter avant qu'elle s'y engage; sinon, Fouine comprendrait que Goose était impliqué, et tout serait fichu. Une voiture qui arrivait en face l'obligea à rester derrière la Subaru, collé au pare-chocs. Mais, quand la voie fut libre, il accéléra de nouveau, lui faisant signe de s'arrêter.

Elle le surprit. Sa voiture en avait sous le capot et le laissa dans le vent, disparaissant dans un virage serré.

Il se pencha sur la moto, accéléra et prit le virage presque à l'horizontale. Il ne pouvait pas risquer de la perdre maintenant. Il y avait encore une route jusqu'à la montagne McSwain, une route de terre qui serpentait dans la montagne puis redescendait vers la réserve pour se terminer près du sentier à Mingo Falls.

Il fallait qu'il l'arrête pour lui parler ou qu'elle prenne cette route. Au sortir du virage, il aperçut la Subaru, un point bleu sur le marron des arbres et le noir de l'asphalte. Il accéléra, la dépassa, puis s'arrêta dans un dérapage qui laissa de la gomme sur l'asphalte. Il bloquait les deux voies. Elle ne pouvait pas passer sur la droite sans chuter de la montagne. La seule possibilité pour elle était de s'engager sur la route de Mingo Falls. Sauf si elle le renversait. Ce qui, vu qu'elle sortirait d'un virage et qu'elle ne le verrait pas tout de suite, dépendait de son temps de réaction et de la puissance de freinage de sa voiture.

Il sentit la moto vibrer sous lui, l'invitant à oublier son stratagème et à filer, quand elle sortit du virage, roulant droit sur lui.

C'était une idée vraiment stupide. Mais il ne bougea pas.

Chapitre 30

Caitlyn n'avait pas la moindre idée du jeu auquel jouait Goose en essayant de lui faire quitter la route. Mais elle était sur le point de sortir son arme de service et de le placer en détention elle-même. Elle avait essayé d'appeler le bureau du shérif pour demander des renforts, mais on captait mal sur cette portion de route entre Evergreen et Maggie Valley, et elle n'avait pas réussi à le joindre. Elle se retrouvait donc seule, à faire la course avec l'homme de main des Faucheurs, le vide d'un côté et la montagne de l'autre.

Fort heureusement, sa Subaru pouvait relever le défi. La voiture n'avait l'air de rien, mais en plus de la transmission intégrale elle avait un moteur semblable à celui d'une Porsche. La Harley de Goose rugit alors qu'il accélérait et la dépassait. Puis il disparut dans un virage en tête d'épingle, le dernier lacet avant le croisement avec la route de la montagne McSwain. Peut-être allait-il se placer en embuscade sur la route à une voie qui montait à la maison des Hale ?

Elle sortit du virage. Goose bloquait les deux voies de sa moto. L'adrénaline enflamma ses synapses quand elle appuya sur le frein et l'embrayage en rétrogradant de la quatrième à la seconde. Il n'avait pas attendu d'être au croisement pour l'arrêter. Cet idiot était-il suicidaire ?

Elle tira sur le frein à main. L'odeur du caoutchouc brûlé lui emplit les narines. Elle lutta à deux mains contre le volant tandis que la voiture dérapait, hors de contrôle. Au lieu de rester dans l'axe, elle braqua dans le virage et se retrouva face à la montagne, et à une petite route de terre s'ouvrant entre deux arbres.

Elle tourna violemment le volant et fit un tête-à-queue, frôlant Goose de si près qu'il emplit la vitre latérale. La Subaru se retrouva en travers de la route, dans l'autre sens, à moitié sur le bitume, à moitié sur la terre.

Elle parvint à ne rien percuter, pas même cet imbécile de motard, mais la voiture stoppa d'une façon si abrupte que Caitlyn plongea en avant et que sa tête percuta le volant. Pas assez fort pour perdre connaissance, mais juste assez pour qu'une soudaine douleur lui fasse perdre une seconde ou deux. Elle garda les idées suffisamment claires pour dégainer son arme et la tenir sur son flanc.

Goose courut à la voiture et ouvrit brusquement la portière.

— Rien de cassé ? Je voulais juste que vous vous arrêtiez. Je ne m'attendais pas à Steve McQueen.

Elle gémit et redressa la tête. Du sang tachait le cuir marron du volant. Elle détacha sa ceinture de sécurité, dissimulant le Glock.

— De Niro. La poursuite en voitures de *Ronin* est bien meilleure que celle de *Bullitt*.

— OK, faisons un compromis. Hackman. (Il saisit le menton de Caitlyn et regarda la coupure qu'elle avait sur le front.) Aucune douleur ailleurs ? À la nuque ?

— Non. Ça va. Hackman. *French Connection*. Ça me paraît bien.

Il se pencha dans l'habitacle, essuyant le front de Caitlyn de son bandana.

— Je ne crois pas que vous aurez besoin de points de suture. Mais c'est une vilaine bosse.

Elle lui colla le canon du pistolet contre la poitrine et le poussa en descendant de la voiture. Puis elle se plaça hors de sa portée, le tenant en joue malgré le filet de sang qui lui coulait dans l'œil.

— Tournez-vous, les mains au-dessus de la tête, et regardez le ciel.

Il obéit, avec des gestes lents pour lui montrer qu'il n'était pas une menace.

— Ce n'est pas ce que vous croyez. J'essaie de vous aider, et nous n'avons pas beaucoup de temps.

— Vous essayez de me tuer, plutôt. Vous croyiez vraiment m'avoir avec un coup de fil bidon ?

— Pas entièrement bidon. Lena Hale est bien en danger. Mais elle n'est pas à l'ancienne maison de son père. Si vous voulez la sauver, je sais où elle se trouve. Tout ce que je demande, c'est que vous m'écoutiez.

Elle réfléchit à la question. Quelque chose chez Goose la perturbait depuis qu'elle l'avait rencontré. Autant obtenir toute la vérité.

— OK. Parlez.

— Pas ici. (Il tourna la tête pour la regarder par-dessus son épaule.) Dans un endroit plus discret. Il ne faut pas qu'on me voie avec vous.

— Où ça ?

— Là-haut.

Il désigna du menton la route de terre. Elle conduisait à Mingo Falls, où son père l'emmenait tout le temps quand elle était enfant. Les Faucheurs pouvaient lui tendre une embuscade là-haut, mais c'était vraiment se donner beaucoup de peine pour l'y faire monter. L'attitude de Goose indiquait qu'il ne mentait pas.

Caitlyn décida d'écouter son instinct plutôt que de suivre le règlement. Elle baissa son arme et désigna la moto d'un signe de la tête.

— Après vous. Pas à plus de deux mètres devant moi.

Hors de question qu'il monte en voiture avec elle. Et, s'ils abandonnaient la moto et que des Faucheurs la voyaient, ils pourraient les suivre.

Goose ne dit rien, mais ses épaules se relâchèrent. Il lui sourit, mais pas de son habituel air suffisant. C'était un sourire sincère qui se lisait également dans ses yeux.

— Merci.

Ils étaient seuls sur le chemin de terre et de gravier. Les touristes venaient rarement voir les chutes d'eau en hiver et, quand ils le faisaient, ils empruntaient la route goudronnée qui partait de la réserve et montait par l'autre versant de la montagne. Ils atteignirent rapidement le parking, une petite clairière retirée au départ du sentier.

Goose descendit de moto et l'attendit, les bras le long du corps et les mains ouvertes. Il ne représentait pas une menace.

Elle descendit de la Subaru, l'arme à la main, mais sans la braquer. Pas encore. Elle resta suffisamment loin de Goose pour qu'il ne puisse pas l'attaquer mais assez près pour qu'il le regrette s'il essayait. Elle avait mal à la tête et se sentait nauséeuse à cause du choc et du contrecoup de la montée d'adrénaline, mais elle n'en laissait rien paraître.

— Qu'est-ce que c'est que cette histoire ? demanda-t-elle.

Il soupira, se passa la main dans les cheveux, et elle eut la soudaine impression qu'il n'avait pas l'habitude de les avoir si longs.

— Mon nom n'est pas Jacob Clay, répondit-il. C'est Jake Carver.

Il n'y avait qu'une seule raison pour que ce soit un alias qui soit sorti quand le shérif avait consulté le CNID. *Merde, alors !* Elle savait que quelque chose ne collait pas.

— Vous enquêtez sur les Faucheurs. ATF ? DEA ?

C'était ce qui venait tout de suite à l'esprit quand il s'agissait de gangs de motards.

— Avec les marchés aux puces et les conventions d'armes à feu du coin, les Faucheurs peuvent s'acheter toutes les armes qu'ils veulent légalement. Et les seules drogues que j'ai vues étaient à usage personnel et récréatif.

— Alors quoi ?

— Blanchiment d'argent.

— Merde ! (Elle le dévisagea.) Vous êtes du Bureau ? Les délits financiers ?

La plupart des gars qui traquaient les criminels en col blanc qu'elle connaissait étaient du genre costume-cravate. Tout sauf le style muscles-tatouages-cuir-jean de Goose.

— Pire. Le fisc.

Elle ne put s'empêcher de pouffer de rire.

Il soupira et s'avachit contre sa moto, mais en lui souriant et en plissant les yeux, lui signifiant qu'il avait l'habitude des moqueries.

— Vous êtes un agent de l'administration fiscale ?

— Originellement. J'ai été réassigné au FBI ces dernières années.

— Ça fait donc de vous un expert-comptable, dit-elle en simulant un frisson de terreur.

— Et un expert-comptable judiciaire.

Doux Jésus, à quoi pensaient-ils ? Envoyer un comptable infiltrer un gang de motards ?

— Depuis combien de temps êtes-vous sous couverture ?

— Un an, trois mois et six jours.

— Où est votre équipe ?

— C'est délicat de les garder à proximité dans un endroit où tout le monde se connaît, alors ils tournent. Ils se font passer pour des joueurs, des touristes ou des pêcheurs. Deux d'entre eux étaient sur la piste de danse, l'autre nuit. Ils ont déclenché la bagarre qui vous a comme par hasard permis de vous sortir du pétrin, votre petit ami et vous.

— Où sont-ils, à l'heure qu'il est ?

Il haussa les épaules.

— Ce qu'il y a de bien, avec la technologie, c'est qu'ils n'ont pas besoin de rester à portée de voix pour tout écouter.

Le Bureau équipait systématiquement les téléphones portables de micros omnidirectionnels et d'enregistreurs. Mais, même si les appareils pouvaient enregistrer en toutes circonstances, ils ne pouvaient pas envoyer de signal à l'équipe en renfort s'il n'y avait pas de réseau. Ce qui voulait dire que Goose avait passé le plus clair de ces quinze mois en solo.

— Oui, mais cela signifie également qu'ils ne peuvent pas vous prêter main-forte en cas de problèmes. Du moins, pas rapidement.

— Contrairement à vous qui débarquez toute seule pour semer la zizanie. Au moins, j'ai des renforts. (Il se tourna vers elle, le visage sérieux, avec son regard de méchant garçon à la Goose le Faucheur.) Le fait est que nous sommes sur le point de coincer ces ordures. Pas seulement les Faucheurs, mais aussi ceux qui tirent les ficelles.

— Et je suis dans vos pattes.

— Vous ne savez pas à quel point. Je suis ici parce que Poppy veut votre peau. Il m'a envoyé pour vous tuer.

Chapitre 31

Le gros félin sauta et atterrit sur le plateau du pick-up de Bernie. Lena ouvrit d'un coup sec la porte arrière de la Honda et tenta d'y pousser Smokey qui résista. Le léopard s'étira, les pattes avant posées sur la ridelle du pick-up. Lena croisa son regard, et la peur la saisit.

Smokey la sauva. Elle grimpa à l'arrière de la Honda, en laissant à Lena la place de sauter dans l'habitacle. La jeune femme claqua la portière juste au moment où le véhicule se mit à tanguer.

Le léopard était sur le toit.

Lena se pencha vers le siège avant et verrouilla les portières, avant de rire en comprenant l'absurdité de son geste. Comme si le léopard allait actionner la poignée. Elle rit si fort que des larmes jaillirent de ses yeux. Smokey émit un roucoulement et lui tapota la tête, la coiffant de ses longs doigts à la peau tannée.

Face à l'instinct maternel du chimpanzé, Lena eut envie de se lover sur les genoux de Smokey et de s'abandonner aux larmes. Mais elle les sécha.

Le léopard gratta le toit avec ses griffes, et Lena sortit le revolver de sa poche. Smokey identifia l'arme et, montrant les dents, elle tenta de la lui faire lâcher en lui tapant sur les mains. Lena recula rapidement le bras, et le chimpanzé alla se blottir à l'autre bout de la banquette arrière. Puis elle comprit la futilité de son geste. Elle ne pouvait pas tirer. Pas depuis l'intérieur de la voiture. Et si la balle ricochait et la touchait ? Ou touchait Smokey ?

Elle remit le revolver dans sa poche. Il n'y avait rien d'autre à faire que d'attendre le départ du félin.

Smokey se calma, glissa sur la banquette pour se rapprocher de Lena et posa un bras sur les épaules de la jeune fille. Il y eut un étrange crissement. Le léopard glissa en arrière le long du pare-brise jusque sur le capot. Il s'y coucha, les pattes avant et le museau contre le pare-brise. Il les regardait et semblait déconcerté d'être si près d'elles sans pourtant pouvoir les atteindre.

Lena fut tentée de klaxonner, mais elle ne savait pas si cela ferait fuir l'animal ou l'énerverait. Elle décida de faire comme si elle ne le voyait pas, espérant qu'il se lance à la poursuite d'une proie plus facile. Son sac à bandoulière était sur le siège passager, là où elle l'avait laissé deux… non trois nuits plus tôt. Elle tendit la main et le récupéra.

Smokey renifla le sac en toile, joua avec les boucles et tira sur la bandoulière. Elle tressaillit au bruit de la fermeture Éclair. Lena fouilla la poche latérale et trouva son téléphone portable. Plus de batterie. Il était resté là quatre jours d'affilée. Et le chargeur était dans sa valise, au *Vista View*.

Elle y trouva également des barres énergétiques qu'elle glissa dans sa poche avant que Smokey se jette dessus, son carnet de notes et quelques livres qu'elle avait empruntés aux archives : une édition reliée du recensement tribal des Cherokees de l'Est effectué en 1883 par Joseph G. Hester et la thèse sur l'histoire de la tribu du docteur Bearmeat, datant de 1987, dans laquelle était analysé en profondeur le Pacte des affranchis.

Le docteur Bearmeat avait été tellement excité par l'intérêt qu'elle avait porté au pacte et par la perspective de voir son travail repris dans la *Duke Law Review* qu'il l'avait autorisée à garder les livres au-delà du prêt habituel de sept jours. « Après tout, personne n'est venu les consulter depuis des décennies », avait-il dit.

Ils avaient eu plusieurs discussions animées au sujet des conséquences légales du pacte, particulièrement depuis le récent verdict dans l'affaire des affranchis cherokees de l'Oklahoma. Il avait utilisé l'imprimante grand format pour lui sortir une copie du pacte, qu'elle avait déposée chez la traductrice qu'il lui avait recommandée.

Le plus fascinant, et le docteur Bearmeat était d'accord, était que personne ne semblait se soucier ou même se souvenir du pacte. Aucun affranchi n'avait vécu sur les terres qui leur avaient été accordées depuis des générations. Pour tout dire, les Hale avaient été la dernière famille d'affranchis à vivre à proximité de Qualla Boundary, et ils avaient déménagé après qu'Eli ait été incarcéré à Butner.

« C'est comme si quelqu'un voulait enterrer notre histoire », lui avait-elle dit alors qu'il leur préparait du thé. Elle n'avait jamais vu personne d'autre dans les locaux. Elle avait le sentiment que le docteur Bearmeat était un homme très seul, désireux, avant de mourir, de partager son savoir pour qu'il ne disparaisse pas dans la masse de documents dont il s'était si méticuleusement occupé.

— Les ordinateurs, avait-il dit, en mélangeant du lait à son Earl Grey avec plus de vigueur qu'il n'était nécessaire. C'est à cause des ordinateurs. S'ils ne peuvent trouver quelque chose en deux nanosecondes sur Google, les gens pensent que ça n'a jamais existé. Ils ne sont pas assez patients, contrairement à vous, pour remonter jusqu'à la source.

Il lui avait souri comme si elle était sa meilleure élève.

— Vous avez dit que l'original du pacte avait été perdu.

Il avait semblé gêné et s'était concentré sur son thé.

— Oui. Dans l'incendie de la maison de Tommy Shadwick.

— Provoqué par mon père.

Durant ces dernières semaines, depuis que son père lui avait ordonné de ne plus faire appel de sa condamnation, elle avait fini par accepter l'idée que sa vie s'était bâtie sur un mensonge : la foi de sa mère et de sa sœur en l'innocence d'Eli. En acceptant la culpabilité de son père, elle s'était elle-même sentie coupable et avait éprouvé l'étrange besoin de chercher ses racines familiales, et, d'une certaine façon, de laver le nom des Hale. Découvrir l'existence du pacte signé par son ancêtre lui était apparu comme un don du ciel.

Bearmeat avait hoché la tête.

— Oui. Quand Tommy est mort et que sa maison a brûlé, nous avons perdu un document historique irremplaçable. Bien sûr, personne d'autre que moi ne voyait les choses de cette façon. Du moment qu'il y avait des copies, tout le monde s'en moquait. À l'époque, ces archives n'étaient que des boîtes empilées dans le garage de mon père. Les Bearmeat sont depuis longtemps les gardiens de l'histoire de la tribu. Alors les gens avaient l'habitude de collecter toutes sortes de documents ou les vieux livres qu'ils trouvaient et de nous les donner comme on se débarrasse des poubelles. (Sa voix s'était teintée de mépris.) C'étaient les années 1980. On voulait absolument tout reconstruire. Tout devait être brillant et neuf et chromé. Moderne. Tout le monde voulait du moderne. Ils ont oublié leur héritage.

— Pas tous, docteur Bearmeat. (Elle lui avait tapoté le bras.) Sans vous, tout cela serait perdu.

Il avait souri à ces mots.

— Et vous perpétuerez la tradition. Révélez ce pacte au monde.

Elle ferait mieux que ça. Maintenant qu'elle ne passait plus son temps libre à invoquer des arguments juridiques pour faire appel de la condamnation d'Eli, Lena voulait s'installer. Elle aimait Cherokee. Les montagnes, aussi sévères et menaçantes qu'elles puissent paraître depuis le ciel, lui donnaient l'impression d'être chez elle. Elle avait rêvé d'utiliser le pacte pour faire réinscrire le nom de sa famille sur les rouleaux des Cherokees de l'Est et de trouver un travail ici, pour aider le docteur Bearmeat. Peut-être même de monter un petit cabinet d'avocat. Faire converger l'histoire et la loi pour aider les gens. Cela semblait parfait.

Jusqu'à ce qu'elle étudie attentivement les livres provenant des archives. Le docteur Bearmeat avait raison : personne n'avait pris les livres sur le pacte depuis des décennies. Depuis vingt-six ans, pour être précis.

Depuis que Sean Tierney les avait empruntés. La semaine qui avait suivi le meurtre de Tommy Shadwick. Quelques jours avant l'arrestation d'Eli et la mort de Sean. Ces dates étaient à jamais gravées dans sa mémoire.

Si son père avait tué Tommy parce que celui-ci refusait d'accorder aux affranchis le statut défini par le pacte, alors peut-être Sean Tierney avait-il simplement été curieux de connaître le mobile d'Eli. Il avait voulu comprendre ce qui avait poussé son meilleur ami à tuer un homme.

C'était sensé. Mais il y avait ce bout de papier qu'elle avait trouvé glissé entre deux pages de la thèse du docteur Bearmeat, sur lequel était griffonné un seul mot : « Casino ? »

Le casino avait été la source de revenus de la famille Hale. Avant sa condamnation, Eli avait beaucoup investi dans le projet, via la société de développement de Jimmy McSwain. Tommy Shadwick s'était également opposé à la construction du casino. Ce qui n'était qu'un mobile de plus pour Eli, même si ça n'avait pas été mentionné durant son court procès.

Mais, comme la note de Sean Tierney était glissée entre les pages reproduisant les cartes de Qualla Boundary et la zone donnée aux affranchis selon les termes du pacte, elle n'avait pu s'empêcher de se demander si l'adjoint du shérif n'avait pas découvert quelque chose.

Quelque chose qui lui avait peut-être valu de se faire tuer. Par son meilleur ami, le père de Lena.

Chapitre 32

Goose semblait s'attendre à une réaction après cette révélation, mais Caitlyn voulait surtout des réponses.

— Qui tire les ficelles ?

Il plissa les yeux.

— Nous ne le savons pas encore. Et, même si c'était le cas, je ne pourrais pas vous le dire. Mais je peux vous donner une information.

— Laquelle ?

— Je sais vraiment où se trouve Lena Hale. Et elle n'a plus beaucoup de temps. Poppy a ordonné son exécution et celle de Bernie, une des recrues des Faucheurs, qui la cache.

— Bernie ? Bernard McSwain ?

— Oui. C'est votre cousin, pas vrai ?

— Ça fait des années que je ne l'ai pas vu.

— Je vous suggère de vous mettre immédiatement en route, si vous ne voulez pas rater l'occasion d'une réunion familiale. De façon définitive.

— Vous voulez juste vous débarrasser de moi.

Il haussa les épaules.

— Une pierre, deux coups. Mais Lena et Bernie sont réellement en danger. Et je ne peux pas les aider. Fouine ne sera pas retenu très longtemps. Et je ne peux pas compromettre ma couverture. Sans parler d'une opération qui m'a coûté un an et demi de ma vie.

Il avait raison. Elle savait exactement ce qu'il vivait. Des années auparavant, elle avait travaillé comme agent infiltré à Boston. Rien n'était plus important que de préserver sa couverture et de mener l'opération à terme.

Mais si elle partait secourir Lena et Bernie elle risquait de rater l'opportunité d'obtenir les réponses qu'il lui fallait de la traductrice cherokee. Mais peut-être Lena avait-elle déjà ces réponses. Une autre idée lui vint à l'esprit.

— Si Poppy veut ma peau, il veut aussi celle de Paul.

Merde, merde, merde ! Et elle était là, dans la nature, à discuter. Elle rengaina son arme et ouvrit la portière du côté conducteur de la Subaru.

— Allez le chercher après avoir récupéré Bernie et Lena. Ils sont à la vieille station Teddy-Roosevelt.

— La station ? (Elle jeta un regard à la Harley de Goose.) Ce truc a une bonne tenue de route sur terrain accidenté ?

— Oui. Pourquoi ?

— La station n'est qu'à quelques minutes si on coupe par un ancien chemin forestier qui se trouve plus loin sur la montagne. Vous protégez Lena et Bernie pendant que je vais chercher Paul. Je vous retrouve là-bas, je récupère les gamins, et vous aurez le champ libre pour finir votre opération.

Il fronça les sourcils.

— Je ne peux pas me permettre de perdre trop de temps. Nous devons encore trouver le cash. Et le relier aux suspects.

— L'argent est marqué ?

— Oui. Des gars à nous en Floride ont réussi à glisser des billets marqués dans une planque ayant servi à un trafic d'armes avec les Nomades, qui ont ensuite donné le fric à Caruso pour le blanchir. Maintenant, il nous faut la preuve qu'il dépose la somme à la banque.

— Vous voulez dire le casino.

Des millions de dollars en espèces qui entraient et sortaient chaque semaine. Le *Vista View* était le lieu parfait pour blanchir de l'argent.

— Comment s'y prennent-ils ? demanda-t-elle.

— Je ne sais pas exactement. Le casino est zone interdite pour les Faucheurs. Mon équipe est allée sur place pour surveiller les opérations quand nous savions que de l'argent était échangé, mais ils sont revenus chaque fois bredouilles. Nous pensions au départ que c'étaient quelques croupiers ou l'un des caissiers. Mais nous n'avons pas pu obtenir de preuves tangibles.

— Avez-vous parlé à Jimmy ou au chef de la sécurité ? Je suis sûre qu'ils coopéreraient. C'est préjudiciable pour le casino, s'il est utilisé par les Faucheurs à des fins criminelles.

Il demeura silencieux. Et elle comprit.

— Vous soupçonnez mon oncle.

— Pas seulement lui. Nous soupçonnons tous ceux qui sont liés au *Vista View*. Autant de cash qui entre et qui sort chaque jour, il y a des dizaines de façons de faire l'échange.

— Pourquoi les Faucheurs s'intéressent-ils tant à Lena ? Elle n'a rien à voir avec le blanchiment d'argent, n'est-ce pas ?

— Non. Je ne sais pas pourquoi ils en ont après elle. Poppy agit comme si c'était personnel. Vous êtes au courant pour son père, non ? Il a tué un ancien de la tribu il y a des années.

Il ne savait manifestement pas grand-chose de l'histoire locale ou de l'histoire familiale de Caitlyn.

— Oui, je sais. Hale est mort. Il s'est fait tuer à Butner.

— Vraiment ? Quand ?

— Hier. Deux minutes avant que je l'interroge.

— Merde ! Un rapport avec mon enquête ?

— Je ne vois pas lequel. Le *Vista View* n'avait pas encore été construit quand Eli Hale vivait à Evergreen.

— Je n'aime pas les coïncidences.

— Moi non plus. Mais, en attendant d'obtenir d'autres réponses, nous ferions mieux de sortir les civils du terrain de jeu.

— OK. Je protège Lena et Bernie. Jusqu'à votre arrivée. Où est le chemin forestier ?

Alors qu'elle redescendait la montagne pour retourner à Cherokee, Caitlyn ne pouvait s'empêcher de penser qu'elle avait raté quelque chose. Un détail qui liait les recherches de Lena aux Faucheurs. Mais elle avait beau retourner dans tous les sens le peu d'informations qu'elle avait, elle ne trouvait rien qui collait.

Ce qui ressortait de tout ça, c'était l'intérêt que Lena portait au pacte. Mais il en existait des copies consultables par tous. Alors pourquoi faire de l'étudiante en droit une cible ?

Caitlyn n'arrêtait pas de se dire que peu de gens, y compris sur la réserve, parlaient ou lisaient le cherokee. La traduction du pacte pouvait-elle donner lieu à une réinterprétation qui déclencherait une nouvelle bataille juridique pour les affranchis ?

Mais en quoi cela pouvait-il motiver un meurtre ? L'affaire des affranchis de l'Oklahoma avait cours depuis 1985. Ce n'était pas exactement un moyen de se faire rapidement et facilement de l'argent, comme ceux qu'affectionnaient les Faucheurs.

Et pourtant… Si l'intérêt que Lena portait au pacte avait fait d'elle la cible des Faucheurs, alors la traductrice pouvait être la clé de tout ça.

Elle s'engagea sur Acquoni. Le parking devant les archives était toujours désert. Les lumières étaient allumées pour lutter contre le crépuscule de début janvier. La traductrice ne vivait pas loin, tout au plus à trois minutes de là. Poppy ne penserait jamais à chercher Paul aux archives. Il serait à l'abri encore quelques minutes, pendant que Goose s'occupait de Lena et de Bernie.

Elle passa devant le bâtiment des archives sans s'arrêter. Peut-être était-ce seulement par curiosité qu'elle s'obstinait à chercher la réponse. Peut-être était-ce par instinct. Elle n'en avait pas la moindre idée. Elle espérait ne pas commettre une erreur et ne pas mettre de vies en danger. Mais elle ne pouvait pas rater l'opportunité de résoudre un mystère.

Chemin forestier, mon cul, pensa Goose alors que la Harley rebondissait sur un sentier de terre compacte creusée par le passage des véhicules. À un moment, la moto perdit une pièce, mais ça ne semblait pas affecter le moteur ou la direction, alors il ne s'en préoccupa pas. Heureusement, les suspensions étaient suffisamment efficaces pour que ses organes internes ne risquent pas de dégâts irréversibles, même si elles n'étaient pas très utiles chaque fois que la moto décollait en passant sur une ornière ou sur une pierre, et que sa rate se cognait à sa cage thoracique.

Tierney avait raison. Le trajet ne lui prit que quelques minutes, aussi difficiles furent-elles. Il émergea de la forêt entre deux bungalows. Un grand chalet en rondins haut d'un étage se tenait au centre du plateau. Il s'arrêta un instant, se souvenant de Fouine qui parlait du léopard enfermé dans le chalet. OK, ce serait le dernier endroit qu'il fouillerait.

Le soleil avait déjà disparu derrière le sommet des montagnes à l'ouest. Le lieu était plongé dans l'ombre. Le vent s'était levé et apportait quelques flocons de neige. Il ne voyait aucune lumière dans les bungalows ni de fumée sortir des cheminées. Bernie et Lena avaient-ils fui à pied ou se cachaient-ils ?

Il décida de fouiller les bungalows dans le sens inverse des aiguilles d'une montre. Il gara sa moto, mais laissa tourner le moteur au cas où il ait besoin de s'enfuir. Il ouvrit la porte du premier bungalow. Goose avait une petite Maglite équipée d'une ampoule LED à forte intensité. Petite mais très lumineuse. Une étrange odeur de renfermé venue des ténèbres du bungalow l'accueillit. Il balaya l'intérieur de sa lampe et vit un arbre mort, les feuilles pendant aux branches, couché au milieu de la pièce. Puis la lumière se refléta dans deux grands yeux qui clignaient lentement.

Il bougea la torche et vit les trois grandes griffes du paresseux accrochées à l'arbre.

— Lena ? Bernie ? Je viens vous aider.

Pas d'autre réponse que le bruissement d'une autre créature hors de vue, dans l'ombre. C'était suffisant. Il claqua la porte et rejoignit le bungalow suivant à moto.

Cette fois, en ouvrant la porte, il fut accueilli par le rugissement d'un lion. Il referma la porte avant même d'apercevoir l'animal. *Bon sang, Bernie, à quoi diable pensais-tu ?*

Il ralentit devant le troisième bungalow mais ne s'y arrêta pas, car le phare de sa Harley éclaira le pick-up de Bernie garé le long d'un bungalow qui se trouvait un peu plus loin. À côté de la camionnette se trouvait la Honda de Lena.

Et le léopard était couché sur le capot avant de la voiture.

L'animal se releva d'un bond en voyant la lumière. Il ne s'enfuit pas mais se tourna pour faire face à Goose, balançant la tête au rythme de l'avancée de la moto, suivant le véhicule du regard. Il se tenait sur ses quatre pattes, la poitrine gonflée, comme s'il protégeait la voiture.

Goose vit alors ce que surveillait vraiment le léopard. L'une des portières s'ouvrit et une fille cria.

— Aidez-nous ! S'il vous plaît !

Le léopard tourna brusquement la tête, attiré par le mouvement. Lena referma la portière.

— Tout va bien, Lena ! lui répondit Goose, bien qu'il n'en sache vraiment rien.

Comment ça pouvait bien aller quand il y avait un foutu léopard entre la fille et lui ? Sans parler des Faucheurs qui pouvaient débarquer d'un instant à l'autre. Et Wilson qui le tuerait s'il faisait foirer l'opération.

Les priorités d'abord. Il dégaina son pistolet, un Browning 9 mm. Il paraissait bien petit face au léopard. Un félin blessé serait plus dangereux, et il doutait de parvenir à le tuer facilement. Mais il n'avait pas besoin d'abattre la foutue bestiole. Il fallait l'effrayer suffisamment pour le faire fuir. Ainsi, Goose aurait le temps d'atteindre la voiture et Lena. Comment diable s'était-elle retrouvée piégée là-dedans ?

— Baissez-vous ! hurla-t-il à Lena.

À en juger par les silhouettes à l'arrière du véhicule, elle n'était pas seule. Bernie avait une arme. Pourquoi ne s'était-il pas occupé du léopard lui-même ? Il n'avait probablement pas pu se résoudre à blesser l'animal. Le gamin n'avait simplement pas l'étoffe d'un tueur.

Ça ne réjouissait pas Goose non plus. Il leva le Browning, visa avec soin et tira. La balle toucha le capot, à quelques centimètres du félin. Le léopard sauta sur le toit de la voiture. Lorsque Goose fit feu de nouveau et le rata de peu, l'animal bondit sur le pick-up puis sur le toit du bungalow. Il disparut dans les ténèbres.

Goose ne lui laissa pas le temps de réapparaître et roula à vive allure vers la Honda. Alors qu'il approchait du véhicule, Lena en jaillit, tirant un chimpanzé par le bras.

Bon Dieu, cette journée pouvait-elle être encore plus foireuse ?

Chapitre 33

Sharleen LittleJohn habitait une maison en bois de plain-pied avec un petit porche dont le toit s'affaissait sur un côté. Caitlyn remonta lentement l'allée, laissant à Sharleen le temps de la voir venir – une politesse dont elle faisait rarement preuve. D'ordinaire, quand elle se rendait chez quelqu'un, elle se garait à quelques mètres de la maison, regardait d'abord par les fenêtres, puis frappait à la porte, une main sur son arme.

Mme LittleJohn ouvrit la porte avant que Caitlyn arrive en haut des marches.

— Vous êtes en retard. Judas Bearmeat m'a appelée il y a des heures pour me prévenir de votre visite.

Elle n'était pas la vieille dame flétrie que Caitlyn avait imaginée. Certes, elle avait le visage très ridé et des pattes-d'oie au coin des yeux, mais elle portait un survêtement peau de pêche violet et des baskets New Balance de la même couleur. D'un geste, elle invita Caitlyn à entrer, en hochant la tête avec impatience tandis que celle-ci lui expliquait les raisons de sa visite.

La charpente indiquait que l'on avait récemment agrandi un vieux bungalow en rondins que l'on devinait derrière. La décoration était éclectique : des photos de famille encadrées, celles de petits-enfants d'âges différents étaient mises en avant, des trophées de chasse et des gourdes peintes dans la tradition Qualla.

Mme LittleJohn entra dans le vif du sujet.

— Je ne sais rien au sujet de cette fille. J'ai pris son argent, mais je n'ai rien fait de mal.

— Personne ne vous accuse. Qu'est-ce que Lena vous a demandé, exactement ?

— Elle avait des copies de vieux documents cherokees. Elle voulait les faire traduire en anglais. Elle n'est jamais revenue les chercher.

— Vous a-t-elle expliqué en quoi ces documents l'intéressaient ?

— Elle en avait déjà une version traduite en anglais. Je le lui ai fait remarquer, mais elle m'a dit qu'elle voulait comparer cette traduction avec la mienne. Au début, je croyais qu'elle voulait faire une connerie d'expérience universitaire ou je ne sais quoi, tester mon niveau de cherokee. Puis j'ai compris ce qu'elle cherchait.

— Qu'est-ce que c'était ?

— Il y a une différence entre les deux documents. Subtile, on ne la remarque pas si on n'y prête pas attention. Mais c'était là.

Elle invita d'un geste Caitlyn à la suivre dans la salle à manger. Il n'y avait pas de chaises autour de la table ni même dans la pièce. Peut-être était-ce parce que la table elle-même, un énorme plateau taillé dans un arbre, poli pour révéler chaque cerne ponctuant sa longue histoire, occupait la presque totalité de la pièce.

— Elle est dans la famille depuis des générations, dit Sharleen en désignant la table d'un geste. Mais tout le monde s'en moque. Mes petits-enfants ne me rendent plus visite. Quand ils viennent, tout ce qu'ils veulent, c'est se terrer dans le casino, jouer à des jeux vidéo et glisser sur le toboggan.

Une pile de dossiers était posée sur un côté de la table. Mme LittleJohn ouvrit le premier et en étala le contenu devant Caitlyn.

— Que sont ces documents, au juste ? demanda Caitlyn.

— Ce sont les actes de cession originaux des terres accordées aux affranchis. Ils accompagnaient le pacte.

Caitlyn regarda la dernière page du document en anglais. Le signataire qui représentait les vingt-deux familles d'affranchis était celle d'Elijah Hale, l'aïeul de Lena.

— Lena essayait-elle de reconstituer son arbre généalogique ?

— Aucun rapport avec les arbres généalogiques, répondit Mme LittleJohn avec un sourire sournois. Ça concerne la terre. Voici la version cherokee. (Elle pointa du doigt la copie d'un document qui représentait des personnages admirablement dessinés, dansant le long de la page.) Vous voyez ça ? C'est le mot pour « sud ». Mais en anglais c'est devenu « nord ».

Caitlyn plissa les yeux. La version anglaise était dure à déchiffrer. Elle avait été rédigée dans une vieille calligraphie. Mme LittleJohn lui désigna la partie du texte dont elle parlait, et Caitlyn vit qu'elle avait raison.

Mme LittleJohn traversa la pièce et revint en tenant une grande et vieille carte en cherokee, dessinée à la main, sous verre.

— La version anglaise dit à l'angle nord-est de Qualla Boundary. (Elle pointa la carte du doigt). C'est ici.

— Il n'y a rien ici à part la forêt qui borde le parc national et la station Teddy-Roosevelt.

Ce qui signifiait pas de routes, pas de possibilités de développement. Aucune valeur. Mais cela expliquait pourquoi Lena s'était rendue à la station. Elle voulait explorer la terre alentour.

— Mais vous avez dit que la terre qui a été véritablement concédée aux affranchis était au sud.

— Exact. À cette époque, cette terre n'avait que peu de valeur pour mon peuple. Le plus clair de la forêt était déjà dépeuplé. Elle se situait trop bas dans les montagnes pour la chasse et elle était loin de la rivière.

— Où se trouve cette parcelle de terre, celle qui appartient vraiment aux affranchis ?

Le sourire de Mme LittleJohn s'élargit, et elle traça de son doigt une zone allant jusqu'à la frontière extérieure de la réserve. Là où avait été construit le casino.

— Merde alors ! souffla Caitlyn en comprenant l'énormité de ce qu'avait découvert Lena.

— Exactement.

Tout en prenant le document en photo avec son téléphone portable, Caitlyn réfléchissait et essayait d'assembler les pièces du puzzle.

— Si le pacte originel est authentique, alors la traduction anglaise n'a pas pu être modifiée avant 1988, quand la loi sur le jeu indien a été votée et que le projet du casino a été lancé.

— Oui. Sauf si la traduction d'origine est fausse. Qui peut savoir ?

— La coïncidence est trop grosse. Ça a dû être fait en 1988.

Elle se souvint de Bearmeat se plaignant du désordre qui régnait dans les archives tribales. Même avec la technologie de l'époque, il n'aurait pas été difficile de faire une petite modification. Et qui se serait donné la peine d'exhumer l'original pour vérifier ? Il ne restait plus d'affranchis à Qualla Boundary. Les Hale avaient été les derniers. Personne pour protester ou pour découvrir cette différence.

— Ça a dû être en 1988, trancha Caitlyn.

À la même période que le meurtre d'un ancien de la tribu, que l'arrestation de Hale et que la mort de son père. Ce qui signifiait que ceux qui étaient derrière tout ça n'avaient pas voulu que le casino soit construit ailleurs ou que le projet soit retardé.

— Qui à part M. Bearmeat sait que Lena vous a apporté ça ?

La vieille dame pouvait être une cible.

— Je vis seule au fond d'une impasse. Je n'ai pas de voisins. Diable, mes propres enfants ne me rendent même pas visite. Alors qui pourrait le savoir ?

— Il est possible que vous soyez quand même en danger. Si je vous ai trouvée, d'autres peuvent faire de même.

Elle crut d'abord que Mme LittleJohn protesterait, insisterait pour rester chez elle, et qu'elle devrait trouver un moyen de la protéger. Mais la vieille femme hocha la tête.

— J'avais le sentiment que vous pourriez dire ça. C'est pourquoi je vous ai tout raconté. Je ne suis plus la seule à le savoir, désormais.

Elle passa devant Caitlyn pour se diriger vers une porte au fond du couloir et sortit une valise à roulettes violette. Les roulettes glissèrent sur le plancher irrégulier.

— J'ai soixante-treize ans. Il est temps que je voie du pays, vous ne croyez pas, agent Tierney ?

Lena ne voulait pas abandonner le chimpanzé, et ils n'avaient pas le temps de discuter. Goose finit par les transporter toutes les deux vers un autre bungalow. La fille serrait fort l'animal contre sa poitrine d'une main et s'accrochait fermement au col du blouson de Goose de l'autre. Aucune trace du léopard, de Fouine ou d'autres animaux sauvages, Dieu merci.

— Vous devez aider Bernie. Il est malade. Il a besoin d'un médecin, cria Lena à l'oreille de Goose, pour couvrir le rugissement de la moto.

Ils s'arrêtèrent devant le bungalow. La fille et le chimpanzé sautèrent de la moto. L'animal tenait la main de Lena, mais elle s'arrêta, se tourna et poussa un cri strident à l'intention de Goose, en montrant toutes ses dents. Goose se dit qu'il avait eu de la chance. Cette foutue bestiole aurait pu le mordre à tout moment durant le trajet.

— Hé, je t'ai amenée là en un seul morceau, dit-il à la femelle chimpanzé. Que veux-tu de plus ?

Ni le chimpanzé ni la fille ne répondirent tandis qu'elles gravissaient à toute allure les marches qui menaient au bungalow.

— Bernie ? appela Lena en allumant la lumière.

Goose arriva au moment où elle tombait à genoux à côté du corps inanimé de Bernie.

— Oh, mon Dieu, il est mort !

Force était de constater que le gamin avait l'air mal en point. Il était pâle, le teint de sa peau était cireux et jaune, il avait les yeux enfoncés et les lèvres desséchées. Mais les cadavres ne transpirent pas. Goose tâta le poignet de Bernie.

— Non. Je sens son pouls. Il est sacrément rapide.

— Appelez une ambulance.

Goose prit son téléphone. Pas de réseau. Il essaya malgré tout, mais l'appel ne passa pas. Toutefois, Caitlyn était en chemin.

— Ne vous inquiétez pas. Les secours arrivent.

Peut-être était-ce pour le mieux. Non seulement il protégerait sa couverture, mais Lena serait en sécurité si elle était avec Bernie à l'hôpital. Il fallait juste qu'il invente une histoire pour expliquer pourquoi il n'était pas allé à la maison des Hale. Tant que Fouine ne tirait pas d'abord pour poser les questions ensuite, il ne risquait rien.

Caitlyn avait appelé Paul, et il l'attendait devant les archives quand elle arriva. Il salua Bearmeat de la main et grimpa dans la voiture.

— Où étais-tu ? lui demanda-t-il, alors qu'elle reprenait la route, descendant Acquoni à pleine vitesse pour rejoindre la route 19.

Elle lui fit signe de se taire. Heureusement, il faisait trop sombre dans la voiture pour qu'il puisse voir la plaie sur son front, sinon elle n'aurait jamais pu obtenir le silence. Goose soupçonnait peut-être Jimmy et tout le personnel du *Vista View*, mais il était impossible que la mère de Caitlyn soit impliquée. De plus, Jessalyn était logée dans un des appartements derrière le casino, loin de l'affluence. Quel meilleur endroit pour cacher Paul, Lena et Bernie ?

— C'est moi. J'ai besoin d'un service, dit-elle quand Jessalyn décrocha.

— D'abord, tu abandonnes ta famille et maintenant tu as besoin d'un service ? Tu es vraiment comme ton père.

Dur. Mais peut-être mérité. Caitlyn n'avait pas le temps d'analyser leur relation dysfonctionnelle pour le moment.

— Paul et quelques amis peuvent-ils rester chez toi juste pour quelque temps ?

— Pourquoi ne leur prends-tu pas une chambre à l'hôtel ? Je suis sûre que Jimmy…

— C'est justement le problème. Personne ne doit savoir qu'ils sont là. Pas même Jimmy.

Il y eut un long silence qui lui parut encore plus surréaliste, car elle passait à cet instant précis devant le *Vista View*. Elle fut tentée de déposer Paul, mais elle avait déjà beaucoup trop retardé Goose et il fallait qu'elle mette Lena et Bernie en sécurité.

— De quoi s'agit-il, Caitlyn ?

— Juste de quelques personnes que je dois mettre à l'abri pour une heure ou deux. (Ou jusqu'à ce qu'elle soit sûre que Goose n'ait plus besoin de son aide.) Puis je viendrai les récupérer.

Ce serait bien plus simple si elle pouvait faire confiance aux forces de l'ordre locales ou s'il y avait une antenne du FBI moins loin qu'Asheville. Mais, vu la situation de Goose, elle ne pouvait pas risquer de ficher en l'air sa couverture et de le faire tuer.

Jessalyn soupira alors qu'une rafale de vent secouait la Subaru.

— D'accord.

— Merci. Nous serons bientôt chez toi.

Elle raccrocha au moment où ils atteignaient le croisement d'où partait la route menant à la station Teddy-Roosevelt.

— Où allons-nous ? demanda Paul, alors qu'elle accélérait sur l'étroite route sinueuse. Qu'est-ce que ça veut dire ? Je ne reste pas chez ta mère. Et qui sont ces autres gens ?

— L'une d'entre eux est Lena Hale.

Un détail qu'elle avait comme par hasard oublié de préciser à sa mère. Oups.

— Tu l'as retrouvée ? Caitlyn, c'est super.

— Peut-être. Elle a des types pas très gentils aux trousses. J'ai besoin que tu veilles sur elle pendant que je règle quelques affaires.

— Pas toute seule. Tu vas appeler la police, n'est-ce pas ?

Si elle trouvait le moyen d'impliquer le shérif sans exposer Goose. Ne faire confiance à personne, ne rien supposer. C'était ce qui permettait de garder les agents infiltrés en vie. Il y avait une foutue bonne raison pour laquelle Goose avait attendu si longtemps pour lui dire la vérité.

— Oui, bien sûr, dit-elle à Paul. Dès que je vous aurai mis à l'abri.

Ce mensonge le fit taire jusqu'à ce qu'ils arrivent à la station. Un seul bungalow était éclairé, ce fut donc facile de les retrouver. Alors qu'elle se garait, Goose apparut, son 9 mm à la main. Il ne se détendit qu'en voyant Caitlyn descendre de la Subaru.

— Changement de plan, dit-il. Nous avons un problème.

Chapitre 34

— Qu'y a-t-il ? demanda Caitlyn à Goose en poussant Paul à l'intérieur du petit bungalow.

— Bernie est malade. Vraiment malade. Il lui faut un médecin.

— Paul, va voir ce qu'il a, tu veux bien ?

Paul regarda Goose, puis, par-dessus l'épaule de ce dernier, en direction de Bernie. Caitlyn suivit son regard. Le gamin avait l'air vraiment mal. À l'article de la mort.

— Quels sont ses symptômes ? demanda Paul en posant un genou à terre pour prendre le pouls de Bernie.

Lena sortit de la pièce du fond, tenant un chimpanzé par la main. Caitlyn reconnut la fille qu'elle avait vue sur les photos.

— C'est quoi, ça ?

— Les choses sont un peu plus compliquées qu'on ne le pensait, dit Goose d'un ton ironique.

— Sans déconner ?

Il n'y avait pas de temps à perdre en retrouvailles avec la petite sœur perdue de vue de sa meilleure amie. Elle prit Goose à part sous le porche.

— Racontez-moi tout.

— Les Faucheurs ont pris quelques animaux exotiques en paiement d'une créance non recouvrée. Ils comptaient s'en servir comme cibles vivantes. Le gamin ne pouvait pas supporter de les voir mourir, alors il les a volés aux Faucheurs pour les amener ici. Il y a trois autres chimpanzés et un léopard dans la nature, un lion dans le bungalow là-bas, un paresseux et quelques macaques dans le bungalow voisin.

— Attendez. Vous avez dit : un léopard dans la nature ?

Il haussa une épaule.

— Je vous ai dit que c'était compliqué. Mais il y a pire.

— Quoi ?

Il montra son téléphone.

— Le traceur GPS du SUV de Poppy. Il est en route. Probablement accompagné.

— Vos renforts ?

— Je ne suis pas arrivé à les joindre. Mais ils ont mon signal GPS.

— Mais ils ne viendront pas s'ils ignorent que vous êtes en danger, c'est ça ?

Il hocha la tête.

— Et puis ils suivent Caruso et ses hommes, en espérant qu'ils les conduisent à l'argent. Ils ne cherchent peut-être même pas à savoir où je suis. Pour eux, aux dernières nouvelles, je suis censé être avec Fouine à attendre que vous tombiez dans notre piège.

— Combien de temps avons-nous ?

Il consulta son téléphone.

— Poppy vient de quitter la 19. Douze minutes. Quinze au maximum.

Ça ne laisserait pas le temps à Caitlyn d'apprendre à Lena la mort de son père. Garder les vivants en vie devait être la priorité.

— Des idées ?

— Les seuls véhicules que nous avons sont votre voiture et ma moto. Vous emmenez tout le monde et filez par le chemin forestier pendant que je fais diversion ?

Elle faillit lever les yeux au ciel.

— Ne soyez pas stupide. Vous allez bousiller votre couverture, et ils vont abattront probablement sur place.

— Je pourrais dire que je les attendais… (Il se tut avant qu'elle lui coupe la parole.) Non, ça ne marchera pas. Fouine et Poppy se demanderont pourquoi je ne suis pas à la maison des Hale, comme prévu. Que suggérez-vous ?

— Mon père m'a appris à chasser ici, dans ces bois. Je pense qu'avec quelques minutes d'avance je peux créer une diversion qui les ralentira. Pendant que vous descendez avec ma voiture pour mettre les autres à l'abri.

Il fronça les sourcils. Il n'aimait clairement pas son plan. Elle n'était pas enthousiaste non plus. Mais il n'y avait pas d'autre solution. Pas avec la vie de trois civils en jeu.

— Beaucoup de Faucheurs chassent eux aussi dans les parages.

Elle haussa les épaules.

— Ça rendra les choses intéressantes. Voyons le matériel que je peux rassembler.

— Je vais cacher ma moto.

— Bonne idée. Pourquoi ne pas la garer chez le lion ?

Il rit et sauta du porche. Elle ouvrit le coffre de la Subaru et en sortit ses armes et ses munitions de réserve. Elle regretta de ne pas avoir pris son Remington. La prochaine fois, elle n'y manquerait pas. Elle attrapa un rouleau de chatterton, l'écrasa pour l'aplatir et le glissa dans sa poche. Elle prit également ce qui restait d'une bobine de ficelle dont elle s'était servie pour rapporter son sapin de Noël chez elle. Le couteau, la matraque, les deux Glock calibre 40, une boîte presque pleine de munitions et son monoculaire à vision nocturne. Elle était prête à partir.

Goose revint.

— Vous devriez faire quelque chose à propos de vos cheveux et de votre visage. Vous étincelez presque, sous la lumière de la lune.

Elle sourit.

— Vous avez l'âme d'un poète.

— Et le salaire qui va avec.

Ils rentrèrent dans le bungalow. Bernie était assis et buvait à petites gorgées dans le gobelet en plastique que lui présentait Lena. Le chimpanzé se tenait accroupi sur la table de nuit et coiffait le malade de ses doigts. Si Caitlyn avait eu du temps, elle aurait fait une photo. Personne ne croirait jamais ça.

— Comment va Bernie ? demanda Goose.

— Je lui ai donné de l'ibuprofène pour la fièvre et c'est le deuxième verre de Gatorade qu'il boit, dit Paul en se tournant vers eux après s'être lavé les mains dans l'évier. Mais il a la jaunisse, et je ne peux rien faire de plus pour lui. Nous devons l'emmener à l'hôpital.

— On y travaille, dit Caitlyn en ouvrant et en refermant chaque porte pour se familiariser avec l'agencement du bungalow et chercher d'autres armes.

Aucune serrure nulle part, pas même sur les portes d'entrée. Le gamin avait assurément beaucoup de livres. Le dressing était rempli de romans et de comics. Elle prit une cagoule noire accrochée à une patère.

— Bernie, tu as des armes ?

— Juste celle-là.

Sa voix était enrouée. Répondre à la question semblait lui avoir coûté toute son énergie.

Lena laissa Bernie et tendit à Caitlyn un 44 magnum Smith & Wesson. Elle ne la regardait pas dans les yeux, comme si elle avait peur d'elle.

Caitlyn aurait aimé avoir plus de temps. Elle aurait pu raconter à Lena des histoires du temps où elle était bébé, l'écouter parler de Vonnie, lui annoncer la mort de son père.

Paul regarda Caitlyn d'un air renfrogné. Il venait de voir son visage à la lumière.

— Que t'est-il arrivé à la tête ?

— Ça va, protesta-t-elle en regardant le pistolet.

Quatre balles.

— Non. Ça ne va pas. Laisse-moi regarder ça.

— Laisse-moi tranquille. Je t'ai dit que ça va, aboya-t-elle, à bout de patience.

Elle devait rester concentrée.

Heureusement, Goose intervint. Il glissa une main sous le bras de Paul et le fit presque décoller du sol en le tirant en arrière.

— Laissez la dame faire son boulot.

— Imbécile ! cracha Paul. Sa capacité de jugement est manifestement altérée.

— Elle me paraît aller bien. Je vote pour qu'on la laisse sauver nos fesses.

— Elle a eu une opération du cerveau il y a quelques mois. Et là elle pourrait avoir une commotion cérébrale. Je dois l'ausculter.

— Il exagère, dit Caitlyn, scrutant les ténèbres par la fenêtre.

Aucune trace des Faucheurs. Du moins, pas encore. Elle se risqua à regarder par-dessus son épaule, en direction des deux hommes. Paul se tenait au centre de la pièce, le visage déformé par la frustration, tandis que Goose était adossé au mur opposé, tourné de sorte à pouvoir garder un œil sur l'autre fenêtre et sur Paul.

— Tu as failli mourir, dit Paul.

— Avant la réparation de l'anévrisme. Je vais bien, maintenant.

Pourquoi diable perdaient-ils un temps précieux à se disputer ?

— Goose, vous devez les sortir de là avant que les Faucheurs nous trouvent.

— Pourquoi lui ? demanda Paul.

— Parce que je dois créer une diversion.

— Tu viens avec nous. Laisse-le prendre les risques. Ce n'est qu'un voyou, de toute façon.

Silence. Elle ne pouvait pas ficher en l'air la couverture de Goose. Pas même pour Paul.

— Je peux le faire, dit Goose, offrant une porte de sortie à Caitlyn.

Ne venaient-ils pas d'avoir cette discussion ? Si les Faucheurs l'attrapaient, ils comprendraient que c'était un traître et le tueraient.

— Non. Impossible. Vous avez des amis, dit-elle en insistant sur le mot « amis », espérant qu'il comprenne, qui peuvent vous venir en aide. Quand vous aurez du réseau, ils pourront mettre Paul, Lena et Bernie en sécurité. Alors vous reviendrez me chercher.

Il fronça les sourcils mais hocha la tête.

— Allons-y, docteur.

— Non, protesta Paul.

L'espace d'un instant, Caitlyn pensa que Goose allait lui en mettre une et le traîner par la peau des fesses.

— Le plan de la dame est carré. Ne le faisons pas foirer. (Il jeta un coup d'œil à son téléphone portable puis le tendit à Caitlyn.) Ils se sont arrêtés aux deux tiers de la montée.

Elle lui donna son téléphone en échange.

— C'est le dernier lacet avant qu'on les voie depuis la station. Si j'étais Poppy, j'enverrais une avant-garde à pied. Ce qui veut dire que je pourrais leur tendre une embuscade au point d'étranglement, et les neutraliser les uns après les autres.

— Si Poppy pense comme vous. Quoi qu'il en soit, nous n'avons plus le temps.

— Mais dès que nous serons sortis d'ici nous t'enverrons de l'aide, exact ? intervint Paul, les sourcils froncés.

— Exact.

Caitlyn sourit et hocha la tête sans le regarder. Et le Père Noël avait vraiment un renne qui vole ?

Goose lança un regard à Caitlyn avant d'imiter son sourire et son hochement de tête.

— Je reviendrai pour elle moi-même.

— Non, dit Paul. Je voulais dire des renforts. La police.

— Oh, bien sûr !

Goose n'avait pas changé d'expression. Caitlyn voyait en quoi il devait être bon dans son travail d'infiltré. Ils savaient tous deux qu'elle avait peu de chances d'échapper à Poppy et à ses hommes. Les renforts arriveraient vraisemblablement trop tard.

Mais c'était le prix à payer pour leur sécurité. Elle prit Paul dans ses bras et l'embrassa fougueusement.

— Je suis désolée pour le week-end, murmura-t-elle.

— Ce n'est pas grave, dit-il.

Mais elle voyait qu'il ne le pensait pas.

— Tu te rattraperas, poursuivit-il.

Il était si gentil.

— Un jour, tu seras le mari idéal d'une femme chanceuse.

Il la regarda longuement et intensément puis il cligna lentement des yeux. Et elle sut qu'il avait finalement compris ce qu'elle essayait de lui dire depuis des jours.

— Mais ça ne sera pas toi.

Elle secoua la tête avec tristesse.

— Non.

Il pensait qu'elle rompait. Il ne comprenait pas qu'elle disait au revoir. Pour toujours.

Ça valait probablement mieux ainsi. Elle se tourna vers Goose.

— Protégez-les, ou je vous traquerai jusqu'en enfer.

Il lui adressa ce sourire enjôleur qui avait attiré son attention la première fois.

— Oui, m'dame. Promis.

Elle remonta la fermeture Éclair de son manteau jusqu'en haut, mit la cagoule de Bernie, attrapa ses armes et le téléphone de Goose, puis franchit la porte avant de changer d'avis. Il fallait qu'elle reste en vie assez longtemps pour qu'ils aient le temps de descendre de la montagne. Ça ne devait pas être si dur que ça.

Un grognement sourd venu des arbres devant elle résonna dans les ténèbres. Ce serait plus dur qu'elle ne l'avait imaginé.

Chapitre 35

— Pourquoi avez-vous dit tout à l'heure que sa capacité de jugement est altérée ? demanda Goose.

Ils traversaient la station pour rejoindre le chemin forestier. Bernie, Lena et le chimpanzé étaient à l'arrière du véhicule. Goose avait demandé à Paul de conduire, tous phares éteints, de sorte à avoir les mains libres.

— Elle porte une arme, ajouta Goose. Le FBI ne l'y aurait pas autorisée s'il ne l'avait pas jugée apte à le faire.

Paul se pencha sur le volant, regardant la route à la lumière de la lune, tandis qu'un lourd silence s'installait.

— Ils l'ont jugée apte. Mais elle est maligne. Elle sait quoi répondre aux tests et comment duper leurs médecins.

— Mais elle ne peut pas vous berner ?

— Elle a encore des problèmes pour mettre un nom sur un visage, se rappeler les dates, reconnaître les gens avec qui elle n'est pas très familière. Elle le cache, elle a des centaines de façons de donner le change. Mais il vaudrait mieux qu'elle quitte son travail.

— Et surtout qu'elle reste avec vous, vous voulez dire.

Cet homme aimait Caitlyn, c'était une évidence. Et il était tout aussi évident qu'il n'était pas celui qu'il fallait à une femme comme elle. Il l'étoufferait, éteindrait le feu et la passion qui faisaient d'elle un agent doué et ce qu'elle était.

Goose triturait le dégivreur, essayant de comprendre ses propres sentiments. Il ne savait rien de Caitlyn, alors pourquoi se sentait-il si contrarié de l'intérêt que lui portait Paul ?

— Oui, elle serait mieux avec moi plutôt que d'avoir affaire à des voyous de votre espèce, dit Paul sur un ton de défi. Je ne comprends pas pourquoi elle fait tout pour garder son travail. Le FBI ne l'apprécie pas, elle doit se coltiner toutes leurs conneries administratives, tout ça pour risquer sa vie. Ça n'en vaut pas la peine.

— Vous voulez qu'elle démissionne.

Une femme comme Caitlyn ne démissionnerait jamais. Goose ne l'imaginait pas baisser les bras, quelles que soient les circonstances. Elle verrait ça comme un défi. Comme se remettre d'une opération du cerveau.

— Nous étions censés partir à la mer, ce week-end. J'avais tout prévu. (Paul cessa de regarder Goose pour se concentrer sur les ténèbres qui défilaient devant le pare-brise.) J'allais la demander en mariage.

— Désolé d'avoir gâché vos projets, dit Goose, à moitié sincère. Commençons par sauver vos fesses, que vous ayez une autre occasion de le lui demander.

— Je doute qu'il y ait une autre occasion.

Ils arrivèrent au chemin forestier.

— Je ne peux pas continuer sans allumer les phares, dit Paul.

Goose hocha la tête. Rien ne les camouflerait mieux que ces arbres. Paul alluma les phares, et la voiture tressauta sur la route de terre. Sur la banquette arrière, Bernie gémit et le chimpanzé claqua des dents, angoissé.

— Accrochez-vous, leur dit Goose.

— Que ferons-nous s'ils nous trouvent ? demanda Lena.

Bonne question. Ils n'allaient pas aimer la réponse.

— Si nous sommes sur le point de nous faire prendre, alors vous devrez tous me faire confiance.

— Et pourquoi ferions-nous ça ? demanda Paul.

Goose ne pouvait pas voir son sourire méprisant, mais il le devinait. Pour Paul, il n'était qu'un autre voyou de motard qui aidait Bernie, son frère Faucheur.

— Vous pouvez lui faire confiance. (La voix de Bernie s'éleva du fond de la voiture, faible mais ferme.) Quel est le plan, Goose ?

— S'ils nous arrêtent, je me sauve et je cours chercher de l'aide.

— Sûrement ! Vous voulez sauver votre peau, dit Paul. Et nous ? Ils nous tueront.

— Pas s'ils ont besoin de vous vivants. (Goose improvisait, mais il n'avait pas le choix, vu qu'il ne savait pas quel était l'objectif de Poppy.) Lena, ils veulent obtenir quelque chose de vous. Vous savez ce que c'est ?

Elle hésita et regarda Bernie qui hocha la tête.

— Je pense que c'est lié au Pacte des affranchis originel. Mais je n'en suis pas sûre. J'étais au milieu de mes recherches quand…

— Ça ira. Laissez-leur croire que vous avez quelque chose qu'ils veulent. Tout ce qu'il faut, c'est les faire parler jusqu'à ce que Caitlyn ou moi arrivions avec de l'aide.

— OK. (Sa voix tremblait.) Je suppose que je peux y arriver.

— Avec un peu de chance, nous n'en arriverons pas là. Nous descendrons cette montagne, et tout ira bien.

Sauf qu'ils avaient à peine parcouru cent mètres en dix minutes. Une limace était un dieu de la vitesse en comparaison de Paul.

Celui-ci stoppa la voiture.

— Quel est le problème ? demanda Goose.

— Là, en contrebas. Vous les voyez ?

Des lumières. Qui avançaient. Vers eux. Goose baissa la vitre. Le bruit d'une dizaine de motos poussant leur moteur pour gravir le chemin forestier déchirait la nuit. Elles venaient droit sur eux.

Caitlyn s'arrêta au bord de la route, au-dessus du virage. Elle surplombait les Faucheurs, hors de vue. Elle entendait le vrombissement de leurs motos qui tournaient au ralenti. Elle décida de débuter par une petite surprise s'ils montaient. Elle déroula la ficelle en travers de la route et attacha chaque extrémité à un arbre pour la tendre à hauteur de cou. Ça ne suffirait pas à causer de sérieux dégâts, mais la ficelle était invisible dans la nuit, et si elle faisait tomber un motard sur la route étroite ça ralentirait les autres.

Elle détermina ensuite sa voie de repli. Elle resterait dans les bois, remonterait jusqu'à la piste de Mingo Falls qui traversait la montagne pour redescendre vers la route 19. Elle posa quelques pièges, au cas où les Faucheurs essaieraient de la suivre : elle couvrit de branches de sapin une étroite crevasse profondément creusée par le ruisseau dans le granit, elle plia des arbrisseaux et les retint avec du chatterton et des pierres qu'elle dégagerait d'un coup de pied en passant, et elle tendit encore de la ficelle en travers du sentier, cette fois au niveau des chevilles, à des endroits stratégiques.

Dix minutes plus tard, elle était en position derrière un affleurement de rochers et observait avec son monoculaire à vision nocturne les Faucheurs en contrebas. Aucune trace de Poppy, mais Fouine était là, à bord d'un gros SUV, tenant un fusil à pompe. Il était accompagné de six Faucheurs à moto. Deux autres pick-up fermaient le cortège. Parfait. Elle n'avait même pas besoin d'attendre qu'ils prennent l'initiative, elle pouvait les clouer sur place depuis sa position, avec un risque minimal.

Elle choisit le 44 de Bernie pour commencer, qui ferait le plus de bruit et aurait le plus d'impact à cette distance. Elle visa le moteur du SUV de Fouine et fit feu à deux reprises, puis tira par deux fois sur le pick-up le plus proche.

Quelqu'un cria et les hommes se dispersèrent. Un barrage de tir dans sa direction emplit le ciel nocturne. Mais ils étaient désavantagés : ils tiraient vers le haut, à l'aveuglette. Leurs balles ne la frôlèrent même pas.

Elle prit son Glock et fit feu plusieurs fois avant que Fouine ordonne à ses hommes d'éteindre leurs phares. Elle regarda avec son monoculaire à vision nocturne. Elle n'était parvenue à toucher personne avec le Glock. Pas étonnant, vu la distance et le fait qu'elle avait affaire à des cibles mouvantes. Plusieurs Faucheurs montèrent dans sa direction, tandis que les autres les couvraient de leurs tirs. Ç'aurait été une bonne stratégie, si elle ne les avait pas vus venir. Elle n'avait plus qu'à suivre sa voie de repli et à se repositionner un peu plus haut dans la montagne.

Ce qui signifiait leur céder du terrain, mais lui offrait aussi ce dont elle avait besoin : du temps.

Depuis sa nouvelle position, elle tira sur les hommes à pied. Ils se jetèrent au sol pour s'abriter derrière le tronc d'un arbre couché. Trois autres Faucheurs à moto essayaient de la contourner, dans l'espoir de la prendre à revers.

Elle se déplaça afin d'avoir un meilleur angle de tir pour viser la route et attendit qu'ils se prennent dans la ficelle. Comme elle l'avait prévu, le premier motard vit le piège trop tard. Surpris, il dérapa et finit au sol avec une jambe coincée sous sa moto. Il fallait absolument que les autres ne prennent pas la route menant à la station, mais suivent Caitlyn à travers les bois. Alors elle révéla sa position, les laissant la repérer avant de replonger dans l'ombre. Elle abaissa la cagoule de Bernie sur son visage et son cou.

Quelques balles volèrent dans sa direction. Elle fit feu à son tour, sans vraiment viser, cherchant surtout à faire du bruit en remontant sa voie de repli parallèle à la route. Elle pouvait ainsi garder un œil sur la route au cas où ils l'emprunteraient. Puis ce fut le silence.

Interloquée, elle se jeta derrière un sapin et, cachée par les branches, les observa par son monoculaire. Fouine parlait au téléphone satellite et faisait signe à ses hommes de revenir. À quoi cela rimait-il ?

Il ne pouvait y avoir qu'une seule raison à cela. Elle rampa de l'autre côté de l'arbre, celui qui faisait face à la station et regarda par son monoculaire. Elle n'eut pas besoin de la vision nocturne pour voir les phares avant de la Subaru. La voiture était escortée jusqu'au bungalow de Bernie par plusieurs motos.

Elle avait cru faire diversion, mais en fait Fouine et ses hommes jouaient avec elle pour lui faire perdre du temps.

Poppy. Ce ne pouvait être que lui. Et Fouine était en route pour le rejoindre. Que feraient-ils à Goose ? Elle n'osait même pas l'imaginer. Et Paul et Lena ? Seigneur, pauvre Bernie ! Un frisson glacé lui parcourut le dos. Elle se dit que c'était à cause du vent qui s'engouffrait dans son manteau, mais elle n'était pas dupe.

Après ce qui s'était produit six mois auparavant, elle connaissait la peur. À un niveau très intime. Le frisson lui traversa l'estomac, puis tout le corps, la laissant pétrifiée, glacée jusqu'aux os.

Chapitre 36

Goose se sentait mal. Pas seulement en raison des ampoules qui lui meurtrissaient les pieds, alors qu'il se frayait un chemin à travers la végétation dans des bottes davantage faites pour écraser des têtes que pour randonner. Ou parce qu'il avait abandonné les autres à leur sort. Ou parce qu'ils pensaient tous, sauf Bernie, qu'il les avait trahis pour sauver sa peau.

Ou encore même parce qu'il craignait de ne pas pouvoir les sauver. C'était en pensant à Caitlyn Tierney qu'il sentait son estomac se serrer et l'adrénaline monter au point de lui couper le souffle. La lueur qui avait traversé son regard, quand elle avait dit au revoir. Elle ne croyait pas s'en tirer.

Décevoir Caitlyn lui était insupportable. Une branche le frappa en plein visage, et il faillit perdre l'équilibre. Il glissa la tête la première et se retrouva plaqué contre un arbre. Il s'en écarta et reprit la route. Descendre. Encore descendre. Vers la route, vers la civilisation, vers un putain de téléphone.

Bernie ne savait pas s'il rêvait ou non. Tout se fondait en un kaléidoscope tourbillonnant de lumières et de sons. Il était brûlant et gelé à la fois. Il ne pouvait s'empêcher de claquer des dents, pas même quand Lena et l'inconnu le soulevèrent pour le faire descendre de voiture.

Voiture ? Où allaient-ils ? C'était bon de voyager avec Lena, comme il en avait rêvé.

— On peut reprendre une glace ? demanda-t-il. Avec des éclats de noisette ?

— Bien sûr, Bernie. Allongez-vous et reposez-vous, murmura-t-elle.

Puis elle disparut, et des mains calleuses lui palpèrent le corps sans ménagement.

— Hé ! Laissez-le tranquille. Vous ne voyez pas qu'il est malade ?

Bernie tombait, tombait... Le lit le rattrapa, mais il n'avait pas l'air si doux que ça. Chaque os de son corps le faisait souffrir. Puis Lena réapparut. Ses mains apaisaient la douleur.

— Lena ?

— Je suis là, Bernie.

— Tu es tellement plus délicieuse que la glace.

Bernie battit des paupières. Lena devint floue comme les images d'un film trop longtemps exposé à la lumière. Puis tout plongea dans les ténèbres.

Caitlyn venait tout juste de se cacher sous les arbres à côté du bungalow de Bernie quand Fouine et ses hommes débarquèrent depuis la route dans le rugissement des moteurs. Ils se garèrent à côté de la Subaru et des autres Faucheurs rassemblés devant la maison. La plupart de ces idiots avaient l'air soûls. Certains étaient même en train de boire de l'alcool, comme si c'était l'idée qu'ils se faisaient de la fête.

Grâce à son monoculaire, elle pouvait voir par les fenêtres du bungalow. Bernie était allongé sur son lit, Lena et Paul étaient assis sur les chaises de cuisine, près de lui, dos au mur. Un Faucheur les braquait de son arme, mais ils ne semblaient pas être attachés ou avoir été blessés. Mais Goose ? Où était-il ? L'avaient-ils tué ?

Non. Elle n'avait pas entendu de coup de feu. Il était donc vivant. Parti chercher de l'aide ? Ce n'était qu'un espoir, un vague espoir, mais elle s'y raccrocha.

Poppy sortit du bungalow pour accueillir Fouine. Caitlyn se rapprocha petit à petit, s'efforçant de saisir leur conversation par-dessus les voix des autres motards. Il y avait longtemps qu'elle n'avait pas chassé dans les bois, surtout dans ceux-là, mais son corps n'avait pas oublié comment se déplacer dans la nuit.

Elle avait peur, car elle n'était pas seule. Quelque chose avait bougé à proximité et ce n'était pas un Faucheur. Quelque chose de racé, de mortel et de silencieux. Elle sentit ses orteils se contracter et une forte envie de fuir la saisir. Le léopard.

Elle ravala sa peur et se rapprocha un peu plus du bungalow. Poppy et Fouine parlaient dans une relative intimité, à l'arrière du SUV.

— Elle n'a qu'une seule route possible pour s'échapper, dit Fouine en sortant un fusil de chasse de l'arrière du SUV, dont il glissa la bretelle à l'épaule. Elle doit être en train de monter vers Mingo Falls pour prendre le sentier qui redescend à travers la montagne.

— Tu peux l'attraper ?

Fouine sortit une paire de jumelles à vision nocturne d'une petite boîte et la glissa sur son front. Il ressemblait plus que jamais à un animal. Méchant, vicieux, prêt à causer des dégâts.

— Oh oui ! Cette salope est morte.

— Ne me déçois pas, Fouine.

L'intéressé acquiesça d'un bref signe de tête et traversa la clairière, se dirigeant vers l'endroit où il avait vu Caitlyn disparaître dans les bois. Avec un peu de chance, la voie de repli qu'elle s'était aménagée avant de tendre son embuscade le mènerait sur une fausse piste suffisamment longtemps. S'il tombait dans un des pièges qu'elle avait tendus, ce serait encore mieux. Maintenant, si elle pouvait isoler Poppy…

Celui-ci resta un moment derrière le SUV, à parler au téléphone. Un téléphone satellite, comme celui de Fouine. Voilà comment ils avaient pu coordonner leurs efforts malgré l'absence de réseau téléphonique.

Elle sourit. C'était avec ce téléphone qu'elle parviendrait à faire descendre tout le monde de la montagne, sain et sauf. Poppy le glissa dans sa poche et rentra dans le bungalow. Elle avait juste besoin de détourner l'attention des motards devant la maison.

Le léopard bougea, s'éloignant à travers les bois. C'était parfait puisqu'elle avait l'intention d'aller longer la clairière dans l'autre sens. Vers le bungalow dans lequel Goose avait dit que se trouvait un lion.

Ce groupe de Faucheurs merdiques et à moitié ivres ne comprendrait pas ce qui lui tomberait dessus.

Chapitre 37

Caitlyn sentit l'odeur du lion avant même d'arriver à proximité du bungalow. Une étrange combinaison âcre d'urine, de viande pourrie et de vieilles chaussettes. Avec un peu de chance, la puanteur pousserait l'animal à sauter sur l'occasion de prendre un peu l'air et de faire une bonne chasse.

Elle s'adossa à la porte du bungalow pour s'en servir de bouclier tout en l'ouvrant. Rien ne se produisit. Bonté divine ! Devait-elle dire : « Ici, minou, minou » ?

Puis elle entendit un reniflement suivi d'une toux sifflante. Le pauvre bébé était enrhumé. Elle était sur le point d'abandonner pour finalement tenter de se glisser dans le bungalow de Bernie sans diversion quand elle entendit le pas hésitant de l'animal. C'était suffisant. Elle retourna vers la limite des arbres, derrière les bungalows, et longea les bois, plongée dans l'ombre, pour rejoindre la maison de Bernie.

Les portes n'avaient pas de serrure, elle pourrait aisément y pénétrer. Le problème était ce qui l'attendait à l'intérieur.

Puis vint ce qu'elle espérait entendre. Un rugissement sourd suivi de cris d'hommes et même de quelques coups de feu, ce qui la fit se sentir coupable. *Pauvre lion !* Mais, vu les talents de tireurs des Faucheurs et la quantité d'alcool qu'ils avaient ingurgitée, l'animal et elle ne craignaient pas grand-chose.

Elle entrouvrit la porte et regarda à l'intérieur. Poppy et l'autre Faucheur, dos à elle, observaient la confusion qui régnait devant le bungalow.

Le lion rugit une nouvelle fois et couvrit le léger craquement du plancher provoqué par Caitlyn quand elle franchit la porte de derrière. Poppy était juste devant elle, hurlant des ordres à ses hommes par la porte d'entrée ouverte. Le deuxième Faucheur tenait en joue Paul et Lena, mais son regard ne cessait de dévier vers la fenêtre.

Le lion devait avoir bondi sur le porche, car le Faucheur sursauta et Poppy claqua la porte. Caitlyn se précipita à l'intérieur avant qu'un des deux hommes puisse réagir. Elle colla son arme de service contre l'oreille de Poppy en le faisant pivoter pour se servir de lui comme d'un bouclier contre l'autre Faucheur.

— Lâchez votre arme, ordonna-t-elle.

Le Faucheur leva les mains en l'air. Puis il se rappela qu'il était armé et regarda son pistolet avec incertitude.

— Posez votre arme sur le sol et reculez jusqu'à la porte. À moins que vous ne vouliez voir sa cervelle éclabousser vos jolies bottes, obéissez. Immédiatement !

Poppy hocha la tête en direction du Faucheur.

— Fais ce qu'elle dit.

Sa voix était calme. Trop calme au goût de Caitlyn, mais peu importait. L'adrénaline qui traversait son système nerveux était suffisante pour deux. Elle tira Poppy en arrière pour s'éloigner de la porte afin de permettre à l'autre Faucheur de sortir.

— Paul, prends son arme. Lena, barricade les portes devant et derrière.

Paul ramassa le pistolet, le tenant comme il l'avait vu faire dans les films.

— Ne pose pas le doigt sur la gâchette, s'il te plaît, lui dit-elle d'un ton cajoleur. Donne-le-moi. Parfait. Maintenant, fouille Poppy pour voir s'il est armé.

— Vous commettez une erreur, dit Poppy.

Caitlyn ne releva pas.

— Prends aussi son téléphone, dit-elle à Paul.

Lena avait quelques difficultés avec les portes.

— Mets une chaise sous le bouton. Et ferme ces rideaux. Sois prudente, baisse-toi plus bas que le niveau de la fenêtre.

C'était comme si elle avait pour coéquipiers des élèves de maternelle. Elle aurait voulu que Goose soit là.

Paul finit de fouiller Poppy. Caitlyn le ferait de façon plus minutieuse une fois qu'il serait attaché. Elle tendit le chatterton à Paul et se décala sur le côté quand il attacha les poignets du motard.

— Plus serré. Comme ça. Jusqu'aux coudes.

Où mettre cet homme ? Elle le voulait hors de son chemin, pour pouvoir se concentrer sur la suite du plan qu'elle n'avait toujours pas. Elle se souvint du grand placard aveugle où Bernie rangeait ses comics.

— Lena, vide le placard au maximum. Enlève aussi les barres de la penderie.

Quelques minutes plus tard, après que tout ce qui pouvait servir d'arme avait été enlevé, elle fit asseoir Poppy dans le placard, les chevilles liées. Elle s'accroupit devant lui, le Glock à la main, en étudiant l'écran du téléphone du motard.

— Je parie que je vais trouver tout un tas d'appels passés à mon oncle, là-dedans.

Il sourit. Le genre de sourire qui ferait fuir un serpent à sonnette.

— Bien sûr. C'est un ami. On se parle souvent.

Sa réponse ne faisait que confirmer les soupçons de Caitlyn. Elle sentit la tristesse et la déception endiguer la montée d'adrénaline. Elle mit de côté ses émotions pour se concentrer sur la façon de les faire sortir d'ici vivants.

— Oui, j'en suis sûre. Vous devez avoir tellement de sujets de conversation. Par exemple, le meurtre d'un ancien de la tribu pour éliminer toute opposition à la construction du casino, le piège tendu à un innocent pour l'envoyer en prison et son assassinat vingt-six ans plus tard quand il est sur le point de parler, ou encore le meilleur endroit pour tuer sa propre nièce. Des tas de sujets, vraiment. Oh, et n'oublions pas la raison qui motive tout ça, le blanchiment d'argent !

Il leva les yeux au ciel et pouffa.

— Je ne sais pas de quoi vous parlez.

— Oh si ! Ce que je ne comprends pas, c'est pourquoi Lena et le pacte. Ça n'a aucun sens. Vous contrôliez déjà Hale. Pourquoi tout mettre en péril maintenant en le faisant tuer ?

Il haussa les épaules.

— Vous délirez, Caitlyn. Vous êtes paranoïaque. Libérez-moi et j'irai chercher l'aide dont vous avez si désespérément besoin. Un agent du FBI, qui se remet tout juste d'une lourde opération au cerveau et qui souffre de stress post-traumatique après avoir tué un homme prend un otage ? Ça ne fera pas bonne impression.

Ahh… et la dernière pièce de son plan se mit en place.

— Vous avez raison. Merci, Poppy.

Elle retourna dans la pièce principale en claquant la porte du placard derrière elle. Lena aidait Bernie à se tenir assis et à boire un autre verre de Gatorade. Seigneur, elle ressemblait tant à sa grande sœur, Vonnie ! Et Caitlyn était sur le point de lui annoncer la mort de son père. Merde, parfois, la vie craignait !

Bernie avait meilleure mine, mais ça ne voulait pas dire grand-chose. Le chimpanzé était réapparu.

— D'où vient-il ?

— Elle. Cet homme m'a obligée à l'enfermer dans la salle de bains, dit Lena en tapotant l'animal de sa main libre. Pauvre Smokey ! Oui, tu es vraiment une gentille fille. (Elle regarda fièrement Caitlyn.) Elle a mordu deux de ces hommes quand ils nous amenaient ici. Tu aurais dû la voir.

— Peut-être que je devrais la mettre avec Poppy pour qu'elle le surveille.

Le chimpanzé sourit à pleines dents, et Caitlyn se dit que ce n'était peut-être pas une si bonne idée que ça. Pas si elle voulait garder Poppy vivant. Et elle avait besoin de lui, pour le moment.

Paul faisait les cent pas devant la fenêtre, s'arrêtant de temps à autre pour regarder entre les rideaux avant de reprendre sa marche de la mort.

— Qu'allons-nous faire ? Ils ne nous laisseront pas sortir vivants. Pas après ça.

Il semblait ne pas éprouver de gratitude envers Caitlyn qui s'était pourtant donné du mal pour les secourir.

— Du calme. Ils ne risqueront pas la vie de Poppy.

— Comment peux-tu en être si sûre ? Ce sont des tordus. Ils n'ont aucun respect pour la loi ou pour les leurs.

— Tu te trompes. Ils respectent Poppy. Il n'est pas seulement leur chef. Il est comme leur père.

Il secoua la tête, plissant les yeux d'incrédulité.

— Fais-moi confiance.

— Oui, c'est ce qu'a dit ton ami motard, juste avant de s'enfuir et de nous abandonner pour sauver sa peau.

Alors Goose était vivant. Une vague de soulagement l'envahit.

— Il est parti chercher de l'aide.

— Ça fait longtemps, dit Lena. Et il faut amener Bernie à l'hôpital. Sa fièvre est revenue.

— Occupe-toi de lui, Paul.

Paul ne décolérait pas.

— Ça ne servira à rien avec tous ces tueurs, dit-il en désignant les Faucheurs à l'extérieur.

Il avait déjà commencé à les déshumaniser. L'instinct primaire. Nous contre eux.

— Il nous faut un plan, Caitlyn.

Elle comprenait. C'était un médecin et un homme. Son instinct, ses hormones, son ADN lui criaient de prendre le contrôle de la situation. Elle posa la main sur son bras et sentit le stress qui tendait ses muscles.

— J'ai un plan.

Ou à peu près. Un début de plan qui, avec un peu de chance, leur permettrait de sortir d'ici vivants, les Faucheurs comme les civils.

— Fais-moi confiance, Paul. C'est mon travail. Les situations tactiques. C'est pour enseigner ça qu'on me paie.

Il fronça les sourcils, d'abord d'incrédulité puis de surprise. Elle se retint de lever les yeux au ciel.

Même après tout ce temps, Paul, comme beaucoup d'autres civils, pensait que son travail était tel que le dépeignaient les films. Courir en talons hauts, en agitant son arme, pour arrêter les méchants avant la coupure publicitaire, puis rentrer se détendre dans un bureau confortable rempli de gadgets onéreux.

— Tu as un plan, dit-il d'un ton hésitant.

— Oui. Et il y a un patient qui a besoin de toi.

Il hésitait encore.

— Garde-le encore un peu en vie et je vous sortirai tous de là vivants. Promis.

Paul savait qu'elle ne faisait jamais de promesses qu'elle ne pouvait tenir. C'était une manifestation de son besoin de tout contrôler, de son syndrome d'abandon et de tout ce qui merdait à cause de ses troubles psychologiques.

Paul hocha la tête. Il la surprit en l'attirant vers lui pour l'embrasser sur le front.

— Très bien. Je te fais confiance. Je crois en toi.

Ces mots simples lui coupèrent le souffle. Elle ne se souvenait pas de les avoir jamais entendus. De personne.

Il prit une boîte d'ibuprofène dans la kitchenette et alla s'occuper de Bernie. Caitlyn leva le téléphone de Poppy en jetant un regard par la fenêtre. Aucun signe du lion. Elle ne voyait pas de traces de sang non plus. Lion : 1 – Faucheurs : 0.

Les Faucheurs s'étaient déployés en demi-cercle, visant le bungalow de leurs armes. Mais ils se disputaient.

Sans Poppy et Fouine pour les mener, ils ne savaient pas quelle stratégie adopter pour libérer leur chef.

Certains d'entre eux quittaient même les lieux. Bien.

Mais il y avait encore trop d'hommes armés, et la situation était bien trop explosive. Elle avait besoin de renforts de gentils pour contenir l'ennemi. Et vite.

Avec le téléphone satellite de Poppy, elle appela d'abord le département du shérif. Puis la police d'État. Et finalement l'antenne du FBI de Asheville, pour les informer de la situation.

Entre ces trois juridictions et l'aide que demanderait le shérif Markle aux forces de l'ordre de Bryson City et à la police tribale, il y aurait beaucoup de gentils. Mais il faudrait au moins quarante minutes pour que le premier groupe d'intervention de la police soit mobilisé et parvienne jusqu'ici en toute sécurité. Ils ne pouvaient pas prendre le risque d'arriver par les airs. Les Faucheurs pouvaient très facilement abattre un hélicoptère.

Qui pouvait arriver rapidement sans se faire descendre par les motards ? C'était la question qui lui posait un problème. Jusqu'à ce que Poppy lui donne la solution.

Caitlyn leva une nouvelle fois le téléphone.

— Ici l'agent spécial superviseur Caitlyn Tierney du FBI. J'ai besoin de joindre l'équipe de tournage qui couvre la course du poker. Non, je ne peux pas patienter. Dites-leur que c'est pour l'exclusivité à propos d'une prise d'otages. Est-ce que je suis une otage ? Non, madame, je suis la preneuse d'otages.

Chapitre 38

Lena se pelotonna contre Bernie, essayant de son mieux d'avoir l'air courageuse pour lui, de garder son calme. Smokey connaissait la vérité. Elle savait que Lena était tout sauf calme, qu'elle était terrifiée. Le chimpanzé posa la tête contre la cuisse de la jeune femme, lui tapotant et lui frottant le dos.

Des hommes armés. Des hommes qui voulaient les tuer. La tuer. Bernie qui était si malade. Des voitures et des motos qui les avaient poursuivis. Et… et… et… c'était trop. Elle voulait rentrer chez elle, retrouver ses livres. Ou être à la bibliothèque. Ou parler histoire avec le docteur Bearmeat. Ou regarder une de ces vieilles séries télé en compagnie de Bernie. Elle voulait être n'importe où sauf ici, où elle était effrayée, perdue et seule.

Tellement, tellement seule.

La voix de sa mère résonna dans sa tête. *Chut, chut. Tu n'es pas seule, mon enfant. Tu n'es jamais seule. Je suis là, avec Vonnie et ton Père. Aie confiance en ton Père.*

Lena savait qu'elle imaginait les doux mots de sa mère, mais ils l'aidaient à se concentrer. Dieu l'avait sauvée.

Maintes et maintes fois. Il l'avait protégée. Sa mère avait raison : Lena devait avoir confiance en Lui, garder la foi. C'était la seule chose qui la sauverait.

Caitlyn envoya l'homme, le médecin, à l'autre bout de la maison. Pour monter la garde. Puis elle s'assit sur le bord du lit et regarda Lena avec des yeux tristes.

— Je me souviens de toi quand tu portais encore des couches.

— Tu connaissais ma sœur.

— Vonnie était la meilleure amie que j'aie jamais eue. Ça m'a fait de la peine d'apprendre la mort de ta mère et de ta sœur.

Lena détourna le regard et cligna des yeux. Elle se sentait sur le point de se briser comme un verre que l'on plonge trop vite dans l'eau glacée. Elle ferma les yeux, se préparant au pire. Caitlyn essayait de lui dire quelque chose. Quelque chose de terrible.

Ses peurs se confirmèrent quand Caitlyn tendit la main pour prendre la sienne.

— J'ai vu ton père, hier.

Lena rouvrit les yeux mais ne put regarder Caitlyn.

— Je suis désolée, Lena. Il est mort.

Il lui fallut toute son énergie pour assimiler ces mots. Bernie se redressa pour la serrer dans ses bras tandis qu'elle luttait pour changer ce que venait de dire Caitlyn en autre chose, un mensonge auquel elle pourrait se raccrocher. Peut-être était-il blessé ou malade, mais pas… Non, impossible de nier ce que Caitlyn avait vraiment dit. Eli était mort.

— Comment ?

— Il a été poignardé. On a attrapé les hommes qui ont fait ça.

Lena ne cessait de hocher la tête. Elle ne pouvait pas s'en empêcher. Si elle tentait d'arrêter, elle s'effondrerait et ne pourrait jamais plus se relever. Elle serra fort les bras sur sa poitrine et tendit une main pour saisir celle de Bernie. Caitlyn glissa quelque chose dans son autre main. Un carnet de poche.

— Il voulait que ça te revienne.

Lena serra si fort le carnet qu'elle le plia en deux. Elle renifla et se frotta les yeux de sa main libre, qu'elle essuya ensuite sur son pantalon. Bernie et Smokey se collèrent à elle. Leur chaleur était réconfortante. Elle regarda le carnet. Quelque chose qui appartenait à son père. Elle n'avait jamais rien eu de tel auparavant. Elle n'avait jamais rien eu d'autre que des souvenirs qui s'étaient révélés être des mensonges. Des mensonges contenant d'autres mensonges. Que renfermait ce carnet ? La vérité, enfin ?

Finalement, elle l'ouvrit et feuilleta les dessins. Sa maison, leur maison, la maison que son père avait bâtie de ses propres mains. Elle n'avait gardé que peu de souvenirs de la maison remontant à l'enfance, mais elle l'avait visitée chaque fois qu'elle était revenue à Evergreen. Elle avait examiné chaque joint, chaque fissure, à la recherche de l'homme qu'était son père.

Elle connaissait chaque centimètre carré de cette maison comme sa poche. Elle suivit du doigt le tracé du dessin de la corniche qu'Eli avait posée dans la salle à manger, les lignes de la fenêtre octogonale qu'il avait installée au-dessus de la porte d'entrée, la courbe de l'escalier.

Puis elle s'arrêta, déconcertée.

— Ce n'est pas notre maison. (Elle leva les yeux vers Caitlyn, tenant le carnet ouvert sur le dessin qu'elle ne reconnaissait pas.) Pourquoi mon père aurait-il passé tant de temps à faire ces dessins ?

— Laisse-moi voir, dit Caitlyn.

Elle lui prit le carnet des mains. Les dessins en question étaient dans le dernier tiers du carnet, intercalés entre des croquis de détails d'une rampe d'escalier et de buffets de cuisine. Elle les avait ratés en feuilletant le carnet, la nuit dernière. Elle cherchait des indices écrits, pas visuels.

— Regarde, dit Lena en lui montrant un dessin. Cette tour de cheminée. Et là il en a dessiné un détail. Et on dirait l'agrandissement d'une sorte de médaillon sculpté. Rien de tout ça n'est dans notre maison.

Caitlyn se souvenait de la cheminée des Hale. De la brique, du sol jusqu'au plafond, avec, pour faire la tour, une épaisse planche en duramen de pin assortie au plancher. Elle ne ressemblait en rien au dessin.

— Qu'est-ce qu'il a dessiné ? demanda Lena. Et pourquoi ?

C'était Caitlyn qui tremblait à présent. Elle tenait le carnet si fermement que ses doigts tachèrent le bord de la page.

— Je sais où c'est.

— Où ?

Caitlyn ne répondit pas. Car la deuxième question de Lena était la plus importante. Elle rendit le carnet à Lena. Elle se leva et traversa la pièce pour regarder par les fenêtres. Il fallait que son plan fonctionne. Ils devaient sortir de là.

Parce qu'elle savait pourquoi son père et Eli Hale étaient morts.

Chapitre 39

Caitlyn revint vers Lena. Au cas où les choses tourneraient mal, il valait mieux qu'elles connaissent autant de faits et de pistes que possible.

— Nous cherchions toutes les deux à savoir si ton père était coupable ou innocent. Nous ne comprenions pas pourquoi il avait avoué un meurtre qu'il n'avait pas commis et accepté de purger sa peine. (Elle prit les mains de Lena dans les siennes.) C'était pour toi, Lena. Il l'a fait pour vous protéger, toi, Vonnie et votre mère. Il l'a fait pour vous sauver.

Lena leva les yeux vers elle, perdue.

— Comment sais-tu cela ?

— C'est la vérité, Lena. J'en suis certaine.

— Mon père a fait tout ça pour sauver sa famille ? (Elle pleurait, doucement, silencieusement, sans même sembler s'en rendre compte.) J'aurais voulu qu'il puisse me le dire. Je lui en ai tellement voulu, toutes ces années. La dernière fois que je l'ai vu…

Elle enfouit son visage dans ses mains.

Caitlyn l'observait, ne sachant pas si elle pouvait dire toute la vérité à Lena sans la bouleverser encore plus.

Comment pouvait-elle la réconforter ? Bernie vint à la rescousse, en serrant fort Lena contre son torse pendant qu'elle pleurait. Quelques minutes plus tard, elle renifla, ravalant ses larmes, et leva les yeux.

— Si mon père n'a pas tué cet homme, alors qui est le meurtrier ?

— Bonne question, mais le « pourquoi » est plus important que le « qui ».

Caitlyn s'interrompit, car un mouvement à l'autre bout du jardin attira son attention. Elle scruta les ténèbres sans rien voir de précis. Mais elle savait qu'ils étaient dehors. Ils viendraient. Dans peu de temps. Elle devait communiquer à Lena toutes les informations dont elle avait besoin. Puis elle les mettrait à l'abri, elle et Bernie.

— Alors pourquoi a-t-on tué Tommy Shadwick ? demanda Lena.

— Tout le monde croyait que c'était parce qu'il s'opposait à ce que l'on réintègre le nom de Hale dans les rouleaux tribaux, comme le demandait ton père. Puis j'ai cru que c'était en raison de son opposition au casino et que ton père n'était que le bouc émissaire. Mais je pense qu'il est mort pour la même raison qui a permis à ton père de rester en vie toutes ces années.

— De rester en vie ?

Lena semblait en colère. Parfait. Elle aurait besoin de cette force pour traverser cette épreuve.

— Mon père a vécu en cage durant vingt-cinq années avec des hommes qui étaient des animaux pour un meurtre qu'il n'a pas commis. Tu en parles comme s'il s'agissait d'une espèce de jeu.

— Réfléchis, Lena. Une fois Eli condamné, pourquoi ne pas l'avoir fait assassiner sitôt qu'il s'est retrouvé en prison ? Pourquoi prendre le risque qu'il parle aux mauvaises personnes, durant toutes ces années ?

— Mais tu dis qu'il a fait ça pour nous sauver. Ils avaient ce qu'ils voulaient. Un bouc émissaire pour leur crime. Pourquoi ne pas l'avoir simplement laissé tranquille ?

— Non. Il représentait un risque. Ils lui ont donné ce qu'il voulait. La sécurité de sa famille. Mais il avait un moyen de pression sur eux. Et c'était lié à Tommy Shadwick.

— Il avait la preuve de son innocence ?

— Non. Il avait la preuve du mobile du meurtre de Tommy. Il avait le Pacte des affranchis. L'original. Il l'a caché pour que tu le trouves après sa mort.

— Attends. Le Pacte a disparu dans l'incendie de la maison de Tommy.

— Non. C'est pour ça qu'ils ont brûlé la maison de Tommy. Ils ne trouvaient pas le document, juste des bouts de papier. Ça leur aurait pris des jours pour fouiller minutieusement la maison. Ils savaient que Tommy était la dernière personne qui l'avait emprunté, alors ils ont tenté leur chance et ils ont mis le feu à la maison, pensant qu'ils détruiraient le Pacte en même temps que toutes les preuves de leur présence sur les lieux. Excepté, bien sûr, le marteau de ton père. Ils l'ont placé dans son camion. Tout le monde savait que Tommy et lui s'étaient disputés, plus tôt dans la soirée. Ton père faisait un coupable idéal.

— Mais en quoi le Pacte est-il si important ? Tout ce qu'il prouve, c'est que ma famille a renoncé à jamais au droit de devenir membre de la tribu. Il ne contient rien qui vaille qu'on tue quelqu'un.

— La version que tu as, non. Elle dit que la terre des affranchis se situe au nord-est de la limite de la réserve.

— Oui, de l'autre côté de la station, intervint Bernie. Mon père dit que c'est pour ça que la station n'a jamais marché. Elle est coincée entre la limite de la réserve et la bordure du parc, sans possibilité de s'étendre.

— C'est ce que tout le monde croyait. Et qui pouvait dire le contraire ? Aucun affranchi n'a vécu là depuis la fin de la guerre de Sécession. Tous se sont installés en ville pour travailler dans les scieries ou ont quitté la région. C'était une époque nouvelle, ils pouvaient vivre où ils le souhaitaient. Pourquoi rester sur un bout de montagne caillouteux ?

Lena et Bernie hochèrent la tête, toujours aussi perdus.

— Eh bien, non ! La véritable terre concédée à perpétuité aux affranchis en vertu du Pacte était située au sud-est de la réserve, pas au nord-est. Selon moi, les modifications apportées aux copies existantes du Pacte, celles que tu as obtenues à Raleigh et du docteur Bearmeat, Lena, ont été faites entre le milieu et la fin des années 1980.

Bernie avait toujours l'air déconcerté, mais Lena écarquilla les yeux en comprenant les implications.

— Le casino. C'est là où se trouve le *Vista View*. Et la loi sur le jeu indien a été votée en…

— 1988.

Lena bondit sur ses pieds, laissant Bernie sur le lit, pleine d'une énergie nouvelle.

— Ils savaient que la loi allait passer, tout comme ils savaient que le conseil tribal voulait que le casino soit construit aussi loin que possible de Cherokee. Le bâtir à l'est de la réserve le plaçait plus près de l'autoroute, des touristes et…

Elle tourna la tête vers Caitlyn.

— D'Evergreen. Où mon oncle Jimmy possédait tous ces terrains sans intérêt qui attendaient que quelque chose se produise pour être valorisés. Quelque chose comme la construction d'un grand hôtel et d'un casino. Je suis désolée, Lena. Je pense que Jimmy pourrait être impliqué.

— Il a tué Tommy ?

Bernie retomba sur l'oreiller, encore plus pâle. Il croisa le regard de Caitlyn, et elle hocha tristement la tête. Ses deux pères, Jimmy et Poppy, étaient des meurtriers. Lena ne comprenait pas encore le rôle que jouait la famille de Bernie dans tout ça. Il tourna la tête et enfouit son visage dans l'oreiller.

— Je pense que Jimmy et Poppy étaient de mèche. Poppy disposait des hommes de main, Jimmy des terrains et de liens avec le conseil. Ils n'avaient qu'à se débarrasser du seul opposant, et tout se déroulerait sans accroc. Après tout, qui d'autre le conseil nommerait-il directeur si ce n'était l'homme qui avait monté l'affaire pour eux et qui leur faisait gagner tout cet argent ?

— Mais pourquoi mêler mon père à tout ça ? Pourquoi lui ?

Caitlyn poursuivit son explication. Il valait mieux, pour le bien de tous, révéler la vérité.

— Tommy s'opposait à la réintégration des affranchis à la tribu, mais c'était un homme raisonnable. Il a attentivement étudié les revendications de ton père. En consultant les vieux rouleaux tribaux aux archives pour voir si le nom des Hale y figurait, il a dû tomber sur une copie de l'original du Pacte des affranchis.

— L'authentique.

— Exact. Comme Tommy lisait le cherokee, il a compris qu'il était non seulement mentionné que les affranchis ne se verraient pas accorder le droit d'intégrer la tribu, comme il le soutenait, mais aussi que les terrains sur lesquels allait être construit le casino appartenaient en réalité à ta famille et aux descendants des autres affranchis. Ces terres étaient sur la réserve, mais les descendants d'affranchis pouvaient décider ou non qu'un casino y soit construit, et à quel prix. Il a dû le dire à Eli et lui confier le Pacte pour qu'il le mette en sécurité.

— Alors où est-il ?

Caitlyn pointa le carnet du doigt.

— Eli nous a donné toutes les indications qu'il nous fallait pour le trouver dans ses dessins. Cette cheminée avec le médaillon sculpté ? Elle n'est pas dans ta maison, mais dans la mienne.

Chapitre 40

Goose n'avait encore jamais rencontré de camionneuse. Elle avait failli l'écraser puis s'était arrêtée pour l'aider, lui permettant d'utiliser son wifi afin de contacter Wilson par Skype. Elle lui rappelait sa tante Tilley. À minauder et à draguer, mais c'était une dure à cuire qui aimait vivre seule et qui n'était pas près de se mettre en ménage avec un homme de façon durable.

Grâce à elle, il était remonté au bungalow avant la police. La bonne vieille peur l'avait également motivé, le poussant le long du sentier et à travers les bois jusqu'à chez Bernie. La peur de ce qu'il trouverait… ou de ce qu'il ne trouverait pas.

Les rideaux chez Bernie étaient tous tirés, mais la lumière était allumée. Ce qui signifiait que quelqu'un, au moins, était encore en vie. Ce que confirmait la présence de Faucheurs dehors, deux fois plus nombreux. Que diable attendaient-ils ?

Un vrombissement conjugué à un faisceau de lumière vint du ciel, et il eut sa réponse. Ce ne pouvait pas être le groupe d'intervention de la police. Ils ne prendraient pas le risque de débarquer en hélicoptère, pas avec la puissance de feu des Faucheurs. Quelques motards levèrent leurs fusils et leurs pistolets vers le ciel, mais les abaissèrent rapidement en voyant la porte du bungalow s'ouvrir et Caitlyn apparaître sur le seuil, tenant son arme contre la tête de Poppy. Le chef des Faucheurs avait du chatterton sur la bouche, les poignets attachés derrière le dos, et il paraissait suffisamment en colère pour déclencher un incendie rien qu'avec les éclairs que lançaient ses yeux.

Les Faucheurs regardaient tour à tour Poppy et l'hélicoptère. Puis l'engin se posa. Un homme portant une caméra à l'épaule en sauta, suivi par une petite blonde, dont la jupe et le manteau de velours ondoyaient sous le souffle du rotor.

— Souriez, les garçons, hurla Caitlyn. Vous passez à la télé.

Caitlyn laissa l'équipe de télévision prendre quelques images d'elle et de tous les visages de l'assistance. C'était étonnant de voir la vitesse à laquelle les armes avaient disparu en présence de la caméra. Elle regretta presque d'avoir appelé la police d'État au secours. Une jolie blonde avec un micro suffirait peut-être à faire déguerpir tous les Faucheurs de la montagne.

Paul l'appela depuis l'intérieur. *Merde !* Même pas le temps de savourer.

— L'état de Bernie se détériore ? demanda-t-elle.

— Il faut que je te parle, dit-il. En privé.

Elle ferma la porte et enferma Poppy dans le placard.

— Qu'y a-t-il ?

— Il est revenu, murmura Paul, en désignant d'un signe de tête la salle de bains au fond du bungalow. Ton ami le tocard.

Goose ? Son cœur bondit de joie.

— Surveillez les portes, dit-elle à Lena et à Paul. Ne laissez personne entrer.

— Tu ne vas pas lui parler seule, protesta Paul.

— Je n'ai pas le temps de t'expliquer. Fais ce que je dis.

Elle n'aima pas la mine meurtrie de Paul, mais c'était la vérité. Elle n'avait pas le temps. Et elle ne pouvait pas prendre le risque d'exposer la couverture de Goose.

— S'il te plaît, Paul.

Il marcha d'un pas lourd vers l'entrée. Elle courut vers la salle de bains, frappa à la porte et fit irruption à l'intérieur.

Goose lui sourit, assis sur les toilettes.

— Hé, la rouquine ! Vous continuerez à me parler maintenant que vous êtes devenue une vedette de la télé ?

— C'est le meilleur moyen que j'ai trouvé pour empêcher les Faucheurs de prendre le bungalow d'assaut, dit-elle avec un haussement d'épaules. C'est pas exactement la procédure standard, mais, quand on est moins nombreux et moins armés que l'ennemi, il faut bien se débrouiller.

— Vous êtes partante pour continuer à jouer la comédie ?

Elle plissa les yeux.

— À quoi pensez-vous ?

— J'ai besoin que vous me preniez en otage, murmura-t-il avec sérieux. Enfermez-moi avec Poppy.

— Pourquoi ? Pour protéger votre couverture ? (L'avidité qu'elle lut dans le regard de Goose lui apporta la réponse.) Vous êtes revenu pour ça ? Vous croyez vraiment qu'il y a la moindre chance que Caruso aille jusqu'au bout ? Si ce type a un peu de jugeote, il enterrera l'argent et reviendra le chercher le siècle prochain.

— Je l'ai rencontré. Orgueil est son deuxième prénom. Il pense probablement qu'il court moins de risques. Tout ce qui se passe ici attire l'attention et lui laisse le champ libre. Il peut faire accuser Poppy et les Montagnards. Il sait que Poppy ne parlera pas. Pas sans connaître le même destin qu'Eli Hale quand il sera derrière les barreaux. J'ai juste besoin que vous m'enfermiez avec Poppy. Les flics n'ont rien contre moi, ils seront obligés de me relâcher. Caruso pensera que j'essayais de protéger Poppy, en tant qu'homme de main du club, et ça me donnera du temps pour trouver l'argent.

— Vous êtes fou. Vous croyez vraiment que Poppy et Caruso mordront à l'hameçon ?

— Pourquoi pas ? (Il se leva et la regarda.) Dites-moi que vous ne feriez pas une chose pareille si c'était votre opération.

Elle soupira et s'assit sur le bord de la baignoire, roulant des épaules.

— Peut-être que Paul a raison. Je devrais démissionner.

— Pourquoi ? Parce que vous n'avez pas vu que Poppy avait un coup d'avance sur nous ? Bon sang, moi non plus, et j'ai pratiquement vécu avec lui toute une année.

Elle secoua la tête. Il ne comprenait pas. Comment le pourrait-il ?

— Des gens sont morts à cause de moi. Des gens bien.

Il s'assit à côté d'elle, posa la main sur les siennes et attendit.

— Il y a six mois. Je suivais une piste. Ce n'était pas une enquête officielle, mais je savais qu'il y avait quelque chose. J'avais raison. Un psychopathe était prêt à massacrer une ville entière.

— L'instinct. Je vous l'ai dit.

— Le policier local qui travaillait avec moi s'est fait tuer.

Elle cligna des yeux. Elle avait les yeux rivés sur le sol parce que c'était trop dur de trouver l'énergie de lever la tête et de regarder Goose.

— Il est mort en me sauvant la vie.

— Il est mort par votre faute ?

— Non.

— Et combien de vies avez-vous sauvées ?

Elle haussa les épaules. Ce n'était pas la question.

— Je n'ai pas pu le sauver.

— Vous êtes Dieu ? Vous croyez pouvoir sauver le monde entier ? (Il parlait d'une voix égale en serrant ses mains dans la sienne.) Parce que si c'est le cas dites-le-moi maintenant. Ce n'est pas le genre de coéquipière que je veux pour protéger mes arrières.

— Vous préférez quelqu'un qui foire ?

— Je préférerais quelqu'un qui sait que nous foirons tous et qui fera tout son possible pour éviter que ça ne se produise. Je préférerais quelqu'un qui pense avec sa tête plutôt qu'avec son arme et qui voit les alternatives, qui n'a pas peur de prendre les décisions difficiles. Quelqu'un comme vous. (Il se redressa et la tira pour qu'elle se relève.) Admettez-le, Caitlyn. Nous sommes tous les deux des foireux dans notre genre. Mais nous formons une équipe d'enfer.

Elle ne chercha pas à réprimer son sourire.

— Qu'est-ce que je peux dire, Carver ? Quand vous avez raison, vous avez raison.

Elle lâcha la main de Goose et avança vers la porte. Elle fut surprise de ne pas le voir la suivre.

— Vous êtes prêt ?

— Il faut que vous sachiez que je ne suis pas revenu que pour l'argent.

Il la saisit par les coudes, la serra contre lui et l'embrassa si passionnément que la vision de Caitlyn se troubla avant qu'elle se souvienne de respirer. Puis il la lâcha.

— OK. Je suis prêt, maintenant.

Chapitre 41

Caitlyn ouvrit brusquement la porte du placard, et Poppy la fusilla du regard. Elle fut heureuse de lui avoir collé du chatterton sur la bouche.

— J'ai un cadeau pour vous.

Elle tendit la main derrière elle pour attraper Goose et le poussa si violemment qu'il rebondit contre le mur avant d'atterrir sur le sol. Comme Poppy, il avait les mains attachées derrière le dos et du chatterton sur la bouche.

— Vous croyiez vraiment que je suis assez stupide pour laisser cet idiot me faire la peau, Poppy ?

Elle claqua violemment la porte, les laissant plongés dans le noir. Moins elle en disait, plus Goose aurait la possibilité d'improviser plus tard. S'il y avait un plus-tard.

Le téléphone satellite sonna. Elle l'attrapa.

— Nous sommes en position, lui dit le chef du groupe d'intervention de la police. Nous avons seulement besoin d'une diversion devant le bungalow pour détourner leur attention du périmètre.

— Donnez-moi deux minutes. (Elle se tourna vers Paul et Lena.) Préparez-vous à bouger. Lena, ce serait plus sûr de remettre Smokey dans la salle de bains.

La dernière chose qu'il leur fallait, c'était un chimpanzé devenant dingue devant un groupe de Faucheurs que ça démangeait d'en découdre.

Elle appela l'équipe de télévision, pour s'assurer qu'ils étaient en position et qu'ils ne risquaient rien. Paul et Lena aidèrent Bernie à se lever. Ses yeux roulèrent en arrière un instant, puis il parvint à rétablir son équilibre. Ensemble, ils avancèrent d'un pas traînant vers la porte d'entrée.

— Vous êtes prêts ?

Ils hochèrent la tête. Caitlyn glissa le téléphone dans sa poche, toujours en ligne avec le chef du groupe d'intervention, attrapa son pistolet et alla chercher Poppy.

Il ne se débattit pas quand elle le poussa vers l'entrée. Elle fit un signe de tête à Paul. Il ouvrit la porte et resta derrière avec Lena et Bernie, attendant le signal de Caitlyn. Les Faucheurs étaient de nouveau agités, comme un troupeau de moutons incapables de se rappeler où était la maison.

— Vous voulez que je lui explose la cervelle ? hurla-t-elle.

Elle avait capté leur attention. Elle poussa Poppy vers l'avant du porche, tenant son arme contre sa tête.

— Non ? Alors voilà comment ça va se passer.

La plupart d'entre eux rengainèrent leurs armes, mais quelques-uns tenaient encore des fusils.

— D'abord, tout le monde pose son arme à terre. Puis vous laissez les civils rejoindre l'équipe de télévision. Alors vous aurez Poppy.

Ils hésitèrent, les yeux levés sur Poppy, attendant son approbation. Elle pressa le Glock contre l'oreille du motard.

— Dites-leur d'obéir.

Il lui lança un regard noir, mais hocha la tête. Les Faucheurs fusillèrent Caitlyn du regard, lui donnant un avant-goût de ce qui se passerait quand ils auraient mis Poppy à l'abri. Mais ils baissèrent leurs armes et dégagèrent l'accès à l'hélicoptère.

— Bien. Personne ne bouge.

Elle se décala avec Poppy sur le côté du porche, pour permettre à Paul et à Lena de sortir. Ils tenaient Bernie entre eux et l'aidaient à descendre les marches. Ils avaient à peine fait deux pas à travers la foule qu'une silhouette d'homme apparut entre les Faucheurs et l'hélicoptère. Il leva un pistolet, visant Bernie. Fouine. Caitlyn leva elle aussi son arme. Poppy en profita pour lui rentrer dedans, lui faisant lâcher son pistolet. Elle s'écarta précipitamment de lui au moment où un coup de feu retentit. Lena se jeta devant Bernie qui était à terre.

La foule s'enflamma. Les Faucheurs dégainèrent leurs armes. Deux d'entre eux bondirent sur le porche pour attraper Poppy au moment où Goose jaillissait du bungalow, faisant tomber le chef des Faucheurs à terre pour le protéger de son corps.

Bien joué, pensa Caitlyn en sortant la matraque de sa poche. Avec quelques coups bien placés, elle se fraya un chemin jusqu'à Lena et Bernie. Elle ne voyait pas Paul. Lena ne bougeait pas, bien que Fouine avançât vers elle, accompagné d'autres Faucheurs.

Un allié inattendu leur vint en aide. Un mouvement flou attira l'attention de Caitlyn. Le léopard vola par-dessus la tête des Faucheurs et atterrit à côté de Bernie, entre Lena et Caitlyn, comme pour le protéger. Quelques Faucheurs s'enfuirent droit vers le groupe d'intervention de la police qui avançait depuis les bois. Mais Fouine et ses hommes se précipitèrent en avant en hurlant des insanités.

Caitlyn donna des coups de matraque, essayant de gagner les quelques secondes qu'il faudrait au groupe d'intervention pour arriver jusqu'à eux et maîtriser les Faucheurs. Les policiers ne pouvaient pas utiliser de gaz lacrymogène à cause du vent, mais, comme Fouine semblait être le seul à vouloir faire usage de son arme, ça ne leur serait sûrement pas nécessaire. Le reste des Faucheurs était pris d'une folie furieuse, se battant à mains nues contre le léopard.

L'animal fit bien plus que se défendre. Bien sûr, il luttait avec autre chose que des poings. Les Faucheurs battirent rapidement en retraite, laissant Fouine seul.

Celui-ci visa Lena de son arme. Avant que Caitlyn ait pu pousser la jeune femme hors de la ligne de tir, le léopard bondit dans les airs. Fouine fit feu. Le léopard recula sa patte et frappa si fort le motard à la tête que celui-ci s'effondra. L'animal bondit et le frappa de nouveau. Puis il y eut un petit bruit étouffé. Une fléchette siffla dans les airs et se planta dans le flanc du léopard.

L'animal regarda derrière lui comme s'il était déçu que les humains le dérangent pendant son dîner, puis s'effondra.

Caitlyn se tourna d'abord vers les civils.

— Tu vas bien ? demanda-t-elle à Lena, essayant de voir si elle était blessée.

— Ça va. Il ne m'a pas touchée. (Elle se précipita vers Bernie.) Bernie, Bernie ?

— Il nous faut un médecin ! cria Caitlyn au groupe d'intervention.

L'un des policiers abandonna ses collègues qui maintenaient les Faucheurs face contre terre et les fouillaient en leur passant les menottes. Il courut vers Caitlyn.

— Pas de traces de blessure par balle, dit-il. Mais il est brûlant. Il est en état de choc.

Paul apparut, le visage couvert de terre et d'herbe.

— Je suis médecin. Il faut l'emmener à l'hôpital. Peut-on utiliser cet hélicoptère ?

— Le nôtre est en chemin, maintenant que nous avons sécurisé le périmètre.

Alors qu'ils s'organisaient pour transporter Bernie, Caitlyn vit Poppy emmené par les adjoints du shérif en treillis camouflage, ce qui les distinguait des hommes du groupe d'intervention de la police d'État, tout de noir vêtus. Un autre adjoint escorta Goose. Caitlyn croisa le regard de l'infiltré et lui adressa un clin d'œil. Mais il devait rester dans son personnage et il la fusilla du regard, même si ses épaules étaient secouées d'un rire silencieux.

Les deux chefs du groupe d'intervention s'approchèrent d'elle.

— Merci du tuyau au sujet des animaux sauvages, lui dit l'un d'eux. Une équipe des services vétérinaires est en route pour s'occuper des autres.

— Vous étiez extraordinaire, s'extasia le cameraman de la télé en courant vers eux pour les filmer. Le léopard et vous, la façon dont vous vous battiez, comme si vous étiez totalement synchrones. Je vais remporter un prix, c'est sûr.

L'un des adjoints l'escorta au loin. Les deux chefs du groupe d'intervention lui tournèrent le dos.

— Excellent travail, lui dit le chef du département du shérif. Nous n'aurions jamais pu neutraliser tous ces Faucheurs sans pertes.

— Personne n'a été blessé ?

— Juste Lionel Underwood. On dirait que le léopard lui a brisé la nuque.

Fouine était mort. La nouvelle ne l'attristait pas. Elle espérait qu'on ne ferait pas d'ennuis au léopard.

— C'était une idée brillante de faire appel à une équipe de télévision pour gagner du temps et désamorcer la situation. Même si ça n'est pas vraiment la procédure, ajouta le policier. Vous aviez toujours un coup d'avance sur eux. Vous saviez que sans leur chef ils pouvaient devenir incontrôlables, alors vous avez pris l'ascendant et les avez manipulés à chaque étape de votre plan. (Il secoua la tête.) Vingt-trois hommes armés, et vous les avez neutralisés sans aucune perte chez les civils.

— Je n'y serais jamais arrivée sans vous, messieurs, leur dit Caitlyn en essayant de faire comme si tout avait été calculé et non improvisé au fur et à mesure. Je crois que l'équipe de télé attend pour vous interviewer.

— Vous ne voulez pas leur raconter votre version de l'histoire ? demanda l'adjoint, visiblement étonné que le FBI ne cherche pas à tirer la couverture à lui.

— Non, merci. Je vais me faire raccompagner par un de vos gars pour faire ma déposition.

— C'était un plaisir de travailler avec vous, madame.

Ils se serrèrent la main. Celle de Caitlyn tremblait à cause de la fatigue et de l'adrénaline qui refluait de son système.

— Merci.

Y avait-il quelque chose de plus humiliant que d'avoir votre mère qui vient vous chercher au commissariat où vous avez été interrogée la plus grande partie de la nuit ? Caitlyn en doutait, surtout que Jessalyn se comportait avec sa fille comme quand elle avait quinze ans et qu'elle empruntait la voiture de sa mère sans sa permission.

— Qu'est-ce que je vais faire de toi ? déclara-t-elle devant toute l'assistance. Tu aurais pu te faire tuer. Une fois de plus.

Caitlyn fit semblant de ne pas voir les sourires des agents des forces de l'ordre réunis dans le minuscule bureau du shérif. Où étaient passés les confrères qui, cinq minutes auparavant, la traitaient en héroïne et la félicitaient d'avoir géré l'affaire sans que personne, particulièrement parmi les agents des forces de l'ordre, soit blessé ?

— Je vais bien, maman. Dépose-moi à la station, que je récupère ma voiture.

— Je n'en ferai rien. Tu rentres à la maison avec moi.

Les portes du bureau du shérif se refermèrent derrière elles, et Caitlyn profita de leur relative intimité pour tenir tête à Jessalyn.

— Non. Ou tu me déposes à la station ou tu m'emmènes chez nous. À la montagne McSwain.

Jessalyn blêmit.

— À notre vieille maison ? Pourquoi veux-tu aller là-bas ?

— Je dois y prendre quelque chose. Quelque chose que papa a laissé pour moi.

Jessalyn fourra les clés de sa Jaguar dans la main de Caitlyn.

— Bien. Va où tu veux. Tu vas me laisser là ou une mère peut-elle accompagner sa propre fille après que celle-ci a failli se faire tuer ?

Caitlyn soupira. Elle n'avait pas dormi depuis deux jours et n'était pas d'humeur à se disputer avec Jessalyn.

— Monte.

— Laisse-moi appeler Jimmy pour lui dire que tu vas bien.

Caitlyn s'assit au volant et régla les rétroviseurs tandis que sa mère téléphonait dehors. Jimmy était probablement chez lui, au lit, bien au chaud et serein. Pourquoi s'inquiéterait-il ? Elle n'avait pour l'instant rien qui le reliait aux meurtres d'Eli et de Tommy, à part des spéculations. S'il y avait la moindre piste, elle ne remonterait qu'à Poppy, Caitlyn en était sûre.

Tôt ou tard, il faudrait qu'elle sache quoi faire à propos de Jimmy. Elle ne pouvait pas démarrer d'enquête sur lui. Peut-être le shérif Markle le pourrait-il. Ou Goose, s'il avait suffisamment de preuves impliquant Jimmy dans le blanchiment d'argent. Après tout, il n'avait pas acheté ou vendu la terre par des moyens frauduleux.

Il n'avait fait que la viabiliser. Ce serait à la tribu de verser des compensations aux affranchis, de payer pour chaque préjudice causé.

Merde, le système judiciaire était un tel sac de nœuds que Jimmy n'avait peut-être même pas enfreint de loi ! Elle se sentit épuisée rien que d'y penser.

Jessalyn monta dans la voiture, et elles se dirigèrent vers la montagne. Vers la maison.

Quand elle furent arrivées à destination, Caitlyn fut surprise de voir de la lumière à l'intérieur de la maison et un SUV noir garé dans l'allée. Elle dut chasser l'idée que son père l'attendait. La maison semblait si chaleureuse et accueillante, exactement comme dans son souvenir.

— Jimmy l'a gardée, dit Jessalyn. Au cas où.

Elles descendirent de voiture. Caitlyn regarda la vieille ferme, le porche où elle avait connu tellement de moments heureux, les escaliers que Vonnie et elle s'amusaient à monter et à descendre en faisant la course. Le vent venu de la montagne faisait plier d'avant en arrière les sapins qui bordaient l'allée, comme s'ils lui faisaient signe. En tendant l'oreille, elle aurait juré entendre le rire de son père sortir de l'ombre.

Le téléphone sonna. Boone.

— Vas-y, dit-elle à Jessalyn. Je te rejoins. (Elle n'osait plus bouger, car elle avait miraculeusement une demi-barre vacillante de réseau.) Tierney. Vous êtes debout de bonne heure.

— Qui dit que je me suis couché ? dit Boone de son habituel ton aimable. J'ai ce que vous m'aviez demandé. Le dernier appel qu'a passé Eli Hale était à destination d'un numéro de portable enregistré sous le nom d'un casino.

— Laissez-moi deviner : le *Vista View*.

— Ouais. C'est une voix d'homme, mais nous n'avons pas pu l'identifier.

— Vous pouvez me le faire écouter.

— Bien sûr. Attendez une seconde.

Caitlyn se blottit contre la voiture, dont le moteur refroidissait déjà, priant les dieux du réseau téléphonique de lui accorder encore leurs faveurs, même si une infime partie d'elle espérait que cet appel s'évanouisse dans la nuit. Ainsi, elle ne serait pas obligée d'arrêter son oncle.

— Voilà, dit Boone.

Une voix de femme se fit entendre.

— Ici la standardiste de l'Institution correctionnelle fédérale de Butner. Un détenu nommé (Il y eut une pause le temps qu'Eli donne son nom.) vous appelle en PCV à ce numéro. Acceptez-vous l'appel ?

Une voix d'homme répondit.

— Oui, j'accepte.

C'était Jimmy. Merde !

Elle ferma les yeux alors que la voix d'Eli retentissait d'outre-tombe.

— C'est moi. Je voulais juste te dire que ma fille ne sait rien. Elle fait son arbre généalogique. Elle veut connaître ses origines, c'est tout. Tu as compris ?

— Bien sûr. Aucun problème. Nous nous assurerons qu'on s'occupe bien d'elle.

Puis il y eut le bruit d'un téléphone qu'on raccroche.

Boone reprit la parole.

— Vous avez eu ce que vous vouliez ?

— Oui. Oui, c'est bon.

Caitlyn raccrocha et monta lentement les marches, traînant des pieds comme si elle avait quatre-vingt-cinq ans et non trente-cinq. Quand elle franchit le seuil de la porte, elle ne vit pas Jessalyn, mais Jimmy était assis dans le fauteuil inclinable préféré de son père, les jambes allongées, tirant sur un gros cigare.

— Debout. Tu es en état d'arrestation.

Le ton de sa voix était aussi bas que son moral. Mais, d'une certaine façon, ce n'était pas une surprise, comme si, toute sa vie, elle avait attendu cet instant. La trahison finale.

— En état d'arrestation ? (Jimmy parut surpris.) Pour quelle raison ?

— Pour avoir organisé le meurtre d'Eli Hale. Comme il était dans une prison fédérale, c'est un crime fédéral. Debout, les mains en l'air.

— Bon sang, tu es aussi têtue que ton père ! (Jimmy tira une bouffée de son cigare avant de poser de nouveau les yeux sur Caitlyn.) Ne me dis pas qu'il va falloir que je te tue, toi aussi ?

Caitlyn posa la main sur son arme. Elle ne dégaina pas mais se tint prête à le faire.

— Je vais appeler des renforts, nous irons au bureau du shérif et tu me raconteras tout.

Il rit. Un rire qui était tout sauf amusé quand il résonna dans la pièce vide. Tout le contraire des rires qu'elle avait entendus dans cette maison.

— Je vais tout te raconter. Puis tu t'en iras, comme une bonne petite fille, et tu fermeras ta grande gueule. Pour toujours. (Il sourit.) Ce n'est peut-être pas une mauvaise chose. Ça peut être utile, d'avoir une féd' dans sa poche. Je demanderai à Poppy, on verra ce qu'il en dit. Mais je te préviens, petite. Il ne t'apprécie pas beaucoup. Pas après que tu l'as fait arrêter la nuit dernière. Il pourrait préférer une féd' morte.

— On l'a relâché ?

— Bien sûr. Il ne passera jamais au tribunal. Pas dans ce comté. Après tout, les preuves ne sont que des rumeurs. Personne n'a été blessé et personne ne peut dire que quelqu'un a enfreint la loi à part Fouine, et il ne parlera pas. Pas vrai ?

Elle en avait vraiment assez de ces conneries. Se confronter à la politique du FBI était bien plus simple.

— Pose ton cigare et lève les mains.

Au fond d'elle-même, elle tremblait comme une feuille prise dans le blizzard, mais elle était parvenue à parler d'une voix égale.

Il tira une autre bouffée de son cigare, puis obtempéra de façon théâtrale.

— Jessalyn, cria-t-il, tu veux bien revenir ici raisonner ta fille ?

Caitlyn recula, la main toujours posée sur son arme, de façon à pouvoir surveiller à la fois le couloir et Jimmy. Elle ne dégainerait que si elle y était contrainte, mais elle priait pour ne pas en arriver là. Sa mère pénétra dans la pièce et glissa sur le parquet en chêne d'une démarche fluide, comme une reine de beauté, les mains dans les poches de son manteau ouvert comme une cape d'opéra.

— Caitlyn, je t'ai dit de ne pas te mêler de ça.

— Il a admis à demi-mot avoir tué papa.

Bon Dieu, sa voix avait tremblé sur la fin de sa phrase ! Elle prit une profonde inspiration, le regard posé sur Jimmy.

— Maman, appelle le shérif. Dis-lui qu'un agent fédéral a besoin de renfort.

— Elle ne fera rien, dit Jimmy.

— Maman...

Jessalyn ne l'écouta pas. Elle passa derrière Jimmy, se retrouvant l'espace d'une terrifiante seconde dans la ligne de tir de Caitlyn. Celle-ci se tint prête et dégaina son arme dans l'éventualité où Jimmy prendrait sa propre sœur en otage. Si c'était le cas, que ferait-elle ?

Mais il n'en fit rien. Il se prélassa simplement dans son fauteuil comme si le monde lui appartenait. Jessalyn alla jusqu'au mur et arracha le câble téléphonique. La surprise submergea Caitlyn. Une vague glacée la fit frissonner.

— Tu savais, haleta-t-elle. Tu savais qu'il a tué papa.

— Je n'ai pas tué ton père, dit Jimmy.

Caitlyn se tourna brusquement vers lui, le visant de son Glock. C'était un civil, désarmé, mais à ce moment précis elle s'en moquait. Elle bouillonnait et, l'espace d'un instant, elle ne vit plus que son père baignant dans son propre sang, à quelques mètres seulement de l'endroit où se tenait Jimmy.

— La ferme ! Tu l'as tué. Tu as tué mon père.

Le canon du pistolet trembla. Elle inspira profondément et stabilisa son arme.

— Raconte-moi tout. Maintenant.

Il ne prit pas la peine de dissimuler son amusement ou son dédain.

— Bien sûr, rouquine. Mais tu ne vas pas aimer ça.

— Dis-lui, Jimmy, le pressa sa mère.

Il lui jeta un regard, et elle hocha légèrement la tête, un bref mouvement du menton, telle une reine accordant sa bénédiction.

— Il est temps qu'elle décide par elle-même. Famille ou non.

De quoi diable parlait-elle ? Le Glock n'avait jamais été aussi lourd dans la main de Caitlyn.

— Ton père avait le choix, commença Jimmy. Il aurait pu choisir sa famille. Au lieu de cela, il a préféré nous mettre tous en danger. Il aurait pu choisir de vous protéger, ta mère et toi. D'assurer votre avenir. Mais il a choisi… Eh bien, je n'ai jamais vraiment compris ce qu'il avait choisi ! Voilà pourquoi j'étais ici, ce jour-là, à me disputer avec lui.

— Tu as tué mon père.

Les mots étaient si amers que son cœur s'arrêta une seconde puis battit plus vite pour rattraper le retard.

— Non.

Jessalyn. Défendant son frère.

— Ton père a fait un choix. Il nous a abandonnées, Caitlyn. Il préférait nous voir mortes plutôt que de trahir son prétendu honneur.

— Tu penses que Poppy est dangereux ? ajouta Jimmy. Tu aurais dû le connaître à l'époque. J'ai perdu le compte de tous les gens qui ont disparu, autour de lui. Et la seule chose qu'ils avaient en commun, c'était d'avoir déplu à Poppy et à son club.

— Tu veux dire ton club. Tu diriges les Faucheurs en tant que bailleur de fonds. Merde, tu leur as même donné ton fils comme garantie ! Le pauvre ne se doute même pas qu'il n'est pas une recrue. C'est un putain d'otage.

Jimmy ne perdit pas de temps à nier les faits.

— Au moins, je sais comment protéger ma famille. Et la rendre prospère.

L'argent. Tout revenait toujours à l'argent, avec Jimmy. Pour lui, protéger sa famille, c'était en réalité se protéger lui-même et protéger ses intérêts financiers. Voilà pourquoi il avait fait tuer Tommy Shadwick. Il ne voulait pas que la tribu trouve l'authentique Pacte des affranchis et ne fasse pas bâtir le casino sur les terres qu'il possédait à Evergreen. Leur viabilisation lui avait rapporté une fortune après la construction du *Vista View*. La cupidité. Le fléau de la famille McSwain.

Elle jeta un regard dur à Jessalyn. Sa mère ne cilla pas. Aucun signe de culpabilité ou de remords.

— Papa ne nous a pas trahies, dit lentement Caitlyn, les mots lui laissant un goût métallique et amer dans la bouche. Il faisait ce qui était juste. Il faisait son travail. Empêcher qu'on envoie un homme innocent en prison.

— Il m'a trahie. Il t'a trahie aussi. Il t'aurait enlevé ta mère. Il n'a même pas eu besoin d'y réfléchir à deux fois.

— Tu savais ce que Jimmy faisait ?

— Je tenais sa comptabilité. À ton avis, qui a eu l'idée du blanchiment d'argent ? (Jessalyn s'approcha de Caitlyn.) Si Sean nous avait arrêtés, jamais les Faucheurs n'auraient cru que nous garderions le silence. Ils nous auraient tous tués, toi y compris. Sean aussi. En faisant son travail, il nous condamnait tous.

— Non, protesta Caitlyn.

Toutes les vérités cachées explosaient autour d'elle, comme des mines.

— Non. Papa nous aurait protégées. Il nous aurait sauvées.

Jessalyn leva la main. L'espace d'une seconde, quand leurs yeux se croisèrent, Caitlyn crut que sa mère allait la gifler.

— Ton père nous a trahies. Peu lui importait que les Faucheurs nous tuent jusqu'au dernier.

Caitlyn recula. Elle aurait préféré que sa mère l'ait frappée, elle aurait eu moins mal. Car, à présent, elle voyait la vérité finale, une vérité si tranchante qu'elle pouvait à peine respirer.

— C'est toi. Tu l'as tué.

Le rire de Jimmy retentit une nouvelle fois à travers la pièce.

— Oh, c'est désopilant ! Jess, tu te rends compte que tu obliges ta fille à faire face au même dilemme que son père ? L'honneur, le devoir ou la famille ? Que trahiras-tu, rouquine ?

Caitlyn tourna la tête vers Jimmy. Ce dernier ne se contentait pas de rire, il avait dégainé un pistolet, un petit 9 mm semi-automatique qu'il braquait sur elle.

— Il n'y a qu'une seule bonne réponse à cette question, rouquine, dit-il. Laquelle ce sera ? La famille ou la vie ?

Avant que Caitlyn puisse réagir, avant même qu'elle se rappelle comment faire pour ouvrir la bouche et articuler des mots, encore plus pour lever son arme, Jessalyn sortit un pistolet de sa poche et tira deux balles dans la poitrine de Jimmy. Ce dernier écarquilla les yeux, leva les mains comme pour se protéger des balles, puis il s'affala dans son fauteuil et laissa tomber son arme.

Caitlyn se tourna brusquement vers sa mère en levant son pistolet.

— Lâche ton arme, cria-t-elle, étonnée que sa voix et son corps réagissent par réflexe.

C'était surréaliste, comme si elle était hors de son corps, le regard glissant du canon de son pistolet jusqu'à sa mère.

— Tu ne me tireras pas dessus, dit Jessalyn d'une voix sûre. (Elle posa toutefois l'arme au sol et se redressa pour faire face à Caitlyn.) Et tu ne m'arrêteras pas. Ce pistolet appartient à Poppy. Il porte ses empreintes, comme les cartouches qu'il contient.

Caitlyn remarqua qu'elle portait toujours ses gants en cuir.

— Nous n'avons jamais été là, poursuivit Jessalyn. Est-ce que tu comprends, Caitlyn ? Nous n'avons jamais été là. Nous allons quitter cette maison toutes les deux et tout ira bien, je te le promets.

Elle passa à côté de sa fille pour aller vers la porte. Caitlyn se retourna pour la regarder, abasourdie.

Elle se précipita vers Jimmy. Pas de pouls. Ce n'était pas étonnant. Jessalyn avait tiré avec un Desert Eagle 357 Magnum chromé.

— Allons-y, Caitlyn.

La jeune femme se tourna vers sa mère, tenant toujours le Glock à la main mais par réconfort, sans le braquer où que ce soit. Elle avait juste besoin de quelque chose de solide pour l'ancrer dans la réalité. Elle plongea la main dans sa poche et attrapa son téléphone.

— Pourquoi ? Je ne…

Jessalyn fronça les sourcils, comme si Caitlyn était particulièrement lente à comprendre.

— Comment ça, pourquoi ? La famille, Caitlyn. Les liens du sang passent avant tout. Tu es mon sang, ma fille. Je ne pouvais pas laisser Jimmy et Poppy nous faire plonger, et tu sais qu'ils l'auraient fait. Ils auraient conclu un accord, et c'est nous qui aurions souffert. Alors je suis venue préparée. Pour nous sauver. Toi et moi, Caitlyn. Comme toujours.

Caitlyn sourcilla en entendant sa mère faire d'elle la complice de son plan tordu. Soudain, Jessalyn parut très grande et Caitlyn toute petite. Comme si elle avait de nouveau neuf ans.

— Tu as tué papa.

Sa voix n'était plus qu'un faible murmure.

— Bien sûr. Je te l'ai dit, je devais te sauver. Jimmy n'avait pas le cran de faire ce qu'il fallait faire. Je suis désolée que ce soit toi qui l'aies trouvé. Nous ne savions pas que tu étais à la maison, ce jour-là. Nous avons dû sortir par-derrière pendant que tu passais par la porte d'entrée.

— Et maintenant tu as tué Jimmy. Ton propre frère.

Caitlyn comprenait ces mots, mais son esprit ne parvenait pas à les admettre comme un fait.

— Oui, ma chérie. Allez, dépêche-toi. Maman va prendre le volant. Tu es en état de choc.

En état de choc. C'était un euphémisme. Caitlyn regarda longuement sa mère, puis son oncle et enfin l'endroit où son père était mort. La boucle était bouclée. Ça ne rectifiait rien, ça n'atténuait pas la douleur, mais… c'était, lui semblait-il, la seule façon dont les choses devaient se terminer.

Elle se redressa.

— Je ne crois pas. Le seul endroit où tu iras, c'est en prison. En route.

— Tout ce que j'ai fait, c'était pour toi. Comment peux-tu être aussi ingrate ? Pourquoi faut-il toujours que tu prennes la défense de ton père ? Je t'aime. J'ai tout sacrifié pour toi. Je ne te permets pas de me parler sur ce ton !

Jessalyn avait achevé sa phrase en criant, comme tous les criminels que Caitlyn avait arrêtés. Son air supérieur avait disparu.

Toute sa vie, elle avait espéré que sa mère l'accepte, qu'elle soit fière d'elle. Cela ne se produirait jamais.

Mais, en conduisant Jessalyn vers la voiture et en lui claquant la portière arrière au nez pour ne plus avoir à l'écouter, Caitlyn se rendit compte qu'elle avait gagné quelque chose de plus précieux. Elle avait retrouvé son père.

Le prix était effroyablement élevé, et elle le paierait toute sa vie, c'était une certitude. Mais cette pensée l'aida à apaiser la tourmente qui montait en elle afin de rester concentrée sur son travail.

Elle trouva l'endroit où elle captait et appela Markle. Les yeux rivés sur la maison, elle attendit que les hommes du shérif arrivent.

Sa propre mère. Une meurtrière. Et Caitlyn venait tout juste de l'arrêter.

Elle savait que ces mots auraient dû la perturber, mais dans le vent glacé qui traversait les montagnes elle était trop insensible pour être touchée.

Le soleil se leva à travers la vallée. Ses rayons dorés firent briller la maison. Le doux foyer.

Puis la brume venue des montagnes évinça les rayons du soleil, enveloppant la maison de petits flocons de neige, la faisant paraître froide et solitaire, comme chaque jour depuis la mort de son père.

Ce n'est pas une maison, pensa Caitlyn. *Plus maintenant. Ce n'est qu'une scène de crime supplémentaire.*

Chapitre 42

De retour au bureau du shérif. Pour répondre de nouveau à des questions. Pour disséquer une nouvelle fois ses faits et gestes. Elle se força à rester impassible et professionnelle alors que ses sentiments menaçaient de la plonger dans une confusion qu'elle ne pouvait pas encore nommer ni analyser.

Finalement, un adjoint la raccompagna en voiture à sa Subaru. Elle fut tentée de rentrer directement chez elle – elle n'avait pas le courage ou la force d'affronter Paul s'il était toujours au *Vista View* –, mais elle avait besoin de son ordinateur. Et elle voulait ranger les papiers d'Eli et prendre les dispositions nécessaires pour qu'on les remette à Lena, ainsi que l'original du Pacte.

Paul, avec sa minutie et sa gentillesse habituelles, s'était occupé de tout. Il était déjà parti quand elle arriva dans la chambre. Il lui avait fait ses bagages et lui avait laissé un mot ainsi qu'un sandwich commandé au service d'étage. Elle s'assit et se força à manger, même si chaque bouchée avait le goût amer du regret.

Un homme comme Paul. Un homme qui prendrait soin d'elle, la réconforterait. Elle voulait vraiment aimer un tel homme. Mais ce n'était pas le cas. Peut-être en était-elle incapable. Elle battit des paupières pour chasser ses larmes et mangea son sandwich à la dinde en lisant la lettre, trop épuisée pour faire autre chose.

Caitlyn,

Tout d'abord, je veux que tu saches que je t'aime. Mais je pense que nous avons tous les deux besoin d'un peu de temps et d'espace pour réfléchir à ce qui s'est passé ici. À ce que nous voulons l'un et l'autre. Non, c'est faux. Je sais ce que je veux. Mais j'ai besoin que tu sois sûre de tes sentiments.

Je t'aime et je pense que tu m'aimes également. Fais confiance à ton cœur. Il ne te trompera pas.

J'attendrai. Je t'aimerai toujours,

Paul

Faire confiance à son cœur ? Elle ne put se retenir de rire. Un rire aigu, fou. Si elle ne riait pas, elle serait par terre, en train de pleurer. L'amour ? Sa mère avait aimé son père, et voilà où ça les avait menés. Sa mère aimait Jimmy. Oups, ça n'avait pas très bien marché non plus. Pas vrai ?

Sa mère lui avait dit qu'elle avait agi ainsi parce qu'elle aimait Caitlyn.

Son rire mourut. Elle posa son sandwich, chassa ses émotions, glissa le mot de Paul dans sa poche, attrapa ses affaires et partit. Paul avait raison sur un point. Elle avait besoin de temps. Pour réfléchir. Pour ressentir. Pour comprendre.

Mais pas maintenant. Plus tard.

Pour l'instant, elle voulait simplement rentrer à la maison.

En sortant du parking du casino, Caitlyn croisa un véhicule qui y entrait. Un fourgon blindé, immatriculé en Floride.

C'est idiot, pensa-t-elle au moment où elle fit demi-tour pour garer la Subaru à un endroit depuis lequel elle pouvait voir le fourgon. C'était tout à fait logique que le casino ait besoin de liquidités supplémentaires un dimanche, surtout avec tous ces touristes venus assister à la course du poker.

Sauf que ça ne paraissait pas normal.

Elle sortit son monoculaire de la boîte à gants. Le logo sur le fourgon n'avait pas le même lettrage que celui qu'elle avait vu vendredi. Ça ne voulait rien dire. Les sociétés pouvaient changer de logo et ne pas perdre de temps et d'argent à le modifier sur chaque véhicule. Mais elle ne voyait pas de licence de convoyeur ni de numéro du Département des transports.

Le fourgon qu'elle avait vu vendredi emportait de la monnaie. Cette fois-ci, les convoyeurs déchargeaient des liasses de billets enveloppées dans du film plastique.

Un homme tenant un porte-bloc et un autre vêtu de l'uniforme des agents de la sécurité du *Vista View* supervisaient les opérations. Un grand type, habillé en convoyeur, poussait hors du fourgon un chariot rempli de billets. Minus, son Géant Vert préféré. Bingo.

Il lui fallait des renforts. Elle appela Goose.

— Où êtes-vous ?

— Je surveille Caruso. Avec l'annulation de la course du poker, on dirait qu'il fait la grasse matinée.

— Oubliez Caruso. Il n'y a rien d'autre que des caleçons sales dans ses sacoches.

— De quoi parlez-vous ? Nos gars…

— Si vous voulez vos billets marqués, ils sont en train d'être déchargés d'un fourgon blindé au *Vista View* au moment où nous parlons.

— Et vous savez ça comment ?

Elle secoua la tête, trop fatiguée pour même essayer de lui expliquer.

— Le fourgon est estampillé « Guardian Security » et immatriculé en Floride. Quatre hommes. Au moins trois d'entre eux sont armés. Je me dépêcherais, si j'étais vous.

Elle raccrocha avant qu'il puisse ajouter quoi que ce soit. Goose n'était plus son problème. Lena, Paul ou sa mère non plus. La seule chose dont Caitlyn devait se soucier, c'était ce qu'elle ferait de sa vie.

Mais pourtant elle n'allait pas laisser Caruso s'en tirer. L'homme avec le porte-bloc se retourna. Il lui parut familier également. Elle l'avait vu chez Poppy, avec les Faucheurs de Daytona.

L'échange se déroulait sans accroc. Le quai de chargement était équipé d'une balance industrielle. Les convoyeurs plaçaient leur chariot rempli de billets sur la balance, et l'homme au porte-bloc notait le poids. Il remettait le chariot au type en uniforme du *Vista View* qui lui tendait un chèque. L'argent sale se transformait ainsi en gains du casino, légalement obtenus et comptabilisés. C'était élégant de simplicité.

L'échange était manifestement une routine pour ces types. Une routine qui se déroulait bien trop rapidement. Il n'y avait toujours aucune trace de Goose quand le dernier chariot fut pesé.

Elle était si fatiguée qu'elle pensa un instant les laisser filer. Mais Goose avait travaillé si dur, avait tant sacrifié pour cette interpellation. Il la méritait.

Caitlyn sortit discrètement de la Subaru et se glissa entre les voitures pour se retrouver devant le fourgon. C'était un angle mort pour les hommes qui se trouvaient à l'arrière, mais, en tournant l'un des rétroviseurs extérieurs, elle pouvait facilement les voir. Elle tenait son Glock, prête à en faire usage. L'homme au porte-bloc n'était pas armé, autant qu'elle pouvait en juger, et avait les deux mains prises. Les deux gardes du *Vista View* déposaient les liasses déjà pesées sur un autre chariot. Minus était à l'arrière du fourgon, procédant au dernier échange.

Ce qui voulait dire qu'ils avaient tous les mains prises. Et qu'ils étaient assez près les uns des autres pour qu'elle puisse tous les avoir à l'œil. Elle n'aurait pas de meilleure configuration.

Elle attendit que Minus sorte de l'arrière du fourgon, poussant le chariot. Puis elle avança vers eux, les tenant en joue.

— Ne bougez plus. Les mains en l'air.

Minus la fixa du regard et leva les bras. Pas pour se rendre, mais comme s'il avait l'intention de sauter du quai de chargement et de lui tomber dessus.

— Toi, grogna-t-il.

Caitlyn aurait dû être effrayée, mais après les animaux sauvages cela ne lui fit aucun effet.

— Je vais te tuer, morue.

L'homme au porte-bloc rit. Les deux autres se contentèrent de regarder. Ils n'étaient manifestement pas payés pour leur intelligence.

Caitlyn soupira, visa la cible immanquable qu'était le torse de Minus. Allait-elle vraiment encore devoir tuer quelqu'un ?

— Minus, s'il vous plaît. Je ne suis pas d'humeur à vous tuer. Et c'est ce qui se passera si vous tentez quoi que ce soit. D'abord, je vous abattrai. (L'inspiration lui vint.) Et ensuite je m'occuperai de DeeDee. Vous avez déjà vu ce qui arrive à une moto saisie laissée à l'abandon un an ou deux ? Malmenée, rayée, laissée sous la pluie, peut-être même démontée et vendue en pièces détachées. C'est ce que vous voulez pour DeeDee ?

Ce n'était pas gagné de tenter de se connecter à l'âme d'un motard sociopathe.

Tout d'abord, Minus devint écarlate, puis il blêmit en moins de temps qu'il n'en fallait au petit-lait pour s'écouler dans l'évier.

— DeeDee… Vous ne feriez pas… vous n'oseriez pas…

Sa voix était à peine audible, étouffée par l'émotion. Il s'assit lourdement sur le béton, les mains sur la tête.

L'homme au porte-bloc esquissa un mouvement vers sa veste, et Caitlyn le braqua de son arme.

— Stop !

L'espace d'un instant, tout sembla bouger au ralenti. Le porte-bloc tomba par terre, l'homme glissa la main sous sa veste pour saisir le semi-automatique qu'il portait dans un holster d'épaule, le doigt de Caitlyn glissa du pontet de son arme à la détente.

— Faites ce que dit la dame.

Goose vint se placer derrière l'homme depuis l'autre côté du fourgon, son pistolet braqué sur l'arrière de son crâne. Un homme et une femme arrivèrent de l'entrée du casino, mettant en joue les convoyeurs.

Caitlyn chassa l'air de ses poumons et ôta le doigt de la détente. Si près, si près.

— Bon timing, dit-elle à Goose.

— Je vous renvoie juste l'ascenseur. Techniquement, je suppose que le mérite de cette arrestation vous revient.

Elle secoua la tête et rengaina son arme.

— Non. Je n'étais même pas là.

Caitlyn roula vers l'est jusqu'à Raleigh, où elle aurait dû prendre la I-85 en direction du nord. Mais elle vit un panneau indiquant la route 64, celle qui menait aux Outer Banks. *Et puis merde*, pensa-t-elle en quittant l'autoroute. Le lendemain était un jour férié. Personne ne l'attendait au bureau avant mardi. Merde, peut-être ne le remarqueraient-ils même pas si elle ne se présentait pas ce jour-là. Ou du moins s'en moqueraient-ils.

Il était presque 21 heures quand elle arriva à Duck, en Caroline du Nord. Ce n'était plus la saison touristique, et tout semblait fermé sur les Outer Banks. Elle eut de la chance de trouver un petit restaurant mexicain encore ouvert dans un centre commercial. La serveuse et la cuisinière, manifestement une mère et sa fille, savaient reconnaître un voyageur fatigué. Elles eurent pitié de Caitlyn et lui servirent les meilleurs ceviches et tacos au poisson qu'elle ait jamais mangés.

— Où logez-vous ? lui demanda la fille qui maîtrisait mieux l'anglais.

— Cette nuit ? Je ne sais pas. Il y a des hôtels, dans le coin ?

Elle n'avait vu que des immeubles et des grands manoirs en remontant la route venteuse qui menait aux îles barrières.

La serveuse s'adressa à sa mère en espagnol. Celle-ci hocha la tête et disparut dans la cuisine. Quelques minutes plus tard, elle réapparut avec un bordereau et une clé.

— Notre cousin est agent immobilier. Il loue des appartements et des maisons, expliqua la fille. On fait le ménage au départ de chaque locataire. Il dit que vous pouvez rester aussi longtemps que vous voudrez. Prix d'ami.

Caitlyn secoua la tête. Il semblait que chaque famille avait son oncle Jimmy.

— Merci. Je ne resterai que deux nuits. Je pense, ajouta-t-elle en se demandant comment ce serait de vivre au bord de l'océan. Je n'ai pas beaucoup de liquide. Je peux régler en carte de crédit ?

— *Si, si*. Les draps sont propres. Vous ne pourrez pas faire de courses cette nuit, mais le *Food Lion* ouvre à 9 heures.

— Vous irez bien ? demanda la mère, plissant les yeux d'inquiétude. Seule ?

— Ça ira.

Elle paya, laissa un généreux pourboire et se leva pour partir.

— Vous revenez plus tard, lui lança la mère en agitant son tablier. Déjeuner demain. Je ferai spécial pour vous.

— Merci. À demain.

L'appartement était superbe. C'était une moitié de duplex avec deux chambres, sur la deuxième rangée en partant de la plage. Comme il faisait nuit, elle ne voyait pas l'océan depuis son balcon, mais elle l'entendait. L'air était frais et plus piquant que celui de la montagne. Le climat froid était davantage annonciateur de soleil que de nuages et de neige. Elle trouva des coussins pour le divan du balcon, prit la couette du lit et s'y enroula pour écouter le bruit des vagues et réfléchir.

Elle entendit une voix d'homme au-dessus des vagues l'appeler par son prénom. Elle essaya de la localiser. Son père ?

Elle secoua la tête pour se réveiller. La lune était juste au-dessus d'elle, et elle pouvait voir son reflet sur le sable, par-delà le jardin. La marée était haute. L'océan apparaissait, vague après vague, l'écume brillant à la lumière de la lune.

— Caitlyn !

Elle baissa les yeux vers le jardin. Une silhouette familière se tenait de l'autre côté de la barrière.

— Goose ?

— Je peux monter ?

Elle dévala les escaliers pour lui ouvrir.

— Qu'est-ce que vous faites là ? Comment m'avez-vous trouvée ?

— Le traceur GPS. Je n'ai pas eu l'occasion de le retirer de votre voiture. (Il bascula sur les talons, les mains dans les poches de son jean.) Vous m'en voulez d'être venu ?

Elle réfléchit à la question. D'une certaine façon, ça ne la dérangeait pas qu'il soit là, à partager un moment qu'elle croyait réservé à son père et à elle. Le vide douloureux que le souvenir de son père remplissait ne paraissait pas si abyssal.

Les psys de Quantico se gargariseraient sûrement de ça, mais elle s'en moquait. Elle le prit par la main et franchit la barrière avec lui, et ils marchèrent sur la promenade dans les dunes, en direction de l'océan.

— Non. Ça ne me dérange pas. Mais pourquoi êtes-vous venu ?

— Vous aviez raison, à propos du camion. Nous les avons tous arrêtés. On m'envoie à Washington. Grand jury, débriefing, tout le toutim. Ils cherchent quoi faire de moi en attendant que je témoigne. Je me suis dit que je n'aurais pas l'opportunité de vous revoir, et puis… (Il reporta soudain son attention sur ses bottes, comme si le sable glissant le déséquilibrait.) Je n'ai pas eu l'occasion de vous dire au revoir.

La marée avait ramolli le sable, et leurs bottes s'y enfonçaient. Caitlyn renonça à aller plus loin et se laissa tomber. Goose hésita l'espace d'un instant, puis s'assit à côté d'elle et étendit les jambes. Les vagues venaient lécher la semelle de ses bottes.

— Comment dois-je vous appeler ? demanda-t-elle. Pour moi, vous êtes Goose, mais…

— Goose, c'est bien. Si vous aimez. Carver, c'est bien aussi. Ou Jake.

Il haussa les épaules. Cela faisait manifestement longtemps qu'on ne l'avait pas appelé par son vrai nom. Lui-même n'était pas certain de savoir comment il s'appelait.

— Pourquoi Goose ? Vous ne ressemblez pas à une oie.

— Quand on devient une recrue des Faucheurs, ils vous rasent le crâne. Puis ils le tatouent. (Il fit glisser les doigts sur l'arrière de son crâne.) Je suppose que je devais avoir une drôle de tête, une fois rasé. Comme un bon gros…

— Œuf d'oie.

Elle rit. C'était bon, pas aussi douloureux qu'elle l'aurait cru.

— Mon père avait prévu de nous emmener ici, quand j'étais enfant, poursuivit-elle, faisant glisser les mains sur le sable mouillé, sentant ses grains et son poids avant qu'il glisse entre ses doigts et s'échappe. Mais il est mort, et je n'y étais jamais venue avant aujourd'hui.

— Vraiment ? (Il s'appuya sur les coudes, les yeux rivés sur Caitlyn ou sur la lune derrière elle.) Nous venions tout le temps ici. Un peu plus haut sur la route, à une dizaine de kilomètres d'ici. C'était moins fréquenté.

Elle parcourut la plage sombre du regard. Elle n'y voyait pas la moindre lumière excepté celle qu'elle avait laissée allumée à l'appartement.

— Moins fréquenté ?

— Nous venions l'été, pendant les vacances scolaires.

— Ça devait être bien.

Il soupira.

— Ça l'était. Je n'ai pas remis les pieds ici depuis… dix ou onze ans.

— Je n'étais pas revenue à la maison, à Evergreen, depuis vingt-six ans. J'aurais peut-être dû m'en dispenser encore un peu plus longtemps.

— Vous pensez toujours que c'est votre maison ? Malgré tout ce qui s'est passé ?

— Je ne sais pas. Je ne suis plus très sûre de savoir où est ma maison.

La seule constante dans sa vie, quand elle était passée d'un poste à l'autre, avait été le vieux coffre à armes que son père avait construit. Le seul objet qui lui avait appartenu et dont Jessalyn ne s'était pas débarrassée. Elle se demandait à présent pourquoi. Peut-être sa mère avait-elle une conscience, après tout. Peut-être s'était-elle punie durant toutes ces années, chaque fois qu'elle regardait ce vieux coffre abîmé ou sa propre fille, qui était le portrait craché de l'homme qu'elle avait tué.

— Vous retournez à Quantico ?

Elle pensait qu'elle aurait eu besoin de quelques jours pour réfléchir, mais soudain la décision fut claire.

— C'est drôle. La nuit de vendredi, quand je suis arrivée à Evergreen, ma mère et moi, nous nous sommes disputées au sujet de mon travail. Elle voulait que je démissionne. Paul aussi. Tout le monde voulait que j'arrête.

— Et vous ?

— Je veux faire mon boulot. Je suis douée pour ça. Sacrément douée. Même si j'ai quelques difficultés à jouer selon les règles du Bureau. (Elle inspira profondément.) Alors oui, je retourne à Quantico. Je ne démissionne pas. S'ils ne veulent plus de moi, il faudra qu'ils trouvent une raison de me virer. Merde, cette fois, je n'ai tué personne !

Il hocha la tête, comme si c'était exactement la réponse qu'il attendait. Puis il se redressa et tourna la tête vers elle.

— Dommage, car, si je comprends bien, la fraternisation va à l'encontre du règlement du FBI.

Un sourire dansa sur ses lèvres, trop aguicheur pour être ignoré. Elle prit le visage de Goose dans ses mains, lui mettant du sable dans la barbe et les cheveux, puis l'embrassa passionnément.

— Tu me connais. J'adore contourner le règlement, lui dit-elle.

Avant qu'il puisse répondre, elle s'appuya de tout son poids contre lui, le faisant basculer en arrière sur le sable, et l'embrassa de nouveau.

Ils passèrent la journée à marcher sur la plage. L'eau était glaciale, mais Caitlyn ne put résister à l'envie d'enlever ses chaussures et de jouer dans les vagues.

Paul lui envoya un texto. Une fois de plus. Goose la regarda quand elle s'arrêta pour le lire. Une fois de plus.

> J'ai appris pour ta mère. Je suis tellement désolé. Les mots me manquent. Appelle-moi. Je t'aime.

Les embruns la faisaient pleurer. Elle rangea le téléphone dans sa poche sans répondre au message.

— Tu ne vas pas lui parler ? demanda Goose au bout de la quatrième fois.

— Il veut tourner la page. Il n'a pas compris que c'est déjà fait. C'est mieux comme ça. Souffrir un peu maintenant… Et puis c'est un médecin. Il a son travail, ses patients. Il s'en remettra.

Elle le souhaitait, l'espérait. Paul méritait mieux que ce qu'elle pouvait lui donner.

— Cet homme t'aime vraiment, tu sais.

— C'est ce qu'elle n'arrête pas de dire, elle aussi.

Jessalyn. Qui avait tout fait par amour pour sa famille. Par amour pour sa fille. Qui voulait ou avait besoin de ce type d'amour dans sa vie ?

Elle plongea les orteils dans le sable, savourant la sensation de froid quand la vague vint lui recouvrir les pieds. C'était un peu douloureux, comme des aiguilles lui glaçant la peau. Mais elle surmonta la douleur. Comme le ferait Paul.

— Je crois que certaines personnes savent donner de l'amour mais ne savent pas le recevoir, dit-elle finalement. Certaines savent faire les deux et d'autres en sont incapables. Après tout, donner et recevoir sont deux choses différentes. On ne naît pas en sachant nécessairement faire les deux, n'est-ce pas ?

— Et à quelle catégorie appartiens-tu ?

Le ton de sa voix disait qu'il pensait que la théorie de Caitlyn n'était qu'un tissu d'âneries, mais il se prêtait au jeu pour qu'elle continue à parler.

Elle ne répondit pas tout de suite.

— Je me le demande encore.

Bernie se réveilla sous une lumière vive et avec une migraine lancinante. Il cligna des yeux, et la lumière fut masquée par un joli visage souriant penché sur lui.

— Lena, haleta-t-il. Où suis-je ? Tu es vraiment là ?

Elle appuya sur un bouton, et le lit d'hôpital se releva.

— Bien sûr que je suis là, idiot. Où pourrais-je être, à part ici ?

Avant qu'il puisse répondre, elle porta un verre avec une paille à ses lèvres.

— Le docteur dit qu'il faut boire beaucoup. Tu as été contaminé par un des animaux. La leptospirose. Ils t'ont mis sous traitement. Tu devrais aller mieux. Mais c'était moins une. Tu avais une inflammation du foie et tu as frôlé l'insuffisance rénale. Mais tout va bien, maintenant. Tu es remis.

Il repoussa le verre et vit l'intraveineuse sur le dos de sa main.

— Mais toi. Tu vas bien ? Et les animaux ? Que s'est-il passé ? Tout ce dont je me souviens, c'est… (La panique l'envahit.) Fouine. Il était armé. Il t'a blessée ?

— Non. C'était un miracle venu du ciel. Il a tiré quatre fois sans toucher personne. Pas même Lucky.

— Qui est Lucky ?

— C'est le nom du léopard. Elle et les autres sont à Asheville, au zoo.

— Ils vont bien ?

— Grâce à toi, oui. (Elle sourit et l'embrassa sur la joue.) Et c'est aussi grâce à toi si je vais bien.

— Mais tu as trouvé ce que tu cherchais ?

Elle s'adossa à la chaise. La lumière du plafond formait un halo autour de sa tête. Comme un ange. Son ange. Qui lui souriait, à lui uniquement.

— Oui.

La façon dont elle lui serra la main lui fit espérer qu'elle parlait de lui. Mais…

— La concession de terre dont Caitlyn et toi parliez. Mon père, le casino…

— J'ai le Pacte originel. La tribu et les descendants des affranchis vont trouver un arrangement qui bénéficiera à tout le monde. J'y veillerai. Ça commence avec la tribu qui prend la direction du casino, maintenant que ton père n'est plus là.

— Il va aller en prison, n'est-ce pas ?

Bernie soupira. Il savait que ce jour viendrait, mais c'était dur, malgré tout.

Lena se leva de la chaise pour venir s'asseoir à côté de lui sur le lit. Seigneur, elle était encore plus belle que la première fois qu'il l'avait vue !

— Bernie, dit-elle d'une voix douce en prenant sa main dans les siennes. J'ai de mauvaises nouvelles concernant ton père…

Caitlyn s'attarda dans les bras de Goose aussi longtemps qu'elle le put avant de le quitter pour retourner à Quantico. Pourquoi se doucher et enfiler des vêtements propres quand ils allaient de toute façon la virer ?

Les dieux de la circulation lui sourirent, et il n'était que 9 h 05 quand elle arriva dans le couloir qui menait à son bureau. LaSovage attendait, faisant les cent pas, devant la porte fermée du bureau de Caitlyn.

— Nous y voilà ? dit-elle.

Il paraissait plus inquiet qu'elle.

— Le directeur adjoint Yates vous attend à l'intérieur.

Ainsi, les hautes autorités avaient fait le déplacement depuis leurs confortables bureaux de Washington plutôt que de la convoquer chez elles. Ça n'augurait rien de bon. Pourtant, elle ne parvenait pas à en être vraiment contrariée. Elle avait dit à Goose qu'elle voulait faire son travail – et c'était vrai –, mais elle avait compris la nuit dernière qu'il y avait toujours d'autres possibilités. Elle n'avait pas besoin du Bureau pour faire le boulot qu'elle voulait faire. Le FBI était le rêve de son père, et elle l'avait réalisé. Mais si l'heure était venue de passer à autre chose elle l'accepterait.

Elle tendit la main vers la porte, mais LaSovage l'arrêta. Il lui tendit un DVD autour duquel était maladroitement noué un ruban rouge.

— Quoi qu'il arrive, c'est pour vous.

— Qu'est-ce que c'est ?

Il dansait d'un pied sur l'autre, nerveux. Aux antipodes du personnage hyper sûr de lui de la cellule otages.

— Juste quelques extraits de ce que vous avez manqué ce week-end.

— Mike, qu'est-ce que vous avez fait ?

— Moi, rien.

Ils pouvaient entendre Yates remuer de l'autre côté de la porte.

— Bonne chance.

Il partit, la laissant seule pour affronter Yates. Elle ouvrit la porte, étonnée de voir le directeur adjoint assis sur la chaise qui était devant son bureau. Il regardait quelque chose à la télé.

— Je vois que vous en avez reçu un aussi, lui dit-il en guise d'accueil.

Il leva un boîtier de DVD sur lequel était inscrit : « Première compétition annuelle de tactiques avancées ».

— À l'instant même. Que se passe-t-il ?

— À vous de me le dire, agent Tierney.

Elle était encore un agent. Pour l'instant, du moins. Il mit le DVD sur « Pause ».

— On dirait que vos méthodes d'enseignement peu orthodoxes ont inspiré certains des agents en formation. Deux d'entre eux ont fait un exposé impromptu dans le réfectoire, vendredi soir, pour partager vos conseils tactiques avec leurs camarades de classe. Ce qui a donné à son tour l'idée à l'agent spécial LaSovage d'organiser une compétition tactique ouverte aux volontaires, entre la nouvelle classe et celle qui sera diplômée le mois prochain. Il a prétendu vouloir combattre la déliquescence des compétences qu'aurait pu provoquer ce long week-end férié en créant une petite rivalité entre élèves.

Ça ne ressemblait pas du tout à LaSovage, mais peut-être que raconter des salades figurait dans la liste de ses compétences, comme être un tireur d'élite hors pair.

— Je ne comprends pas ce que ça a à voir avec moi ni la raison de votre présence ici, monsieur.

Elle avait ajouté le dernier mot un peu tardivement, mais Yates ne semblait pas l'avoir remarqué.

— LaSovage a mis au point des scénarios s'appuyant sur des situations réelles qui ne figurent pas dans nos manuels d'entraînement, jugés par des membres de la cellule otages et certains instructeurs de l'Académie nationale qui se sont portés volontaires.

Il appuya sur « Lecture ». LaSovage se tenait devant un groupe de NAF assis dans l'herbe à côté du monument commémoratif du 11-Septembre.

— Et le premier Beignet Doré annuel, dit-il en levant un beignet peint à la bombe couleur orange de feu de signalisation, et cette boîte de *Kripsy Kreme.* (Il ouvrit le couvercle, révélant une boîte à moitié remplie de beignets.) Excusez-moi : ce qui reste de cette boîte de *Krispy Kreme* est attribué à notre dernière classe en date d'agents en formation.

Il fut noyé sous un tonnerre d'applaudissements alors qu'une femme se levait pour accepter le prix. C'était la NAF que Caitlyn avait fait pleurer la semaine précédente. Comment s'appelait-elle ? L'image d'une nonne lui traversa l'esprit. Maria ? Non, Mary Agnes. Garman, comme le GPS.

Mary Agnes prit le beignet orange et le leva.

— Nous n'y serions jamais arrivés sans les conseils de l'agent spécial superviseur Caitlyn Tierney. Merci de nous garder en vie et de faire travailler nos méninges, agent Tierney !

Il y eut d'autres applaudissements. Yates appuya de nouveau sur « Pause ».

— La nouvelle classe a battu la classe sortante à plate couture.

Il se leva et fit le tour du bureau pour s'asseoir sur le siège de Caitlyn.

Elle dut se lever, tourner la chaise qu'il avait quittée, la seule en plus du siège dans son petit bureau, pour lui faire face. Une fois qu'elle fut installée, Yates haussa un sourcil, et elle se demanda s'il lui signifiait de rester debout.

Et puis, flûte, il ne pouvait la virer qu'une seule fois ! Et, au moins, les NAF avaient appris quelque chose d'elle. La fierté la fit rougir, et elle se moquait bien que Yates le remarque. Elle battit des paupières pour chasser une larme. Bon sang, elle devrait une bière à LaSovage, après ça !

— Chaque élève de la classe des nouveaux agents en formation fait votre éloge, à la fin du DVD, dit-il d'un ton maussade. Au cas où vous voudriez monter un fan-club. (Il parcourut quelques feuilles imprimées.)

Ce qui m'amène à ça. (Il chaussa ses lunettes.) Les éloges d'un enquêteur des SES de Butner, d'un capitaine du groupe d'intervention de la police d'État de Caroline du Nord et du shérif Markle du comté de Balsam.

Caitlyn en resta pantoise et ne sut quoi répondre.

— Monsieur, j'espère que vous ne croyez pas que j'ai demandé ou exigé ces…

— C'est le problème, agent Tierney. Je sais que vous n'avez rien fait de tel. Ce qui est un casse-tête, pour moi. Cette vidéo où l'on vous voit neutraliser un gang de motards hors-la-loi, avec l'aide d'un léopard ? (Il baissa la tête pour regarder Caitlyn par-dessus la monture de ses lunettes, comme incrédule.) Elle est devenue virale. Vous avez le chic pour boucler des enquêtes en montrant le FBI sous son meilleur jour au public. Malheureusement, ces enquêtes ne semblent que rarement rentrer dans notre cadre officiel. Particulièrement depuis que le Bureau délaisse les affaires criminelles pour se concentrer sur le contre-terrorisme et la sécurité intérieure. (Il baissa les feuilles de papier, regardant Caitlyn par-dessus la monture de ses lunettes.) Mais le public et les forces de l'ordre locales nous voient toujours essentiellement comme des enquêteurs. À cause de la télévision et du cinéma, nous ne pouvons nous défaire de cette image. Et ces derniers temps, du fait des coupes dans les budgets locaux, les demandes d'assistance que nous adressent les forces de l'ordre ont quadruplé. Vous voyez mon problème ?

— Vous voulez entretenir l'image du FBI, ne pas nous attirer les foudres du public parce que nous ne sommes pas en mesure d'assister les forces de l'ordre locales, sans puiser dans les ressources du Bureau.

Charabia gouvernemental typique. Ces idiots qui décidaient sur quoi le FBI devait se focaliser ne comprenaient-ils pas que protéger ce pays et ses habitants commençait au niveau local ? La plupart de leurs arrestations majeures en matière de contre-terrorisme s'étaient faites grâce à des informations provenant des forces de l'ordre locales. Il n'y avait aucune raison de traiter les petites juridictions comme si elles étaient des cousins germains attardés.

Yates acquiesça d'un hochement de tête.

— Peut-être reste-t-il un espoir pour vous. Je crois savoir que vous souhaitez rester au Bureau, c'est exact ? Parce que si vous voulez démissionner c'est le moment.

Elle se leva et se mit au garde-à-vous.

— Non, monsieur. Je veux rester.

— Très bien. Alors je peux donc vous donner votre nouvelle affectation.

Il lui jeta un regard plus sympathique. Peut-être. Un peu.

— Vous l'ignorez peut-être, mais j'ai débuté ma carrière dans les forces de l'ordre comme adjoint du shérif dans un petit comté du Nebraska. Nous étions en sous-effectif, surchargés de travail, sous-entraînés et toujours à court d'argent. Mais nous servions bien nos électeurs. Je suis aussi fier du travail que j'ai accompli à cette époque que de celui que je fais pour le Bureau aujourd'hui. (Il inclina la tête sur la droite.) Disons juste que je sais ce que représente le défi de se confronter aux forces de l'ordre locales. Ce que vous semblez faire correctement. Voilà pourquoi j'ai décidé que vous resteriez ici, à Quantico, en tant que membre de notre Groupe de réponse aux incidents critiques. Mais vous travaillerez de façon indépendante, avec le titre officiel d'agent de liaison avec les forces de l'ordre locales.

Ça semblait parfait. Elle réprima un sourire avant qu'il s'en aperçoive. Il devait y avoir un piège.

— Qu'impliquera exactement ma fonction ?

— Vous aurez un budget minimal, pas de personnel et vous serez d'astreinte 24 heures sur 24. Vous serez tenue de faire le tri dans les requêtes qui nous parviennent de toutes les juridictions à travers le pays. Vous serez obligée d'en décliner la plupart et de faire en sorte que nous ne subissions pas les récriminations du public. Les affaires que vous déciderez d'accepter devront être approuvées par moi. Je vous assignerai les ressources que j'estimerai être nécessaires à vos enquêtes. Vous dépendrez directement du directeur adjoint exécutif et de moi-même.

Tenue en laisse, des tonnes de conneries administratives, sans parler de tout l'aspect diplomatique en cas de refus aux forces de l'ordre locales, mais elle pourrait choisir ses enquêtes, partout à travers le pays.

— Comptez sur moi, monsieur.

— Je ne me précipiterais pas, à votre place, agent Tierney. La plupart de ces enquêtes ne pourront être résolues, sans parler des bourbiers politiques dans lesquels les forces de l'ordre locales ne peuvent pas se permettre de s'enliser. Vous ne vous ferez pas beaucoup d'amis.

— Mais je ferai mon travail à ma façon ? Je pourrai pousser une enquête aussi loin que possible, n'est-ce pas ?

Sa voix trahissait son excitation.

— Dans la mesure des ressources accordées, oui. Tant qu'il n'y a pas de conséquences négatives pour le Bureau.

Il ne dit rien sur le respect du règlement. Peut-être Yates était-il plus malin qu'elle ne le pensait.

Elle lui tendit la main.

— Merci, directeur adjoint Yates. J'accepte.

À DÉCOUVRIR CHEZ MILADY THRILLER

DÉJÀ DISPONIBLE

JOSEPH INCARDONA
220 VOLTS

Ramon Hill est un écrivain à succès. Mais depuis plusieurs mois, rien. Panne sèche. Son roman est en retard, la page reste blanche et avec sa femme, le courant ne passe plus. Margot prétend qu'un séjour en montagne leur fera le plus grand bien. Mais l'isolement devient parfois une prison et l'autre, une menace. Et bientôt, Margot disparaît…

Couronné par le Grand Prix de littérature policière en 2015, **Joseph Incardona** fait d'une histoire d'amour un roman noir. Car les histoires d'amour finissent mal, en général.

« Fin, féroce, sous tension. »
Alibi

NICOLAS JAILLET
LA MAISON

En robe blanche, son bouquet à la main, Martine sait qu'elle n'aimera jamais Jean, l'homme triste et violent qu'elle vient d'épouser. Mais en elle, une graine est en train de germer. Cette graine, c'est sa décision. Pendant des années, elle survit à son quotidien et élève leur enfant. En silence, avec une audace et une obstination extraordinaires, elle prépare son évasion.

Inclus également *La Robe* et *La Bague*.

DÉJÀ DISPONIBLE

« Une merveille. Un livre incandescent. »
Gérard Collard – Librairie *La Griffe noire*

/BragelonneMiladyThriller @BrageThriller www.milady.fr

À DÉCOUVRIR CHEZ MILADY THRILLER

DÉJÀ DISPONIBLE

CJ LYONS

UNE ENQUÊTE DE CAITLYN TIERNEY - TOME 1

CONFIANCE AVEUGLE

Sarah Durandt sait que l'assassin est mort. Elle l'a vu recevoir l'injection. Pourtant, elle n'est pas apaisée : il n'a pas révélé où se trouvaient les corps de son mari et de son fils, qu'il lui a arrachés deux ans plus tôt.
De retour chez elle, elle s'engage dans une contre-enquête désespérée. Mais la vérité qu'elle découvre la glace d'effroi.
Ils ont peut-être exécuté le mauvais coupable. Le véritable meurtrier est peut-être toujours en liberté, prêt à tuer de nouveau…

« Un rythme effréné, à vous couper le souffle. »
Publishers Weekly

CJ LYONS

UNE ENQUÊTE DE CAITLYN TIERNEY - TOME 2

LES OMBRES DU PASSÉ

Caitlyn Tierney est l'une des agents du FBI les plus endurcies. Pourtant, ses méthodes directes et peu orthodoxes ne lui ont pas permis d'élucider le mystère autour de la mort de son père. S'est-il vraiment suicidé après avoir arrêté son meilleur ami pour meurtre ?

Quand cet homme, depuis sa cellule, la supplie de retrouver sa fille, Caitlyn pense régler ses comptes une bonne fois pour toutes avec le passé. Mais sur les lieux de son enfance rôdent de pires ennemis que de vieux mensonges bien gardés, et une menace insaisissable resserre ses griffes autour d'elle…

« Bourré d'action, authentique et intense. »
Lee Child

DISPONIBLE EN DÉCEMBRE 2016

/BragelonneMiladyThriller @BrageThriller www.milady.fr

À DÉCOUVRIR CHEZ MILADY THRILLER

DÉJÀ DISPONIBLE

FABIO M. MITCHELLI
LA COMPASSION DU DIABLE

Deux flics, un tueur et des corps horriblement mutilés, abandonnés au fond d'une rivière ou dans le vide sanitaire d'une maison. Démembrés, amputés, humiliés.
Une traque à bout de souffle, mêlant présent et passé, sur les traces d'un tueur «par amour». Librement inspiré du parcours sanglant de Jeffrey Dahmer, «le cannibale de Milwaukee», ce thriller psychologique à la mécanique implacable dissèque une âme diabolique et nous entraîne au bout de l'enfer.

«Une nouvelle pépite dans le thriller français»
Gérard Collard – Librairie *La Griffe noire*

BOYD MORRISON
UNE AVENTURE DE TYLER LOCKE - TOME 1
L'ARCHE

La brillante archéologue Dilara Kenner mène des fouilles au Pérou lorsqu'elle reçoit des informations cruciales sur la disparition de son père, qui a consacré sa vie à chercher l'arche de Noé. Aux côtés de Tyler Locke, ingénieur de l'armée, elle n'a que sept jours, de Los Angeles à Terre-Neuve, pour retrouver l'arche sacrée.

Amateurs du bon vieux Dr Jones et de thrillers ésotériques à la Dan Brown, ce roman d'aventures est fait pour vous.

«Un thriller percutant, incroyablement réaliste et mené à un train d'enfer.»
James Rollins

DÉJÀ DISPONIBLE

/BragelonneMiladyThriller @BrageThriller www.milady.fr

À DÉCOUVRIR CHEZ MILADY THRILLER

DÉJÀ DISPONIBLE

BOYD MORRISON

UNE AVENTURE DE TYLER LOCKE - TOME 2

LE CODE MIDAS

Désamorcer une bombe cachée sur un ferry bondé: tel est le test diabolique auquel Tyler Locke doit se soumettre s'il veut revoir son père, qui vient d'être kidnappé. Mais l'épreuve ne s'arrête pas là, et Tyler doit se lancer dans une quête improbable: retrouver le trésor du roi Midas. Il ne dispose que d'un seul indice, un manuscrit crypté attribué au grand Archimède. Aux côtés de la linguiste Stacy Benedict, il a moins de cinq jours pour résoudre une énigme vieille de deux mille ans…

« Boyd Morrison transforme tout ce qu'il touche en or. »
Chris Kuzneski

JAMES OSWALD

DE MORT NATURELLE

Tony McLean vient d'être nommé inspecteur. En plus des affaires courantes, il hérite d'un *cold case* dont personne ne veut se charger. Le corps d'une jeune femme crucifiée a été découvert au sous-sol d'une maison abandonnée. Tout porte à croire qu'elle a été victime d'un meurtre rituel. Au siècle dernier. Lorsqu'une série de crimes sanglants s'abat sur la ville d'Édimbourg, McLean et son équipe ne savent plus où donner de la tête. Pour un peu, ils dormiraient à la morgue où le médecin légiste voit les cadavres s'empiler...

« Le nouveau Ian Rankin. »
Daily Record

DÉJÀ DISPONIBLE

/BragelonneMiladyThriller @BrageThriller www.milady.fr

Achevé d'imprimer en novembre 2016
Par CPI France
N° d'impression : 3019312
Dépôt légal : décembre 2016
Imprimé en France
81121792-1